侧耳

木甜 / 著

四川文艺出版社

图书在版编目（CIP）数据

侧耳 / 木甜著 . -- 成都：四川文艺出版社，
2022.12（2024.8 重印）
ISBN 978-7-5411-6522-1

Ⅰ . ①侧… Ⅱ . ①木… Ⅲ . ①长篇小说 – 中国 – 当代
Ⅳ . ① I247.5

中国版本图书馆 CIP 数据核字 (2022) 第 225043 号

CE ER

侧耳

木甜 著

出 品 人	冯 静
责任编辑	邓 敏
特约编辑	娄 薇
装帧设计	颜小曼 唐卉婷
责任校对	段 敏

出版发行　四川文艺出版社（成都市锦江区三色路 238 号）
网　　址　www.scwys.com
电　　话　0731-89743446（发行部）　028-86361781（编辑部）

排　　版　长沙大鱼文化传媒有限公司
印　　刷　长沙鸿发印务实业有限公司
成品尺寸　145mm×210mm　　　开　本　32 开
印　　张　9.5　　　　　　　　字　数　370 千字
版　　次　2022 年 12 月第一版　印　次　2024 年 8 月第二次印刷
书　　号　ISBN 978-7-5411-6522-1
定　　价　42.80 元

目 录

c o n t e n t s

目 录

contents

夏日阳光和你

Chapter 01

咕恋是个小怪兽。
——林岁岁日记

01

十月中旬，江城。

国庆小长假刚刚结束，已经立秋，暑意却迟迟未消。

八中校园里，金桂飘香，少男少女在操场上肆意奔跑，处处是一派生机盎然。

林岁岁轻轻地吸了口气，精神也随之一振。

身边，中年男人还在喋喋不休地给她介绍着："咱们学校吧，别的不说，这个校园建设还是非常不错的，食堂的饭菜都挺好吃……咱们2班也是团结有爱的大家庭，同学都十分……咳，平易近人。林同学，你放心好好学习，不要担心有什么干扰。"

一番话说得情真意切。

林岁岁捏着手指，腼腆地笑了一声，轻声细语地回应道："谢谢李老师。"

老师素来喜欢这种乖巧懂事的学生。

李俊才十分满意，呵呵一笑，切入重点："我先带你去填表登记，拿了书和校服之后，再去班里认识同学。"

说完，他便领着她穿过大操场，走进行政楼。

正值上课时间，行政楼里没有学生，走廊和办公室皆安静得近乎肃然。

林岁岁写字不快，费了些时间。

她填完所有表交上去时，不出意外地得到政教处老师一个怜悯的目光。

她尴尬地抿了抿唇，垂下眼。

政教处老师将表格内容检查完，收好，这才对着李俊才开口："李老师，你要多费心。林岁岁同学以前成绩只是中流，咱们八中教学进度快、升学率高，学生资质也优良，要跳掉一个学期的课程……"政教处老师停顿一下，又看向林岁岁，"你能跟得上吗？"

林岁岁低声答道："我会努力的。"

"还有，我们考试是不能带辅助工具的，你的耳朵……英语听力怎么办？"政教处老师忧心地问。

闻言，林岁岁心中有些酸涩，表情也不受控制地黯然下去。

好像自从那件事发生后，所有人都觉得她应该进聋哑学校去。每一次诧异侧眸、怜悯注视，都像是一击鞭挞重重敲在她心上，挑动着她脆弱的神经，直至鲜血淋漓。

"我……"她掐着指尖，深吸一口气，正欲作答。

倏地，李俊才出声打断："好啦，到时候我会跟英语老师商量着办的。而且林同学也不是完全听不见，说不定哪天就好了呢？是吧，林同学？"

林岁岁心中一暖，重重点了下头。

"还要拿书呢，我就先把小朋友带走了啊。"

说着，李俊才拍了拍林岁岁肩膀，示意她赶紧跟着自己走。

两人齐齐转过身，快步离开政教处办公室。

直至无人走廊，李俊才才表情夸张地松了口气，许是想宽慰林岁岁，他犹豫地开口："林同学，你别想太多，好好学习就好了。"

"嗯，我没事的，谢谢老师。"

说话的工夫，两人已经一前一后地走到了楼梯口。

李俊才给林岁岁指了位置和路线，让她自己先去拿书。

八中有很多自编教材，加上课本，沉甸甸一大摞，一齐塞进书包里，再背到肩上，重得要将脊柱压弯一般。

忽然间，这些日子发生的一切，仿佛皆有了实感。

从去年到今年，林林总总、兵荒马乱，好像就在眨眼之间。

林岁岁低垂着头，一步一步，慢吞吞地离开行政楼。

教学楼则在操场的另一边。

八中是私立名校，学费高昂，设施确实如李俊才所说，非常优良。比如这个大操场，跑道一圈是 400 米，中间是草坪足球场，跑道外还配了两个比赛规格的篮球场，另一边则是树林花园，校内甚至还有可供学生使用的室内体育场。

这会儿，一阵悠扬的音乐声响彻整个校园，持续了足有 30 秒。

这是八中的下课铃。

远远地，几个男生抱着篮球风一般从教学楼里冲出来，将篮球场占据，举手投足间皆是少年意气。

林岁岁轻轻地笑了声。

再走一段，目的地近在眼前。

林岁岁停下脚步，眼神落在不远处的塑胶跑道边。

不知何时，那里站了个男生。

男生个子极高，手长腿长，身材略有些瘦，但绝对不是病弱模样，看起来完全是刚刚好。

十月，阳光依旧炙热耀眼，迎着光，能将他五官看得更清晰。

每一处皆是完美无瑕，脸型也足够优越，整个人芝兰玉树、俊朗无双，举手投足，皆是一派少年矜贵。

短时间，林岁岁找不到合适的形容词。或许是星子落入人间，将整个天空点亮。

美丽的事物，总是让人忍不住想要驻足欣赏。

林岁岁安安静静地看向那个男生。

男生身边还站了个女孩，也是纤瘦大长腿，头发像海藻一样懒懒散散地披在肩上，有一种说不出的妩媚迷人，是林岁岁一辈子都学不来的明媚张扬。

因着距离近，林岁岁又戴着助听器，他们的对话也能清晰入耳。

"陆城，我错了，我不该冲你发脾气。"女孩嘟了嘟嘴，语气像撒娇一般。

原来那男生叫陆城。

林岁岁眨了眨眼。

面对这般举动，陆城完全无动于衷，表情看起来甚至略有些不耐烦："行了，我知道了。"

女孩似乎还想说什么，但她尚未开口，余光就先扫到了不远处的林岁岁。

许是因为林岁岁的目光停留时间有些长，女孩上下打量了她一番，忍不住笑起来，朗声调侃道："陆城，有个妹妹看你看得都走不动路了。"

下一秒，陆城的视线转过来，若有似无地落到林岁岁身上，嗤笑一声："看什么看？"

林岁岁的心重重一跳，立刻垂下眸，不敢同他对视。

她正欲离开，那女孩又说了一句："你这人，可真讨这种黄毛丫头的喜欢。"

陆城没说话，只轻轻地"啧"了一声。

可不是嘛，和这个女生比起来，她单薄瘦小、弱不禁风，或许连表情也还像个小孩一样，正眼巴巴地看着别人。

林岁岁再没法继续站在原地，红着脸，转身就跑。

好在教学楼近在眼前，她想，只要走进楼里，就能阻挡所有视线，揭过这个小插曲。

02

高二2班在三楼，林岁岁背着沉重书包，慢慢爬上三楼。

2班教室就在靠近楼梯口的第一间。

还未到上课时间，教室里有同学聊天的声音，走廊里也有三三两两学生并肩而行。

她没进教室，靠在旁边走廊的墙壁上喘气，勉强缓和着呼吸，手指习惯性地摸着耳朵，以及里面那个金属物体。

又等了一会儿，上课铃打响。

所有同学都回到教室。

李俊才从楼梯走上来，手上拿着一沓试卷。

见到林岁岁，他愣了下才笑起来："怎么在外面等呢？是不好意思进去吧？"

林岁岁没答话，脸颊微红。

"正好，我带你去班上做个自我介绍。"说着，他推开教室门，拍了拍黑板，"同学们，安静一下。补作业的也别补了，都抬起头，看我看我。"

倏地，林岁岁整颗心紧张得像被吊起来了一般。

黑板前，李俊才半倚着讲台，继续说："长话短说啊，咱们班转来一个新同学。来，林同学，进来吧，和同学们自我介绍一下。"

他朝外面招招手。

林岁岁深吸了一口气，迈开步子，走进教室。

她看着底下一张张陌生的面孔，感受着一束束陌生视线，不必去猜测他们会不会知道什么。

也不用担心他们会不会在背后议论什么，会不会说张美慧的女儿将来也会和张美慧一样。

他们什么都不知道。

林岁岁这般想着，勇气便从心底一丝一丝冒出来。

她握着拳，温温柔柔地轻声开口："大家好，我叫林岁岁。"

模样看起来乖巧极了。

李俊才十分满意，眼神在教室里转了一圈，落到了后排。

他伸手，遥遥往那处一指："林同学，你就坐那儿吧。也正好，咱们班人数变成双数了，所有人都有同桌了。你要和同桌好好相处，一起进步啊。"

林岁岁轻轻地应一声，顺着他指尖的方向，往后排走去。

2 班教室还算整洁。

后排有男生扔了书包在地上，但也留了道，不会挡路。

林岁岁走到那个空位边，先偷偷看了一眼同桌。

同桌应该是个男生，非常不合群地趴在桌上，脑袋上盖了本书，似乎是在睡觉。书包则是被丢在了空位的桌上，还有一些书散落出来，将整个桌面占据。

林岁岁不好直接动别人的东西，只得小心翼翼地开口试探："同学，你好……"

下一秒，那男生头也不抬，轻轻踹了一脚前桌的椅子。

"老余。"声音隐隐约约，煞是低沉好听。

前面的余星多默默转过头来，用一口不标准的北都调调说："城哥儿，啥事儿，您说。"

"你和新同学换个位置。"

闻言，林岁岁一愣。

余星多也愣了愣："为啥啊？这还上着课儿呢。"

那男生将脑袋上的书本掀开，揉了揉眼睛，坐直身体，抬起头，露出一张熟悉的面容。

离得更近之后，林岁岁还能看出他双眸中习以为常般的玩世不恭。

陆城漫不经心地开口："因为，我不和黄毛丫头同桌。"

林岁岁一怔。

教室后边这般闹腾，李俊才发现端倪，仰着头大喊道："后面在闹什么呢？开始上课了，新同学赶紧坐下啊！"

林岁岁的脸颊火辣辣的，呆呆地傻站在原地，实在不知道该如何是好。

陆城依旧十分坚持。

见状，余星多认命地站起身来，准备从后头绕一圈，坐到陆城的旁边，将自己的座位留给新同学。

走道狭窄，余星多看着不壮实，到底是男生，并排挤在一块儿肯定过不了。

林岁岁侧过身，给他让出路。

纵使这般，两人还是碰到了肩膀。

"啪嗒。"

一个清脆声响。

余星多动作顿了顿，纳闷地低下头，眼神寻寻觅觅，随口问道："什么东西掉了？哈哈哈，谁胆子这么大，上才哥的课还敢戴耳机啊？"

没人注意他说了什么。

离他最近的林岁岁也没听到。

风声、树声、鸟鸣声、呼吸声、粉笔划过黑板声、桌椅轻微碰撞声、衣物布料细小的摩擦声……

什么都没有了。

顷刻间，世界化为一片寂静无声。

林岁岁浑身僵硬、动弹不得，却无人知晓。

余星多蹲下身，准备去捡那个"耳机"。

蓦地，斜后方横插出来一条手臂，将他的视线全部挡住。

陆城竟然抢先一步，弯下腰随手一够，将掉落在地上的东西捡起来，捏在手心。

想了想，陆城把原本放在空桌上的书包拎起来，随手丢到另一边的地板上，还将散落的物品全部收拾好，这才缓缓开口道："行了，别换了，你回去吧。"

余星多一愣。

陆城反复不定，实在令人摸不着头脑。

余星多忍不住嘟嘟囔囔，随口骂了句："什么毛病？哥儿，你是来'大姨夫'了吗？到每个月那几天啦？"

"余星多，你想死呢？"

陆城的眼神极具威慑力。

余星多生怕将来没答案可抄，到底是没还嘴，磨磨蹭蹭又坐回了自己位置上。

讲台前，李俊才已经把考卷悉数分发下去，说道："快快快，大家传一下卷子。耽搁太久，咱们要开始上课了啊。"

陆城手里攥着东西，轻飘飘地瞥了林岁岁一眼，大爷似的往椅背上一靠。

可惜他个子太高，学校桌椅都是均码，椅背高度有限，不够他装模作样地摆架势，动作显得有那么一丝丝好笑。

只是他气场强劲，叫人竟然觉得协调万分，还颇有点桀骜不驯的意思。

顿了顿，他冷不丁开口："还不坐下？"

这句话，林岁岁差不多听清了。

事实并非政教处老师想象那般，她不是天生双耳全聋。失聪诱因很复杂，医生判断是心理因素，人一紧张就会出现刚刚那种"世界一片寂静"的情况。大部分时间，林岁岁还是能依稀听到些动静，模模糊糊的，却能让人聊以安心。

几秒钟内，她微弱的听力在缓缓恢复，脸上神色带了点诧异。

就在陆城皱起眉伸出手时，林岁岁忙不迭坐到了那个空位上。她小心翼翼地将笔袋和物理书翻出来，放在桌上，把书包挂到椅背后，这才局促地开口道："谢谢。"

前排已经将试卷传下来。

陆城没再说什么，只从余星多手上接过两张试卷，又随手分了一张给林岁岁，顺便在课桌下把助听器塞到她手心。

无人看见。

林岁岁只觉得自己手指被一处暖源触碰，像是触电一般，使得整个人再次僵硬起来。

这举动，叫人心绪难宁。

然而很显然，对方并没有什么旖旎之思，只是单纯将东西还给她，甚至都没有感觉到她的反常，便将手收了回去。

陆城把考卷垫在桌上，脸一趴，长长手臂围住脑袋，再次闭上眼，坦坦荡荡地在课上睡起觉来。

讲台上，李俊才开始讲解试卷。

林岁岁翻了翻。

正如那个政教处老师说的那样，题目对她来说十分陌生，基本如同听天书。

她自己也有些心神不宁，难以集中注意力，目光不自觉落到侧边。

助听器躺在手心，应该是被人焐久了，略有些温润触感。

她想，陆城应该是猜到了这小玩意儿的用途，刚刚才会帮忙捡起来，给她一个台阶下，不让事情闹大，也算是保护了新同学的自尊。要不然，他刚刚大概也不会这般反复无常。

这男生不过见了短短两面，竟然就让人心思浮动。

脾气古怪是必然，或许还有点玩世不恭，但好像又有些许细心温柔。

在接触过的同龄男生中，陆城敏感得让人惊诧。

实在叫她说不上是什么滋味。

或许主要原因还是他长得太过好看，让所有人的眼睛都无法免俗，包括林岁岁。

倏地，陆城手指动了动，但并没有抬头的趋势。

林岁岁却不敢再接着偷看他，无声地吸了口气，手指紧紧攥住笔杆，如同过去的每一天一样，强迫自己投入学习中。

下课铃响。

李俊才一般不拖堂，哪怕考卷最后还留了两道题，也干脆利落地结束了这节课，宣布下堂课再接着说。

等班主任走出教室，学生心思立马开始浮动起来。

林岁岁前桌是个女生，这会儿终于转过头来，好奇地看向她，顺便自我介绍了一句："你好，我叫姜婷。"

上课时，林岁岁已经偷偷调整好了助听器，现在能将姜婷张扬清朗的声线听得分明。

自从失聪之后，她性子日渐敏感。

姜婷看起来并没有什么恶意，或许只是小姑娘好奇，才主动向她搭话。

果然，姜婷下一句便压低了声音，悄悄问道："我听说八中高一招生结束之后就只能转出不能转进，你是怎么转学进来的呀？"

林岁岁抿着唇，勉强笑了笑。

姜婷看她骨瘦伶仃，笑得可怜兮兮的模样，自己先有点不好意思起来，赶忙摆手，说："没事儿，不回答也没事，我就随口八卦一下……上厕所去吗？"

传闻里，女生的友谊就是在手牵手去洗手间的过程中一点点建立起来的。

林岁岁本处于转入陌生班级的惶恐中，听闻这邀请，自然从善如流地应下，赶忙站起身，走到姜婷身边。

这会儿，旁边的陆城和余星多都不在位置上，也不知道他们是什么时候离开的。

俩女生有一搭没一搭地闲聊着，一齐走到教室外头。但毕竟是刚刚认识，话题也有限，绕来绕去也绕不开学校。说久了，就很有点客套疏离感，却也找不到什么好办法来缓解，只能硬着头皮继续下去。

正值下课时分，走廊里颇有些吵闹。

路过隔壁班时，林岁岁和姜婷都听到有人在里面吵架。

"你有病吧！我看你被孤立可怜，把你当朋友，什么事都带着你，你竟然给我去招惹陆城？！"

林岁岁和姜婷对视一眼。

两人顺利引出了新话题。

姜婷抽了张纸巾出来，展开当成扇子，对着自己扇了两下，似是想从心理上驱赶掉些许热意。

紧接着，她又故作成熟地叹息道："啧，咱们城哥，那就是妖孽投胎，专门下凡来祸害人的……哦，对了，你还不知道城哥是谁吧？陆城，就是你那个很帅的同桌，刚刚你们俩是不是拌嘴来着？别理他，他嘴损，脾气也怪，但还算个好人。"

听她这么评价陆城，林岁岁有点好奇，又不好意思表现出来，只捏拳抵住下唇，掩饰般地轻轻咳了一声，仿佛漫不经心地低声搭话道："哪里好呀？"

这话一下问住了姜婷。良久，她干巴巴地笑了一声，理直气壮地说："经常给我们作业抄！一点都没有学霸的架子呢！"

在青涩的学生时代，一个勇敢"分享"答案的男生，定然会受到一众好评。少年人对"好人"的判断方式，有种特立独行般的倔强。

林岁岁深感有理，煞有介事地点点头。

这话题倒是值得一路探讨。用八卦来拉近距离永远不会出错，更别说陆城这种学校里赫赫有名的人物，什么事都被人津津乐道，压根儿没有隐私，不需要保护。

在往返卫生间这段路上，姜婷基本将陆城在八中的辉煌事迹都说了个遍，最后总结陈词："城哥就是这种人，岁岁，你跟他同桌，可得小心点，别被这人的好皮相给骗了。啊，不过按照惯例，期中考完就要换位置，你只要再扛几周就行。"

林岁岁被她说得脸颊泛红，嘴唇微微抿了抿，小声道："不会的。"

姜婷点头："也是，你一看就是乖孩子。城哥老有原则了，不会欺负你这种小乖乖的。"

这事就这么被姜婷干脆揭过。

林岁岁安稳地在陆城同桌这个位置上坐了下来，也和前座的姜婷、余星多混了脸熟。

当然，为了不被同桌嫌弃，她尽力沉默寡言到让人察觉不到她的存在，只悄无声息地注意着身边这个男生。

不过几日，林岁岁就将陆城的习性了解得七七八八。

虽然人在名校八中，陆城却过得肆无忌惮，受学校通报批评也不在乎。

上次在操场上看到的那个女生偶尔会来找陆城聊天，表情往往一派热烈灿烂。

陆城却总是懒洋洋的，不见什么情绪起伏。

但就算如此，也断不了大家的心思。他的座位上时常会出现一些小礼物，或是崭新的学习资料。

陆城没有义正词严地拒绝过这些好意，也不做理会，似乎并不怎么考虑旁人的心情。

这般想着，林岁岁收敛了好奇心，专心致志地投入学习中。

不过入学几天，她已经明显感觉到差距。

在因为失聪和家庭因素退学之前，林岁岁在原本学校上高一，一直算得上是尖子生。她不够聪明，但胜在努力，磕磕绊绊，也能稳住成绩。

但八中和她以前那个学校不同，这里聪明的学生实在太多，努力的人更多，加上私立高中教学进度快，林岁岁本身断了一个学期课业，要跟上八中的教学进度，哪怕是再努力、再拼命，都不见什么成效。

家庭作业写不完是日常，听课就如同听天书，要是不小心被老师叫起来回答问题，连张嘴都像是一件难事，难于上青天。

这种情况下，叫她实在没有多余的注意力分给同桌这个有钱、有闲，还聪明的天之骄子。

03

周一清早。

林岁岁苍白着脸，慢吞吞走进教室。

没想到隔壁座位上已经坐了人。

上周，陆城基本天天迟到，难得这么早见到人。不过他的姿势还是一如既往，懒洋洋地趴在桌上，脸埋在臂间，唯独露出一双眼睛，半睁着，微微上挑，有种说不出的慵懒勾人。

前排的姜婷正半扭着身体同他说话："城哥，数学练习册最后两题你做完了没？"

"嗯哼。"

"借我参考参考呗。"

陆城没有说话，干脆地抬起手，将一本练习册飞到前桌。

姜婷接过，双手合十，夸张地说："谢了哥。"

见到这一幕，林岁岁抿了抿唇，心里颇有些羡慕，却也说不上在羡慕些什么。

大抵是羡慕那种她永远都没法拥有的洒脱与张扬吧。

事实上，几科练习册都是八中自编，难度高得要命，周末留了几页作业，林岁岁几乎将笔杆咬断，也没能写出两行思路来，只能空了一片，胆战心惊地交到老师手上。

总归，答案肯定是不能抄，但也想看看尖子生的解题方法。

只可惜，敏感怯懦因子早已深入骨髓，叫人怎么都开不了口。

林岁岁顿了半秒，没再多想，小心翼翼地走到后排，抱着书包坐下。

姜婷忙着抄作业，听到动静，随口喊了句"早"。

她声音很响，顺利将陆城的目光吸引到旁边。

陆城眼珠清亮，视线落在林岁岁耳边，将她的耳垂一点点烤得泛出红晕后，又漫不经心地移开目光。

林岁岁手指紧了紧。

她正欲拿书，便听到陆城懒洋洋地开口："黄毛丫头，你不打算抄作业吗？"

同桌这么四五天，陆城总是很忙、很困，时常都是一副懒懒洋洋、爱搭不理的模样。他似乎也秉承着初见宣言，不想和"黄毛丫头"坐同桌，哪怕是改变主意屈从之后，也极少主动与林岁岁说话闲聊。

这还是第一次。

林岁岁有些愣怔，顿了片刻，表情也是傻傻呆呆的，引得对方没忍住，眼睛里带了一丝笑意出来。

陆城挑了挑眉，随口嘟囔："丝瓜一样的……你呆个什么劲儿呢？"

林岁岁回过神来，脸颊有些殷红，连忙摆手："没有……那个……"

她想说，她对陆城没有非分之想，发呆单纯只是因为这猝不及防的搭话罢了。但很显然，对方只是在心无旁骛地开玩笑而已，压根儿没有想到这一层。

越是心里有鬼，越是处处敏感。

"不抄？那算了呗。"陆城垂下头，回到闭目养神状态。

林岁岁有心想要改善一下同桌关系，却再找不到合适的时机，只得作罢。

转眼至午休时间。

数学课是下午第一节，老师已经将作业批改完毕，并下发到学生手中，让同学们先自己试着改错，上课再一起分析题目。

林岁岁翻开练习册，看着上头两个大问号，顿时觉得欲哭无泪。

前桌，姜婷将试卷和课本一股脑儿地往课桌里一丢，站起身，问她："岁岁，吃饭去吗？"

八中食堂全市闻名，连李俊才给林岁岁做入学介绍时，也免不了提到一嘴。平日里，有些好吃的菜品数量有限，学生都要靠抢着去排队才能吃到，所以上午最后一节课不拖堂，是师生间心照不宣的约定。

下课这会儿工夫，2班班上其他人都没影了。

姜婷看起来倒是挺不急不缓的，没什么其他原因，就是她单纯对赫赫有名的周一红烧肉没兴趣，也懒得去抢饭。

毕竟，难看。

林岁岁将练习册合上："嗯，走吧。"

食堂里人声鼎沸。

两人打完饭，视线往四周一转悠，脚步便不由自主地停下。

这个点，空位不好找。

姜婷转身，眼睛一亮，遥遥一挥手："余星多！"

林岁岁轻轻一颤，仰起头。

果真，不远处，余星多同陆城坐在一块儿，旁边还有两三个男生，都是他们班上的。

姜婷二话不说，一手端餐盘，一手拉着林岁岁，挤进人堆里。

她走到余星多旁边唯一一个空位大大咧咧地坐下，顺手又给林岁岁指了指陆城那边："岁岁，你坐你同桌边上吧。"

林岁岁尚未来得及开口，便听到余星多嘿嘿地笑了一声，挤眉弄眼的。

姜婷一脸嫌弃："干吗？"

余星多一开口就是一股东北大糙子味："可不能使儿啊，妹妹，坐这儿来，别靠近你同桌这个妖孽。"

余星多让旁边男生坐过去一个位置，将座位空给林岁岁。

林岁岁有些不好意思，支支吾吾了半晌，低声道了谢，才小心翼翼地坐下。

这下就变成是她面对着陆城了。

场面叫人手足无措。

陆城一眼看出林岁岁的紧张，勾了勾唇。

这丫头怎么回事？

他又不吃人，为什么每次两人对上视线，她都是这副表情？有这么害怕他吗？

陆城总觉得有些想笑，欲开口说些什么。

倏地，一双修长白皙的手搭在陆城的肩头，将大家未尽的动作截断。大庭广众之下，漂亮女生在陆城旁边坐下。

她轻笑一声，自然地插入话题："你们在聊什么呢？"

她顿了顿，视线落在多出来的两个女生脸上。

扫视一圈后，她先看向姜婷："姜婷，好久没见啦。"

姜婷在吃饭，闻言抬头，不甚客气地随口应道："你好，苏学姐。"

苏如雪就是那个在操场上调侃林岁岁的女生。

至于她名字，早在入学第一天林岁岁就已经被姜婷科普过了。

按照姜婷的说法，苏如雪算是他们学姐，今年读高三，艺术生。前两年她压根儿不怎么来学校，据说是在外参加艺术类培训，向学校请了长假。

但自从认识陆城之后，她天天准点上学。

她人有所图，又不怎么在乎文化课成绩，家里还略有点背景，行为处事完全不按常理出牌，嚣张过头。

和陆城简直是一模一样的路数。

林岁岁坐在教室里，远远窥见过几次两人的身影。

这么面对面，还是第一次。

苏如雪没有认出林岁岁来，只瞟了她一眼，杏眸微闪，晃晃悠悠地调笑着问道："是新同学吗？之前好像没在你们班见过。"

气氛一凝。

没人搭话。

苏如雪没得到答案，心里十分不悦，视线也变得凌厉起来。

毕竟，林岁岁坐在了陆城正对面。

林岁岁敏感地察觉到了这种注视，立刻垂下眼，避开对方的目光。她的脸颊一点点变得通红，渐渐地，整个人几乎都要烧起来。

这种尴尬，感觉比之前被两人发现她站在边上旁观，还要更甚。

下一秒,陆城也注意到了苏如雪这种不怀好意的神色,脸上染了薄怒。

"苏如雪,你干什么呢?"

苏如雪被他打断,满眼愕然地愣了愣,望向余星多。

余星多讪笑一声,解释道:"苏姐,这妹子是咱们班新来的转学生。"

陆城没再说话,一言不发地甩手离开。

苏如雪对着林岁岁匆匆说了句"抱歉",也跟着站起身,追了上去。

闹剧当事人离开,尴尬场面顺利收场。

姜婷放下筷子,无语地翻了个白眼,对林岁岁说:"你看到了吧,这个苏如雪压根儿就是个疯子,我真怀疑她是不是个偏执狂,城哥怎么老惹上这种女生啊?"

余星多搭话:"漂亮呗,肤白貌美大长腿。"

"肤浅!"

林岁岁没有跟着两人一块儿插科打诨,她捏着手指,说不上为什么,竟然有些闷闷不乐。

这已经是陆城第二次为她解围了。

果真如同姜婷说的那样,虽然他看着脾气不好惹,但是个好人。

她漫无天际地想着。

放学时间,苏如雪又悄无声息地来了2班。

林岁岁没注意,低着头,自顾自地坐在桌前改正作业中的错题。

下午数学课时她被老师叫起来,特地"认识"了一下,一是因为她是新学生,二也是老师从作业摸了个底子,知道她跟上进度有点难,叮嘱她有问题要多请教请教同学。

林岁岁被班上所有人行了几分钟"注目礼",有种回到之前被议论、被嘲笑的感觉,十分手足无措。

坐下后,她无意识地摸了摸助听器,心下惶惶然。

她本不是这种性子,虽然乖,但也不至于到怯懦的地步,加上从小练琴,考过级,也参加过大大小小各种比赛,对于旁人的目光早已习惯。

是从那件事之后……

林岁岁抿了抿唇,不愿回想。

旁边,一本册子从天而降,飞到她身上。

某位同学没有起身的架势,整个脸都闷在臂弯里,声音也显得万分沉闷。

"让你抄你不抄,黄毛丫头真是傻了吧唧的。"

林岁岁手指微顿,讷讷地小声道谢。

她翻开练习册。

陆城字迹不同于他桀骜不驯的气质,偶尔有一点点连笔,很是大气漂亮，像是有几分书法底子。每道题干底下，大多都只写了寥寥数行，偷懒都偷得思路清晰。

林岁岁不好意思一直拿着别人作业，想着先把他写的抄下来，自己再慢慢补上详细过程。

苏如雪摸进来时，林岁岁便是正在两行答案之前推导过程。

八中有学生宿舍，不少同学是住宿生，一到放学，都迫不及待地回寝室休息。

教室里，同学三三两两，渐渐走完。

最后一排无人关注。

苏如雪嚣张地坐到了陆城旁边。

"陆城，一会儿一起吃饭吗？"

她娇笑着开口，成功将旁边女孩的注意力吸引。

林岁岁听出来人声音，余光注意到两人，手指捏紧了笔杆，愈发不敢抬头。

陆城漫不经心地"嗯"了一声。

苏如雪立马高兴起来，表情变得明目张胆。

陆城蹙了蹙眉："如雪。"

"嗯？"

他说道："去外面吧。"

"好哦。"苏如雪应了一声，声音软得好似撒娇，还带着少女独有的娇憨，很是合适。

两人一前一后地离开教室。

香水味散尽在空气中。

林岁岁终于抬起头，咬了咬唇，视线在后门处徘徊了良久。

十月底，江城天亮的时间渐渐缩短。

窗外，这会儿已是暮色四合。

林岁岁写完最后一行，放下笔，小心翼翼地将练习册推回陆城桌上。

"陆城，谢谢你哦。"

谢谢他所有的温柔与绅士。

接着，她乖乖地理好东西，背上书包，关上灯，也随之离开了空荡荡的教室。

04

夜幕低垂。

林岁岁抄了近路，慢吞吞走进林间小道。

周围一片漆黑，空无一人，入目可见处皆是枫树树干。江城还未完全入秋，但这些树已经先一步感知秋意，叶子开始洋洋洒洒向下飘落。

环境很适合冥想。

林岁岁默不作声地垂下眼。

在陆城之前，她从未遇到过这种男生，芝兰玉树，又乖张跋扈。他不是某种单一的颜色，而是五颜六色的调色盘，誓要将这世界染得缤纷。

两人不过才认识短短一周罢了，还说不上有什么好感。

只是陆城仿佛有一股强大的吸引力，将所有视线全数吸到他身上，叫人好奇想要一窥究竟。也怪不得苏如雪会像是握着糖的孩子一样，对所有觊觎者怒目而视，不肯放手。

但林岁岁心如明镜。

这一切色彩，她只能远观，无法下笔。

没多久，林岁岁回到家中，摸钥匙开门。

房间里黑漆漆的，没有人在。

自从有人打上门来后，张美慧当机立断，飞快搬家，来到这里开始新生活。她自己换了工作，也给林岁岁转学进了八中，仿佛曾经那些糟污事都没有发生过一般。

但日渐沉默的女儿、泛着金属光泽的助听器、搁置在角落的琴……一桩桩一件件都在提醒张美慧到底发生过什么。

她越发不爱待在家中，整天不见人影。

林岁岁长长地叹了口气，将书包放下，换了衣服，去给自己煮饺子，当作晚饭。

这种生活，还不如去住校呢。

在入校之前，张美慧咨询过住校问题。但本来就是中途入学，宿舍是开学前就安排好的，没法重新安排，要么就只能一个人住一间，要么就下学期再申请。

现在来看，这样的生活倒是和一个人住一间房没什么分别。

林岁岁安安静静地吃完饺子，将碗洗了后，坐到写字台前，拧亮台灯，拿出日记本。

日记本是前几年流行的款式，皮质外壳，摸上去厚厚一本，翻页处带了把金属小锁，小巧玲珑，看起来就锁不住什么。

但对于十几岁的少年人来说，这把锁像是能保护住万重心事，极具安全感。

林岁岁一直有记日记的习惯。

转入八中后，她忙忙碌碌，课业繁重，这还是第一次打开日记。

她指尖动了动，翻到最新空白页。

她沉思片刻，在页头一笔一画落下日期、天气，又另起一行，写道：

【新班级，同桌是个很有意思的男生……】

次日早自习，陆城再次迟到。

坐下后，林岁岁用余光觑了觑他，发现他脸色不太好，唇色极淡，整个人瞧着有些苍白。

难道是生病了吗？

她抿了抿唇，在心底胡乱猜测着。

老师尚未进教室，早自习全靠自觉。

每个班上难免有那么几个不自觉的同学，交头接耳，窃窃私语。

比如余星多。

见到陆城进来，余星多转过身，往他桌上一撑，挤眉弄眼地笑起来："老哥儿，昨晚干啥去了？气色怎么这么差啊？看夜光电影去了？"

陆城干脆利落地开口："走开。"

余星多毫不气馁，嘿嘿直笑："别装了，咱们都看到你昨儿放学和苏姐一块儿走的。林妹妹，你走得晚，应该也看到了吧？"

林岁岁一愣，抬起头，张了张嘴，却半天说不出话来。

姜婷也跟着扭过身子，二话不说，先给了余星多一巴掌，重重拍在他背上，把他拍了一个激灵，这才开口道："余星多，你别这么猥琐行吗？还有，干吗给岁岁取那么难听的昵称啊？恶不恶心哦！"

余星多不乐意了，同她吵嘴："哪里难听了？《红楼梦》你不知道吗？林妹妹，绝世大美女，身娇体弱易推倒……不是不是，我的意思是，林同学看着弱不禁风的，很有黛玉妹妹那种倾国倾城的气质嘛！"

姜婷还未来得及撑回去，就听到旁边的陆城低笑了一声。

林岁岁有点蒙。

陆城挑了下眉，目光轻轻巧巧地落在林岁岁脸上，似是打量。

半响，他缓缓开口："不好。"

"什么不好？"余星多不明所以。

"不吉利。"

书里，林黛玉年纪轻轻就死了，还是死在了爱人与别人的大婚之日。哪怕人物再美再灵动，都显得太悲剧，不够完美。

陆城懒洋洋地趴回桌上，慢条斯理地继续说道："你自己名字不是挺好听的嘛？叠字，还不够你喊点亲切的？你说是吧？多多？"

余星多大怒，拍案而起："不要叫我多多！"

陆城闷笑一声。

姜婷也跟着插刀："你看，有的时候命运真是天注定，咱们岁岁就是又漂亮名字又好听。某些人长得丑就算了，名字还像一条狗。余星多，你说是吗？"

闻言，余星多悲愤不已："你们懂什么？星多星多，一听就很浪漫很诗意好吗？"

气氛热烈，连林岁岁也忍不住跟着一同笑起来。

可能是心理作用吧，陆城的每一句话都会让她觉得这个男生真是好有意思，好生特别。

转眼又到了周五。

最后一节班会课结束，各科老师一个接一个进教室，开始布置周末作业。

按照惯例，为了让学生保持应试手感，语文老师每周末都会布置一篇作文让大家写，交上来也会根据高考要求批改，这也是最让男生叫苦连天、哀号不已的作业之一。

林岁岁倒是挺擅长写作文的，所以毫无怨言，安安静静地将题目抄在备忘录上。

蓦地，旁边有人推了推她的手肘。

林岁岁吓了一跳，受惊般扭过头，瞪圆了眼睛，心脏立马"扑通扑通"跳得飞快。

陆城有些诧异："这么怕我？"

扪心自问，他也没有做过什么事啊。

除了怕苏如雪找麻烦，想让余星多跟她换个座位以外，陆城和林岁岁坐同桌这两周，算得上是互不干扰、相安无事。

他有凶过她吗？

完全没有。

再加上林岁岁这纸片般娇弱模样，风大点都怕把她吹走了。

这么些日子以来，陆城压根儿都没有对她大声说过话，自己又不是青面獠牙、妖魔鬼怪，哪怕林岁岁再胆小，也应该不至于害怕成这样子吧？

他有些摸不着头脑。

林岁岁有些尴尬地眨了眨眼睛，指甲掐着掌心，勉强语气平稳地小声开口道："什么事呀？"

眼见已经到了放学时间，陆城急着走人，没再多想，直接说："这周作文你帮我写。"

"啊？"

"作为交换，以后所有的数学、物理、化学题目，你都可以参考我的答案。你不是做不明白吗？"陆城勾了勾唇。

想起她每次做理科卷都是一脸呆滞，明明快要把头发扯断，但依旧难以下笔，看起来真是有点笨。

他有些想笑。

林岁岁愣怔片刻，不经意间，同男生对上视线。

下一秒，她便立刻低下了头。

她终于开口："可是，字迹……"

陆城已经将所有乱七八糟的本子一齐塞进书包，拎着站起了身。

闻言，他弯下腰，从林岁岁桌上拿了支笔，又扯了张白纸，写下一串数字。

"加个微信，写完拍照发我。"

动作潇洒流畅，很是不可一世，也不管别人答不答应。

过后，陆城将笔放下，直起身，随手揪了下林岁岁的马尾，再一挥手。

"谢了。"

林岁岁的脸颊瞬间烧起来。

她头发不长，堪堪到肩膀，还得分一大片鬓角出来遮盖耳郭和里头的助听器。

陆城掌心的温度似乎就透过那一小截发丝传递到她浑身血液里，叫人浑身一怔。

为什么要摸她头发？

是在表达亲切吗？

还是在拉近关系？

或者，单纯只是因为顺手？

林岁岁想不明白，而"肇事者"却恍若未觉。

这会儿，苏如雪已经等在后门口。

两人并肩离开教室。

远远地，林岁岁还能听到他们俩的说话声。

苏如雪还是一如既往地娇俏："你和邻桌妹妹说什么了？"

"让她帮我写个作业。"

"啊呀，你就会奴役别人做事……"

声音渐行渐远。

林岁岁的心也随之晃晃荡荡、起起伏伏，如同蒲苇一般，摸索着，找不到依托。

05

周末的时间总是过得很快。

整整两天，林岁岁时不时会分神看向那张字条，上头写着一串号码，她完全不知道该怎么办才好。

加？还是不加？

林岁岁从小就是老师眼中的乖孩子、好学生，哪怕没有那么聪明，勤奋也足够加分。自然，好学生就是听话、不会做坏事、不会抄作业，也不会帮着别人抄作业。

这还是第一次。

一篇 800 字的作文，她 40 分钟就写好了，但到底要不要发给陆城，却值得纠结 40 个小时。

就像一道考题，连答案都写着"略"，无处可以参考。

一时间，林岁岁止不住地在日记本上画来画去。

心绪烦乱。

最终，她还是偷偷将手机拿出来，打开微信，输入这串号码。

她搜索过后，屏幕上跳出来一个用户，昵称一点都不花里胡哨，就叫"Lc."，酷得不行。头像是纯黑底，上头缀了个红心。

林岁岁放下笔，捧着手机，目不转睛地盯了一会儿，手指颤了颤，半天才终于按下了"添加好友"，再乖乖地在申请信息里输入自己的名字。

短短几秒钟，对方就通过了好友申请。

这下，林岁岁没了缓冲时间，整个人顿时变得紧绷起来。连她自己都说不明白，为什么面对陆城时，会这般手足无措。

细究原因，大概是因为海鸟遇见了鱼。

本身不是一个世界，若要有什么交集，只能去小心翼翼地窥探。

林岁岁踟蹰良久，迟迟未准备好开场白。

陆城倒是直接干脆地发来消息。

Lc.：【作文写好了？】

她顿了顿，往对话框里敲了个字，发送。

年年与岁岁：【嗯。】

年年与岁岁：【图片 jpg】

周六一早，林岁岁就写完作文了，自己的，还有给陆城的，却被她硬生生拖到周日下午才发出去。

收到图片后，顶上昵称跳成了"对方正在输入"。

Lc.：【不错，谢了。】

Lc.：【[图片][图片][图片]】

陆城一鼓作气发了好几张图给她。

林岁岁立马点开，是这周周末家庭作业，数学考卷、物理拓展题……样样齐全。

他像是写得随意，字迹不甚工整，比上次见的更加龙飞凤舞。那些字仿佛跟随着风，一下子飞舞进了林岁岁心里，有一根琴弦，被缓缓拨动。

林岁岁满脸通红，手忙脚乱地回了个"谢谢"。

那头再没回复。

她深吸了一口气，平静许久，手指微动，点进陆城头像里。

陆城朋友圈很干净，几乎没有什么内容，最新一条是分享音乐《不能说的秘密》。

再往前翻翻，还能看到他分享的图片，照片上就是周杰伦的最新专辑。

林岁岁咬着下唇，若有所思地翻开日记本，在扉页写上一句：【陆城喜欢周杰伦。】

霎时，就像是成功分享了他的秘密一样。

她低低笑起来。

周一清晨，距离早自习时间尚有许久。阳光懒懒洒下来，早已不复前几周那般炎热，和着微风，甚至还有些秋日的舒爽。

林岁岁慢吞吞走到校门口，一抬眼，正好看到姜婷从一辆SUV上下来。她不认识什么车标，但只看车样子也能感觉到价格不菲。

虽说八中学生不是非富即贵，就是顶级学霸，认识那么些日子，倒是也没有了解过姜婷的家庭。

不过，林岁岁也不是那种喜欢打听人家私事的性子。

她没多想，在校门口停下脚步，准备等姜婷过来，一起进去。

隔了一条马路，姜婷没有看见林岁岁。

下车时，她脸上表情略显不耐烦。

接着，一个男人手上拎着书包，跟在她后面，一同下了车。

男人西装革履，看起来二十五六岁的模样，表情严肃，哪怕手上拎着不合时宜的女式书包，也不显丝毫稚气。他五官生得极为精致耀眼，一出现便成功吸引了周围众多女生的目光。

男人二话不说，一把攥住姜婷的手腕，将她整个人往自己身前一拉。

两人四目相对。

林岁岁不知道姜婷那边是什么情况，不好贸然出现，那就装作没看到好了。

她没有丝毫犹豫地转过身，独自快步走进学校。

然而，计划赶不上变化。

林岁岁走进教室，刚坐到位置上，前排的余星多冲着门口大喊了一声："姜婷！那个开大G的帅哥是哪个？我瞧见了，嘿嘿嘿！"

姜婷眉目间满是不耐烦，将书包往桌上一扔，扑上去就想打余星多。

余星多"嗷呜"一声，闪得飞快。

早自习尚未开始，两人在教室里打闹起来，直至课代表来收作业才消停。

姜婷气喘吁吁地撑着腰，白了余星多一眼："是我哥，怎么？你羡慕啊？"

"亲哥？"

"咋的？不行吗？"

余星多颇有些难以置信，扬了下眉，诧异问道："咱们这岁数还能有亲兄弟姐妹的啊？看来江城的计划生育政策落实得没新闻里说的那么好哦。"

姜婷无语:"你管我?你个大男人怎么这么八婆?"

俩活宝又开始新一轮吵嘴。

林岁岁坐在两人后排,虽然看起来她是拿着单词表在默背,实际上,嘴角也不自觉抿上了笑意。

这会儿工夫,陆城悄无声息地从后门走进来。

余星多注意力终于被转移:"城哥,周末干吗去了?苏学姐电话都打到我这儿来了,说你两天没理她。"

林岁岁垂下眸子,无意识地捻了捻指尖。

陆城气色不太好,表情瞧着就有些冷淡疏离:"别理她。"

"哦!我说你在睡大觉呢,可能没看到消息,到时候你可别说漏嘴,害我被她念叨。"

陆城坐下,没说好,也没说不好。

林岁岁用余光偷偷瞄了陆城一眼,又倏地转开。

下午第二节是体育课,也是八中学生难得的放风时间。

下午第一节课结束,同学们便三三两两地提前下楼。

姜婷脱了校服外套,把头发束成一个马尾,在脑后晃悠晃悠着,衬得五官深刻分明,完全是一派青春洋溢的模样。

她冲林岁岁挑挑眉,问道:"走吗?"

林岁岁轻轻地"嗯"了一声,也跟着站起身。

两人并肩下楼。

事实上,林岁岁平日里时时刻刻戴着助听器,不便剧烈运动,再加上身体瘦弱,稍微动几步就会脸色发白、气喘不止。

从小到大她都对体育活动敬谢不敏,自然也没什么期待,恨不能留在教室里多做几道题,补上课业差距。

所以,慢跑完两圈之后,姜婷要去器材室借拍子打羽毛球,林岁岁果断拒绝了邀请,一个人躲去了无人处。

八中操场极大。

这会儿,班上同学各自活动,男生打篮球踢足球,女生就玩玩羽毛球之类的。

林岁岁的视线在球场上转了一圈,看到余星多,还看到了几个经常跟着陆城的男生,却独独没有见到陆城。

压抑住心底的失落,她静静地去了器材室旁边,同往常一样,想找个空房间,避开阳光,安安静静度过这节体育课。

她随手推开一扇门,竟然是个乒乓球室。

没有人在使用,很完美。

林岁岁刚往里头迈了一步，倏地瞪大了双眼。

球室不大，里头只摆了一张乒乓球桌。陆城正坐在球桌侧边，正好是门外视线死角，所以林岁岁刚刚没有看到他在里面。他听到动静，视线从手机屏幕上移开，落到来人脸上。

林岁岁被他看得头皮发麻，颤颤巍巍地往后退开些许，低声开口："抱歉，我不是故意……"

陆城嗤笑一声："公共场所，我能进，你也能进，有什么好抱歉的？"

林岁岁飞快地眨了几下眼睛，睫毛像小扇子一般，簌簌地上下扇动着，看着乖极了，有种难以形容的可爱乖巧。

陆城又笑了一声，朝她勾勾手指。

"过来。"

林岁岁有些不明所以，在原地犹豫片刻，还是坚持不住，朝他靠近了些许。

"关门。"

感觉陆城这要求有些奇怪，林岁岁没动。

"关门，问你几句话。我还能吃了你不成？"

"哦……哦……"林岁岁红着脸，点点头，反手将门轻轻合上。

光线随之黯淡下来。

林岁岁抬头，愣了愣：这般，竟然能将陆城脸色看得更为分明，他瞧着好似比自己还要病弱苍白。

陆城却不以为意，从旁边拿了块球拍，又捡了个球，放在球拍上颠了几下。

乒乓球发出轻微的"哒哒"声，在这房间里显得清脆又悠远。

陆城缓缓开口："林岁岁，你那个耳朵是怎么回事？"

这还是陆城第一次正儿八经叫她的名字，之前都是"你""喂""黄毛丫头"之类的代称。"林岁岁"这三个字从他口中念出来，竟然有种别具一格的味道。

然而，这问题却问得好生刁钻。

陆城完全一无所知林岁岁的心思，自然不知道林岁岁为何突然拧着眉消沉下去。

良久后，她终于下定决心，小声道："你、你不要告诉别人。"

因为第一次见面时，他帮她保住了这个秘密。

林岁岁决定拉开一点点遮光帘，给自己日渐无法呼吸的世界透个气。

陆城颇觉好笑："你什么都还没说呢，让我告诉别人什么？"

林岁岁抿了抿唇，深吸一口气："去年……嗯，因为一些意外，被人推到楼梯下面，摔下去撞到头之后，就听不见了。"

至于其他秘密，本就与她无关，也无须由她赘述。

那些事情是该张美慧担心的。

陆城愣了愣，目光微微凝结。

从他这个角度居高临下地看过去，林岁岁左脸颊上有个酒窝，小小一个，随着她表情变化而若隐若现，抿嘴时特别明显，整张脸都显得乖乖的，真像个小学生一样可爱，再看右边脸，却没有。

小丫头只有单边有酒窝，挺少见。

陆城倒没有像发现新大陆一般，只是难得仔细观察了一下她脸庞，又笑了一声，漫不经心地答道："这算是个秘密吗？"

林岁岁斩钉截铁地回答："是。"

无论是助听器，还是意外，于她来说都是不能说的秘密，这是耻辱，也是人生路上的坎坷。

是个人都不想把自己的痛苦剖开来展现给别人看，更何况是林岁岁这种心思敏感的小姑娘。

陆城没再多说什么，点点头："知道了。"

林岁岁在心里长长地松了口气，果然，他是不一样的。

两人之间的气氛渐渐沉默下来，倒也不显得很尴尬。

倏地，陆城手机振动了一下。

他摸了下口袋，拿起来看了几眼，表情淡漠下来，似是有些不耐烦。紧接着，他便一言不发地往门口方向走去。

林岁岁条件反射地往旁边让了一步。

擦肩而过时，陆城身体轻微晃了晃。

她愣了愣，眼神一定。

在同龄男生中，陆城个子算得上很高，体型偏瘦，但并不瘦弱，加上天气热，穿得清凉，还能看到有薄薄的肌肉覆盖在手臂上，皮肤白，衬得肌理分明。

林岁岁一直觉得，比起旁人，陆城有种很特别的、高不可攀的镇定气场，让所有人都会心悦诚服地围着他转。直到这会儿，什么性感、什么气场，好像一下子都不见了，竟然只余了些许病态美感。

见状，她语气中不由自主地带上焦急，问道："陆、陆城，你怎么了？不舒服吗？"

下一秒，陆城握着拳，稳住身形，再回过头，轻描淡写地看向林岁岁，答道："没有。"

"可是……"

"没什么可是。"

顿了顿，陆城又喊她："林岁岁。"

林岁岁茫然地抬起眼，同他对上视线。

"从今天起，你归我罩着了。"

说完，陆城拉开球室大门，稳稳当当地走了出去，一拐弯，再也不见人影。

林岁岁呆呆愣愣地站在原地，好久回不过神来。

她应该是完蛋了。

她想。

她偷偷高兴了很久很久

Chapter 02

C E / E R

明明知道他的温柔不是
单独给你，而是他生来温
柔，你却偏偏执迷不悟，自
欺欺人，这真相，叫人好生
难过。

——林岁岁日记

01

期中考试前夕。

李俊才要去区里出八校联考卷，这节物理课改成了自习。

教室里，窸窸窣窣的聊天声络绎不绝。

姜婷扭过身子，趴在林岁岁桌上，又顺手拉了拉余星多，悄悄宣布了一个大新闻："城哥和苏如雪吵翻了。"

林岁岁正拿着陆城的数学小测卷对答案，闻言，笔尖微微一顿。

没人发现她这点异样。

余星多反应大些，一脸不敢相信："你怎么知道的？城哥都没跟我们说。"

平日，陆城没事就在教室里睡觉，偶尔进进出出时，身边总是围绕着几个男生。

林岁岁偷偷观察过，一行人要么是在聊篮球，要么就是聊游戏。

姜婷白了余星多一眼："我看见的，就上节课下课那会儿，完全是第一手消息。"

"怎么说？你见到两人吵架了？"

"那倒不是，不过苏如雪一直又喊又哭的，城哥完全没有反应。"

听她说完，余星多啧啧两声："妹子，格局小了啊。"

接着，他顺手从课桌里摸出包零食出来拆开，放在林岁岁和陆城桌子中间，示意大家一起分享。

他连小吃都体贴地准备好了，明显是要开始长篇大论。

姜婷挑了挑眉，表情生动，仿佛在说"我倒要看看你能说出个什么鬼来"。

趁着陆城不在，余星多聊起八卦来一点都不含糊。

"你们都不知道，国庆之前城哥就和苏学姐吵过一次，但不是又和好了嘛。苏姐很有手腕的，别看她平时有点……咳，不正常，到底是学姐，拿捏一下陆城问题不大。

"当然，我们陆城也不是那种会被女生拿捏的人，我只是打个比方而已。而且苏学姐这么漂亮，你们说，哪个男生会忍心真的和她过不去，对吧？"

余星多这观点完全是站在男生的角度。

姜婷一时也找不到反驳之词，陷入沉思之中。

林岁岁垂下眼。

事实上，她早就品出些许端倪——陆城并不介意别人议论他的那些事。所以姜婷和余星多讨论得很来劲儿，她却没有什么心思听。

小组闲聊还在继续。

姜婷皱起眉，用手臂撑着下巴，说："问问本人不就好了，城哥人呢？"

余星多回道："一听是自习课，立马不见人影了，会不会……"

姜婷瞥了他一眼，从书包里拿出手机，说要给陆城发微信。

片刻过后，她长长地叹了口气："老余，你说得没错。"

"怎么说？"

"城哥说在陪苏如雪写考卷呢，一会儿上课再回来。"

"嘿嘿嘿……"

林岁岁没参与讨论，头却埋得更低了一些，几乎要垂下去，将桌面压个洞出来。她整个人也缩成了一团，看着骨瘦嶙峋、楚楚可怜。

进入十一月，仿佛一夜之间就冷了起来。

江城是南方城市，四季虽是分明，但天热时热得如同蒸笼，天冷时，又是刺骨湿冷，仿佛要将人的骨头都冻僵。

八中小树林里，翠绿树木也日渐变黄，落叶飘了满地。

放学时间到。

如同往常一样，林岁岁不想回到空空荡荡的家，还是最后一个离开教室。走出教学楼，天色已经暗了下来，只有遥远的天际透出最后一丝橙红色的霞光。

她步伐不紧不慢，穿过操场，绕过雕塑，走出校门。

校门外不远处有家便利店，里头光线暖洋洋的。

林岁岁盘算了一下，到底是经不住这温柔诱惑，决定在便利店解决晚餐。

她走进便利店，拿了橙汁、酸奶，还有一大杯关东煮。结过账，她端着关东煮纸杯坐到窗边，开始享受这一刻独处的宁静。

然而，没过几分钟，玻璃窗外突然出现了一个熟悉的身影。

林岁岁停下动作，呆呆地看过去。

不知为何，陆城竟然也还没有回去，滞留在学校周边。

很快，林岁岁得到了答案。

苏如雪追上来，脸上带着肆意的笑容，从后面一把拉住了陆城。

便利店玻璃隔音效果不错，林岁岁听不见两人说了什么。

她有些失措。

暮色街道上，少男少女肆意张扬，画面和谐得让人挑不出一丝错来，美好得就像一幅画。

玻璃窗内，林岁岁脸色惨白，耳朵里响起一阵又一阵轰鸣声。

她又什么都听不到了。

明明早就知道是自己在妄想，偏偏见了这种场面，却仍旧会失态。

第一次见面，陆城喊她"黄毛丫头"，但又偷偷地帮她捡了助听器，也没有逼着她在大庭广众之下换座位。后来，陆城给她抄作业、逼她给他写作文，加了微信，又给她发答案。

林岁岁理科差，进八中之后跟不上课程，这一个多月，陆城的考卷和作业本大部分时间都是放在她这里，给她参考。

虽然他什么都没有说，却温柔得叫人无法招架。

自从张美慧那件事发生后，林岁岁一直担惊受怕、提心吊胆，生怕哪一天就有人将这个秘密揭穿，让她再次无处可去。陆城却对她说，他会罩着她。

这是第一次有人对她说这样的话。

或许，谁都会不由自主地关注这样的男生，就像影子追逐阳光一样，没有确切理由。

她能有什么办法呢？

她什么都做不了。

发呆这会儿工夫，窗外两人已经不见踪影，许是去了别处继续说话。

林岁岁咬住嘴唇。

不知何时，店员走到她旁边，轻轻地推了一下她的肩膀："同学？同学？"

"啊？"

"同学，你的裤子……"

顺着店员的视线，林岁岁低下头。关东煮汤洒在了校服裤子上，又顺着裤腿滴到了地上。应该是她刚刚失神时，不小心弄的。

"抱歉……"她站起身，捏着指尖，小声道歉。

店员连忙摆手，急急说道："没事的，没事的，拖一下地就行。哎，你别哭啊……"

02

日记写了满页，心情有口难言。

生活却还得继续。

对于一个 16 岁的女生来说，什么都比不上繁重课业来得磨人。

按照惯例，八中非常重视每个学期的期中期末两次大考，毕竟作为名校，手握不少推优、保送名额，为了公平公正，不被外界诟病，取学生成绩样本时不能马虎。

从高一开始，学校就会严格按照高考题型、时间来安排试卷。哪怕有时候有区级、市级的多校联考，最后还是会用自己学校的考卷分数登记。而八中教学进度快、试卷难度高，也是全市出名的。

林岁岁是插班生，前一年没在这里就读，转学过来之前还休了半年病假，前头一个月上课也是云里雾里，对这次考试基本毫无把握。

考试前一周，她就开始紧张起来，话也不怎么说了，每日埋首于课本和模拟试卷中，彻夜苦读。

周末，张美慧回了家。

林岁岁正在房里背课文，听到门锁转动声，吓了一跳，连忙踩着拖鞋跑出去。

她一抬眼，便同来人对上视线。

她整个人微微一颤，抿了抿唇，轻声喊道："妈……你回来了。"

张美慧随口"嗯"了一声，将钥匙丢在玄关柜子上，一边脱外套，一边问道："最近没什么事吧？"

林岁岁退开一步，站得远远的："没。"

"新学校还习惯吗？"

"还可以。"

张美慧点点头，脸上没什么表情，仿佛只是客套一样："那还行，钱没白花，你记得要好好学习。"

林岁岁早已经习以为常，只需沉默以对即可。

张美慧抬手，将头发拢到脑后，扎成一束。她生林岁岁生得晚，年纪已经不小，但保养得极佳，看着精致又秀气，哪儿哪儿都好模好样。

女儿则骨瘦伶仃一点儿，除了五官遗传得秀气可爱以外，好像哪儿都没有妈妈来得耀眼。

林岁岁打心底恨极了这种耀眼，因为这种耀眼一夕之间就能将母女俩平静的生活全数毁灭。

张美慧对女儿的心思完全无知无觉，手上动作不停，继续说道："助听器用着还合适吗？你准备一下，明天带你去医院复诊。"

她就是为了这件事才回来的。

林岁岁这耳朵自从受伤之后，在全国各大医院奔波了大半年，依旧查不出什么病因，最终只能归结为心理诱因。

林岁岁自己都绝望了，做好了一辈子戴助听器的准备，但张美慧却一直没有放弃，还在联系专家名医。

听张美慧这么说，林岁岁脸色复杂。

小姑娘本就心思敏感，总疑心张美慧是为了弥补愧疚感才锲而不舍。

"不用了，治不好的。"

张美慧一愣，立马就抬高了声线，厉声斥责："林岁岁！你胡说八道什么呢？

"你是想一辈子当个聋子吗？哦，是不是我就不该送你去八中，直接送你去残障学校就好了？你看看你现在是什么样子！琴呢？你一年多没摸琴了吧？这是在做给我看呢，还是单纯就准备颓废到底了？"

张美慧发起飙来顾不得形象。

林岁岁被她骂得眼睛通红，噙满了泪花，视线迷迷蒙蒙。

客厅角落里安安静静地斜靠着一把琴，用黑色琴包装着，个子比大提琴还要大一个号。

曾经，林岁岁温温柔柔地向朋友介绍说，这叫低音提琴，是提琴中体积最大的乐器。

低音提琴虽然学的人少，不如小提琴和大提琴受欢迎，却是乐队中不可或缺的存在。它的声音低沉好听，像是淙淙流水一样，能带人走进童话梦境。

她一学就是整整十年。

林岁岁曾经那么认真地爱着它。

现在，它不得不被彻底封存起来。

思及此，满腔委屈控制不住地倾泻而出。

她握紧拳头，仰着头，一字一句地说："如果不是你给人做了情人，人家又怎么会吵上门来，失手把我推下楼呢？我也不想一辈子做个聋子，可是我能怎么办？妈，你讲理一点好不好？"

字字句句都像是带着血泪。

午夜梦回时，林岁岁辗转反侧过多次，想不明白为什么她才16岁，就不得不中断梦想，坠入深渊之中。

可是她又能有什么办法呢？

张美慧是她亲妈，独自一人将她带大，从来没亏待过她什么，甚至可以说得上关切宠爱。她一个做女儿的，好似压根儿没有立场去责备。

所以，话音才落，林岁岁便后悔了，怯怯地看了张美慧一眼："妈……"

张美慧半天没说话，愣愣的，面无表情地看着她。

半晌，张美慧终于叹息一声，开了口："对不起岁岁，不该凶你，医生还是要去看的。至于大人的事，你不要管。"

林岁岁用力深呼吸几下，终于平静下来。

"周一就要期中考了，明天我要在家里复习。"

"那下周末，行吗？"

"嗯。"

张美慧在家待了两天。

周日傍晚，她看了看时间，说自己要去接个客户，同林岁岁打过招呼后，关门离开。

整个屋子倏地安静下来。

林岁岁复习得懵懵懂懂，脑子好像是生锈的齿轮，半天转不起来，只得拧着眉，靠在椅背上休息片刻。

脑子里还在天马行空、胡思乱想，想立刻分班，进文科班去。她宁可背书，也再不想学这些理科公式。

但八中高三才分科。

况且……陆城会选理科吧？

他数学和物理这么厉害，又懒得写作文，肯定选理科。分班之后，他们应该就不会再有什么交集了。

可是，为什么又想到他？

林岁岁懊恼地将脑袋磕到写字台上，重重一声，似在逼迫自己赶紧清醒，别再傻乎乎地一条路走到黑了。

寂静之中，手机在旁轻轻一振。

她眼睛尚还闭着，手臂先伸出去，指尖探了探，摸到旁边矮柜上，将手机拎过来，解锁屏幕。

竟然是姜婷发来的消息。

姜姜姜饼 Zzz：【岁岁宝贝，复习得怎么样啦？】

林岁岁坐起身来，垂着眼，打字回复：【感觉不是很好。】

发送成功。

对方几乎是秒回。

姜姜姜饼 Zzz：【能出来吗？城哥一会儿过来给咱们划重点。】

屏幕上闪现这行字。

林岁岁惊讶地瞪大了眼睛。

怎么看，"划重点"这三个字都不像是能和陆城挂上钩的啊。

然而，尚未等她从一片混沌中清醒过来，下一秒，姜婷干脆利落地发了定位过来。

姜姜姜饼 Zzz：【快来！免费的家教课，不蹭白不蹭。】

窗外，霞光满天。

二十分钟后，林岁岁下了出租车，按照定位，往那家汉堡王摸索过去。

他们约的地方很好，就在八中旁边。虽是商场里，但同一层就有几家西式快餐，汉堡王在其中价位偏高，哪怕周末，人也不算多，一点也不见吵闹。大部分空位几乎都被约着一起复习的八中学生占据。

林岁岁推门而入，一抬眼便见到姜婷坐在窗边的座位上朝她招手。

她轻轻笑了笑，迈步走近。

除了姜婷和余星多，还有班上另外三个同学，这三个同学坐在隔壁桌说话。

林岁岁小声同所有人打了招呼，这才坐到姜婷旁边。她四下看了看，陆城还没有来，气氛倒也算热烈。

姜婷面前摊着本错题集，看字迹，好像是余星多的。

姜婷拿着笔画了两下，念念叨叨的："老余，就你这水平，我劝你弃考得了，免得给批卷老师增加负担。"

余星多非常不服气："会不会说话呢你！"

姜婷懒得搭理他，本子一推，转而同林岁岁说话："岁岁宝贝，你怎么样？"

两人坐前后座，没人比姜婷更清楚，林岁岁为了跟上进度，到底有多努力，但……收效似乎甚微。

林岁岁摇头："我也应该弃考。"

"没事儿，你这不是刚转来没多久嘛，还在适应期，老师都能理解的。况且，你文科那么好，语文英语可以拉很多分呢。"姜婷的语气像是哄孩子一样，温柔极了。

余星多看了，简直啧啧称奇："女生都有两副面孔吗？"

不过，林岁岁那巴掌大小的脸，小鹿一样圆圆的眼睛，肤色有种病态的白，乖巧柔弱，换谁来好像都不会冲着她大声说话，生怕把人给吓坏了。

简单聊了几句，余星多接了个电话，同他们说："城哥到楼下了。"

林岁岁心脏一紧，用力吸着气，她捏着笔，悄无声息地用余光瞥着门边。

五六分钟后，陆城推开门，大步流星地走过来。

因为是休息日，他并没有穿校服，上身穿了一件白色潮牌卫衣，下半身则是牛仔裤、运动鞋，青春洋溢，整个人就好似竹节一样，高高瘦瘦、气质斐然。

林岁岁将头埋得更低了，几乎要钻进课本里去。

好在无人发现她的异样，只顾着招呼陆城。

陆城挑了挑眉，算作回应众人。在原地顿了一下，他长腿一跨，坐到了林岁岁面前。

林岁岁一怔。

确实，他们这四人桌，也就只有她面前有空座位。

陆城的这个举动大大方方、无可指摘，也并没有什么特殊含义。

小姑娘在心里认真地对自己说。

没等林岁岁心理建设完成，陆城已经顺手抽走了她面前的课本，翻开，瞄了几眼，漫不经心地开口问道："哪里不懂？快点，我赶时间。"

余星多捶了一下他肩膀，调侃道："干什么，赶着去约会啊？城哥，明儿考试了，你们收敛点嘛。"

陆城拿了支笔，轻飘飘地丢下一句："和谁？少诬赖我。"

这话一石激起千层浪，瞬间将在场所有人的目光吸引过来。

林岁岁抬起头，猝不及防对上一双似笑非笑的眼睛，连忙手足无措地避开。

陆城闷闷笑了一声，意味不明。

旁边，姜婷早忘了复习这回事，迫不及待地开始八卦："城哥，你真不陪苏如雪玩了啊？为什么？"语气简直说得上是兴致勃勃。

姜婷讨厌苏如雪这件事，2班后三排的人几乎都知道。

没办法，谁让在挺长一段时间里，苏如雪撞见姜婷都会阴阳怪气几句，实在是怪讨人厌的。

陆城将目光从林岁岁脸上挪开，看向姜婷："想看好戏？"

姜婷没说话，答案不言而喻。

陆城倒也没有生气，拧了拧眉，浑不在意地开口："没为什么，烦了。"

姜婷讪笑一声，做作地用力吸了一大口可乐："城哥，祝你平安，从此以后好好学习，闭眼考进985。"

陆城无语。

几人笑闹几句，终于切入今日主题。

陆城耐心有限，也不是真能教人的脾气，干脆只拣了重点说："这次数学考卷的重点考核项目应该是圆、双曲线、向量和复数，这几个肯定会出大题，加上永远要考的三角函数，没了。不管题目多难，第一问先把公式写出来，第二问套公式或者加辅助线，第三问没时间就直接放弃。其他可能是选择题和填空题，数列和行列式是送分题，趁着今晚多看两遍书就会了。"

他将手中的书本放到桌上，懒洋洋地靠到椅背上："公式全背出来，及格不好说吧，拿个一半问题不大。"

余星多咂舌："兄弟，高一期末考，咱们班可就一半人及格了。75分都是高分了，别说得这么容易嘛。"

八中是有竞赛班的，一个奥数一个物理，里面就算是尖子生中的尖子生。平时大考小考，年级前三十基本被竞赛班包揽，偶尔才会有一两个平行班学生冲进排名里去。

陆城算得上天资卓越，但需要花时间背书的文科分数都一般般，基本徘徊在 100 分到 110 分之间。人只靠理科拉分，也能在年级前二十稳占一席，完全担得上"学霸"名号。所以，哪怕他是明目张胆地上课睡觉，老师也是睁一只眼闭一只眼，着实叫人眼红。

余星多控诉："你这是饱汉不知饿汉饥。"

陆城弯了弯嘴角，懒得同他斗嘴："我说的都记下来了没？"话却是对着林岁岁问的。

林岁岁一愣。

事实上，从刚刚开始，她人一直在神游天外。

想得太多，结局便是陆城问起正事时，林岁岁当即陷入茫然无措境地，整个人一僵。

"啊……"

闻言，陆城眉峰拢起，故意严肃地说："看来是没记下来。"

林岁岁羞愧得恨不得钻进地里去，耳尖瞬间晕出一丝淡粉色。

这般，倒让人不好意思再玩笑。

陆城叹气，认命般坐直了身体，翻了翻桌上的本子，将林岁岁的笔记找出来，又拿起了笔，架势十足地问道："几个大知识点，先不说题目，只说公式推导逻辑，有哪里不明白？"

余星多怪笑起来："喂——不是吧，城哥，你这是差别对待啊。对咱们那就是随便讲几个重点，对妹妹就是仔细询问哦？"说着，他又怪里怪气地学了陆城的语调，"妹妹，有哪里不明白哦？"

自从陆城说"林妹妹"这个昵称含义不好之后，余星多干脆将"林"字省略，直接喊"妹妹"了。

林岁岁比班上大部分人都小一岁，今年才刚刚满 16 岁。再加上她长得又瘦又小，眉眼细腻柔软，瞧着嫩得不行，叫一声妹妹，也不算埋汰。

只是听着，颇有点像初中时流行的那种"认妹认哥"活动，很是复古。

被余星多一调侃，林岁岁脸更红了，连脖子都染上绯红。

姜婷翻了个白眼，迫不及待地吐槽余星多："你当自己是公鸡在打鸣吗？还哦哦哦？"

当事人倒是大大方方地一笑，不以为意。

陆城眼中仿佛漾着霞光，璀璨夺目。他瞟了余星多一眼，又看向林岁岁，漫不经心地说道："你都说是妹妹了，咱们做哥的，还不得多照顾一下？老余，你喊我一声爹，我今天留下来通宵给你补习，怎么样？"

余星多一拳砸到陆城身上："你想得美哦！"

这么说着，陆城真耐下性子来，给林岁岁辅导了大半个小时。

倒是林岁岁，虽白占了顶级辅导老师便宜，但整个人还是有点不在状态，表情看着魂游天外一样。她万分勉强才将"妹妹"那句话从脑子里甩开，投入密密麻麻的各种公式之中。

唉，想太多就是耽误学习。

老师家长诚不欺人。

陆城应该是懒得开口，每类题型都是龙飞凤舞地写几行解题思路，最后再敷衍般地问一句"看懂了吗""会了吗"作为收尾。

林岁岁想，不管明天考得怎么样，至少这本笔记本值得永久珍藏。

值了。

转眼，时间将近晚上七点半。窗外天色已经彻底晦暗下来，乌沉沉一片，压缀在高楼大厦之间。

陆城长指一挑，将笔丢下，站起身，说道："基本看懂就能不垫底。行了，我走了。"

倏忽间，林岁岁的笔记本就成了紧俏商品，几个同学都拿了手机来拍。

林岁岁嘴唇动了动，仰起头看他，小声开口："谢谢你，陆城。"

陆城正欲迈步离开，听到她的声音，转过身，眉毛微微一挑。

"不客气。"

说着，他居高临下地伸出手，拍了下林岁岁的头顶，动作很轻柔。

顿了顿，他又似笑非笑地补上一句："明天加油吧……妹妹。"

03

两天时间，考得兵荒马乱。

林岁岁觉得每一科都好像在做梦一样，停下笔之后，就忘了自己写了些什么答案上去，叫人慌乱不已。

好在，尚不是高考。

最后一科交卷铃响，林岁岁收拾了文具，背着书包走出考场，在教学楼门口等了几分钟。

姜婷飞奔出来，气喘吁吁地跑到她旁边。

"等、等久了吧……呼……我们那监考，呼，是高三那个年级主任，非得让我们所有人等着她数完考卷、封上试卷袋才能动……哈，弄得跟真的一样……"

林岁岁笑了笑，没说话，从包里拿了罐美年达给姜婷，成功将话题岔开。

姜婷道过谢，忙不迭拉开，灌了一大口，爽快地叹了一声。

平静几秒，她才问起正事："一会儿跟我们一起唱歌去吗？就咱们班七八个人，可能还有城哥他们篮球队几个朋友，都是咱们学校的。"

考试结束就直接放学，比平时上课都要早好几个小时，顿时弄得学生心思浮动，三三两两组织起活动来。

林岁岁犹豫了一下："可是，明天还要上课……"

姜婷笑道："不会很久的，就三个小时，再一起吃顿火锅，了不得比平时晚到家俩小时。而且今天没有作业，不耽误你休息。"

林岁岁踟蹰片刻，最后半推半就地跟上了步伐。

KTV 就在隔壁正大广场，步行不过十分钟，也没必要组团打车，直接过去就行了。

两个女生说说笑笑，踩着秋意，很快抵达终点。

另外三个女生都已经到 KTV，男生一个人影没见。

姜婷给余星多打了电话，"嗯"了几声，骂了句脏话，很快挂断，又给大家解释："他们几个先去打了会儿篮球，大概还有五六分钟就能到。我们先开包，别管他们。"说着，便转去找服务员。

正大广场这边平日大学生来得多，KTV 查得不严，也没检查身份证，他们也没穿校服，侍者直接给他们安排了大包。

几个姑娘跟着侍者走进房间，点歌机器一开，又"呼啦啦"拥过去点歌，人人都是麦霸气势。

音乐声响起，气氛直接嗨了起来。

林岁岁没动，选了个靠边位置坐下，安安静静地隐没在黯淡光线中。

她拉了十年琴，一直学的古典音乐，对流行乐基本毫无涉及。当然，除了这个月恶补的周杰伦。

关键是她不确定自己唱歌是不是好听，自然不敢在这么多人面前表现，只能作为陪客，当好壁花。

十来分钟后，包厢门被推开，几个人高马大的男生鱼贯而入，听到有人在唱歌，很是捧场地吹起口哨。

陆城跟在最后进门。

林岁岁仗着自己位置偏僻，终于鼓起勇气，肆无忌惮地打量起他。

许是刚运动过，他胸口一起一伏，呼吸频率很快，脸庞被 KTV 灯光染成昏黄颜色，有种少年人惊心动魄的俊朗意味。

林岁岁咬着下唇，目光跟随他，一点一点，往自己这个方向游移……

眨眼间，陆城已经走到了她旁边。

两人对上视线。

不过半秒，林岁岁便触电般低下头。

陆城闷笑了一声，声音有点沙哑，问她："这么吵的地方，耳朵会疼吗？"

KTV包厢里的背景音乐有点吵，但林岁岁确认自己听清了这个问题。且非常清晰，不容怀疑。

她愕然抬眸，再次看向他，不由自主地张了张口。

陆城这是……在关心她吗？是周末尚未结束的哥哥妹妹游戏，还是真的在关心她？

可是又为什么？

一时之间，林岁岁来不及暗自窃喜，也来不及细细品尝其中滋味，各种可怕猜测几乎要将她吞没。

陆城见她没有作答，干脆在她旁边的沙发上坐下，隔了半臂距离。

"戴着那个，可以来这么吵的地方吗？不会刺激到耳朵吗？"他仿佛只是好奇，随口问道。

林岁岁回过神，手指微顿，悄无声息地摸了摸助听器，点头道："应该是可以的。"

陆城"哦"了一声，又问："英语听力怎么做的？"

"李老师跟监考老师打过招呼……"她低声答道。

校考和联考都是用每个班的广播播听力，无须耳机。入校时，学校特批了她能戴着助听器进考场。但高考没法搞特殊，只能她自己解决，目前还没有想到任何办法。

林岁岁垂眸，暗暗捏紧了指尖。

陆城点头，没再说什么，两人各自将目光放到了中央大显示屏上。

空气仿佛凝固到一处。

事实上，林岁岁有很多话想问他，比如"为什么坐到我旁边来""为什么不和他们一起唱歌去""你最喜欢周杰伦哪首歌，我以后天天听"……

但最终，一切未尽之言都压在心底，不露任何端倪。

陆城没有对她有什么特别，他对姜婷、对班上其他关系不错的女生都是一样。

他开得起玩笑，也会开玩笑，温柔绅士，叫所有人如沐春风。

又过了几分钟，陆城倏地站起身，留下一句"我出去一下"，起身离开。

包厢门在他身后合上。

林岁岁有些不知所措。

可能是因为尴尬吧，才这般离开。

她轻轻地叹气。

三个小时过得极快，最后，点歌台屏幕上出现了倒计时15分钟的字样。

有个人提醒："快快快，你们还有谁要唱什么歌的，赶紧点赶紧点，要没时间了！"

余星多大喊了一声："城哥！你今儿一首都没唱，快来一首。"

姜婷也说："妹妹也没唱呢，要不一起得了，正好同桌兄妹合唱。"自从周日那个玩笑过后，她也改口叫起了"妹妹"。

林岁岁一听，掌心出了汗，连忙摆手，小声拒绝："我真的不会唱歌……"

"不行不行，你都拒绝了好几次了，这次不能再拒绝。"说着，姜婷顺势将人拉起来，推到中间沙发上，把话筒塞到她手中。

另一边，陆城也被塞了话筒。

余星多坐在点歌机前，冲两人问道："唱什么？有什么兄妹神曲，给咱们城哥和妹妹来一首？"

看来是非唱不可。

林岁岁都快哭了，茫茫然地看向陆城，期望他说个"不"字，好一锤定音。

昏暗光线中，陆城接收到了她的祈求。

顿了顿，他施施然开口："点个《反方向的钟》，我一个人唱。"

"那妹妹呢？"

"妹妹给我加油就行了。"

十六岁秋末，林岁岁的日记本落下了浓墨重彩的一笔。

那个男孩，握着话筒，低吟浅唱："回到当初爱你的时空，停格内容……"声音低沉温柔，比她钟爱了十年的低音提琴的声音更叫人着迷。

她困惑地想：老天啊，为什么要把所有的星星都放进陆城的眼睛里呢？

唱完歌，一行人转战火锅店。

大桌坐不下，服务员安排他们分成三桌。男生两桌、女生一桌，并排而坐，中间隔了条窄窄的走道，不影响聊天，吃起来也舒服。

林岁岁跟在姜婷身边，一落座，便听到隔壁桌传来欢呼声。

篮球队有个大高个儿正带头鼓掌："城哥请客，大家随便点哈！感谢城哥，感谢城哥！"

瞬间一呼百应。

"哇哦！"

"城，我下半辈子跟你混了，收了我吧？"

"感谢哥！只要请我吃饭，您就是我亲哥！"

……

闻言，林岁岁偷偷看了眼陆城。

他坐在隔壁桌，同她的位置形成一个视线斜角。这会儿，他正懒懒散散地撑着脖子，表情淡然、清风朗朗，仿佛对这一切热闹皆是无动于衷。

姜婷勾选了几样自己爱吃的，将点菜平板塞进林岁岁手中，又笑着问道："城哥，这顿饭是为了庆祝你恢复自由身吗？"

林岁岁整个人轻轻一颤。

陆城尚未来得及开口，旁边余星多已经抢答："会不会说话啊？啥叫自由身啊？咱们哥又不是蹲局子去了。"

姜婷翻了个白眼："老余，我发现你这人特别爱跟我抬杠。"

"我这是实话。"

两人说两句就要开吵，但所有人已经习以为常。

良久，陆城终于懒洋洋地开了口："吃你们的吧，话那么多。"

林岁岁垂下双眸。

火锅吃了将近两个小时。

夜色浓稠时，终于散场。

一行人三三两两道过别，再分头回家、回宿舍。

最后，只剩下余星多、陆城、姜婷和林岁岁四人。

余星多将书包甩到肩上，低下头问："你俩怎么回去？"

姜婷答道："我家里人来接我。"

"妹妹呢？"

林岁岁回道："嗯……走回去吧？"

她家离学校不远，走路就能到。

当初张美慧特地挑那里住，就是为了她上下学能方便些，加上刚刚她吃得有点撑，趁着晚风散散步，也当消食了。

姜婷插话："不行啊，这么晚了，你一个女生走回去不安全。坐我家的车吧，送你一程。"

林岁岁推辞了几句，但盛情难却，又不好意思强硬转身走人，只得道了谢，答应下来。

陆城和余星多便很有风度地陪着两个女生等着。

没一会儿，一辆SUV停在四人面前。之前见过的那个西装帅哥推开车门走下来，大步靠近。

姜婷脸色微变："你怎么……"

这次，男人穿了一身风衣，显得没上次校门口那么严肃，也衬得人更有韵味，只是他的脸色愈发晦暗不明，从冷漠转变为了怒气冲冲。

"你怎么出来玩不跟我说一声？"

姜婷不敢辩解。

男人见她没有说话，二话不说，直接将她丢进后座。

姜婷整个人都愣住了，好半天才尖叫道："喂！你有病啊！我的同学——"

男人没给她说话的机会。

几秒钟，SUV绝尘而去，余星多和林岁岁面面相觑。

好半天，余星多才打破沉默，讪笑了一声："这……姜婷她哥，挺有个性啊……"

这热闹看得人没头没尾。

林岁岁也有些惊讶，不知道该说些什么。

陆城终于在后头出声："行了，你打个车走吧。"

这话是对林岁岁说的。

她一愣，连忙摆手："不用，我走回去就行。"

陆城轻飘飘地瞟了她一眼："你想走路？"

"嗯。"

"那挑个人送你走回去。"

闻言，林岁岁诧异地瞪大了眼睛。

性格使然，林岁岁第一个想法并不是顺着他的话答应，而是想会不会麻烦他？会不会他压根儿懒得送，所以才给她出个选择题？会不会是在暗示她识相一点？

唉。

她要是苏如雪那种脾气……不，哪怕是姜婷那样，都能大大方方地说出"我选你"吧？

这句话，要让现在的林岁岁来讲，简直比杀了她还要难。

两人四目相对，沉默。

陆城勾了勾嘴角："这么难选？"

林岁岁结结巴巴道："我……要不还是打车吧？"

还是余星多看不下去了，他说："行了，妹妹当然得哥哥送，我还急着回寝室洗裤子呢。城哥，妹妹就交给你了，得把人安全送到哦。"

陆城转开目光，问道："你回寝室刚刚怎么不跟他们一起打车走？"

余星多有点尴尬，"嘿嘿"笑了几声："那不是姜饼和妹妹还没走嘛，我不放心两位大美女呀。"

说话的工夫，前头开来一辆空出租车。余星多似是生怕陆城再追问什么，赶紧跳上去，大喊了一声"明天见"，丢下两人，飞速逃离现场。

这个夜，星星不多，月亮也不圆，云层很厚，看起来更像是雾霾，叫人难受，却注定非同寻常。

陆城双手插在口袋中，低下头，喊道："走吧。"

一路无言。

林岁岁并不是能言善道的人，陆城也不算爱说话，自然没有人主动开口。

好在两人身高差显著，仿佛真兄妹一样。哪怕静谧无声，气氛也不算尴尬。

这段路不长，就像是一个梦中童话。

林岁岁矛盾极了，想让这段路一直走下去，又想迫不及待地回家，翻开日记，把这一刻的兴奋感记录下来。

这一切，陆城却完全无知无觉。

两人路过校门口。

倏地，一道黑影从旁边窜出来，拦在前面。

女生声音高亢，满含怒意地侵袭而来："陆城！"

陆城和林岁岁同时停下脚步。

苏如雪指着两人，口不择言道："好啊！我就说怎么突然要跟我撇清关系！陆城，就这萝卜头一样的丫头，你也看得上？"

陆城蹙起眉，声音不悦："苏如雪。"

"怎么？"

"之前没跟你说清楚吗？只是因为我腻了，不想再继续和你做朋友了，和别人没关系，别整天胡言乱语。"

路灯下，苏如雪眼里噙了泪珠，语气依旧咄咄逼人："我都跟着你一路了，现在被我抓了现行，你居然还不敢承认吗？"

陆城脸上已经有些许不耐烦之意："随你怎么想。"

再不想同苏如雪纠缠，他迈开步子，往前走了一大截。

意识到"小尾巴"还没跟上，他顿了顿，扭过头，冲着林岁岁眯了眯眼，问道："还愣着做什么？"

"哦……哦，来了。"

林岁岁小跑着追上去。

陆城这是明晃晃地在无视苏如雪，甚至连个理由都懒得编。

林岁岁百感交集，偷偷侧了侧脸，用余光觑了觑被丢在原地的苏如雪。

苏如雪正直挺挺地站在路灯下，没有再纠缠，脸上带着的不甘和恨意随着光线明明灭灭。

林岁岁回过头，踩着陆城的影子继续往前走，不再多看。

她不是既得利益者，用不着假惺惺地悲天悯人。

同苏如雪一样，她只是盲目地追着光，但不管多用力都好像握不住一丝一毫实质。

04

八中期中考改卷严谨，分数没那么快下来。学校气氛比往常还要热烈许多，有点末日狂欢的意思。

早自习，李俊才进教室，顺着这吵吵嚷嚷氛围宣布了元旦晚会的通知。

"和去年一样，校艺术节连着迎新年一块儿，每个班出节目啊。我看看……嗯，还有三周，够用了，圣诞节会筛选节目、彩排，咱们就尽量多多益善，免得全被刷了，不好看。"

"哇哦——"

"去年晚会放了半天假办的是吧？今年还会放吗？"

"肯定啊，后头连着元旦小长假呢！"

"激动！"

……

一时之间，同学们开始手舞足蹈，议论纷纷。

李俊才拍了拍黑板，乐呵呵地做了个暂停手势，接着说："打住打住，还有一件事，明年大家都知道是什么日子吧？咱们祖国的大寿！所以这次每个班都得出个红色合唱曲目，是学校安排下来的任务，得人人参与哦。那就交给班长和文艺委员来组织吧。"

工作交代完毕，他轻咳一声，继续说："那大家继续早自习。林岁岁，到我办公室来一下。"

突然被点到名字，林岁岁愣了愣，抬起头，同李俊才对上视线。

李俊才没给更多讯息，只朝她安抚一笑，拿着教材，晃晃悠悠地走出教室。

班主任一走，少年们立刻成了脱缰野马，没了桎梏，开始交头接耳，胡天海地地讨论起艺术节的事。

唯独林岁岁怯怯地站起身，她正欲跨出去，蓦地，陆城将脑袋从桌上抬起来，迷迷糊糊地睁开眼睛，哑着嗓子问她："惹事了？"

"没有啊。"想了想，林岁岁反应过来，"可能是考砸了吧。"

这都过了几天，也确实该出分数了。

在她以前的学校，各科老师也喜欢考完试先找学生去谈话，了解情况。不过那时候，林岁岁还算得上学习态度端正的优等生，自然没有享受过这种"待遇"。

没想到，进八中第一次考试就沦为谈话对象，实在叫人灰心丧气。

闻言，陆城摸了下头发，声音逐渐清晰："别去，别理他。"

"那怎么行……"

"有什么不行的，你等着去挨骂呢？我罩着的人，谁都批评不得。"他冷哼一声，"让老李头来找我就是了。"

林岁岁诧异地张了张嘴。

陆城完全不像是在开玩笑，但这说法已经超出了她一个普通乖学生的认知。

原来，还能这么反抗老师的吗？

胆子好大，但是好像又有点酷。

不过，她胆子小，实在没勇气如他所说那般违抗老师。

她在原地踟蹰片刻，最后还是轻声拒绝："我还是去吧，万一李老师有其他事……"

陆城"啧"了一声，拧眉："好学生就是麻烦。"

闻言，林岁岁愣了愣。

"去吧去吧，别哭着鼻子回来，那可就真成林妹妹了。"说完，他没再多言，接着趴回桌上闭目养神。

林岁岁独自一人去了李俊才办公室。

脚步行至门口，她停顿半秒，深吸了一口气，准备抬手敲门。

办公室大门没关紧，留了缝隙，里头的声音慢慢飘出来。

几个老师在聊天，话题中竟然提到了陆城。

她止了动作，立在原地，想偷偷听听看里面说了些什么。

"这次你们班数学物理化学三科又是陆城第一吧？"

"是啊，几乎都是满分。"

"这男生，要是肯稍微花点时间把语文和英语提上去就好了，清北都有希望。"

李俊才是办公室里唯一的男老师，笑声很好辨认，有点憨："哈哈，陆城只要乖乖来上学就好啦。孩子嘛，不要要求太多。"

他似乎是想结束这个话题，但很快便宣告失败。

老师们还在继续聊。

"可不是，要是他真对自己有要求，估计早去搞竞赛了。拿保送名额多好，不行还有降分政策呢。"

"哎哟，你不知道吗，高一的时候就叫他爸妈来过了，让人转进竞赛班，人爸妈说他们不管，孩子自己高兴就行。"

"为什么啊？怎么还有这种爸妈啊？这群小孩每天只想着玩，怎么可能愿意努力啦，啧啧。"

"他有很严重的先天性心脏病，扛不住高强度课业的，万一……对吧？"

"啊？怪不得呢！"

……

门外，林岁岁愣在原地。

原来是这样吗？

怪不得他经常睡不醒，脸色惨白。他无视校规，从来不出操，也不跑八百米，人躲得没影。

在乒乓球室那天，他是因为心脏不舒服才晃了一下身子吗？

怪不得前些天他气喘得异常。

一切的一切，都是有迹可循的。

忽然，林岁岁好像明白了些什么。

陆城对她的那些好意和照顾，是出于同病相怜吗？因为他们俩的身体都不健康，所以才让她的存在显得不一般？

细细想来，陆城确实是捡到助听器之后才没有继续排斥她。

可是这算什么？

林岁岁心绪烦乱，也说不清自己为什么会觉得心疼。

那么好的男孩，那么辛苦、那么辛苦，但什么都没有说过。

毕竟，谁愿意将自己的伤痛剖析给旁人参观呢。

如果这世上真的能有感同身受，如果真的有，陆城应该是可以懂她的人。

伫立良久，林岁岁终于收拾好心情，敲门，轻声问好之后，走到李俊才旁边。

果然不出所料，李俊才将成绩单翻出来，盯了一会儿，手指曲起，苦恼地敲了敲桌面，慢慢措辞："林同学啊，我看你这次的几门理科分数都不太好，跟老师说说，是跟上进度有困难吗？"

林岁岁讷讷地"嗯"了一声。

李俊才笑起来，说："你别紧张，如果有什么课业上的问题的话，多问问老师同学呀。你看你，物理这边，从没来办公室找过我吧？"

她说不出话。

事实上，林岁岁曾经也经常下课找老师问问题，但现在她甚至都不敢靠近老师办公室，生怕里头老师知道内情，用怜悯好奇的目光看她。

或者，有万分之一可能，还听说过张美慧的事，该让她怎么办？

那种感觉，实在难以承受。

李俊才见林岁岁垂着眼睛不答话，马上就明白她性格敏感，便没有强迫她。

想了想，他将语气放得更加缓和："不过基础挺牢的，我看了考卷，还问了数学老师和化学老师，基础题公式题都答得蛮好的，该拿的分都拿到了，还有，语文和英语成绩都很不错，看得出来有在努力。林同学，后面要继续加油啊。"

在李俊才温和的语气中，林岁岁脸颊泛起微红。

基础题拿分全靠死记硬背和多亏考前陆城帮着划重点。

她不太聪明，到底是没能举一反三。从这个角度来看，也和陆城这种天才脑子相差甚远。

李俊才没再为难她："好啦，回教室继续上早自习吧。"

"谢谢老师，老师再见。"林岁岁应了声，转身离开。

回去时，同学们讨论艺术节的热情似乎已经消退，教室里早已不复吵闹，安安静静的，偶有私语声。

这就导致一点点脚步声都显得清晰可闻。

林岁岁在门外踟蹰半秒，转而选择低调地从后门进去。

陆城还在趴着睡觉。

他这般肆无忌惮已经不是一天两天了。

她从背后偷偷瞄了陆城的后脑勺几眼，抿着唇，轻手轻脚地坐回自己位置。

"回来了？"

沉闷的声线乍然传入耳中。

他居然没睡着。

林岁岁被吓了一跳，手指微微一颤："嗯……嗯，回来了。"

陆城将脑袋换个方向，用脸正对着她，眯起眼睛，似笑非笑地瞟她。

这时，姜婷也突然回过身，问道："妹妹，才哥叫你干什么啊？是不是说你了？"

林岁岁心情不是很好，脸色挺差，看着没什么精神。其实倒不完全是因为成绩，自然还有各种原因，只是都不好向好友解释，林岁岁便顺势"嗯"了一声，算是默认她的问题。

姜婷问："分数已经出来了？"

"对。"

"别难过，宝贝儿，你第一次做我们学校的卷子，肯定还没适应，期末考肯定行的。"

林岁岁勉强笑了笑，算作回应。

倏地，她感觉头皮一松，条件反射地抬起手，捂住头发。

不知何时，陆城已经坐了起来，慢条斯理地靠在椅背上，低低笑出声。

林岁岁摸了摸马尾，发圈没了，头发松散下来。

她头发不长，只到肩膀以下一点，加上发质软，梳马尾后只有短短一截，"马尾"都算不上，应该算是"鸡尾"。

但哪怕是这样，小姑娘也是费了心思整理。有时候，她会在斜侧编一条细细八股辫，拿彩色皮圈绑了，再一起梳进马尾中，像一条若隐若现的绸缎。

这会儿，陆城手指上套着橡皮筋，正有一下没一下地打转呢。

林岁岁不明所以地拢着头发，转过头看向他，满脸诧异。

陆城笑了笑："不好意思，顺手。"

她气鼓鼓地嘟了下嘴："皮筋还我。"

陆城从善如流，将皮筋放到她掌心。

林岁岁胡乱地将头发扎好，光溜溜的一把，垂在脑后。

八股辫没了，发型也没了。

今天，好像真的是不太顺利的一天。

见她的表情，陆城低低哼笑了一声，没说话，又轻轻地拉了一下这一小把马尾。

这次，他的动作倒是挺轻，没把人头绳扯下来。

上午四节课，几个老师依次宣布期中考成绩和排名。

八中这种私立学校，本来所有人就都是为了应试教育而奋斗着，基本不存在学生隐私、羞耻心之类考量，分数排名都是公开透明，便于引起重视和竞争。

林岁岁仔细听了一下，她数学和物理都在班级末尾几名，化学稍好些，能勉强挤进中部，但放进年级里，应该都算是差生行列。

这和隔壁那个上课睡觉选手形成鲜明对比。

天赋这东西，生来便愁人。

林岁岁叹息一声，也学着陆城的模样，整个人趴到桌上去，闭了眼。

时逢午休，大部分同学还在食堂吃饭，教室里人不算很多。

陆城和余星多一前一后走进教室，一眼就见到了林岁岁这副闷闷不乐的模样。陆城脚步顿了顿，迟一步才回到座位。

"砰——"

一声轻响。

林岁岁感觉耳边划过一阵风，教室光线被什么东西遮挡。

她睁开眼，眼前堆了大大小小七八个盒子，形状大多扁平，外头还包了精美包装纸，系着丝带，像是谁精心准备好的礼物。

她瞪大眼睛，坐起身，小心翼翼又难以置信地问道："这是……给我的？"

陆城不以为意地挑了挑眉："嗯哼。"

林岁岁恍如梦中。

陆城这是什么意思？为什么会送她这么多礼物？

她忍不住看向陆城的眼睛。

陆城没品出什么少女的期待，懒懒散散地开口："早上不该扯你头发，这些糖和巧克力你拿去吃吧。"

糖？

巧克力？

林岁岁还没来得及问，斜前方的余星多自觉主动地替她解开了困惑："妹妹别客气啊，都是你哥的小粉丝们送来的，我看看时间……唔，应该算是圣诞礼物了吧？反正她们每天都有名头，你要不吃，也都进垃圾桶了，别吃得有负担。"

他"嘿嘿"笑了几声，补了一句："你哥是想哄你高兴呢。"

林岁岁顷刻明白过来。

这算什么？

借花献佛吗?

自从早上偷听到陆城有心脏病这件事后,林岁岁就暗暗发誓不会再将他任何不经意的偏爱认错。

陆城很好很好,好到让她产生错觉。

但他肯定没有想到,自己随手的一些举动会让她有那样的念头吧?

半天没人说话。

陆城觑了觑林岁岁的表情,蹙了下眉,问道:"不喜欢吃吗?"

林岁岁从愣神中醒过来,连忙摇头:"喜欢的,但是……毕竟是人家送你的礼物……"

陆城不以为意道:"没事,吃吧。要是有卡片就扔了。"

林岁岁犹豫片刻。

"谢谢。"

她到底是小心翼翼地将几盒巧克力都收了起来。

陆城拦住她的动作,指挥道:"拆一盒。"

她依言照做,将最上面那盒包装纸撕开,里头是一盒费列罗,八粒装,盒子里还塞了小卡片。

陆城双指一挑,随手将那卡片捡出来,往垃圾桶里一丢,继续指挥:"拆一颗吃了。"

林岁岁乖乖照做。

费列罗有好大一颗,塞进嘴里,将脸颊撑得鼓鼓的,咀嚼时,让林岁岁看着更加傻傻呆呆。

陆城勾了勾唇。

小丫头郁郁寡欢一整天了,也不知道早上被骂成了什么样。分数是不太好看,但她还是柔软微笑时比较能让人心情愉悦。

他这才找了个由头,小小地"惹"一下她。

他本想去小卖部买点甜食,小姑娘好像都喜欢那些,找来找去也没有好吃的,手边又没有其他东西,只能临时想到这办法。

眼见着林岁岁如同往常一样拿出课本开始温习,陆城心想:

啧。

真好哄。

乖得要命。

蓦地,陆城第一次发现,翻页声竟然也会叫人觉得温柔。

或许,自己的午睡应该能睡得安稳一些。

05

午休过后，方茉走到林岁岁桌前，居高临下地看向她。

林岁岁察觉到面前的黑影，从课本中抬起头，心上有些纳闷。

方茉是班上的文艺委员，个子不高，身材匀称，戴眼镜，头发高高地束在脑后，微卷的发尾缀在背上。她不算大美人，但打扮做派一贯都十分洋气。

她一直坐在前排，离教室后半截有段距离，自然平时与姜婷他们这个小团体几乎无交集。

林岁岁极少离开座位，也不善于交际，自转学到这个班，这么久时间，她和很多同学都还只是泛泛之交，只是彼此知道名字，在走廊碰到了就点点头。

方茉就是林岁岁的"点头之交"之一。

所以，林岁岁有点讶异地对上她的视线，试探性地问道："方茉，你有事找我吗？"

方茉扶了扶眼镜，眼波微闪，说道："这次艺术节班级合唱，班委商量了一下，定了《我和我的祖国》，你可以来伴奏吗？"语气里带着些微妙的颐指气使。

林岁岁愣住了。

方茉顿了顿，又侧了侧脸，声音变得柔软许多："陆城，还有你，可以弹钢琴的吧？听说你钢琴是演奏级水平……"

陆城头也没抬，一点面子不给："没空。"

方茉的表情变得有点难堪，嘴唇动了动，似乎感觉下不来台。

半晌后，她才怯怯地"哦"了一声，将目光转到旁边。

"那就只有你了，林岁岁，我们班没别人会可以给这首歌伴奏的乐器。这次节目是比赛的，事关集体荣誉，你应该不会拒绝吧？"

林岁岁比她更难堪："我……"

要是在这里说她已经聋了，已经没法拉琴了，会不会一夜之间就尽人皆知呢？以后他们会不会用奇怪的眼光看她？就像看个残障孩子一样，窃窃私语地表现出自己的新奇和怜悯？

林岁岁甚至没有被陆城会弹钢琴这件事吸引注意力，只自顾自地陷入慌乱境地中。

方茉没有等到后文，已经有些不高兴了："林岁岁，这是你第一次参加集体活动，就几分钟的事情，不至于还要推三阻四吧？"

"咚！"

倏地，旁边传来一声巨响。

方茉话音未落，被这突如其来的动静吓了一跳，慌乱转过头，循着声音方向望去。

隔壁桌，陆城正懒懒地靠在椅背上，冷冷地看着她。

巨响就是他一脚踢到了课桌下的横杠,整张桌子顺着力气往前一撞,撞到了余星多的椅背发出的。

这会儿,余星多也扭着腰,对着后面。他知道陆城在发火,自然是一言不敢发,默默看戏。

方茉被陆城的眼神刺得心头一跳。

陆城扬了下眉,薄唇轻启:"耍官威也要有点分寸,你当别人是你的奴隶啊?不会说话就滚回家去让爹妈好好教教,学学求人的态度再来。"

方茉脸颊"唰"一下红透,眼睛湿漉漉的,连镜片都挡不住失态。

陆城虽然脾气不好的名声在外,但平时很少表露出来,在班上是一呼百应的大哥气场,对班上女生基本也是客气疏离为主,好像从来没对女孩子发过火。

班上同学都是第一次看他这般声色俱厉。

各色目光纷纷投向后排这一桌。

想吃瓜,想看好戏。

林岁岁刚刚也被吓得愣了一下。

回过神,她忽然意识到陆城是在帮她说话,解了她的为难场面。

一时之间,心好像跳得更快了。

"扑通、扑通……"

像是要蹦出来一样。

另一边,方茉红着眼睛,僵持在原地。

她的几个好朋友走到她旁边,低声安抚着她,还前前后后地询问起详情。

"怎么了啊?怎么和城哥吵起来了?"

"怎么回事?"

班长陈一鸣也火速小跑过来:"怎么了怎么了?大家不要吵架呀,马上要上午自习了,老师要来啦。"

方茉吸了吸鼻子,委委屈屈地开口:"我也不知道……我不知道林岁岁不想给我们的合唱伴奏啊,她又不讲……而且,节目要出彩肯定要有点不一样的啊,人家班还有开场先打一段架子鼓的。我想我们什么花样都没有,要是能有同学来伴奏,肯定更吸引人一点嘛……"

瞬间,她又将林岁岁架到了火炉上烤。

林岁岁都不知道手脚该往哪里放了,小声解释:"我……那个……"

"不就是要伴奏嘛。"陆城终于再次开口,幽幽打断她,"别废话了,我去弹,行了吗?"

陈一鸣脾气好,当惯了和事佬,一听这话,立马就笑了起来:"辛苦城哥了,随便装装样子就好,简单得很。说起来,晚点一起打球吗?"

这事敲定后,便被轻描淡写地揭过。

次日一早，林岁岁到得早，余光扫过隔壁桌，发现桌上放着两张纸，开头写了几个大字——《我和我的祖国》，下面都是密密麻麻的五线谱。

效率真高，竟然连琴谱都已经准备好了。

林岁岁目光微闪，坐下，有些心不在焉地翻开书。

昨天晚上，姜婷给林岁岁发了不少微信消息，核心主题自然就是白日闹剧的衍生八卦。

姜姜姜饼Zzz：【你肯定不知道，方茉喜欢城哥！我估计啊，她就是一开始被城哥拒绝，下不来台，所以故意给你脸色。】

姜姜姜饼Zzz：【高一的时候，方茉就给城哥暗示过。】

姜姜姜饼Zzz：【结果你猜，城哥说什么了？】

知道林岁岁猜不到，姜婷就继续发来消息。

姜姜姜饼Zzz：【城哥说，他不喜欢矮瘦瘦的女生！】

姜姜姜饼Zzz：【你说瘦就算了，矮能怎么办啊？方茉被他气得要死，偷偷哭了好几天。】

姜姜姜饼Zzz：【这事儿还是她闺密传开来的，你说好笑不好笑，哈哈哈！】

姜姜姜饼Zzz：【没想到这都一年多了，方茉还惦记着城哥呢。啧，真惨。】

真惨。

林岁岁苦笑一声。

看起来，姜婷真的对陆城没有一点点心思，所以才能说得这么淡然，话里话外完全是看热闹的心态。

但是于林岁岁而言，这一句一句都像是刀子，默默凌迟着她的心脏。

陆城说不喜欢矮瘦瘦的女生。

林岁岁个子不算很矮，只是因为性格怯懦，显得有些气场不足，看上去像是比别人生生矮了一截。

可是，还有人比她更加瘦弱吗？

她本来就是娇小身形，耳聋之后又暴瘦了一圈，风吹就能散架一样。想到第一次见面那会儿，苏如雪和陆城评价她是"黄毛丫头"，真是好生贴切。

"大清早，叹什么气？"

林岁岁条件反射地仰起头，正对上一道视线，立马坐直了身体，僵硬地摆手，说："没、没有啊。"

陆城没有多问，自顾自地坐下。

这会儿，姜婷和余星多都还没有来，前头空空荡荡的，周围也没人会注意这个方向。

陆城撑着脖子，侧过脸，低声问她："你还会乐器啊？"

林岁岁手指一顿，垂着眸子，若有似无地"嗯"了一声。

"学的什么？"

"低音提琴。"

陆城自己就会弹钢琴，自然也了解一些乐器，所以不会问低音提琴是什么这种问题。

他勾了勾唇，语气有些戏谑："倒是很少见。"

小丫头瘦瘦小小一个，那琴都要比她高胖了，也不知道怎么会选择学这个。

但这样看，他们俩经历还真是挺像。

说不清原因，陆城心里忽然柔软得一塌糊涂。

林岁岁尚不知道陆城在想什么，不安地咬着下唇，手指落在耳边，状似无意地理了理鬓角，试图将助听器挡得更加严实一些。

陆城注意到她的动作，收了笑意，开口岔开她注意力："练琴的时候，手指疼吗？"

"一开始疼，磨出茧子之后就没感觉了。"

"我也是。"他冲林岁岁摊开手，示意她看自己的手指。

陆城这双手，手掌大、指节长、皮肤白、骨骼分明，漂亮得完全符合艺术家的手。但他十个指尖上都有薄薄的茧子，看得出是练琴的手，不是什么花架子。

林岁岁软软地笑起来，抿出一边酒窝，也跟着摊开手："我已经没有了。"

一年多没有摸过琴，再牢的茧也被时间磨成了软肉，和着曾经经久不散的松香香气，彻底飘散无踪。

陆城看了一眼，点头，翻过手掌，竟然出其不意地拍了下她的掌心，叫人心生安慰。

这一幕，恰好被余星多看见。

他从后门跑进来，连书包都没放，就开始咋咋呼呼："喂，你俩咋回事啊？大清早的，还明目张胆地牵手呢？有情况有情况……对哦，昨天城哥还为咱妹妹发火呢，啧啧啧，不一般……还不快解释解释？"

林岁岁红着脸，垂下眸子，还是乖乖巧巧的模样。

陆城面不改色，随手一巴掌拍在余星多肩上，笑道："解释你个头，余星多，你不说胡话会死吗？这是我亲妹妹！"

闻言，林岁岁的心一紧。

果然，要是将"林妹妹"的"林"字省略，只说妹妹，就会显得十分亲昵。

这一刻，林岁岁真是好讨厌"妹妹"这个词啊。

仓颉造字的时候，怎么就没把这个字剔除呢？

一定是因为他没有处在这个时刻，无法体会她的悲喜与尴尬，更无法体会她的心酸与绝望。

唉。

要不是陆城这句话，这一次手心相触，大概能让她偷偷高兴很久很久。

但是没关系。

顷刻，林岁岁做了个决定。

别怕，我会罩你

Chapter 03

C E E R

你是蝴蝶侠真一生也飞不过的沧海。我忍能仰望，到此为止。
——林岁岁日记

01

放学前，林岁岁去找陈一鸣，说了来意。

陈一鸣有些惊讶："可是……你昨天不是还不愿意吗？"

还因此和方茉发生龃龉。

他将未尽之言咽下，笑了笑，说："没关系哈，咱们这些活动全都遵循自主自愿的原则，不用因为别人的话勉强。"

林岁岁嘴唇动了动，说道："不勉强，班长，请你让我参加吧。"

她想和陆城一起坐在台上演奏。

提琴和钢琴，天生一对。

哪怕对陆城来说，这只是给她解围，应付学校活动的一个大麻烦；哪怕下台之后，这轮心中的皓月还是高挂在夜空中，触不可及。

但林岁岁想和他合奏一次，就当给自己留点回忆。

或者，等很多年以后，所有年少友情都走向陌路之后，陆城翻到高中时的照片会想到这次表演，想到有个会拉琴的同桌，然后渐渐点燃些许昔日记忆。

这也可能是她唯一一次能同陆城比肩的机会了。

林岁岁握紧了拳头，越发坚定："班长……求求你。"

陈一鸣被她严肃的神色吓了一跳，连说话都磕绊了一下："那、你愿意当、当然好啊，辛苦你了。"

"不辛苦，谢谢班长。"

林岁岁终于露出一抹笑意，气场默不起眼，偏偏眼睛里闪着光，整个人看起来都像是高兴极了。

小姑娘从胆怯外表里剥出了柔软内核，不自觉地熠熠生辉。

同陈一鸣挥了挥手，她转过身，拎着书包，脚步轻快地离开教室。

好半天，陈一鸣才低声清了下嗓子，掩饰住失态。

周五班会课，高二2班开始第一次合唱排练。

这种事搁初中那会儿，还能用"集体荣誉感"调动所有人的情绪。但一进高中，所有集体活动都好像成了一种任务，阻碍休息、阻碍学习、阻碍高考，好像就差那么几分钟，就能耽误考清华北大一样，应付起来总归有些麻烦。

方茉在给所有人按照个子排队。

她虽是文艺委员，但在音乐这方面并无建树，倒是有十年美术功底。

好在这种学校会演也用不着什么专业知识，在网上下载一份曲谱，按照男女声分两声部，再唱着合一合就能搞定。

曲谱早已经发到每个人手上。

教室前排桌椅都被挪开，留出空地。

同学们手上都捏着纸，也不大听指挥，自顾自地三三两两地说笑着，只有被方茉喊到才挪挪脚步，换几个人说话，一片吵闹。

林岁岁则是一个人安安静静地坐在旁边，抿着唇，手指不自觉地搅动，看起来有些低落。她整个人就像一株孤独壁花，悄无声息地隐在光的背面。

倏地，旁边桌椅传来轻微动静。

她侧眸看了一眼。

是陆城回来了。

从班会课开始之后，陆城就消失不见了，直到这会儿才回来。

正好，他弹琴，用不着排位置，钢琴放哪儿坐哪里就是，当然也用不着练唱。

陆城没有要坐下的意思，只是回来收拾书包，看样子是准备提前走人。

见到林岁岁孤零零坐在位置上，他动作一顿。

他双手插在口袋里，挑眉，居高临下地看着她，漫不经心地问了一句："没意思？"

林岁岁摇摇头，并没有说是"没意思"还是"没有没意思"。

陆城想了想，说道："走吧。"

"啊？"林岁岁不明所以。

他将书包背到肩上，转身朝着林岁岁勾勾手指，示意她跟上。

这个动作如同有魔力一样，林岁岁脑子被下了咒，她甚至没有多想，只是跟随本能，便随他离开了教室。

两人一前一后走到操场时，林岁岁才终于如梦初醒，停下脚步，小声说道："还没有到放学时间呢。"

陆城笑了一声："谁说要走了？"

早已经进入十一月，这几天江城气温一降再降，秋风冷得刺骨，学生纷纷在校服外套里加上了各式保暖衣物。

陆城却没有多穿，他几乎不穿校服，平时都穿一身黑色加绒卫衣，或是白色、灰色之类，瞧着少年感十足。校服外套就一直被他丢在教室里，必要时应付一下李俊才的念叨。

这会儿，他将卫衣袖口挽起，翻到手肘上，又去旁边器材室拿了篮球，随意地放在手指上转了一下。

操场没有别人在。

篮球落到地上，发出"咚咚"声响。

陆城拍了两三下，起跳，一个漂亮抬手，将篮球扔进篮筐里。接着，他淡淡开口道："你做题吧，有什么不会的，从我书包里翻出来参考。"

林岁岁傻傻愣愣地"哦"了一声，手忙脚乱地去书包里翻作业。

陆城好似真的只是把人从教室带出来而已，听到回答后，没再管她，转过身，自顾自玩球去了。

但气氛这般，让林岁岁很难集中注意力。不消片刻，她的眼神便不由自主地往前方窥去。

陆城个子高、身材好，再加上手长脚长，打球时的动作极为养眼迷人。

林岁岁欣赏了一会儿，拧起眉头，渐渐开始走神。

他不是有心脏病吗？

打篮球这种剧烈运动……没问题吗？

说起来，之前好像也听说过陆城经常和其他男生一起打篮球，甚至还和校篮球队的男生很熟，他们应该是经常一起玩。

可能，并没有她想的那么严重吧？

陆城投了会儿篮，抱着球，慢吞吞走到旁边休息。

林岁岁眼神没有焦距，应该还在发愣。

见状，陆城笑了一声，开口："要睡过去了？"

林岁岁瞳孔轻轻震动，赶紧摇头："没有。"

"这次合唱你也不参加吗？"陆城随口问道，仿佛闲聊一般。

林岁岁蓦地低下头，一时之间有些难以作答。毕竟陆城是为了帮她解围才答应伴奏，要叫她如何说出口她又改了主意呢？

好半晌，林岁岁在陆城清冷目光中败下阵来，小声说："我想……试试。"

"嗯？"

"想试试去拉琴……对不起。"

陆城扬了下眉："是你的决定，跟我道歉做什么？"

当然是因为感觉抱歉，给他带来了这么个麻烦事。

但她太想同他合奏一次，只能硬着头皮认下这个"出尔反尔"的事精人设。

真心话，往往难以诉诸于口。

林岁岁只说："可能会拖累你。"

陆城被她逗笑，又转了转篮球，浑然不在意地说道："喂，一个可有可无的表演而已，你还当什么大事不成？就算你搬个椅子坐台上发呆都不是问题。小丫头真是又呆又笨，死脑筋。"说完，他起身，继续一个人打球去了。

留下林岁岁坐在原地愣了许久，最后还叹了口气。

陆城什么都不知道。

同他真是说不清。

周六清早，林岁岁睁开眼。

窗外，秋风凛冽，将泛黄的树叶吹落，飘飘荡荡的，瞧着有些凄凉。太阳倒是不小，独自挂在半空。

总之，是个好天气。

张美慧自那天带林岁岁去看过医生后，没再回过家。

林岁岁也不在意，洗漱完，烤了面包，再倒一杯苹果汁，应付当作早餐。吃完后再将碗碟放到水槽里，仔仔细细地洗了几遍手，然后去客厅角落，将那个积了灰的巨大琴包打开。

灰尘漫天飞舞，随着光线忽隐忽现。

林岁岁眼睛有点泛红，咬着唇擦拭琴身、琴马、拉弦板、尾枕和指板，按照记忆一一调试完毕，又重新装了弦轴。

阳光洒进房间，低音提琴像是一把尘封已久的剑，泛着松香气味，静待着再次奔赴战场。

林岁岁凝视它良久，再也忍不住，趴在地毯上开始抽抽噎噎，直至号啕大哭。

她已经听不见了。

助听器再先进，那也不是她真正的耳朵。

作为一个提琴手，听不清琴音，如何才能感知到琴与身体的共鸣呢？就算勉为其难地继续学习，也永远只能止步于此。

她不是天才，没办法克服这种条件取得什么非凡成就，只能当作玩乐工具，聊以调剂生活。

这个梦，这辈子都没法完成。

求而不得最伤人。

在家练了两天琴，林岁岁找到了一点点手感，只是手指和手臂都还没有重新习惯，加上她练得着急，强度过大，周一一起床，整个手臂牵着背部，皆是酸痛不已。

早自习尚未开始，她恹恹地趴在桌上，动弹不得。

姜婷难得到这么早，坐下后，她先鬼鬼祟祟地将什么书塞进桌肚，这才长长地松了口气，扭过头，和林岁岁打招呼："早啊，宝贝儿。"

林岁岁捏了捏脖子，轻轻应和："早上好。"

姜婷问道："怎么了啊？落枕了？"

"没有……唔，抽筋了。"林岁岁垂下眼，不想被追问，便小声撒了个谎。

好在姜婷也没有怀疑，倒是兴致勃勃地同她讲起悄悄话："我这两天看了本小说……"

"什么小说？"

"就是言情那种，你懂吧？"姜婷指了指桌肚，"我家里人不让我看这种杂书，还差个结尾，只好带到学校来看了。"

林岁岁笑起来，随口问道："是因为你哥哥不让看吗？"

瞬间，姜婷脸色微变。

她正欲解释，忽听到教室外面传来起哄声，还有男生在吹口哨，注意力被转移，拉着林岁岁起身，去后门围观。

只一眼，林岁岁就看到人群中央的陆城，他正被一个女生拦着说话。

旁边这么多看热闹的人，其实也无须多猜。

姜婷叹了口气："圣诞节快到了，城哥又要开始被日常追逐了，这些妹妹是真不怕老师来抓人呀。"

林岁岁没有搭话。

门外，女生侧对着这边，肤白、貌美、大长腿，整个人有种骄傲的魅力："陆学长，今天请你给我一句准话。"

"哇哦！"

"学妹牛啊！"

……

所有人都在等陆城的回答。

林岁岁不想再听下去，抬手，悄无声息地摘了助听器，捏在手心。

世界变得安静，只剩下周围人的表情、动作，身边的一切在盘旋回转，光怪陆离。

她一个人回到座位，默默翻开课本，眼泪不受控制地砸在字母上，留下一点水渍，悄悄模糊了视线。

她好像永远都在左顾右盼、犹豫不决，永远也没办法那么肆意。

林岁岁捏紧了手掌心，手心那个冰凉物什叫人瞬间清醒。

最后一次。

她下定了决心。

艺术节的同台表演就是她最后一次奢望，翻过年，她再不会傻傻地自我折磨了。

没多久，早操铃响，学生们三三两两地下楼，在教学楼外排队，等待出操。

林岁岁已经将助听器戴回耳朵上，但早上走廊那件事，可能是因为过于习以为常，显然已经飞快成为过气话题。

女生们窸窸窣窣地聊天，都在说其他事。

姜婷还在回味那本小说，掐着林岁岁手腕，咬牙切齿地吐槽："张漾太恶心了！"

林岁岁有些走神，浑浑噩噩地"啊"了一声。

姜婷发现她的异样，马上问道："怎么了？还是觉得不舒服吗？早上看你就一直没什么精神。"

林岁岁摇摇头，顿了顿，低声问道："说起来，什么时候会换座位呀？"

哪怕心理上已经做好准备，但也不能整天将黄油挂在老鼠面前转悠呀。

她想赶紧离陆城远一点。

姜婷不明所以："嗯？一般期中考结束和每学期开学会调整吧……怎么了？你不喜欢现在的位置吗？"

"不是不是！"林岁岁连忙摆手，犹犹豫豫，不知道该如何解释。

好半天，她才想好措辞："感觉有点太后排了，有的时候看黑板比较费劲。"

姜婷是耿直人，基本是别人说什么就信什么，立马点点头，觉得她说得有理："最后一排看黑板是不太舒服。不过有城哥当同桌多好啊，作业和随堂小测都能直接抄他的，多爽。"

林岁岁没回应。

早操结束，学生们回到教室。

姜婷坐下后，第一件事就是转过身，将自己的笔记本拿给林岁岁，笑着说："宝贝，你要是哪儿的板书看不清，就先问我要了看呗。"

"谢谢。"她这般贴心，让因为有小心思而不得不欺骗好友的林岁岁脸红起来。

旁边，陆城从臂弯中抬起头，看了两人一眼，声音有些沙哑地插嘴："谁看不清板书？"

姜婷抢答："你妹妹。"

"笨得要命。"他嘟囔半句，抓了把头发，坐起身，随手从侧边抓了个男生，慢吞吞地说，"老张，以后你抄笔记的时候，多抄一份。"

张魏然不明所以："城哥，你也要学习了啊？"

陆城答道："抄给妹妹。"

张魏然扫了他身边一眼，比了个手势，笑着说："没问题。抄笔记我是专业的，保证完成任务。"

林岁岁吓坏了，连忙伸出手，并抬高声音阻止这俩人："千万别……"

陆城和张魏然齐齐扭过头望向她。

林岁岁拼命摆着手，声音在俩人诧异的目光中，越来越低："不用不用，我自己写就可以了，谢谢……你。"

谁能想到，随口找个理由还能扯出这么多事。也由此可见，陆城是真把人当妹妹来照顾。

她勉强笑了笑，生怕陆城看出端倪，急匆匆地冲出了教室，姿态称得上落荒而逃。

剩下的几人面面相觑，皆是摸不着头脑。

为备战艺术节会演，方苿和班上同学沟通之后，决定"征用"每周的体育课、音乐课和班会课，通通用来练合唱。

《我和我的祖国》这首歌神奇之处就在于朗朗上口，听一百遍都觉得好听，叫人心情愉悦，不会听腻。

花两三节课练习后，临时合唱队基本成型。

周五班会，李俊才来检查战果。

刚排好队形，他眼神一扫，注意到没有入队的陆城和林岁岁。

李俊才笑呵呵地问道："这俩是编外人员吗？"

方苿回道："他们俩都是伴奏。就是教室里没乐器，没法弄，到时候只能去音乐教室试一下。"

李俊才愣了愣，目光轻轻落在林岁岁脸上："伴奏？"

"是啊，是才你拿给我们的个人特长档案呀？我翻了一下，咱们班就陆城和林岁岁会的乐器能上舞台，正好作为合唱的加分亮点。"

李俊才这才想起来这回事。

入学时，人人都填了各种资料给学校和班主任存档备用，其中有一张表里有"特长"一项，能用来了解艺术生比例、进行艺考指导。大部分同学是"写作""唱歌""跑步"之类通用特长，但会画画会乐器的也有不少，那种专精学生，就有可能选择艺考这条路。

为了让班长组织活动时能找到人，他确实有给过陈一鸣一份。

但，林岁岁这种情况……

李俊才看了旁边小姑娘一眼，见她默默无声，表情也没有什么为难，想必是自己答应下来了，那应该没有什么问题。

他笑了笑，没再说什么，从旁拖了个凳子，大爷一样坐下，摸着半秃脑门儿，看自个儿这些宝贝学生表演。

教室里没有钢琴，用多媒体放了网络伴奏。但为了合唱，当中有些细节改过调子，只能把音乐放轻些才不显突兀。

顺利合过两遍。

李俊才点了头，拍手称赞："很好，大家都辛苦了。"

顿了顿，他又想起来其他事："对了，期中考之后，咱们还没调过座位吧？那这样，现在换，换完就放学。"

闻言，抱怨声四起。

"啊……"

"不想换啊！"

"好多东西，麻烦。"

……

林岁岁心头一跳，目光不由自主地落到陆城身上。

终于吗？

距离会消磨意志力，要是能每天离得远远的，再没交集，应该就不会有抑制不住的念头了吧？

陆城懒洋洋的，似乎对这件事毫无兴趣，自然没有接收到她的目光。

林岁岁自嘲地轻笑一声，默默垂下眼。

片刻后，李俊才从办公室拿来了成绩表。

他扫了一眼，清了清嗓子，开口："来来来，开始了啊。规则还是不变，排名靠前的可以挑的位置就多。想坐同桌的都赶紧提前说好，别被人截胡了哦！"

所有人都被赶到教室前面，叫到名字，就下去挑位置坐下。

第一名，毫无疑问，陆城。

陆城目不斜视，压根儿没有任何犹豫，直直地走到了之前的位置，占据最后一排"专座"。

林岁岁靠在黑板边，个子小小的，整个人隐在人群里。她期中成绩不好，排名偏后，没什么可挑，就看给她剩什么位了。只是要重新接触同桌和前后座，倒是一件劳心事。

她心里藏了太多秘密，总会和人格格不入。

接着，名字一个一个往下叫。

同学们一个一个往下走，大多数人都选了和熟悉的小团体一处，也有人往后排坐，想着上课开小差容易些。

陆城身边那个座位一直没有人选，好像成了一件约定俗成的事。

林岁岁想到在自己转学进来之前，他旁边也没有人坐，想必是陆城不怎么喜欢和人同桌。

但班上现在人数是双数，总得有人去。

会是谁呢？

余星多？或者是其他哪个兄弟？

她胡思乱想间，李俊才终于喊了一声："林岁岁。"

林岁岁轻轻一颤，应了声，抬头看到姜婷已经坐在了陆城斜前方，正向她招手。

她脚步顿了顿，有些两难，然后深吸一口气，到底是下定决心，朝姜婷抱歉地笑了笑，视线在其他位置上搜寻。

陈一鸣坐在第二排，旁边还空着。短暂接触下来，这个班长脾气好，人也好相处，应该是个好选择。

林岁岁握着拳头，方向一转，直直地朝着陈一鸣走去。

就在她走到空位前时，后排一个声音悠悠响起，将教室里所有人的目光吸引。

"林岁岁。"陆城手背抵着脖子，面无表情地看着她，"坐到这里来。"

林岁岁浑身僵硬："我……"

"过来。"话音落下，陆城慢条斯理地侧了侧脸，手臂搭在空位上，仿佛一种指示。

看起来，他已经有些不高兴了。

所有人都在看戏。

林岁岁对这种注视感非常不适，手指捏着鬓角，想立刻把自己藏起来，避开所有目光。

只是，陆城这一举动叫人进退两难。

她不明白，为什么陆城会执意叫她坐去他旁边？

难不成他觉得自己是个不错的同桌，不吵不闹、不打扰他睡觉，也不觊觎他，甚至还会帮他写每周的作文吗？

僵持数秒。

李俊才打断了这种诡异气氛："哈哈哈，看来我们新同学是想认识更多的朋友呢，换换位置确实能换换心情。林岁岁，你就坐咱们班长旁边吧，多参与参与班级活动，才好和所有人打成一片嘛！"

一锤定音。

"好。"林岁岁如释重负，拉开凳子，正欲坐下。

"嘭——"的一声巨响。

她条件反射地扭过头去看。

陆城将旁边的椅子踹倒，直直地盯着她，一字一句、咬牙切齿地说："我说，过来。"

所有同学都觉得不对劲，开始窃窃私语。

李俊才赶紧打圆场："陆城！怎么能对女生这么凶呢？舍不得同桌就好好说嘛。"

李俊才大大咧咧的，他又一贯是放养式教育，和班上同学都打成一片。再加上他总觉得每个学生完全可以有点个性，只要大方向不出错就问题不大。这场面，他竟然也没有发飙，还当起了和事佬。

陆城冷笑一声。

林岁岁先是被吓了一跳，回过神来后，颇有些摸不着头脑，完全不懂陆城为什么当众发火。

但性格使然，她到底是没法继续当演员给人看戏，掉转方向，三两步走回最后一排。

陆城终于结束向周身散发冷气，弯腰将椅子拉起来放好。

林岁岁轻声道了句谢，默不作声坐下。

换座位很快结束。

李俊才问了一下各任课老师有没有布置周末作业后，爽快地宣布放学，拿着教案率先走人。

没老师看着，教室里立刻喧哗起来。

话题中心似乎已经变成了陆城，还有新同学，各种传闻猜测纷飞，议论不断。

"不会吧？"

"城哥换口味了？"

"那刚刚是什么剧情？"

"嘘，小点声，城哥一会儿过来教训你了。"

……

林岁岁低垂着头，用手指甲抠着掌心的软肉，几乎要把脑袋埋进地里去。

姜婷也转过身，同她咬起耳朵："宝贝，你和城哥吵架了吗？"

"没。"

"那刚刚是怎么回事呀？之前不是说好了还要和我坐一起嘛，怎么去找班长了？"

因为林岁岁没理会她的邀请，姜婷声音里不免透着一丝伤心。

林岁岁慌乱极了："不是这样的……我、我……"

怎么说？

她该怎么说？

因为偷偷心有所求，难以平静，所以想离"罪魁祸首"远一些，除掉这心魔吗？

这话，叫林岁岁无地自容。

"姜饼。"还是陆城出声，给她解了围，"你们先走，我和林岁岁说几句。"

他极少叫林岁岁的全名，一般不是"喂"或者直接"你"，就是"妹妹"了。

这样一喊，听着相当严肃正经。

姜婷愣了愣，眼神在两人脸上游移数秒，不明所以地点点头："哦……好。"

次日就是周末，学生归心似箭。很快，除了陆城和林岁岁，教室里只剩下值日生在麻利地打扫收尾了。

陆城撑着脖子，平静地看向林岁岁，终于淡淡地开口："林岁岁。"

林岁岁低低地"嗯"了一声。

"不喜欢和我们坐一起？"

"没有。"

"那为什么？"

林岁岁抬起头，眼睛里雾气蔼蔼，似是迷茫无措。

四目相对。

陆城脑内有根弦倏地崩裂开来，一个荒谬推测一点一点形成，像是根心线轻轻扯了扯心脏的位置，叫人整颗心空空荡荡的，落不到实处。

但小姑娘很快就垂下了眸子，脸色是接近病态的苍白，不见任何心虚与红晕，只有那种小心翼翼的神态一如从前。

她怯怯地开了口："那个，没有讨厌你们，我很喜欢大家。"

顷刻间，陆城就决定不再为难她，手指动了动，轻轻往下一压，大掌在林岁岁头发上抚了一把。

"我知道了。"

林岁岁一蒙。

"没想冲你发火。"他顿了顿，"和别人同桌，麻烦。"

林岁岁眨眨眼，不明所以："为什么麻烦？"

"会传东西传口信。"陆城言简意赅地答道。

高一那会儿，他和班上另一个高个女生同桌过两三周，每天一进教室都能听到女生替人转达的最新口信，花样众多，且层出不穷。

陆城不想和女孩子计较，脾气也不是能忍的人，直接找到李俊才，把人换走了。

哪有旁边这小姑娘这么乖，怕麻烦别人，也怕被人注意，恨不得每天都把自己的存在感降到最低。

更何况，她耳朵那样……和别人坐很快就会暴露吧？都说好要罩她了，怎么能半途而废呢？

他一句话说完，林岁岁立马就能理解深意。

她顿了顿，又鼓起勇气，想再试探一句："那余星多和姜饼……"

也可以不是吗？

陆城似笑非笑地瞄了她一眼，叹气："真是呆得要命，老余想和姜饼坐啦。"

小姑娘一脸懵懵懂懂，明显和姜婷一样，还是个孩子呢，自然只是惹人疼的妹妹而已。

他笑了一声,将那不切实际的推测甩开。

这答案听着有理有据,林岁岁失语片刻,停止纠结不安,愣愣地认了。

两人心中都留了一抹疑团,但这件事总算也在相互默认中顺利收尾。

陆城将书包甩到肩上,朝着林岁岁抬了抬下巴:"走。"

"去哪儿?"

"放学了当然是回家,不然你想去哪里?"

林岁岁"哦"了一声,飞快地将书包收拾好,小跑着跟上男生的脚步。

还是如往常一样,两人一前一后走着,甚至也没有什么语言和眼神交流,气氛比普通同学之间还要更静默。

临近校门口,陆城终于放缓步子,刻意等她走上来。

他想了想,开口问道:"琴练得怎么样了?"

林岁岁一愣,用力点了下头:"还、还可以。"

毕竟已经很久没有摸琴,还有一些心理因素在干扰,总归很难找回之前的手感,但应付一下简单演奏基本没有问题。

而且离元旦艺术节还有两周呢。

她每天抽时间练一个小时,到那会儿,应该也能和上陆城的钢琴了。

陆城接着问:"陈一鸣说下周一块儿试一下,学校里没低音提琴,有备用的琴能拿过来吗?"

林岁岁说:"有把旧的,可以用。"

"行,周一早上我来接你。"

他话音才落,林岁岁颤颤巍巍地后退半步,满脸惊吓:"为、为什么?"

为什么要来接她?

陆城一挑眉:"那么大把琴,你这单薄体格,准备一个人背过来?"

周一一早,时间刚过凌晨五点。

十二月中旬,江城已经入了冬,天亮得一天比一天晚。这个点,窗外天色还是一片漆黑,整个世界都静谧无声。

林岁岁从睡梦中醒过来,瞪着眼,愣愣地看向天花板。

有些事,越想越容易让人入魔,明明不该多琢磨,但意志力不够,总归是再难睡着。

她干脆起床,将备用琴找出来,擦拭完毕后放到大门边,然后去洗漱、吃饭、换衣服。

收拾完,刚刚六点出头,已经再无事可做。

林岁岁踟蹰数秒,叹气,坐到写字台前,拧开台灯。

日记本写满大半本,翻开,少了许多悲秋伤春的低落迷茫,变得处处皆是少女心事。

从某种角度来说，陆城是她的拯救者。至少是因为他，她才鼓起勇气又一次拿起琴。

能遇见，就好像足够幸运。

林岁岁低低地叹了声，蹙起眉，慢吞吞落下第一笔：【此刻，有件后悔的事。上周一早上，我应该仔细听他到底和学妹说了什么……保持距离，可能对我们两个人都好。】

思路一开起，就难以收住，密密麻麻写满一整页，似还有千言万语未尽。

不知不觉，天渐渐亮起来。

桌上，手机轻轻振动了一下。

林岁岁长舒一口气，将笔记本放进抽屉中，伸手，解锁屏幕。

Lc.：【起了？】

林岁岁蹦起来，手忙脚乱地回复：【嗯。】

Lc.：【就上次那个小区是吧？】

Lc.：【20 分钟后到。】

他言简意赅。

这二十分钟，好像漫长得望不到头。

林岁岁在屋子里漫无目的地绕了几圈，又神经质一般去检查了琴包和琴谱。最后，她将助听器用力按了按，防止剧烈运动后意外摔落。

紧张感从周身弥漫开来。

好像也不仅仅只是因为陆城主动说来接她，自得病之后，这是她第一次将低音提琴带出家门。

这把琴对林岁岁来说，就和身体的一部分一样，组成了她十六年的少时光阴。它被迫摘下，又被她装回身上，勉力遮挡住胸口那点残缺本能。

兴奋、紧张，还有种说不出的难受。

又过片刻，陆城总算到了。

林岁岁接到消息后，深吸一口气，背上琴包，将书包挂在手臂上，一步一步往电梯方向走去。

下楼，走出楼道，再拐个弯。

隔着老远的距离，她已经看到陆城正懒懒散散地等在小区门口。

天气渐凉，他也不再只穿卫衣装酷，套了加绒外套，两只手插在外套口袋里。整个人跟葱嫩水竹一样，又瘦又高，笔挺笔挺的，一点不显臃肿，反倒是清俊逼人、气质夺目。

一举一动，一颦一笑，无一叫人不喜欢。

林岁岁咬着唇，低下头，加快脚步。

陆城也瞧见了她。

男生个高腿长，三两步就走到她旁边，顺手将她肩上的琴包接过，背到自己身上。

林岁岁整个人顿了半秒，手足无措地说："谢谢。"

陆城挑了下眉，也不同她客气寒暄，转过身，又快步向前走。

她这才看清，原来陆城刚刚站的位置后面还大剌剌地停了辆车。

林岁岁对车标没什么研究，豪车还是普通车通通不识，自然认不出这是什么车。

只是，这黑色流线型的车身还怪好看的，和陆城气质也挺搭。

林岁岁脚步一顿，眼睁睁地看着陆城把她的琴塞进后座，立马小跑到他身边，小心翼翼地问道："陆……城，你满十八了吗？"

陆城被她逗得笑起来："行了，呆瓜，坐后面去，上课要迟到了。你平时不是最准时吗？"

林岁岁愣愣地坐进后座，眼神轻轻一扫。

哦，原来有司机啊。

她讪讪笑起来。

琴被顺利搬到学校琴房，万事俱备，只欠东风。

午休时间，方茉找到林岁岁和陆城。

这回，她没再露出什么异样神色，似乎完全是默认了什么事，气愤地瞪了林岁岁一眼，清了清嗓子，开口道："城哥，林岁岁，你们现在有时间吗？能不能先配合一遍试试，让我们听听谱子有没有问题，和唱调能不能对上？"

这要求十分合理。

陆城想了想，将手中的篮球丢给隔壁男生，留下一句"你们先去"，便同林岁岁一起，跟着方茉和班上另外几个女生走向琴房。

路上，林岁岁拼命深呼吸，感觉越发紧张。

陆城感觉到异样，落后两步，离她一臂之遥，平静地开口："别紧张。"

"我……"

"有我在，慌什么？"

林岁岁没忍住，"扑哧"一下笑出声。

不过好像真的没有那么紧张了。

结果正如陆城所说，非常顺利。

第一遍，陆城怕她跟不上，刻意想等她的琴音，导致两人配合得有点磕绊。

第二遍就非常顺利了。

到第三遍，几乎没有任何错误。

两人都练琴多年，给这种合唱伴个奏确实是小事一桩。

最后一个音符落下。

林岁岁余光瞟到陆城身上，竟然有种想哭的感觉。

怪不得古人讲究琴瑟和鸣，感觉真的很好很好。

03

圣诞节前夕，八中下发了元旦艺术节以及放假安排通知。节日气氛也一天比一天浓重，以至于人心浮动。

艺术节彩排放在周五下午。

按照安排，林岁岁将厚外套脱了，和班上所有同学一样着校服正装。

八中校服正装非常好看洋气，白衬衫、灰色毛衣马甲，底下搭暗红色格裙，再配一双黑色小皮鞋，像是从英剧里走出来一般，满满英伦校园风。平时学校有什么大小活动，基本都不需要买服装，穿这套就够闪亮。

只是这个天，单这样穿着，确实非常冷，冷得小腿打战。

姜婷怒吼了一声："好冷！"

她也不再耽搁，拉着林岁岁飞快地往礼堂方向跑去。

天寒地冻，操场上都不见什么人影，所以两人一眼便看到了那两个熟悉的身影，异常默契地一同放慢脚步。

是陆城和那个漂亮学妹。

这个点，两人都不急着去礼堂参加大彩排，并肩坐在篮球架底下。他们虽然没有什么亲密动作，但从背影看起来莫名和谐。

姜婷盯着他们俩看了一会儿，颇有些不明所以地扭过头，问林岁岁："怎么回事？妹妹，你没和城哥搞对象吗？他怎么又和这个学妹凑一起了？"

林岁岁的脸瞬间红了大片，像上了胭脂一样。

她拼命摆手，用力摇头。

尚未来得及解释，岁末寒风将那边两人对话送到了耳边。

那学妹声音婉转，像黄鹂一样清脆。

"陆学长，是因为她，你才拒绝我的吗？

"就是那个矮矮的妹妹，是吗？"

谁也没想到学妹会问这个问题，可见上次换座位那件事，确实是有了各种流言外传。

陆城在八中算得上大众男神，他自己又十分玩世不恭，难免成为话题。

学妹本是志在必得，完全没想过会被拒绝，自然留神去打听了一番。

然而，这已经不是林岁岁第一次听人问起这个问题，余星多不就打趣过嘛。

但凡陆城有那么一点点、一点点其他私心，那会儿，也不会答得那么爽快。

妹妹？

可她又是从哪里来的哥哥呢？

林岁岁不想再受一次打击，脸颊红晕未消，拉着姜婷，头也不回地向礼堂方向跑去。

姜婷"哎"了几声也没能叫住，只得被她拖离操场。

但姜婷八卦之心不灭，一边频频回头张望，一边问道："喂，妹妹，他们说的是你吗？"

"快走啦，很冷！"

另一边的两人并未注意到她们的动静。即将到大彩排时间，学生来来往往经过操场，十分正常。

陆城和这学妹都不在乎被人围观，自然也不会在意身后是谁、是不是在议论什么。

学妹问完之后，气氛沉默数秒。

陆城似是迟疑一瞬，终于缓缓开口，漫不经心般给出答案："当然不是。"

学妹知道他的脾气，也清楚他没必要撒谎。

听他否认后，她更难以死心，语气有些压抑不住，抬高了声线："那是因为什么？"

陆城面无表情地站起身，抬手简单整理了一下衣裤。

男款正装和女生的差不多，上身也是白衬衫配英伦风毛衣背心，只是把短裙换成西装裤而已。穿在身上，显得他整个人都精神挺拔许多。

他站在篮球架边，低头，居高临下地看着学妹，平静地说："没理由，不想玩，麻烦。"

"学长！"

陆城迈开步子："还有事，先走了。"

彩排马上轮到高二2班。

陆城终于在方茉急得晕厥之前，慢吞吞地走进礼堂后台。

陈一鸣第一个看到他，先松了口气，继而笑道："这不是来了嘛。"

陆城冲着陈一鸣一扬眉，表示招呼。他眼神转了一圈，在角落找到了林岁岁。

小姑娘有种奇妙的本领，能时时刻刻把自己缩成一小团，将存在感降到最低。

他能懂她内心深处的想法，只有没人注意到自己，才最有安全感。

她这次想上台，也不知道为什么，总归不是一件轻易的事。

陆城说不清什么感觉，想了想，大概是林岁岁乖巧柔弱的样子很能激起人的保护欲，叫人看了整颗心都密密实实地发胀。

眨眼的工夫，他抬步走到她身边，问："紧张吗？"

林岁岁愣了几秒，仰起头，眼睛里像是盈着雾气，让人看不分明。她的声音又轻又软，乖乖答话："还好。"

也没骗人，真是还好。

彩排而已，下面没有多少观众，就几个老师和学生干部，和平时排练差不多，不会有什么心理障碍。

陆城弯了弯唇，随手轻抚了一把她的头顶："那行。"

林岁岁轻轻地"唔"了一声，眼睛眨了眨，默默垂下眸子，将万千心事掩盖。

五六分钟后，轮到他们班上台。

2班这个合唱节目说不上多有新意多有特色，但够正能量，质量也过关，很顺利地进入节目单。毕竟，艺术节的看点也不是这种集体节目，大多都是学生自排的劲歌热舞，比较能点燃气氛。

彩排顺利结束。

次日是平安夜，又恰逢周六不上课，姜婷早就兴致勃勃地组织了一圈，准备呼朋唤友，一起出去浪一天。

可惜，林岁岁没法参加。

周五晚上，张美慧回到家，通知她周六要去外婆那儿。

"你外婆在楼梯上摔了一跤，在医院躺了好几天了，你得去看看。"

林岁岁一听，立马就急了："严重吗？为什么现在才告诉我啊？"

张美慧去洗手间卸了妆，瓶瓶罐罐的护肤品"啪啪"往脸上拍，不以为意地说："你要上课啊，而且你一个孩子能帮到什么忙，心意到了就行，外婆不会介意的。"

林岁岁无言以对。

或许，外婆压根儿不想看到她。

林岁岁的亲生父亲很早就因病去世了，老人怜惜小姑娘从小没有爸爸，小小年纪又乖巧懂事，将她宝贝得要命。

张美慧工作繁忙，长时间不在家，林岁岁自然也更加依恋外婆。

但那家人打到家里来时，外婆看她的眼光，好似是一辈子都不曾有过的冷漠。

搬家之后，外婆可能是觉得丢脸，自然也将她们母女俩一齐疏远。

张美慧不在乎，觉得人要为自己而活，林岁岁却难受得不行。

思及此，林岁岁咬了下唇，讷讷地"哦"了声，然后回到自己房间，轻轻合上门。

张美慧见她这般模样，动作停顿半秒，长长地叹了口气。

果然，如同林岁岁内心预料那般，外婆并不是很想看到她们俩。她们刚一踏入病房，就听到外婆说："你们怎么来了？"

张美慧不是那种能好言好语哄人的性子，闻言，轻轻拍了下林岁岁的后背，示意她向前去同外婆讲话，自己则干脆捡了个凳子，旁若无人地坐下休息。

林岁岁眼圈有点红，咬了下唇，怯怯开口："外婆，您还好吗？"

将近一整年没见，外婆看起来比上次苍老了许多，没了精神矍铄那个劲儿。自然，躺在病床上，也衬得人更显病弱。

病床边挂着病历，林岁岁伸手捞起来仔细看了看，专业词汇看不懂，但简单的"骨刺积水"之类，还算清楚明白。

她松了口气。

气氛沉默良久。

外婆终于缓缓开口："行了，看也看过了，你们赶紧走吧。

"别到时候又有什么人找过来，指着我鼻子一通说，再给人看一次热闹，我丢不起这个老脸。"

林岁岁握紧拳头，声音蕴了湿气："外婆……"

张美慧可听不下去，"噌"一下站起来："妈！你收收你这阴阳怪气的劲儿吧！在孩子面前说什么呢？我给你丢脸，林岁岁可没给你丢什么脸，你要嫌看见我们烦，下次我们就不来了呗！行了，看也看完了，牛奶水果你爱吃吃，要不爱吃就扔了，我先带林岁岁回去了！"

她二话不说，拉起林岁岁，"噔噔噔"就往病房外头走。

林岁岁拗不过她，只得跟上。

耳边似乎还回响着病房里其他看客的声音：

"怎么回事啊，女儿怎么能对妈这种态度哦？"

"啧啧，小姑娘看着倒蛮乖的，碰到这种妈也是倒霉了。"

"老太太可得自己想开一点，别指望着这种孩子了。"

……

倏忽间，仿佛回到那天。

那家人破门而入后，也是这般话长话短。

"张美慧，你这个不要脸的贱人！勾引已婚男出轨！现在我老公没脸跳楼了，我们家也被你搞散了，你怎么还有脸活得这么潇洒？"

"你怎么不去死啊！"

"小三的女儿，以后多半也是小三！亏得小姑娘长得干干净净，你妈做人这么龌龊，你该不是也有样学样了吧？"

"老老小小一家子都不要脸！"

……

04

一周时间过得飞快。12月31日，这一年的最后一天。

天气预报说傍晚有可能下雪，是今年冬天的第一场初雪，也会是新年的第一场雪。

江城是南方沿海城市，冬日湿冷，并不似北方能飘起鹅毛大雪，多是细碎冰碴儿，还未落到地上就已经化开，但也足够叫人期待。

下午一点不到，整栋教学楼已经全数走空。所有学生在礼堂集合，早早开始占座。

林岁岁同姜婷一起捡了后半场靠中间的座位，这里不仅视野清晰，而且想中途溜走也方便。

礼堂光线不亮，视线前后转一圈，没找到陆城他们，林岁岁默默垂下眼。

姜婷毫无所觉，一坐下，她干脆利落地从书包里翻出了个化妆袋，放在腿上："来来来，转头，我来给你化妆。"

林岁岁迟疑地"啊"了一声。

之前就商量过，女生上台最好稍微带点妆。班上女生大多会化妆，可以自己准备，实在不行的，就去方茉那儿弄。

以前，林岁岁为了上台表演也化过淡妆，但自己动手就有些不太行。

她腼腆地笑起来，用力点头："姜饼，谢谢你。"

姜婷大大咧咧地一甩刷子："客气什么，要是给你化成鬼，你可别骂我哦……头发弄一下，刘海和鬓角都撩起来，我先给你打个底。"

林岁岁愣住。

姜婷见她不动，不明所以："怎么了？"

"没什么。"林岁岁勉强地笑了笑，悄悄将助听器从耳朵里取下来，握在手心里。

下午两点，艺术节正式开始。

漫长的领导、老师发言过后，第一个节目是热舞串烧，成功挑起了气氛。

这是林岁岁第一次参加八中这种大型活动，看得十分认真，间或也会和姜婷悄悄点评几句。

姜婷倒是兴致不高，叹气道："我看小说里的这种表演吧，必然会有男主角或者女主角上台，唱个歌或者跳个舞，当众表白之类的。我们学校的同学们还是不够勇敢，居然中规中矩的，连个大胆告白的勇士都没有，没意思。"

林岁岁一蒙。

班级合唱节目排在中间，和个人节目交错岔开。

陈一鸣提前二十分钟在班级群发了通知，让所有人到后台准备。

陆城依旧是最晚到达的，模样有些懒懒散散，脸色不好，但眼睛里却聚着光，炯炯有神。

林岁岁老远便看到他走来，一时之间心情起伏不定，像是在乘过山车一样，大起大落，找不到定点。

她用力深呼吸几下。

如果说，这是给自己青春最好的告别的话，希望是足够盛大、足够完美。哪怕是这辈子最后一次拉琴，但能留下的回忆一定要漂亮一些。

舞台上，主持人开始报幕。

"接下来这个节目，是由高二2班全体同学为我们带来一首合唱《我和我的祖国》。低音提琴伴奏，林岁岁；钢琴伴奏，陆城。让我们期待他们的表演！"

静默半秒，继而底下爆发出惊天动地的欢呼声和掌声。

陆城和林岁岁跟在队伍最后。

陈一鸣站在旁边，笑道："看来这尖叫呐喊都是给城哥的。"

陆城不为所动："啧。"

"看看，看看，被偏爱的都有恃无恐。"

林岁岁没听清两人后面在说什么，在听到外面那些声音的一瞬间，她整颗心脏都仿佛被揪了起来般，僵硬得无法动弹。

"是小三的女儿吧？"

"啧，她妈把人家男人都给害得跳楼了，怎么还好意思住在这里哦！"

"听说耳朵聋了……"

"报应！"

谁知道底下在说什么呢？舞台距离这么远，场馆这么大，听不清，她什么都听不清的。

他们会是在说她吗？

他们会知道那些事吗？

他们的目光……

身后，脚步声逐渐消失。

陆城扭过头，见林岁岁站在原地发呆，蹙起眉，用力"喂"了一声。

"嗯……"林岁岁被他唤醒。

后台灯光明亮，她的脸色苍白得吓人，连腮红都压不住那抹脆弱感，整个人都像是在不受控地颤抖。

陆城立刻转过身，弯下腰，用力握住她肩膀："林岁岁，你还好吗？

要是不行就别上去了，别逞强，没必要。"

意识渐渐清明，那些窃窃私语声也顷刻消失不见，林岁岁慢慢仰起头，看着面前这个男生。

陆城眼里带着严厉和一丝担忧，正紧紧地觑着她，好像整个世界都只有她一人，叫人觉得万事者足矣。

林岁岁扯出一个笑，轻轻地摇头，下定决心说道："我没有问题的。"

不能后悔。

这是一个小女孩对待一场感情莫名其妙的执着。

确定要上台后，两人快步追上前面的队伍。

钢琴和低音提琴分别放在舞台两侧，中间放了阶梯，给合唱队分排站，指挥是李俊才。

当然，这种玩闹性质的合唱并不是交响乐队，指挥也就是装装样子，主要就是看他动作，确定开始时间。

所有人落位，李俊才手臂缓缓抬起，林岁岁也跟着举起琴弓。

按照排练，第一个音会由她拉，陆城的钢琴再随之接上……

忽然，她整个人一僵。

耳朵里的助听器呢？

礼堂的中控灯光暗下来，将光线尽数打到舞台中央，以保证所有人目光所向一致。

林岁岁慌乱得要命，几乎是用尽全力在回想。

什么时候掉的？

掉在哪里了？

明明刚刚还和陆城讲话了……对，讲话！

林岁岁蓦地反应过来。

之前，为了不让姜婷看到，她将助听器拿下来，化了妆。然后节目开始，她又急急忙忙戴回去，还没有塞牢就和姜婷开始小声聊天，接着陆城握她的肩膀，整个人一晃，再慌里慌张地小跑上台……应该是那个时候滑落下来的。

她走在队伍最后，自己没感觉到掉东西，便也没有其他人发现。

或者，下一个节目的表演者会捡到吗？

这一瞬间，林岁岁想了很多很多。但想多少都没有用，她怎么都没办法现在奔下台去找。

灯光照在她身上，李俊才手臂往下一落，所有人都准备就绪，但提琴没有按照约定开始演奏，什么声音都没有发出来，只有音响里"嘶啦嘶啦"的电流音传入耳膜。

合唱队伍里，已经有人偷偷瞄向林岁岁，似是疑惑。

空气仿佛凝固。

林岁岁再次用力深吸一口气。

事实上，这会儿她并非全聋状态。老天像是开了个玩笑一般，竟然在这时能让她听到一些细碎杂音，并不甚清晰。并不是病情好转，也没有加重，就和医生诊断的那样，是心理诱因导致失聪，间或会有各种起伏，单看心理状态。

低音提琴个大，太过显眼，静默时间太长，底下观众也发现了异常。再不开始，这个节目就会成为演出事故。

林岁岁小臂轻轻颤抖，努力抬起琴弓，如同约定好那般拉出第一声。

"吱呀——"

声音近乎刺耳，且完完整整地从音响里传出来。

林岁岁听不清晰，但她练琴多年，只凭手感就知道要糟。

全场哗然。

顷刻间，林岁岁彻底死心。

耳朵听不见，就像是蒙着眼看不见前路的战士，哪怕拿着刀也无法上阵杀敌了。

她找不到音准，注定再也拿不起琴了。

怎么办呢？不仅仅是自己丢脸，没能和陆城合奏一次，连同学多日的努力排练，都要因为她而彻底泡汤。

她成了罪人。

舞台下，各处皆是不明所以的窃窃私语。

李俊才有些紧张地盯着林岁岁，似乎在踟蹰。

后台，主持人也在和老师商量要不要赶紧上来救场。

正在此刻，"唰"的一声，舞台另一头，陆城在众目睽睽之下，面无表情地站了起来。

他旁若无人地走到林岁岁身边，扶住琴颈，微微弯下腰，宽阔后背将所有窥探视线挡住，像个从天而降的王子一样，闪闪发光。

眼睛一扫，陆城就知道了原因。

"助听器掉了？还能听到我的声音吗？"

两人距离凑得极近，讲话时，几乎是四目相对。

林岁岁只能勉强听到一点点气流尾音，再配合唇形，差不多能猜到陆城在问什么。她红着眼眶，轻轻点了下头，又摇了摇头。

见状，陆城漫不经心地笑起来。

顿了顿，他又捏了捏她耳垂，动作和表情都带着安抚意味。

为了让林岁岁看得清楚，他一个字一个字地说道："继续拉，别担心，我会配合你。

"妹妹，我在呢，别怕，我会罩你。"

次日，元旦假期正式开始。说是小长假，实际上不过也就比周末多一天。

但对于林岁岁来说，这么个假期真是叫人感激不尽。至少她不用去面对铺天盖地的流言蜚语和诧异目光。

陆城那在舞台上惊世骇俗的举动，成功将两人都推上了风口浪尖，成为话题中心。

好在表演顺利完成。

林岁岁听不清自己拉了什么，只能模模糊糊听到一点点杂音。不过练琴多年，哪怕失聪，节奏感也不会立刻消散。

陆城的话，在那一刻给了她无尽的勇气。

反正就硬拉呗，硬着头皮，不考虑配合、不考虑别人，只当作是一个人的舞台，只要自己拉得准、琴声好听，就算是万事大吉。

熬到一曲终了，林岁岁小心翼翼地偷偷用余光觑了觑李俊才和同学们，觉得自己刚刚应该没出什么错。

只是可惜了，没能听到与陆城合奏是什么样。

一觉醒来，新年了。

昨夜下了一夜雪。出乎意料，江城的路面竟然也积上了雪。像是命中注定般，新的一年，或许会是个浪漫的年份。

上午十点多，林岁岁眼睛动了动，从光怪陆离的世界中醒来。

家里安安静静的，张美慧没有回来。

林岁岁撑着手肘，坐起身，把手机摸过来。各种祝福铺天盖地，大多是广告消息，或是同学群发。

置顶对话框里，张美慧给她发了个三千块钱的红包，没有留言。

林岁岁盯着屏幕好半天，一点一点彻底清醒。

想了想，她回道：【谢谢妈妈，新年快乐。】

消息石沉大海，没有回复。

林岁岁也没在意，将屏幕切回桌面，爬起来洗漱吃饭。

新年第一天，该做什么呢？好像做什么都不合适。昨天才发生了那样的事，该叫人如何静下心来呢？

就在她端着玻璃杯出神的工夫，手机在茶几上剧烈振动起来。林岁岁赶紧跑过去，没有仔细看是谁，顺手接起来："喂？"

电话那头，男生笑得低沉迷人，漫不经心地说："新年快乐。"

居然是陆城。

隔着漫长的电波，林岁岁的脸"唰"一下红了，磕磕绊绊地答道："新、新年快乐。"

"起了？"

"嗯。"

"十分钟后，我到你家小区，你下来一趟。"

陆城没给她提问的机会，挂得爽快，眨眼工夫已经传来了"嘟嘟"的忙音。

林岁岁结结实实地愣了半秒，立马开始手忙脚乱。

她饭也来不及吃完，匆匆忙忙地换掉睡衣，重新梳头，最后套上厚实外套，踩着鞋下楼。

刚刚好过去十分钟。

陆城还没到。

她站到大门角落边，用力做了几下深呼吸，拍了拍脸，试图让红晕消退，让自己看起来能不那么刻意。

又过了三五分钟，一阵剧烈轰鸣声飘入耳中。黑色跑车从远处疾驰而来，稳稳停靠在林岁岁面前。

陆城从跑车副驾驶位上跳下来，随手理了理头发，冲着她一挑眉，满脸都是少年人的俊朗帅气，璀璨夺目。

林岁岁张了张嘴："你换车了？你不是……"

不是有心脏病吗？居然坐这种跑车？车速会不会有点太快了？会不会不够稳不够舒服？

满脑子关心之词，一句也说不出来。躯壳就像是个叛变者，彻底背叛了她的大脑，她所有的心理建设在见到陆城那一瞬间全数崩塌。

讨厌这样前后犹豫的自己。

她咬住下唇。

陆城不明所以："什么？"

"没什么。"林岁岁想到没人知道他生病这件事，只好将一切问题悉数咽下。

陆城也浑不在意，一只手在口袋里摸了两下，拿出一个东西来，掌心缓缓摊开在她面前。

他淡淡地开口："你的助听器。"

林岁岁一愣，接过，仔细看了看，确实是自己那副。那是张美慧花了大价钱，根据她耳朵形状量身定做的，不可能有一模一样的。

"你从哪里找到的呀？"

"昨儿去后台地上摸出来的。"

林岁岁的心脏剧烈跳动起来，仿佛血液都在簌簌地欢欣起舞。

陆城特地去帮她找了助听器、特地给她送到家里来，还替她解围、鼓励她、对她那么好……

"谢谢。"万般猜测难以阐述，林岁岁失语片刻，只勉力憋出了这两个字，又用力握紧了手心中的小物什。

闻言，陆城跳下车，斜斜地靠在车体上，眉眼张扬，整个人看起来有些狂傲不羁。

他问她："现在戴了备用的吗？"

"嗯，对的。"

陆城勾唇一笑："给你个机会，想要什么新年礼物，自己选一样。"

林岁岁诧异地"啊"了一声，抬眼，望向他。

"姜饼要了一副耳机，你想要什么？看在你是我妹妹的分上，允许比她贵。"

明白了，是大家都有。

无可否认，陆城对朋友确实是很好，也万分仗义。送点礼物什么，完全是一件再正常不过的小事。

林岁岁自嘲般在心里低笑一声。

"有。"

"嗯？"

"我有想要的礼物。"

最后一次。

真的是最后一次了。

就算是发疯，也该有个时限，总不能撞碎南墙吧？

林岁岁握紧拳头，鼓起勇气，一个字一个字地说："陆城，我的新年愿望是，以后，你不要叫我妹妹，我不喜欢这个称呼。"

听着好生悲情，从各个方面来说都是。

陆城一顿，眼神变了几变，波光流转，眉头不自觉拧起来。

他对上林岁岁的视线，试探性地问道："你是不是……"

没给陆城将话问完的机会，林岁岁涨红了脸，胸腔里憋着一口气，打断他："不是！"

陆城愣了愣，挑眉："我还没问呢。"

"没有什么是不是，就是我不喜欢别人叫我妹妹，我已经十六岁了，也没有很小……就这样。"

林岁岁知道，这时候如果不将他的疑窦打消，两人只会渐行渐远，直至陌路，朋友也没得做。

是她不够勇敢，无法承受结果。

她不想给陆城留下什么可笑印象。

至少以后陆城想起来时，她还能是那个乖巧可爱的妹妹呢。

林岁岁在心里恨透了自己这种软弱犹豫、扭扭捏捏，恨不得当即顺势骑驴下坡，或是爽快应下，或是大大方方反问一句"你觉得呢"，叫他接着这出戏，也叫他内心纠结一番。

可是，她没办法。要是性格能乍然改变，将人间万事处理得完美无缺，世界上就没有那么多伤心人、后悔事了。

林岁岁咬着下唇，握紧拳，又盈盈地看了陆城一眼，轻轻丢下一句"谢谢你特地送过来，天冷，早点回家吧"，就转过身落荒而逃，徒留陆城一个人站在原地。

陆城拧着眉，眸光微闪，说不清为什么，心跳乱了两拍。

林岁岁知道他想问什么吗？或者说，小姑娘本来就和他猜得不一样，只是他想岔了吗？要是真的……啊，那为什么之前非要去和陈一鸣同桌呢？应该想和他更近一点才是。难道想距离产生美？

好像也不是很对劲。

女生真是叫人捉摸不透，特别是林岁岁这样的小姑娘，敏感又害羞，寡言少语，叫人怜爱。

或许，什么都不问、什么都不知道，才是趋利避害的最好方法。

陆城干脆不再多想，上了跑车，同司机说了声，掉头离开。

林岁岁走了几步，听到跑车轰鸣，停下脚步，悄悄扭过头去看。

黑色跑车车速开得很慢，像是慢动作一般，一点一点，清晰可见，直至彻底驶离她的世界。

寒风夹着细雪碎粒迎面打来，又冷又湿，哪有什么冬日浪漫可言。

不知不觉，林岁岁眼里噙上了泪。

她慢慢背过身，再没了什么新年的喜悦心情，沉重地一步一步回到家中。

她休息了一会儿，打开电脑，手指动作没经过大脑，自作主张地搜索了一下陆城刚刚坐的那辆跑车的型号。

这车国内基本没有市场价，只有七位数的建议零售价。和上次给她送琴时那辆一样，都是黑色外壳，但这辆的造型如同猛兽一般，更加高调，也更加张扬，仿佛嘲笑着她的不自量力。

林岁岁翻开日记，飞快地写了几笔，然后再也支撑不住，趴到写字桌上，将整张脸埋进臂弯中。

没一会儿，笔记本纸面上有水迹缓缓晕开，将字迹模糊。

【笨蛋，林岁岁你真是好没有用，为什么连说出想法的勇气都没有呢？因为觉得自己配不上，或者说没有必要，就算改变了关系，也不会比现状更好。】

她这般写道。

陆城踏着积雪回到家。

出乎意料，家里竟然有说话声。

他冷下脸来，重重推开门，旁若无人地走进去，直直往自己房间方向去。

"站住！"男人厉声喝止。

陆城握着拳，停下脚步。

陆文远大步走到他跟前，上上下下打量他一番，斥责道："我不是早就说过了，没事不许你这么冷的天出门吗？陆城，你不要命了？谁帮你开的车？马上辞退他！"

陆城面无表情地看着他，沉默无言。

"说话！"

"要我说什么？"

陆文远被他这般态度激得暴怒起来："你这是什么态度？爸妈回来你连个招呼也不打，真是越来越懂礼貌了。你看看你自己，像话吗？"

这般吵嚷，当即将白若琪从厨房吸引出来："别吵架，大过年的，好不容易见一回，父子俩还不能好好说话吗？"

陆城讽刺地勾了勾嘴角。

白若琪抓到他脸上这点微表情，轻轻地叹了口气，祈求般开口："阿城，别这样……"

比起陆文远，白若琪明显是个精明的谈判家。

从小到大，她每一句话都能将人逼入绝境，让人开始怀疑自我。

陆家实业起家，这些年，生意越做越大，也少不了夫妻档搭配努力。陆文远眼光毒辣、性格仗义，白若琪则是精明善谈，本身就懂法律，条条款款娓娓道来，将合作方轻松摆平。

事业有成的结果便是同孩子渐行渐远。

陆城还在娘胎里就被检测出患有先天性心脏病，当时夫妻俩都尚年轻，有些无措，但胎儿到底已经成型，有了心跳，自己的骨肉自然舍不得打掉，想着家里也有钱，大不了就养着，这世界上好医生这么多，心脏病也不是什么绝症，钱砸下去，总有办法。

陆城生下来没多久就开始了漫长求医之路，才小小一团已经进过数次手术室。

陆文远和白若琪越发心疼这孩子，但也渐渐起了斗志。陆城注定要一辈子用钱养着，必须得给他最好的条件，保证他这辈子哪怕不够健康，也能受到最好的治疗。

到陆城五六岁时，国内实业大风潮来临，陆文远找准时机，将陆家事业版图一举扩大，从此，夫妻俩就开始脚不沾地地忙碌起来。

他们怕照顾不到陆城，给家里配齐了保姆、厨师、家庭医生、司机，等等，但这也弥补不了亲情的缺失。

白若琪静静地看着陆城。母子俩的眼睛都是精致又深邃，乍然望去，几乎如出一辙。

儿子越大就越叛逆，做母亲的自然明白陆城这是在怨他们。

可是，能怎么办呢？

白若琪拍了拍陆文远，示意他平静一点，说道："阿城，午饭吃了吗？妈给你做了你爱吃的菜。"

陆城嗤笑一声："不饿。"

懒得再废话什么，他快步上楼。

房门"砰"一声，被重重甩上，丝毫不留情面。

陆文远在外是人人尊称的"陆总"，在儿子这儿受这种冷脸，自然压不住脾气。

他指着二楼大吼道："陆城！你在给谁甩脸色？！如果爸妈不努力工作，你的手术费、学费，还有你鬼混挥霍掉的钱从哪里来？别不知好歹，以为全天下都欠你的！要不是我们，你以为你有现在这种好日子过呢？"

薄薄的门板挡不住这声音，一字一句清晰入耳，穿透力几乎要将人的身体扎破，扎个透心凉。

陆城躺在床上随手一挥。

"哆！"

台灯被甩到地上，剧烈撞击下，"哗啦啦"碎了一地。

元旦小长假过完，学生们的亢奋状态渐渐消散，但八卦和流言不可能收得这么快。

林岁岁一踏进校门，就听到旁边几个女生的小声议论。

"是她吗？"

"就是她就是她。这么看，没苏如雪漂亮啊！差远了……"

"陆城怎么看上的啊，还是个聋子。"

"我们学校为什么会招收残疾人？"

"谁知道呢，家里有钱吧。"

"啧……好可怜……"

"嘘——她听到了。"

"这么远，她听不到的。"

……

这种感觉，果然和想象中一样，有种被扒干净衣服，当众处刑的感觉。

这下，全世界都知道她听不见了，和没有转学之前一样，没有什么不同。

无论是议论也好、异样的眼光也好，这些少年人总归带着七分好奇和三分不屑，为了昭示善良本质，再带上些毫不走心的怜悯之意，组装起来像杯古怪饮料，难以入口。

林岁岁紧紧咬住嘴唇，将头压得更低，不自觉加快脚步，想从旁边赶紧穿过。

忽然，身后有一股大力压到她肩上。

姜婷不知道从哪里跑上来，一把搂住她，对着那几个女生怒目而视。

"你们再说？信不信我扇你？"姜婷毫不客气地骂了句。

林岁岁惊掉了下巴，赶紧将姜婷拉住："姜饼……"

那几个女生被姜婷这么一吼，也吓蒙了几秒："你、你、你是谁啊？还想打人，真没素质。"

姜婷冷笑道："我是你爹，怪我没把你们教好，叫你们大过年的背后说人坏话，一点家教都没有，都是我的错。子不教，父之过。"

女生们正欲还嘴，对上林岁岁沉静的双眸，霎时失声。

林岁岁说："我不可怜，你们才可怜。"

回到教室，姜婷还在抱怨："宝贝，你也太软绵绵了！你那是什么话呀，就该好好教训她们一顿！"

林岁岁第一次被人这样维护，心里暖得要命，脸上挂了傻笑，怎么都停不下来，任凭姜婷絮絮叨叨地说，也不还嘴。

姜婷也算是看透她这种泥人脾气，停下唠叨，长长叹了口气，紧紧握住她的手，语气中带着责怪和心疼："怎么不早点告诉我们呢？"

"对不起。"

"你有什么对不起的呀！哎呀，你这人可真是……"姜婷伸手，轻轻地摸了摸林岁岁的鬓角，眼圈也有点泛红。

真诚的女孩总是很容易共情，仿佛握住手的那一刻，她就能体会到林岁岁的悲伤与无力。

姜婷眼里满是氤氲弥漫，重重地说道："我们又不会看不起你。"

林岁岁摇头："没有，我没有那么想。"

"也不会可怜你的！你那么可爱，那么乖，大家都喜欢你，羡慕还来不及呢……对了，你还有城哥这么好的哥哥……说起来，城哥呢？迟到了？"

林岁岁没说话。

身旁的位置已经这般空了一整天。

嗳，你是哪里来的凡·高，
将我名后的画布填满恨。
——林岁岁日记

01

放学后，林岁岁从微信朋友圈看到了一张照片。

刚加好友时，她悄悄窥探过陆城的朋友圈，他很少发，偶尔的几条也是和周杰伦相关，亦或是转发的一些篮球赛事新闻。

此刻，在这些之上，出现了一张照片。

照片内容很简单，学妹抱着奶茶看着镜头，一脸笑意模样，陆城站在她身后不远处，面无表情。发出时间是傍晚六点多，就像是一条普通的、公开的朋友圈而已。

只是，同他底下那些转发分享格格不入，看起来突兀极了。

林岁岁盯着照片看了许久，悄无声息地给这条朋友圈点了个赞。她的动作万分小心翼翼，像是害怕触动什么开关一样。

入夜，薄倩拽着陆城的手臂，眉目间含着依依不舍，也带着心满意足的骄傲。但她对着陆城开口时，难免收敛情绪，利利落落又扭扭捏捏，说话都变了调："学长，再陪我逛一会儿嘛。"

薄倩是学妹的本名，说来也巧，放学后，她想着去隔壁正大广场给陆城买份生日礼物，竟然正撞见他一个人在游戏厅里对着篮球机投篮，机子前面堆满了硬币。薄倩看出他心情不佳，在打扰和不打扰中犹豫一瞬，到底是没抵过"缘分"的抗拒，走上前去，陪他一起投篮。

气氛出乎意料地平和。

薄倩问道："学长，今天的合照能发朋友圈吗？"

陆城压根儿没仔细听，面无表情地将手机甩给她："随你。"

薄倩轻巧一拍，便有了这张图。

两人简单吃过饭，时间已经不早。

薄倩仍旧不愿意和陆城分开，娇娇怯怯地装模作样地提议："要不要……看个午夜场电影呀？反正我们俩都不住校嘛。”

陆城已经十分不耐烦，沉下脸："薄倩。"

"嗯？"

"你住哪里？"

薄倩听懂他的言下之意，很是不甘心地咬咬唇。踟蹰半晌，她还是在他的目光中败下阵来，报了个地址。

陆城垂着眼，掏出手机，用打车软件给她叫了车："到家给我发个消息。"

薄倩坐进出租车后排，用力揪住他的衣摆，不肯放手："学长，你不送我回去吗？"

"晚安。"

说完，陆城反手合上车门，退开两步，站到人行道中间。

月色下，他的表情几乎隐入背光角度，不见悲喜，也毫无感情，像块焐不化的石头。

出租车缓缓启动，薄倩从后视镜里最后看了他一会儿，咬牙切齿，重重地将书包摔到旁边。

仅仅一天之隔，林岁岁在众人眼中就从"陆城公开暧昧对象"变成了"被陆城玩弄的小可怜"。

然而，像失聪这种事，除了班上同学会投以好奇目光以外，于其他无关人员来说，压根儿就没有桃色八卦得有吸引力。

林岁岁不知该如何应对，只能时时刻刻和姜婷黏在一起。

直到第二节课，"罪魁祸首"还是没有来。

林岁岁手指紧紧握成拳，勉强克制着自己，不让目光瞟到隔壁桌去。

肯定不是生病，毕竟昨天晚上还在发合照呢。

之前，陆城也偶尔会迟到早退，但缺课一整天，第二天还不来，倒是极为少见。

两人在处理这件事上，可以算得上心有灵犀。

不让任何人知道，不想给别人创造谈资，不能露出脆弱的那一面，叫人怜悯。

所以，陆城到底是去哪里了？

日头渐高，林岁岁开始坐立难安。

终于，她忍不住低声问余星多："余星多……陆城呢？为什么没来上学呀？"

陆城不在，余星多也没什么耍宝精神头。正好，他昨儿意外从姜婷那里翻出来一本小说，看得津津有味，十分入迷。乍然被林岁岁打断，他还有些没反应过来。

余星多转过身，摸了摸脑袋，"啊"了一声，随口道："估计玩去了，昨儿不是和学妹在一块吗？"

"哦。"林岁岁脸色泛白，闷闷地垂下眼。

余星多性子大大咧咧，基本毫无观察力，自然不会注意到自己说了什么扎心话。他"嘿嘿"笑了几声，语气转而变得有些奇怪："不过这种情况倒是第一次，难道是学妹魅力太大，让人乐不思蜀了？嘿嘿嘿……妹妹，你干脆发个微信问问他呗。"

姜婷抄完答案，将笔一甩，也随之扭头白了余星多一眼，说道："宝贝，你别理他。他就是怕被城哥骂，故意拱你去问呢。"

余星多有些不满："怎么啦，妹妹关心哥哥，不比我们凑上去来得名正言顺？我要是过分关注，到时候城哥还以为我对他有什么非分之想呢。"

两人很快开始一场拌嘴，话题彻底偏到十万八千里远。

林岁岁长长地叹了口气，安安静静地趴下来。

从来没觉得一天过得那么漫长。

她不想自己活得这么卑微。

如果那天，那个助听器没有掉，如果陆城没有从舞台那边迎着光走向她，没有转回去给她找助听器送到家里，说不定，她早就成功终止了一切。

剧情阴错阳差，着实叫人心酸又迷茫。

后面，她该怎么办？

等寒假吗？

时间和距离可以帮她结束这一切心思吗？

第三日，陆城总算回了学校。

他行事特立独行惯了，旷课两天竟然也没有引起什么议论，好似所有人都见怪不怪。

毕竟是城哥嘛，上艺术节舞台当着各路校领导面都敢随心所欲，做什么事都正常。

早自习前，李俊才找了个学生来把陆城叫走。林岁岁没来得及同他说上一句话，只能愣愣地看着他的书包，咬着唇，心思翻滚，涌动不止。

陆城这一走，一直到出完早操才回到教室，而且什么话都没说，只安安静静地趴在桌上，看起来睡得很沉。

林岁岁轻手轻脚地拉开椅子坐下，深吸了一口气，勉强将注意力集中到课业上。

新年到来，就代表这个学期即将结束。所有老师都开始耳提面命，要开始复习，迎接期末大考。

林岁岁期中考考得不好，这半个学期一直胆战心惊，哪怕练琴也没把作业落下，几乎每天都是深夜才入睡。再加上有陆城在旁边点拨几句，她好像确实是稍微有了些提升。

林岁岁总觉得自己脑子不好，不是有天赋的学生。仔细想想，或许对陆城的过多关注，有很小一部分组成因素，便是因为自己缺失的那部分，被男生全数补上。

关注这样的男生不是很正常吗？

她做不到的事，他全都能轻而易举地达成。

有时候，她甚至自暴自弃地想过，要是陆城对她的态度坏一些、再坏一些，就像第一次见面那么凶，或者是陆城成绩再差点、再笨一点、再装腔作势一点，她应该就不会那么关注他了。

下午，窗外出了太阳，但气温还是很低，加上临近期末，女生都不爱上体育课，往往下去点个到，就偷偷溜回教室休息。

这时候，教室就会成为一个茶话会，漫天说地地八卦，一片吵吵嚷嚷。

林岁岁和姜婷回到教室。

班上同学不少，连好几个男生都没有下去疯玩，而是留着默写、抄单词。

陆城还在睡觉，周围一圈都安安静静的，无人靠近。

姜婷坐回座位，侧头望了一眼，问："喂，余星多，你怎么也没有去打球啊？"

余星多紧紧皱着眉，半天没理她。良久，他终于从书本里抬起头，长叹了一口气："终于看完了！"

姜婷说："敢情您老是看小说看入迷了啊？！牛。"

余星多啧啧称奇："这不是第一次看嘛，就想看看作者还能编出什么剧情来……"说着，顺手将小说还给姜婷。

林岁岁余光扫了一眼，书皮上好大两个字——"左耳"。

耳朵……她心头重重一跳。

果不其然，余星多转过头，看向她，清了清嗓子，耍宝一般，开始声情并茂地朗诵书中名句："左耳靠近心脏，甜言蜜语说给左耳听……哎，妹妹啊，你看你耳朵听不见，跟这个女主角挺像的呢。"

林岁岁脸颊"唰"一下变得血红血红，像是马上就要被点燃。

余星多一贯情商低得可怕。当然，也有可能是因为，没法体会女生的细腻想法，只当是闲聊、开玩笑。

他说："你是哪个耳朵不好？还能不能听甜言蜜语啊？"

倏地，"嘭"的一声，余星多连人带椅子和桌子，一块儿往前滑了一大段，差点儿跌到地上去。

不知何时，陆城已经坐起身，收回脚，冷冷地看着前面："你会不会说话？说的是人话吗？"

"城哥，我开个玩笑而已……"

"不好笑，你下次再胡说八道，就把你给丢出去。"

余星多张了张口，见陆城表情严肃，不像是玩笑，只得闭了嘴，讪讪一笑。

陆城又踢他椅子一下："道歉。"

余星多麻利开口："小耳朵……哦，不是，妹妹，我错了。"

这一串剧情叫林岁岁目瞪口呆。听到余星多说话，她连忙摆手："没、没事的，我没有生气。"

陆城这才满意地闭上眼，继续进入"冬眠"状态。

余星多讨饶般冲着林岁岁摆摆手，默默转过身去。

姜婷在前面嘲笑他："嘴贱吧你。"

"那我不是开玩笑嘛，而且，小耳朵这个昵称多好听，很可爱啊！适合妹妹……"

声音断断续续传到后面，林岁岁再没法冷静。

自己虽然不是公主，但怎么能抗拒骑士的守护？

可是，陆城完全不会明白，一个微不起眼的女生是怀着怎样提心吊胆的念头在同他相处着。

02

不过，虽然小说剧情有些伤人，"小耳朵"这昵称倒是成功被认证。

陆城应该是将林岁岁的新年愿望记在了心上。

放学前夕，他懒洋洋地起身，随手摸了下头发，打算走人，忽然想起什么一般，对林岁岁说："耳朵，你那把琴还在学校吧？我让人给你送回去。"

林岁岁整个人轻轻一颤，"耳朵"这两个字像是羽毛一般，从耳边轻轻拂过，激得心都战栗起来。

陆城拧起眉，手指微曲，轻轻叩了下桌子："小丫头脑子又飘到哪里去了？"

"哦……啊，没有。"林岁岁终于清醒，耳尖发烫，支支吾吾、文不对题地答了几声，才想起对方问了什么，"没关系，我自己拿就行。"

陆城一锤定音："你在教室等着。"

说完，他拎着包起身，干脆利落地离开。

林岁岁不知道他要怎么做，踟蹰片刻，眼见天色一点点灰暗下去，渐渐连橙光都不见踪影。

冬夜寒冷，陆城大抵是不会再回来了。

她想了想，摸出手机，打算给他发条微信就先回家去。

消息改来改去，措辞小心翼翼，总算编辑好，还未来得及发出去，倏地，林岁岁听到后门有个陌生声音在喊她名字。

"林岁岁？哪个是林岁岁？"

林岁岁一惊，扭头看过去。

后门外，一个男生抻长脖子往他们教室四处张望，不经意同她对上视线后，立马就反应过来："嘿！是你吧！之前在 KTV 见过的！"

林岁岁仔细回想几秒，也依稀有了印象。

期中考之后，这男生之前同他们一起去唱过歌、吃过火锅，好像是陆城和余星多在学校篮球队的朋友。

但名字……她已经有点不记得了，只得尴尬笑笑，含含糊糊地打招呼："你好，请问有什么事吗？"

那男生说："走呀，城哥让我送你回去，琴给你背来了。"

他轻轻松松将硕大琴包从教室外头拎进来，一脸得意地拍了拍。

林岁岁不习惯接受陌生人的帮助和关注，特别是在现在这种情况下。

她嘴唇动了动，小声拒绝道："不用了，我自己拿回去就好。"

"不行，这是城哥交代的任务。妹子，你放心，我不是坏人，绝对靠谱。"

顿了顿，男生又接上一句："说送就送，肯定不会像他一样半路跑走的。"

林岁岁一时不知道该如何反驳。

时间不早，月亮爬上半空。

林岁岁同那男生一前一后安安静静地走在一处。

男生叫赵介聪，比他们低一届。可能是发现林岁岁不记得他的名字，他很是贴心地又介绍了一遍，不至于让她太尴尬。

赵介聪显然是个善谈分子，气氛这样沉默，叫他抓耳挠腮。

他到底是忍不住，试图同林岁岁聊天："林岁岁，这个琴你练了很多年吗？"

"嗯。"

"那很酷呢。"

林岁岁客套地笑了笑："还好。"

赵介聪忍不下去了，上前一步，同她肩并肩，接着叹了口气，说道："学姐，你这样让我好尴尬。"

"对、对不起。"她手忙脚乱地道歉。

赵介聪拼命摆手："不是那个意思，就是说，嗯……"

说不清。

他还是第一次遇上林岁岁这种女生，乖得让人恨不得缩手缩脚，就怕一不小心惊扰她的世界。怪不得陆城这么不懂怜香惜玉一人，还想着叫人来给他这小同桌提东西。

没人享受过他这种待遇，这已经足够引起人的好奇心了。

借着路灯光，赵介聪细细打量起林岁岁。

她梳着细细短短的马尾辫，从侧面看过去，巴掌大小的脸上有种病态的苍白，身形也瘦弱，好像下一秒就会被风吹走一般，唯独一双眼睛又圆又亮。

确实很是能激起人的保护欲。

倏忽间，赵介聪脑袋一热，干脆地问道："你有男朋友吗？"

这一路，林岁岁都有些走神。乍然听到这句话，她结结实实地愣了半天。

赵介聪顺势停下脚步，笑了笑："应该没有吧？你看我行吗？"

"啊？"

这表白来得意外。

人生第一次，关键是，冲击力巨大。

林岁岁蒙了。

她实在有些不明白，现在告白都这么简单吗？这难道不是一件非常神圣又非常认真的事情吗？

气氛一下子沉默到谷底。

赵介聪讪笑一声，大抵猜到了她的意思，打了个哈哈："有点突然是吧？吓到你了吧？不好意思……"

这次，林岁岁终于给了回应。

她固执地摇摇头，一字一句、严肃地答道："对不起，现在我们都应该好好学习，以高考为重。"

没过两天，赵介聪和陆城在球场碰到，打了一场球。

第一场结束后，两个大男孩坐在球场边闲聊，话题从 NBA 和球鞋渐渐转偏。

赵介聪说："我也就是很突然有那种想法，但是我猜呢，她那也只是敷衍我的说法，估计她心里对你有啥想法。"

陆城被水呛了一下，没仔细听后头那些感慨，只听清前面半段，一时之间眼神微凝，感觉拳头都硬了。

他冷笑一声："赵介聪，你连我妹妹都敢调戏，找死吧？"

赵介聪连忙否认："没调戏啊。不过，有你在，还是算了。"

闲聊终结，赵介聪回到球场，继续挥汗如雨。

陆城没法再打第二场，只坐在旁边，蹙着眉，表情晦暗不明。

说不清什么感觉。

总归，赵介聪说给林岁岁表白的那一瞬，他的心情就不算太妙，就好像自己精心守着的娇花，被不懂得养花之道的蛮夫看上，还蠢蠢欲动。

这大半个学期同桌下来，陆城已经彻底把林岁岁当成自己人。哪怕她说不喜欢"妹妹"这个称呼，但是这词确实很能描述她在陆城心中的位置。

她耳朵伤了，所以害怕与人相处，也害怕异样的眼神，担心自己格格不入，乖得就像一只小绵羊，温柔可爱，平日看着娇娇怯怯，实际上又勇敢无边。

只一个眼神，陆城就几乎能猜到她在想什么。

时时刻刻，两人同病相怜，所有的一切都仿佛能感同身受，好像天生就该由他来守护她一样。

如果换别人来，能体会林岁岁那点敏感的小心思吗？

新一周，周三是陆城的生日。虽然马上就要期末考，但是薄倩吵着非要给他办个生日宴。

陆城懒得和她纠缠，随口应下。

周二下午，临近放学时分。

陆城揉了一把头发，坐起身，将这件事通知了一下周围几个朋友："明天放学，想来的都来。"

余星多第一个积极响应，用力拍了拍胸口："礼物早准备好了，哥，不用谢我，真兄弟。"

陆城面无表情地看了他一眼，叫人瞬间偃旗息鼓。

姜婷也比了个"OK"的手势："我没问题。"

旁边几个关系好的都爽快应下。

最后，陆城望向林岁岁："耳朵呢？"

林岁岁轻轻地张了张嘴，"啊"了一声。

时间紧迫，这几天她都在认真复习迎考。

但是，是陆城生日啊……

踟蹰数秒，林岁岁垂着眼，点头道："我去的。"

陆城弯唇一笑，心情似乎好了不少，说："小耳朵，真乖。"

霎时，林岁岁连耳尖都泛起羞怯的红意，似乎被他一句话打败，整个人都像鸵鸟一样缩了起来。

见状，陆城便想到了赵介聪那段话的后半段，忍不住拧起眉，开始思索这种可能性。

虽然林岁岁从来没有表现过什么异样，好像她对所有人都是一样，小心翼翼、紧张兮兮。

之前，他也考虑过这种可能性，但很快又被自己否决。

这么个小姑娘，从转学过来开始，两人就说不上顺利开场，而且她好像一直有点怕他。

但万一真是呢？

陆城心中又烦闷起来，竟然不知道自己该如何把握这脆弱的"同桌

侧耳

关系"。

陆城心想。

最好不是。

要不然，他一心想要守护的小可怜，最后定然被他伤害。

他就是这种人。

在家里简单吃过饭，林岁岁拿起手机，打车去给陆城挑生日礼物。

夜幕早已降临，江城是繁华不夜城，正大广场处在繁华区，旁边又有江城知名旅游景点，哪怕是工作日的晚上也是灯火通明、热闹无边。

林岁岁穿梭在人群中，表情看着有些茫然。

这是她第一次给男生送礼物。

陆城应该收过很多礼物吧，之前随手就把别人送的巧克力一股脑儿拿给她吃了……

想必他本身就什么都不缺。

给这样的男生送礼，到底应该送什么才显得特别，但又不是那么特别呢？

人潮川流不息，林岁岁却踟蹰不前。

球鞋、手表太贵重，她也完全不懂这些，陆城的鞋码、品牌一问三不知。篮球饰品之类又好像太过敷衍。如果是自己做手工制品，明天就是生日，这会儿早就来不及不说，还显得十分居心不良。

真是难以抉择。

好像只得随波逐流、胡乱向前。

最终，她在一家书店门口停下脚步。

林岁岁慢慢走进去。

这个点，书店里客人不多，几个穿蓝色制服的店员对着书架，正在一排一排地进行整理、清点，最外面的书架放畅销书，里面是散文、名著等等，分门别类、十分齐全。

林岁岁转了几圈，目光不自觉被几本书花里胡哨的封面吸引过去。这些都是当代知名诗人的诗集，汪国真、北岛、顾城等。

她随意翻开第一本。

【是一场风暴、一盏灯，把我们联系在一起……】

是舒婷的《双桅船》。

【你在我的航程上。】

【我在你的视线里。】

林岁岁眼睛一酸，合上书，决定将这本《舒婷诗精编》买下来。

次日就是 1 月 12 日。

要不是陆城生日，这不过也是平凡备考期末的一天。每个科目都发了一沓试卷，每个老师都恨不得把时间掰成两半来用。明明已经是顶级名校，但在明年就要高考的压力之下，所有人都没法放松。

铅字墨香在空气里飘散，组成青春独有的气味。

临近放学，林岁岁灰头土脸地从沉重笔记中清醒，余光轻轻一瞥，隔壁桌没人在。

陆城靠在教室后门门框上，脸侧对着走廊，懒懒散散，似是漫不经心地勾出一抹笑意，间或应和几句。

林岁岁看得清晰，和他说话那人是学妹，也就是薄倩。

时光仿佛回溯到几个月前，也是在同样的位置，她傻乎乎地看着苏如雪笑着跑过来，心情复杂。

此刻，除了从学姐换成学妹，好像本质来说，场景并没有什么改变。可想而知，在以后的每一天里，都不会有什么改变。

每个人都恪守本位，只有她一个人在心里演独角戏。

林岁岁深吸了一口气，低下头，将自己准备的礼物盒子打开，拿出那本书。

她随便翻了一页，从笔袋中拿了铅笔，沉思半秒，在页缝中轻轻落笔。写下第一个字后，她犹豫一瞬，又用橡皮仔细擦干净。

不想让自己变得那么不堪。

既然已经决定放弃，就不要给人徒增困扰了。

林岁岁轻轻地叹了口气，到底是将书合上，仔细压平痕迹，恢复原样，再装回礼盒里。

等陆城回来，林岁岁将礼盒递给他，低声开口："对不起啊，今天晚上去不了了。"

陆城皱起眉头，上下打量她一番，问道："怎么了？出什么事了吗？"

"没有什么，就是……嗯，家里有点事情。"她脸颊微红，"对不起，先祝你生日快乐。"

陆城脸色不算太好，但也没有为难她，静静地收下了礼物。

林岁岁再忍不住，眼眶发热，生怕被看出什么端倪，背起书包，丢了一句"明天见"后，落荒而逃。

KTV 里，光影迷乱。

陆城朋友多，也不差钱，直接定了个最大包间，嵌套式上下两层，空间极大，足够十来个男生围着桌子坐成一圈，闹哄哄地玩三国杀。

包间最前面是硕大的屏幕，此刻正在播放《星晴》MV。

薄倩拿着话筒，含情脉脉地看着陆城，声音甜蜜地唱道："我想就这样牵着你的手不放开……"

陆城作为生日主角，坐在三国杀小分队旁边。

灯光明明灭灭，将他脸上那丝心不在焉藏得很好。他手掌中间，一本书被翻来覆去地打着转。

姜婷点完歌，坐到陆城旁边，从隔壁桌拿了块西瓜来咬一口，笑着问："城哥，怎么了？看看薄倩这歌唱得多么努力，你怎么一点反应都没有？"

比起之前那个苏如雪，薄倩爽朗又落落大方，也不会用眼神揣测，姜婷对她没什么恶感，甚至还觉得这个学妹很不赖。

陆城没说话，垂眸，视线落在封面上。

姜婷顺着他眼神望过去，一边嚼西瓜，一边随口问道："舒婷诗集？哪儿来的？"

"别人送的礼物。"

姜婷笑起来："谁这么有创意啊，给咱们大哥送个朦胧诗……是薄倩？是嫌弃你太五大三粗、不够浪漫了吗？"

陆城目光微微一凝，侧头看她，问："不够浪漫？为什么这么说？"

比起陆城这种男生，还是文科相当不怎么样的理科学霸，姜婷明显文学造诣更高一些。

以情歌作为背景音乐，她声情并茂、抑扬顿挫地说："你不知道《致橡树》吗？咳咳……我如果爱你，绝不像攀缘的凌霄花，借你的高枝炫耀自己！天哪，这很……特立独行。"

陆城拧了拧眉头，沉沉答道："这是小耳朵送的。"

姜婷愣住了。

她的目光逐渐变得惊恐，上下打量了陆城一番，清了清嗓子，稳住情绪："哦，那可能是想鼓励你好好学习语文，立志上清北。"

陆城一愣。

"确实，送书这件事，听起来就很像耳朵的风格。小乖乖，也不知道今天家里出了什么事……"姜婷语气逐渐变得担忧。

陆城手指捏紧，将诗集握住，面无表情地望向姜婷。

良久，他终于出声问道："姜饼，你真是这么想的吗？"

姜婷收了声，默默干笑一声。

倒也不是因为礼物这回事，事实上，女生总归心思纤细敏感一点。

林岁岁和陆城之间，确实有种奇怪的化学反应，说暧昧，好像也不暧昧。

就是那种……

她说不出来。

陆城对林岁岁不一样。

真像亲兄妹一样，又不是真兄妹。

姜婷博览众多小说，早已发现些许端倪。

不过高中生嘛，有点青春悸动很正常，似乎不值得被翻来覆去揣摩，自然也不会影响他们几个人之间的友谊。

陆城轻轻挑了挑眉。

姜婷叹气："兔子还不吃窝边草呢。城哥，你可别真朝耳朵下手，她不是那些女孩子，玩玩也没事。她这种性格敏感的女生，很难恢复过来的。"

闻言，陆城气不打一处来，抬手敲了一下她的额头。

他正想说些什么，不远处，薄倩已经结束了情歌环节，婷婷袅袅地朝陆城这边走来，随口问道："在说什么呀？都不仔细听我唱歌了。"

陆城轻松收了笑意，恢复平静："随便聊几句。"

顿了顿，薄倩又问："那个矮矮的妹妹呢？今天怎么没来？"

陆城沉沉地看她一眼，片刻才警告般出声："薄倩。"

薄倩不甘心地嘟嘟嘴，目光落到陆城手上："咦？这是什么？"

陆城漫不经心地将那本书收起来。

"没什么。"

渐渐地，话筒被几个女生和麦霸占据，陆城也被拉入三国杀战局。

薄倩去外面拿了外卖，把比萨放到空桌上，招呼大家随意吃。蛋糕她则是偷偷藏在外面，嘱咐服务生插好蜡烛，晚些再推进来。

包厢里，混乱一片。

薄倩站在陆城身边围观了一会儿，想到什么，顿了顿，悄无声息地往旁边侧了下身子。

见无人关注，她轻手轻脚地摸了下陆城的书包，手指轻移，将那本被他塞进去的书拿出来。

然后，她闪电一般起身，匆匆离开。

KTV 走廊上，光线明亮。

薄倩靠着镜面墙，迎着光，随意地翻了翻那本书。

《舒婷诗精编》？

奇怪，这可不是陆城的风格。

他对这些"酸诗腐词"一向没有兴趣。

薄倩咬着唇，又仔仔细细从头到尾翻了一遍。

什么都没有。

里面没有夹字条，也没有写字。

她皱起眉，犹豫良久，还是翻了一页，沿着装订线，轻轻撕了一页下来，偷偷藏进了口袋。

反正陆城也不会仔细看。不，他应该压根儿都不会打开。

薄倩深吸了一口气，压抑住那么一丝做贼心虚感，抱着书，回到陆城旁边，又悄无声息地将诗集塞回了他包中。

夜越来越深，小区渐渐趋于寂静。

林岁岁将作业本放进书包，拿出日记。

扉页上，她重重落笔。

【很多事，尽力就会赢。但喜欢你这件事，无论我怎么尽力，都赢不了。】

【从今天开始，我不会再喜欢你了。】

不需要有什么契机。暗恋这件事，开始得就没有道理，也应该平静终结。

04

深冬，天气一天比一天更冷。

八中没有栽梅花，但林岁岁家小区楼下有一小片梅花树林，踩着冬日脚印，紧赶慢赶地开了花。远远走过，暗香扑鼻，叫人觉得沁人心脾。

眼见着复习周就快结束，林岁岁压力日日剧增，熬夜熬得越来越晚。平时自己弄饭，吃得随便，休息也休息不好。

这天上学前，她在梅花树前驻足几分钟，寒风一吹，竟然生生被吹倒了。

这病来势汹汹，到午休时，林岁岁已经涕泗横流，嘴唇开始泛干，眼睛里没了神采，喉咙也是火辣辣地疼。关键是耳朵里一阵一阵轰鸣声，此起彼伏，像是在用尽全力向她发出抗议，难受得要命。

正好，姜婷被李俊才叫走，没人催促，林岁岁便懒得去吃饭，只一个人趴在桌上，手里握了纸巾，将鼻尖捻得通红，整个人比平日里看着更加娇弱苍白。

没过多久，陆城从后门走进来，手上拎了个纸袋。坐到位置上后，他轻轻地拉了拉林岁岁的马尾辫。

林岁岁将头抬起来，安安静静地看向他，说不出话，似乎在问"什么事"。

陆城顿了顿，语气有些轻微不自在，慢吞吞开口："耳朵，你要吃点东西。"

他将纸袋放在桌上，上头印了标志，是一家粥店。

林岁岁微微一愣，脸颊上浮起一丝病态潮红，哑着嗓子，低声道谢："谢谢。"

陆城蹙眉："下午让陈一鸣给你请个假，回去休息。"

林岁岁小声说："不行的，下午有化学课和数学课，老师说要分析试卷，我回去了也睡不好。"

陆城冷嗤一声："行了，赶紧回去，明天我给你分析。"

事实上，自从陆城生日那日之后，两人之间的关系变得有一点点微妙起来。本来都不是能言善道的人，好似因为一份礼物和缺席的生日宴，而越发沉默相对。

陆城天天上课睡觉，或是干脆不见踪影。林岁岁就埋首于课业之中，恨不得整个人都钻进书里去。

好似一夜之间，就将两人拉得很远很远。

直到今天。

林岁岁咬着下唇，固执地摇头。

不想麻烦陆城，只是感冒而已，没什么不能坚持的。

陆城沉下脸。

忽然，他抬起手，出其不意地摸了摸她的额头。

入手处一片滚烫。

他收了手，定定地看着她，声音冷冰冰的："林岁岁，你和自己闹什么别扭？起来。"

这一幕恰好被来人看个正着。

薄倩脚步在门外停顿数秒，轻轻咳嗽一声，打断两人间的奇妙气场。

她状似无意地问道："学长、学姐，这是怎么了？"

陆城扭过头，早已恢复面无表情的模样："你怎么来了？"

薄倩和苏如雪不同。苏如雪是艺术生，且学画多年，画技很过关不说，家里也有钱有势，对文化课成绩没有那么看重，行事肆无忌惮。但薄倩是考进的八中，在八中这种私立学校环境中，不可能不在乎成绩。

这个时间，期末考近在咫尺，她本该回教室去复习迎考。

听陆城这么问，薄倩第一反应便是不高兴："我打扰你们什么好事了？"

陆城眼里融了一抹厉色："薄倩！"

薄倩脸颊微红，不服输地同他对视数秒。

到底还是不敢惹他，她软了口气："我只是……看你没有吃饭，有点担心你才过来看看。学长，你别生气。"

陆城冷冷地说："没你什么事，回去吧。"

薄倩一动不动，目光微微偏移，落在林岁岁脸上，见人这般模样，立马就明白过来。她顺势问道："学姐生病了吗？我陪她去医务室看看吧。"似是想展现自己温柔的一面。

但，陆城依旧面色不虞。

林岁岁不想横插在他们之间，莫名其妙成靶子，也不想引起薄倩疑心什么，再叫陆城为难。

况且，这般咬着牙坚持下去，确实也意义不大，还不如去吃药再稍微睡一会儿，可能就能好点。

受寒感冒而已。

她站起身，垂着眼，勉强开口道："不用，我自己去医务室睡一会儿就好。"

语毕，便匆匆离去。

医务室在另一栋楼。

林岁岁逆着结束午餐回教室的人流，慢吞吞往外面走，直至下到最后一级台阶。

忽然，头顶传来一声呼喊："林岁岁学姐！"

林岁岁脚步轻轻一顿。因为生着病，耳鸣又严重，她反应十分迟钝，半天才呆呆仰起头。

薄倩站在半层楼梯之上，居高临下，含笑地望着她。

她问："可以说几句话吗？"

林岁岁一愣。

走廊人来人往，好在一楼旁边的空教室不少，还有一间画室，平时很少有人会用。

薄倩转过身，将门锁上。

林岁岁站在教室中间，孤身一人，仿佛无所依靠，可怜极了。她睫毛轻颤了几下，不自觉捏紧了手指。

"别紧张。"薄倩笑起来，走到她面前。

两人身高差将近有十厘米，再加上薄倩一贯就有种趾高气扬的气场，更衬得林岁岁单薄娇小。

薄倩慢条斯理地开口："学姐，我找你来，只是想跟你随便聊几句而已。你不要这么紧张，弄出这种做派，倒好像是我要吃了你一样。你知道吗？这看起来很做作。"

林岁岁可以确定，来者不怀好意。

只是，她谨小慎微，自那本书送出去之后，就已经小心翼翼地同陆城保持好了距离，不知道薄倩到底想做什么。

薄倩见林岁岁不说话，再望着她楚楚可怜的眉眼。

想必，就是这般模样，叫男生怜惜万分。

薄倩脸上不由得浮起一丝戾气，冷笑一声，从口袋里摸出一张纸来，在林岁岁面前挥了一下，问："学姐，这是你送给学长的吧？"

林岁岁抬眼看去。

薄倩手中拿的，自然就是从诗集上偷偷撕下来的那页纸。

这些日子，她已经在陆城那里反复试探数次，还不经意地问了他几个兄弟朋友。在生日会那天，陆城能接触到的人里面，没有人会送他一本舒婷诗集，那必然就是没有到场，但白天能碰到的人送的。而且，一定是个女孩子，心思细腻柔软，还有点害羞的那种。

排除法十分容易做，再这么随便一试，轻松试出结果。

"啧，还真是。"

那页纸，已经被薄倩捏得皱巴巴的。

林岁岁只一眼就能看到几行字，可怜兮兮地蜷缩到了一处。

【我真想拉起你的手，逃向初晴的天空和田野，不萎缩也不回顾……】

她浑身一震，眼睛里浮起盈盈水光。

薄倩随手一捏，将那页纸揉得更皱，脸上挂着笑："书已经送给我了。陆学长那种人，怎么会喜欢看这种书啊。学姐，你也太不会送礼了。"

闻言，林岁岁脸色微变。

"不过呢，我也不喜欢这种酸诗，又嫌占地方，所以就撕掉当废品卖了。想了想，还是留了一页下来，毕竟也算得上送礼的人的一份心意。"

薄倩说得漫不经心，手指微曲，放到嘴边，装模作样地吹了一下，似乎真是浑然不在意的模样。

林岁岁在心里叹息一声。

这样也好。

总归是叫人彻底死心。

"没关系的。"林岁岁垂下眸，低声说。

薄倩见林岁岁油盐不进，耐心顿失："我今天找你，就是想跟你说，别在陆城面前装得一副小白花的样子，很恶心，麻烦你收收你那点小心思。"

说完，她冷嗤一声，重重拉开门，头也不回地离开了。

一时之间，林岁岁像是被抽干力气，再也没法坚持下去，滑落到地上，双臂抱住膝盖，整个人缩成了一小团。

恶心。

痴心妄想。

薄倩说得一点都没错。

但是，她明明已经停止了所有念头，不是吗？

下午第一节课都开始了，林岁岁还没有回来。

姜婷问了一句，得知她去医务室之后，才放下心来。

陆城却有些睡不着。他频频侧眸，余光锁着隔壁空位，不知道在想些什么。

第二节课上课前，李俊才趁着课间操时间进教室，将姜婷喊了出去。

这次，姜婷匆匆回来，拉开林岁岁椅子，将她书包拎起来。

陆城眸色沉了下来，心重重一跳："怎么回事？"

姜婷将试卷书本一股脑儿往林岁岁包里塞，手脚麻利，随口回答："耳朵刚刚在美术室晕倒，才哥打电话通知她家里人来接她了。"

陆城"唰"一下站起身，拳头拧得死紧："怎么会晕倒的？"

姜婷摇头："不知道，好像还是老师路过才看到的。"

陆城只觉得满腔怒气无处发泄，咬牙切齿地爆了一句脏话，才勉强冷静下来，问道："她人现在在哪儿？"

姜婷还是摇头："应该已经送到医院去了，或者和她爸妈在一起吧？才哥只让我帮她收拾一下东西，没说人在哪里。"

顿了顿，她将书包拉链拉上，随手甩到自己肩上后，这才看向陆城，压低声音，一字一句地开口："城哥，你看看你自己现在的样子。"

陆城一顿。

"注意别失态。"她若有似无地开了个玩笑，背着林岁岁的书包，头也不回地跑出了教室。

留下陆城站在座位前，满身冷意。

事实上，林岁岁的状况并没有李俊才形容的那么夸张。美术室没开空调，她蹲了一阵，周身渐渐开始泛起冷意，加上低烧反复，人本来就有些眩晕、迷迷糊糊的，起身太快，才不小心晕了一下。

路过的老师恰好看到她摔倒的那一幕，画面显得十分恐怖。

李俊才怕学生出什么事，立即打电话将张美慧叫来学校接人。

林岁岁整个人都有些昏昏沉沉，在医务室等了一会儿，不自觉便睡了过去。

醒来后第一眼，她和张美慧对上视线，倏地，整个人僵硬到几乎无法动弹，只愣愣地望向张美慧。

"妈？你、你怎么来了……"

张美慧一身经典 Armani（阿玛尼）套装，Tiffany（蒂芙尼）项链搭同款耳坠，手拎 LV 经典老花包，妆容精致且不惧严寒，像是刚从哪个谈判桌下来的精英人士。总归，同学校氛围格格不入。

林岁岁没想到张美慧会出现在学校里，实在让人紧张又害怕。

明明大家心里都知道，江城很大，世界上没有那么多巧合，但林岁岁还是害怕，怕有人认出她、怕有人知道什么、怕有人在背后议论。

这比被同学们知道她是个聋子，还要叫人羞愤欲死、无法自处。

林岁岁脸色苍白，手脚都不自觉蜷缩起来。

好在，她本就是病人，这般表情也不算突兀。

或是李俊才也没想到，林岁岁这敏感腼腆的性子，竟然有这样一位母亲。他摸了摸半秃的脑门，颇为不自在地笑起来。

"林同学，你发烧晕倒了，你妈妈来接你回家休息，书包也给你收拾好拿过来了。不用着急，等养好病再来上学。"

"李老师，我……"林岁岁拧眉，急急开口。

张美慧打断她，语气凌厉："行了，走吧。"

在外人面前，林岁岁不想争吵，惨白着一张小脸，慢慢从病床上爬下来，走到李俊才旁边，接过书包，小声道了谢。

母女俩一前一后走出医务室。

不远处，一个颀长身影靠在走廊墙边，安静沉默，宛如影子。

林岁岁脚步微微一顿，目光凝聚到那人身上，疑心自己是不是发烧头晕，看花了眼。

陆城怎么会在这里？

这又不是教学楼，连路过都显得好没理由，况且现在还是午自习时间……

只一秒，张美慧停下脚步，扭头，问她："怎么了？"

"没什么……"林岁岁低下头，若无其事地越过陆城。

一时间，她也搞不清楚自己为什么要这么刻意，倒显得自己心虚起来，明明是同班同学，打个招呼也无妨。

好在陆城也没有出声喊她，他整张脸都隐在阴影中，看不清表情。

两人位置错开，渐行渐远。

直到上了张美慧的车，林岁岁将手机从书包里摸出来，开机，第一眼就看到陆城的消息。

时间在半小时之前。

Lc.：【你怎么样了？】

Lc.：【我去找你。】

林岁岁长长地叹了口气。

张美慧正开着车，听到声音，侧眸看她一眼，随口问道："和刚刚那个男生关系不错？"

林岁岁脑袋"轰"的一声，直接被吓蒙了。好半天，她用力摇头，磕磕绊绊地回答："没、没有……"

张美慧笑了一声，说道："岁岁，你从小就最不会骗人，脸上完全藏不住心思，还总以为自己藏得很好。"

林岁岁一怔。

"只要不影响学习，想做什么都别犹豫，要跟随自己内心的想法。"

林岁岁捏紧了手指，默不作声地用力摇头，仿佛在否定张美慧，也在否定自己。

直到这一刻，她才清晰地意识到，从本质上来说，她和张美慧完全就是一种人。只是张美慧行事更加肆无忌惮，而林岁岁由于年龄尚小，脸皮更薄一点，才不至于如同她妈妈一样荒谬。

薄倩一点都没有说错，活该她被骂，不委屈。

她低下头，将嘴唇咬得生疼。

好在，现在叫停，还不算太晚。

林岁岁这一病，直接病了好几天。再翻过周末，复习三天，周四周五就是期末考。

班上几乎人人自危，恨不能将公式连纸带墨一起吞下肚子，消化个干净。

唯独陆城，日日在教室凑个人头数，实际上，他整个人都有些心思不宁。

林岁岁一直没有回他微信，很奇怪。

陆城面无表情地将那本《舒婷诗精编》从书包最底下挖出来，放在桌上，翻来覆去地把玩。

有些事，无法深思，深思也深思不出什么结果。

因为心脏病，陆城从小就有一定的厌世心理。父母给的亲情不是他想要的，只让他在深渊里越陷越深，像是累赘，丢不掉，又抛不下，只得用"亲情"绑着人前进，叫人痛苦万分。

他没有什么想要的，也没有什么在乎的。

总归会死的，不是吗？

他这个病，手术一台一台做，再往后，还能怎么样？换心？

换了又能坚持多少年呢？

玩世不恭，混着一天又一天，很好啊。

他也不想给谁的人生留下浓墨重彩的笔画。

但是林岁岁不一样，她和所有人都不一样。她像是个受了伤，误闯雪山的小鹿，从陆城捡到她助听器的那一瞬间，与她对上视线，他就很清楚。

小姑娘孱弱、无助又乖巧。

陆城把这十几年所有的善心都给了她。

自己已经走不出这座雪山，但林岁岁还可以走出去。

所以，他不能给她任何希望。

他也不懂，到底怎么样才能守护一只小鹿。

没有人教过他。

05

周一清早，张美慧将林岁岁叫起来。

她的病在周五就已经痊愈，咳嗽症状也全数消退。

张美慧陪了一周，耽误了不少工作。

"年末了，公司那边事情太多，我这几天还是没空回来。给你请了个小时工，每天来三个小时，帮你打扫做饭。"

林岁岁向来没有意见，讷讷地应了声："知道了。"

张美慧收拾好东西，飞快地化了个妆，说："我开车送你去学校，早饭就路上随便买点吧。"

"嗯，好。"

时间尚早，林岁岁第一个走进教室。

她手上拎了豆腐脑和一根油条，慢吞吞地解了塑料袋，开始小口吃着。

冬日气温太低，没一会儿，豆腐脑就没了热气。

同学们陆陆续续到达。

她将早餐扎紧，顺手丢到后头垃圾桶里，翻出作业本，开始对答案。

薄倩就是这会儿来的，她张望几秒，立刻锁定目标，笑着喊道："林岁岁学姐。"

林岁岁抬起头，愣了一瞬，倏地庆幸自己已经吃完早饭，要不然，估计再吃不下去。

薄倩冲着她招手："有点事，你可以出来一下吗？"

走廊上人来人往，于是两人下了一层楼，楼梯旁边就有一间空教室。

等到没人处，薄倩再没法维持表情，忽地，整个人都变得凶神恶煞起来，质问道："你跟陆学长说什么了？"

一周足够人做好心理建设。

林岁岁面不改色，轻声作答："我不明白你的意思。"

薄倩狠狠地瞪着她，半响，冷嗤一声："他不理我了，你满意了？"

"不关我的事。"

"你可真够装的！之前我的提醒还不够吗？偏要我把话说得难听？林岁岁，你少装可怜了，占了个同桌位置，真以为自己是什么特别人物了？艺术节上台就耳聋，让陆城众目睽睽之下来哄你，你是不是很得意？

"送本什么酸诗，很撩人嘛！有种你就表白啊！最讨厌你这种人，偷偷搞小动作，恶心。"

林岁岁嘴皮子没薄倩溜；一通冷嘲热讽下来，被砸得头晕目眩，重重咬着唇，拼命摇头："没有，没有这种事。"

薄倩气上头，一把抓住林岁岁的手腕，逼迫林岁岁直视她的眼睛。

"还说没有！怎么样，感个冒还去陆城面前卖惨，是不是说我怎么你了？害得你病情加重了？你可真是得使好心机啊。我听说，你成绩差得很，还是花钱硬塞进我们学校的，原来脑子都往这种地方使了！"

"没有……"

"恶心！"

天旋地转。

"小三的女儿以后肯定也是小三！"

"看着模样乖乖巧巧的，指不定和她妈一样有心思呢！"

……

这些画面和语句，仿佛已经成了心魔，时时刻刻都叫人痛不欲生。

林岁岁眼睛发烫，强撑着同薄倩对峙："你胡说！"

想到苏如雪同她说的那些话，再见林岁岁这般刻意娇弱的模样，薄倩实在难以冷静。

薄倩咬牙切齿，手上不自觉用了力。

林岁岁感觉手腕上一阵刺痛，皱起眉，"啊"了一声。

这双手，是拉琴的手，本来就瘦得弱不禁风，平常也要精心保护，不能受一点点伤，否则会影响手感，脆弱得要命。

薄倩不知轻重，只重重一捏，就叫林岁岁眼眶噙了泪珠。

"装什么装啊，我是打你了还是怎么你了？握了一下手腕而已，哭个……"

话音尚未落下，教室后面传来一个声音："松手。"

两人都吓了一跳，齐齐回过头。

一个男生从最后的空地上慢慢坐起身，他身下还放了一张粉色瑜伽垫，显然是睡觉用的。

有桌椅挡着，谁都没有发现他。

男生揉了揉眼睛，看向林岁岁。

两人对上视线。

他生得唇红齿白，头发鸡窝一样顶在脑袋上，看着很狂放不羁。

男生扬了扬眉，开口道："快点松手，吵架就吵架，打人就说不过去了。而且，薄倩同学，你不知道吗？艺术家的手，比生命还珍贵呢。"

"要你多管闲事……"话虽这么说，薄倩手上力道还是渐渐变小了，看起来似乎有些怵这个男生。

林岁岁立刻将手腕抽回来，小心翼翼地转动两下，用另一只手掌盖上去，紧紧护住。保护手腕几乎已经成了一种本能，哪怕再也不能拉琴，也没法将十年养成的习惯从骨子里割除。

林岁岁后退几步，警惕地看向薄倩，生怕她再猝然出手。

这场面，倒像是三人对峙，万分滑稽。

薄倩胸口激烈起伏着，眼神在林岁岁和后排那男生脸上游移几圈。她终于再憋不住，转过身，飞快跑出了教室，眼眶通红，像是伤心极了。

林岁岁用力咬住下唇，心情复杂得要命。

但薄倩对她这番控诉，她不会随意认下。

可笑，她这样微不足道的人，又怎么可能影响陆城呢？

林岁岁不想被薄倩这胡乱猜测影响，摇摇头，将各种杂念从脑内摒除。

倏地，一声轻笑将这平静打破。

后头那男生不知道什么时候已经站起身，走到了前排来。

这样看，他个子极高，大概有一米八以上，校服外套松松垮垮地套在最外面，里面是一件黑底毛衣，上头贴了乱七八糟各种颜色涂鸦纸。这杀马特风格着装，也挡不住他身材修长匀称，整个人比陆城看着要更健朗一些，长相却和气质不太相符，只得用"漂亮精致"来形容。

男生抓了抓头发，又往前走了两步，眼睛里像是聚满了阳光，竟叫人觉得耀眼万分。

他问林岁岁："艺术家，手腕没事吗？"

林岁岁又转了转手腕，摇头。

蓦地，她诧异地瞪大眼睛，磕磕绊绊地问道："你、你是谁？我们认识吗……"

男生"哦"了一声，仿佛恍然大悟般："我认识你啊，艺术节上拉大提琴失误那个，啧，姿势挺好看的。"

林岁岁忍不住纠正他："那是低音提琴。"

男生没说话，眯了眯眼，笑容看着有点贱贱的。

不过，因为他双眸灿若星辰，模样又清隽秀气，倒让人难生恶感。

他点点头："知道了。你好，低音提琴艺术家学姐，我是高一物理竞赛班的薛景，非复薛与岑的薛，返景入深林的景。"

顿了顿，他又接一句："那么，我刚刚帮了你，打算怎么谢我？"

林岁岁愕然许久。好半天，她才低声开口道："你……那个……"

这时，门外传来一个熟悉的声音："雪景！睡醒没……"

赵介聪伸着脑袋，从门外探进来。见这场景，他愣了愣："耳朵也在？这什么情况……你们俩认识？"

赵介聪虽然和林岁岁不是一个班，但他同陆城、余星多他们玩得多，平时偶尔遇到，也跟着一起喊"耳朵"，坦然得很。

反倒是林岁岁脸皮太薄，每每十分不好意思，见他就想躲。

没想到，赵介聪和薛景也认识。

林岁岁怕赵介聪追问这场面，到时候传到陆城耳朵里，大家都难堪，干脆利落留下一句"我先回教室"，低着头，小跑离开。

身后，薛景若有似无地轻轻一笑。

林岁岁回到教室，见和薄倩说话的这会儿工夫，同学就基本已经全数到齐，各自坐在位置上看书。

离大考只剩三天，一进门就能感觉到气氛十分严肃。

她深吸一口气，小心翼翼、轻手轻脚地走到后排。

旁边位置空空如也。

陆城还没有到。

余星多转过身来，小声问林岁岁："耳朵，你没事吧？请假这么多天，已经好了吗？"

林岁岁心头一暖，轻轻笑起来，点头，回道："已经没事了。"

姜婷也放下笔，跟着转过来。

三人围成一圈，悄悄咬耳朵。

姜婷问道："宝贝，你刚刚干什么去了呀？看你书包和书都在，人不见了，我们都以为你还不舒服。"

林岁岁含糊其词："就……出去了一下。"

好在姜婷和余星多都有点大大咧咧，不是细致的人，也不爱追根问底。

"你不在这几天，你哥老不对劲了。"余星多兴致勃勃地转开话题，八卦起来。

"啊……哦。"林岁岁眼神有些不安，干巴巴应了一声。

"啧啧，真是，考试周都不安分。"余星多还在啧啧称奇，完全无知无觉。

倒是姜婷，看了林岁岁一眼，试探地问道："这几天，城哥有联系你吗？"

林岁岁捏住手指，回道："没有。"

悠扬的上课铃从广播里传出来，打断三人闲聊。

陆城踩着铃声，不紧不慢地走进来。

林岁岁一抬头，两人视线就碰到一处。

心理建设还是有用，竟然真的平白少了许多紧张。

她在心里苦笑一声。

陆城倒还是一贯面无表情的模样，气色不是很好，加上皮肤白，眼下还出现了淡淡黑眼圈，更显得憔悴。

他默默看了林岁岁一眼，拉开椅子，平静地坐下。

气氛有些古怪。

突然，陆城淡淡问道："手腕怎么了？"

林岁岁愣了愣，低下头。自从刚刚被薄情掐过之后，她一直无意识地抓着自己手腕。

"啊，没什么事。"

她马上松开手。

陆城眼神微凝，上上下下打量她一阵，确定没事之后才问："考试准备得怎么样了？"

"呃，不太好……"

"啪"的一声，一沓试卷从头而降，轻轻脆脆砸在她桌面上。

林岁岁翻了翻，虽然试卷没写名字，但上头全都是陆城的字迹。她抄过陆城这么多答案和笔记，自然不会认错。

每一题的考点和解题过程，还有一些拓展公式，全都写得清楚明白。不像是做考卷，倒像是特意给她写了复习参考。

这种不经意的温柔，叫人浑身僵硬。

林岁岁勉强才将心脏处塌陷的那块城墙重新垒好，再抬起头，陆城已经趴到桌上，早看不见表情了。

森林和他的小鹿
Chapter 05

快乐没有止境传染。这
世上，只有你与我同甘共苦。
——林岁岁日记

01

林岁岁转入八中后，第一次参加期末考，完全是乱七八糟、兵荒马乱。但比起期中考，她已经算得上胸有成竹。毕竟，哪怕考卷再难、进度再快，学校里也不是人人都是天才，努力总归能弥补上一些。

两天就像做梦一般。

交卷铃响，林岁岁浑浑噩噩地从考场走出来，愣了愣，突然清晰意识到，寒假就要开始了。

回到自己教室，同学们也是三三两两地聚集在各处，对答案、讨论寒假计划，表情十分兴奋。

角落，姜婷和几个女生在说话，余光瞥到林岁岁，立马走到她旁边，轻轻拍了她一下："怎么样？"

林岁岁叹气："就那样……下学期开学再说吧。"

对普通高中生来说，能晚一天面对分数都是一件好事。

两人对视一眼，笑作一团。

再晚些，其他人悉数回到教室，各自收拾了东西，清空桌子，住宿的回寝室，不住宿的就准备回家，放松几天，等下周返校日再见。

一行人前前后后转过走廊，踏上楼梯。

姜婷一只手抱了一堆书，另一只手勾着林岁岁的肩，同她商量："今天好冷呀，晚上要不要一起吃火锅啊？"

林岁岁有些犹豫："我……"

"宝贝儿，吃完就跟我回家呗，到我家玩几天怎么样？"

同往日一样，陆城和余星多并肩走在两人后面。听到这话，余星多忍不住插嘴："姜饼，你们吃火锅也不叫上兄弟们，没义气。"

"兄弟们的意见不重要，爱来来，不来算了。特别是你，更加没有必要听你的意见。"

余星多眉毛一挑，仿佛某种开战讯号。

眼见着两人就要开始斗嘴，陆城两手插在裤子口袋中，长腿一迈，下了两级台阶，走到林岁岁旁边轻声说："回去记得看微信。"

"啊？"

"有事。"他言简意赅。

林岁岁表情迷茫，似懂非懂地点点头。

再下两层，四人同几个上楼的男生迎面碰上。

赵介聪一见陆城就笑："城哥、老余！晚点去打球吗？"

陆城尚未作答，赵介聪旁边的薛景也跟着笑起来。

薛景弯下腰，旁若无人地向林岁岁，开口："艺术家，今天不忙了吧？是不是该择'今日'报答我了呢？"

薛景讲话的调调有点流里流气的，弯着腰微笑时，模样好似在逗一个小朋友。

他上半身乖乖穿了校服，底下穿了条黑色牛仔裤，这么大冷天，膝盖、小腿上一溜烟儿都是破洞。最重要的是，裤衩上还挂着金属腰链，闪闪发光、环佩叮当，果真十分奇特。

林岁岁愣愣地看着他，好半晌都没反应过来。

毕竟是考试最后一天，楼道里吵吵闹闹，比平日更为喧哗。两人这点小互动近乎被淹没在各种动静里。

只他们离得近的几个听得分明。

姜婷的话题被陌生人截断，上下打量薛景一番。她皱起眉，表情略有些嫌弃："这哪里来的'杀马特'啊？赵介聪你们高一的？耳朵，你们俩认识吗？"

林岁岁张了张嘴，想说不认识。但就算薛景有点自说自话，到底之前确实帮她解过围，叫人实在没法否认。而且，万一他将自己和薄情那番对峙说出来呢？恐怕又要生起事端。

林岁岁咬着唇，侧过脸，余光飞快滑过陆城。

陆城依旧是面无表情的模样，正看向赵介聪，同他随口说着话。

于是，林岁岁对姜婷点了下头。

得到肯定答案后，薛景很是满意，更凑近林岁岁几分。

他生得眉清目秀，眼睛里仿佛带着钩子，像是个专骗无知少女的坏人，哄骗般问道："怎么样？今天跟我走？"

林岁岁摸不准他想做什么，张了张口。

尚未来得及出声，身后传来一股大力，将她往后拽了一下。林岁岁猝不及防，整个人踉踉跄跄，几乎被拉得仰倒过去。

林岁岁好不容易稳住身形，抬眼。

不知道什么时候起，陆城已经转过身，表情冷凝。

这会儿，他正扯着林岁岁校服里面那件卫衣的帽子，将小姑娘整个往自己这个方向拽。似乎是为了撑住她，不让她摔倒，他另一只手也牢牢握住了她肩膀，手腕力气极大。

林岁岁整个人愣怔在原地，半天都没反应过来。

陆城拉着她的帽子，一字一句地说："别去。"

"和我们去吃火锅，别的地方，哪里也别去。"

薛景不给她机会答话，似笑非笑，抢先开口："哦？走不走？艺术家，别忘了我们之间的小秘密。"

什么小秘密？

林岁岁一脸迷茫。

薛景状似无意地冲她摇了摇手腕，身上那些金属配件随着他的动作互相碰撞，发出清脆的"叮咚"声。

而身后，陆城呼吸一起一伏，仿佛近在耳边，叫人顷刻间意志力全数丧失。

虽然林岁岁还有点没搞清楚情况，但她突然意识到这顿火锅吃不得。

陆城想说什么？为什么要让她看微信？

林林总总，都和她内心计划不一样，实在是让人心态崩溃。

她默不作声，垂下眼，站直身体，踟蹰半秒才轻轻开口："今天就不吃火锅了吧……"

蓦地，陆城眼里淬了寒霜。

薛景笑起来，随手拍了拍摸不着头脑的赵介聪的肩膀，晃晃荡荡地将林岁岁带走。

转眼工夫，一高一矮两人一同走出教学楼，再不见踪影。

余星多有些茫然："耳朵怎么就跟人走了？那咱们这火锅还吃不吃啊？"

赵介聪也像个局外人："原来他们俩真的认识啊，神奇。"

唯独姜婷盯着楼道方向看了会儿，转过头，眼神落到陆城身上。她看起来似是有些担忧，但好像也不知道应该担忧什么。

陆城脚步一动不动，拳头捏得死紧。

良久，他咬牙切齿地问道："这个男生是谁？"

赵介聪"啊"了一声，指指自己。

"城哥，你是问我吗？哦，是咱们高一的，物理竞赛班的，疯子一个。"

顿了顿，他又开玩笑地补充道："伟人不是说过吗，天才和疯子只有一线之隔。"

然而，这玩笑十分不好笑，气氛没有成功活跃起来。

赵介聪不明所以，却也能感觉到陆城不太高兴，讪讪住了嘴。

没人再说话。

面面相觑中，连背后的教室都很合时宜地逐渐安静下来。

最终，姜婷硬着头皮试探道："要不，咱们就散了呗？各自回家睡觉，改天再约吧。"

陆城率先抬步，同他们摇摇手道别，独自往前走去，脚步再没了懒散的味道。

赵介聪和余星多一连"哎"了几声，都没换得陆城一个回眸。

"城哥这什么情况？"

"可能是被妹妹放鸽子了，不太高兴？"

"那吃不了火锅，也能跟我们去打球嘛。好不容易考完，活动活动筋骨多舒服。"

"估计是每个月那几天来了，最近都老不对劲儿了。"

姜婷看了他们俩一眼，一脸无可救药的表情。

"情商低的直男，真是可怕。"她叹口气，忍不住嘲讽了一句。

两个男生一脸蒙。

冬季，天色黑得很早。

林岁岁默默跟在薛景身后，一起走出八中校园。

外头，路灯早就打开，将人行道路照得清亮，少了点夜幕沉沉的凄凉。

林岁岁停下脚步，垂下眼，低声开口："你想带我去哪里？我们有什么秘密？"

薛景流里流气地笑了一声："你什么都不知道，怎么就跟我走了呢？不怕我把你卖了呀？"

这人明明就是个未成年，偏偏不学好，讲话调调就像个大人一样，还怪里怪气的。

林岁岁咬咬唇，说："那我回去了。"

"别啊，大艺术家。"薛景伸出一根手指，眼疾手快钩住她书包带子，让她没法迈步，"我都给你解围两次了，你陪我玩一会儿怎么了？"

"什么两次？"

"上次，还有今天。"他笑笑，"我刚刚看到你，就觉得你挺紧张的，有点不知所措，这不是才把你带走的嘛。"

林岁岁瞪大眼睛，说不出话来。

"你上次和薄倩吵架是因为他们里的谁？陆城，是吗？"

他话音才落，林岁岁脸颊"唰"一下红得透透的，又羞又恼，尴尬得恨不能当场消失。

她眼睛里蕴着水汽，磕磕绊绊开口道："没、没有这回事，你不要瞎说。"

"行，那就当我误会了。"

薛景不以为意，还是扯着她书包带不放："走，反正考完了明天不用上课，陪我玩一会儿。"

薛景带林岁岁七弯八拐，穿过商场，穿过办公楼，绕进一条小巷。

小巷口有家理发店，他挟持了小姑娘的书包，推开门，轻车熟路地走进去。

这实在是万万没想到。

林岁岁讶异万分，却也不得不跟着走进去。

薛景已经坐下，指了指旁边的空位，示意她也坐下来。接着，他开始专注翻色卡本，又和理发师仔细商量，千挑万选，终于定好发型。

理发师很快调好染剂，给他上色。

林岁岁抿了抿唇，说："你要弄很久吧？我先回去了。"

薛景不肯："别啊，我一个人坐着多无聊啊。陪我玩会儿，会儿请你吃外卖。"

"你要染头发，还能玩什么？"她叹气。

薛景想了想，问她："会玩游戏吗？"

"不会。"

"我教你啊，手机拿来。"他将林岁岁手机拿走，飞快给她下了个游戏，又用她手机加上自己好友。

两人开始联机。

林岁岁从来没玩过这种游戏，一是没空，二是没有这方面的兴趣。

但薛景玩得极好，手指灵活地在屏幕上飞舞，哪怕她懵懵懂懂、技能都不清楚，也能轻松带她赢下来。渐渐地，竟然让人玩出一点兴味，逐渐开始意犹未尽。

游戏很能消磨时间，不知不觉，夜渐深。

理发师拍拍薛景的肩膀，带他去洗了头，又简单吹了个造型。

林岁岁收了手机，无意间抬眼，看到薛景已经将头顶上那几缕头发挑染成了银灰色，这会儿，他正用手扒拉着那几缕灰毛，似是在小心翼翼地调整方向。

这造型，本该显得十分另类，但他眉眼生得好，竟然硬生生衬得很是耀眼。

林岁岁微微一愣，话脱口而出："你也喜欢周杰伦吗？"

薛景随口回道："还行吧，没特别喜欢。怎么了？"

"不，没什么。"她摇摇头。

事实上，自从知道陆城喜欢周杰伦之后，她去恶补了很多相关知识。这个发型、这个颜色，周杰伦曾经在某场演唱会上弄过几乎一模一样的，被引为经典。

她本来以为……

不过也没什么好以为的。

林岁岁掐着指尖，自嘲般笑了笑，拿起书包，说："陪你玩了这么久了，我要回家了，再见。"

"我送你回去，这么晚了。"薛景说。

"不用的。"

林岁岁推开门，眯起眼辨别了一下方向后，朝大路口快步走去。

还没等薛景追出来，林岁岁就已经顺利拦到出租车，坐了进去。

出租车飞驰而去。

林岁岁将脑袋靠在椅背上，默默闭上眼。

薛景没带她走很远，一个起步费距离，出租车已经缓缓驶入小区。

林岁岁付了钱，下车，低头看着路面，慢吞吞往楼道方向走。

"耳朵。"

倏地，一个熟悉的声音在前方响起，让她整个人僵立在原地。

夜色里，陆城眼神如墨，像是要将面前的小姑娘整个吞噬。

他一步一步地、慢条斯理地走到林岁岁面前。

距离拉近，倒是看得更加分明。陆城脸色白得透明，嘴唇几乎毫无血色，整个人看起来无比病态。

林岁岁张了张嘴："你……"

你没事吧？看起来非常不好。

然而，还没等她将话问出去，陆城已经淡淡开口，打断了她。

"耳朵，你送我的书是什么意思？"

林岁岁一蒙。

陆城长臂往前一抵。他手掌上不知道什么时候压了一本书，封面花里胡哨，上头写了两个大字"舒婷"。

林岁岁瞄了一眼，愣了愣。瞬间，怒气不受控制地翻滚上涌，眼神如刃，几乎要化为实体，将陆城刺穿。

陆城没有发现她的反常，依旧不依不饶，一字一顿地说："你和高一那个男生在外面逛了很久，又陪他去做了头发。最后，他居然让你深夜一个人回家。"

林岁岁什么都没说。

陆城死死盯着面前的小姑娘。

其实，在见到她之前，他并没有想说这个。他只是有点不放心，想告诫她几句，想说，冬天天冷，晚上路上人少，一个女孩子不安全，和小男生出去玩，对方不懂事，女生就更要小心之类的。

但在开口那一瞬，嘴巴彻底失去了控制。

"耳朵，你到底是什么意思？"

陆城固执到近乎咄咄逼人，每一个字都像是在对她步步紧逼。

林岁岁没有看他的表情，目光直愣愣地落在那本书上，心里又恼怒，又觉得有一丝委屈。

为什么要骗她呢？明明都已经把书给薄倩了，为什么还要来她面前说这种谎话？

在林岁岁看来，陆城就像她生命里的一道光，将整个昏暗的世界照亮，所以，哪怕她已经决定收起自己不切实际的暗恋，也绝对不愿意把他往什么不好方向猜测。

陆城怎么能是个骗子呢？

不可能。

哪怕他大大咧咧、哪怕他在处理感情时随心所欲、哪怕他行事桀骜不驯又我行我素，但他也不该用这种事骗她。

对他来说，那只是一份生日礼物，普通、不起眼、随处可见。

但是对林岁岁来说，弥足珍贵。

她希望，哪怕陆城不在意，也至少自己收下或扔掉，而不是将礼物随手丢给别人处理，到这会儿，再来骗她。

可是，如果不是陆城，薄倩又是从哪里知道那本书，从哪里撕了纸来质问她呢？

林岁岁整个人都有些乱七八糟。

蓦地，她伸出手，想从陆城手上拿过书翻翻看，是不是仅仅少了一页。

但陆城显然是误会了她的意图，以为她是要把书抢回去，玩死无对证那一套。

他手臂轻轻一抬，抬到高处。

小姑娘身材娇小瘦弱，再怎么努力也够不到他的手掌。

这好像就是坐实了心虚。

林岁岁默默缩回胳膊，眼圈里一点点泛起氤氲水汽，模样满含委屈，楚楚可怜。

见状，陆城心尖猛烈刺痛。他身形微微摇晃了一下，又觉得不该叫这话题偏移，哑着嗓子再问了一次："耳朵，你是喜欢我吗？"

这次，林岁岁用力摇了摇头，很快给了回答："没有。"

"耳朵……"

林岁岁掐着指尖，拒绝同他对上视线，小声答道："陆城，我不喜欢你的。"

陆城蹙起眉，正欲再说些什么，她急急打断："我讨厌你。"

讨厌他把书送给薄倩。

更讨厌，微不足道、低到尘埃的自己。

没人能救她。

谁都不能。

说完，林岁岁再没抬头看一眼，绕过陆城，小跑着进了楼道。

声控灯明明灭灭，单薄身影隐没于黑暗之中。

陆城只能感觉到她的动作带起一阵风，从他身边急速穿过，完完整整、彻彻底底地留下一抹寒冬凉意。

越来越晚，气温也越来越低了。

陆城一直站在原地，捏着书，指尖用力，竟然不自觉将硬质封面捏到变形。

高二第一个学期正式结束。

林岁岁独自一人回到家，但好像怎么都静不下心来，坐立难安。

今天发生了很多事，考了试、第一次玩手机游戏、在理发店吃外卖、陪人弄头发……样样都算是新鲜体验。

但这一些，都在看到陆城那一瞬间化为虚无，仿佛什么都没有发生过。

只因为他那几句质问，而叫这一天显得与过往每一天都不同。

林岁岁迷迷糊糊，倒了杯温水，坐到写字台前。

她咬着唇，深吸一口气，打开日记本。她握笔力气大得吓人，几乎连指尖都被自己压出白色。

一个字一个字，写得飞快。

【陆城问那句话，是什么意思呢？是薄情对他说了什么吗？还是他看破了我的心思，想来警告我不要痴心妄想吗？】

【如果当时我回答是，他应该会觉得非常为难吧。】

【答案大概就是——耳朵，对不起，我只把你当妹妹。】

【你有什么好对不起的，你对所有人都那么好，叫人连一点想象空间也没有。】

【哪怕你是个骗子，你也是个让人喜欢的骗子。】

笔尖顿了顿。

她又写：【事实上，说不定，陆城是想来问问我，如果得到我的肯定答案，他可能会觉得有趣，或者为了不伤害我、不让我觉得丢脸，玩票性质地答应下来。】

【但我不想这样。】

【算了吧。】

手机播放器里，还如同往日一般晃晃悠悠地放着音乐，周杰伦的声音十年如一日般深情。

他在认真地低吟浅唱着："或许命运的签，只让我们遇见，只让我们相恋，这一季的秋天……"

林岁岁放下笔，去卫生间仔仔细细洗过脸，将眼泪擦干净。

回房时，路过阳台，她探出头去。

不知何时，外面开始下起了小雪，细碎雪粒如同雨滴一样，飘飘洒洒地落到地上，再不见踪影。

楼下没有人在。

生活怎么会和小说一样呢？现实就是现实啊。

林岁岁默默缩回脑袋。

02

返校那日，陆城没来学校。

李俊才说了几句，就习以为常地开始报分数。

第一名毫无悬念，陆城。

林岁岁有些心不在焉，手指无意识地按在助听器上，将李俊才说的话听得断断续续。

成绩单发下来，她拿到手之后才意外发现自己竟然比期中考进步了七名，年级排位也往上蹿了一大段。

着实是意外之喜。

李俊才大概也对这次考试比较满意，着重点名表扬了几个同学。

接着，就开始传统程序，各科老师进来布置寒假作业、发试卷，结束后就放学。

教室里充斥着放假气氛，一片喜气洋洋。

人心浮动间，余星多佝偻着身子，顶住讲台上老师的目光，硬着头皮从后门窜了进来。

坐到座位上，他才开始气喘吁吁。

姜婷忍不住出声吐槽："就那么几分钟，马上放学了，还憋不住要逃了？"

余星多完全没心思开玩笑，缓和半天，终于把气喘匀了，开口道："城哥人在医院，才哥让我帮忙把他的作业全都收起来，到时候给他送去。"

"啊？"姜婷瞪大眼睛。

"哗啦——"

两人身后传来一声轻响，引得他们俩齐齐转过身去。

林岁岁不小心将笔袋弄到了地上，笔落了一地，悉数散开来。

她脸色发白，蹲下身，开始手忙脚乱地捡，整个人看起来慌乱极了。

姜婷也跟着蹲下去，帮她一起收拾，顺便还不忘继续问道："城哥住院了？还是他家里人住院了？"

余星多在按手机，手指动得飞快，看起来像是在联系谁一样，只含含混混答道："听才哥的意思，应该是城哥自己住院了吧？怪不得呢，我都好几天没联系上他了，连打球都找不到人……我再给他发消息试试。"

平时，余星多像是一直在受陆城压迫，关键时候，到底还是真兄弟，比谁都着急。

姜婷点点头，垂下眸，眼神微微一变。

蓦地，她一把抓住了林岁岁的手。

林岁岁轻轻一怔。

姜婷望向她，压低声音说："耳朵，你在发抖。

"没事吧？"

林岁岁勉强憋出一个笑容，答道："没事啊，我能有什么事。"

好在姜婷没有追问什么，只是牢牢扣住她的指尖，将她从地上拉起来。

讲台上，化学考卷尽数发完，老师笑着道了句"明年见"，爽快走人。

下一个任课老师还没有过来。

姜婷便趁机问余星多："怎么样？有消息了吗？"

余星多摇摇头："没回应。"

她皱着眉，踟蹰一瞬，感觉到手中林岁岁指尖冰凉，立刻就有了决定。

"老余，你一会儿去问问才哥，陆城在哪家医院和病房号什么的，放学后我们去探病，顺便问问情况。"

顿了顿，姜婷又说："正好，我哥要来接我，让他开车送我们去，也方便。"

余星多一口应下："好的。"

李俊才知道他们几个平时玩得好，再加上考试也考得不错，干脆利落地将位置告诉了余星多。

病房号轻松到手。

不过，他也没忘了告诫他们："探病可以，但是你们不能影响陆城休息。最好提前联系他一下，看看人家家长有没有什么安排之类，别打扰到人家了。"

余星多没告诉他，他们都联系不上陆城，只"嗯嗯啊啊"地应下。

回到教室，三人心不在焉，各自收拾了作业，再一齐出发。

刚一踏出教室，林岁岁捂住耳朵，眉头拧得死紧。

姜婷赶紧抱住林岁岁的肩膀，急切地问道："你怎么了？"

"耳朵……好吵。"

耳边都是电流杂音，叫她头疼欲裂。

姜婷吓坏了，又不知道该怎么办，只得说："正好，去医院检查一下。快快快，我哥哥就在门口了，马上就能到，你再坚持一下！"

林岁岁已经彻底听不清她在说什么。

整个世界仿佛在一瞬之间全数裂成碎片，天崩地裂。

林岁岁抱着头，用力咬着唇，几乎要将下唇咬出血来，整个人一动都不能动。

这般模样，显得非常可怕。

姜婷和余星多在一旁有些手足无措。

"这是怎么了？"

倏地，一道声音破空而来，将这场景打破。

薛景顶着他那头"杀马特"造型，从走廊尽头靠过来。

没得到回应，他看了看林岁岁的模样，肃起表情，声音也跟着严肃起来："赶紧送她去医院啊，你们看戏呢？"

接着，薛景毫不犹豫弯下腰，轻轻松松将小姑娘背到背上，长腿一迈，往楼下跑去。

姜婷哥哥的大G就停在校门外，车灯打起，像一头张牙舞爪的巨兽。

薛景不认识，背着林岁岁就想去拦出租车。

姜婷连忙喊了一声，拉开后座门，引着他们上车。

大G启动，飞驰而去。

不过十来分钟，林岁岁耳边杂音开始断断续续，然后逐渐消失，眩晕感如同潮水般退去。她擦了擦溢出的泪水，将助听器取下来，握在掌心，又打开手机备忘录，指尖移动，飞快打了一行字。

【我没事了，谢谢你们。】

林岁岁抬起手，将屏幕展示给坐在自己两边的姜婷和薛景看，再小心翼翼地塞到前排，给余星多看。

因为是姜婷的哥哥开车，有人镇着，哪怕看不见脸、看不见表情，气场也过于强大了些，叫几个小朋友都不敢造次。

车厢内一直安安静静的，直到林岁岁这一举动，才窸窸窣窣有了些动静。

姜婷试探性喊了一声林岁岁的名字，无人应答。

她了然于胸，也换手机打字同林岁岁交流。

【真没事了？】

【对，只是间歇性的情况而已，稍微休息休息就会好的。】

【那你要不要先回家去？我叫我哥哥先送你。】

"不用！"林岁岁哑着嗓子，迫不及待开口拒绝。

这一声，瞬间将所有人的注意力吸引过来。

她脸颊泛起红晕，倒显得气色好了些，垂着眼，小声开口："还是先去看陆城吧，我真的没事。"

话音尚未落时，她竟然有些庆幸自己这会儿只能输出，无须接收。只要不看旁人，就可以当窥探猜测的眼光不存在。自然，也无须解释争辩。

世界和她沉默相对。

这样很好。

中心医院距离八中不算太远，加之又是工作日中午，路上车流也少，一行人很快抵达目的地。

同姜婷哥哥道谢后，余星多拿着病房号率先下车。林岁岁先戴上了助听器，和薛景随之下车。姜婷则是被她哥哥留住说话。

姜婷素来是大大咧咧、天不怕地不怕的模样，唯独非常害怕这个哥哥，行事不自觉谨小慎微。

她不敢反抗，只让他们仨先去，自己晚些再上去找他们。

合上车门的那一瞬，姜婷哥哥低沉的声线传来："后备厢里准备了水果和牛奶，一会儿拿上去给你的同学们，婷婷……"

恰似无边温柔。

余星多也听得分明，脚步微微一顿。

很快，他收敛神色，恢复常态，皱眉一招呼："1008……十楼十楼，走走走，看一下住院楼在哪儿……"

三人没再耽搁，马不停蹄地找位置、上楼。

十楼是心胸内科病房，不似其他科室病房走廊里会有吵闹交谈声，这里安静得近乎肃穆。

走下电梯，一股消毒水气味扑面而来。

林岁岁不喜欢这种味道，总觉得太过冰凉，难受得让人无力，便习惯性皱了皱眉。

薛景似是发现了她表情不对，低下头，轻声问："还好吗？"

"没事。"她摇摇头。

余星多倒是毫无所觉，研究了一下方向，迈开脚步，碎碎念般自言自语："哇，咱们城哥为啥在心内住院啊？难道心理变态也是一种病吗？"

林岁岁只觉得无语。

沿着走廊越往里走，两边病房里人越显得少。

1008 在接近尽头位置。

陆城应该是住的单人间，透过门板上的玻璃小窗，可以依稀窥见里头人影。

只一眼，林岁岁蓦地停下脚步，捏住拳头，指甲几乎卡进掌心软肉中，呼吸开始混乱。

余星多早迫不及待敲门，自说自话推开门，往病房里头张望了一下。

里面没有其他人在，只陆城一人，他斜靠在病床上，手里拿着平板，声音开了公放，吵吵闹闹、紧张兮兮，似乎是在看球赛。

听到敲门声，他抬起头，同余星多对上视线，没有意料之中的惊讶，脸色一下子就沉了。

"老余？你怎么知道我在这儿？"

余星多无知无觉，三两步一跨，扑到病床前，表情夸张，自顾自演了起来：“哥！你怎么了啊？为什么这么憔悴？为什么这么凄凉？为什么住院了都不告诉我们？你说，你有没有把我当亲兄弟？呜呜呜……”

说到最后，只差唱起来。

这般插科打诨，竟然误打误撞地叫气氛不再那么压抑。

陆城收敛了戾气，拧着眉，瞪他一眼：“滚。”

“别这么凶嘛……”

余星多恶心吧啦地朝着陆城撒娇。

被陆城骂了几句之后，他便恢复往常一般，说篮球、说比赛、说考试，气氛活跃，竟然一句也没问起病因。

反倒是陆城，沉默半晌，眼神在余星多身后游移一瞬，抿了抿嘴唇，问道：“其他人……没跟你一起来吗？”

余星多“啊”了一声，也跟着往后看了一眼，诧异万分：“来了啊，姜饼在底下和她哥说话，耳朵和高一那个薛景跟着我一起上来了啊！人呢？”

一眼望去，从病床位置直到门外走廊视线可及处，空无一人，一丝动静都没有。

闻言，陆城身体微微一僵。

余星多胡乱吐槽几句，摸出手机，要给林岁岁打电话，被陆城一把按住。

“别打。”

她不想看到他。

他也不想被她知晓自己这副模样。

哪怕自欺欺人，也好过直接面对。

陆城这病从出生开始就如同诅咒一般，时时刻刻折磨着他，他从来没有过这种懦弱想法，不主动说出来，也只是不想引得人同情罢了，并非对自己有什么偏见。

这是第一次。

他不想叫林岁岁同情他。

小姑娘可怜兮兮，乖巧懂事，应该被人守护。

但他生病了。

做不好她的守护者。

可是，他还是希望，在他的妹妹眼中，“城哥”是无所不能的哥哥，能罩着她、保护她，不会叫她失望。

陆城抿唇，又重重复一遍：“别找她了。”

事实上，林岁岁一直躲在外面。

病房斜对面就是消防通道，陆城望过来时，她脑子还未反应，身体先一步行动，眼疾手快推开应急门，跑进了消防通道里。

薛景便也跟她一块儿进去。

林岁岁没心思和他说话，坐在楼梯上，双手捂住脸，安静得宛如雕塑。

顿了顿，薛景拍了下裤子，叮叮当当在她身边坐下。

"艺术家，你在哭吗？"

"没有。"

薛景咧了咧嘴："大艺术家，你真叫人看不懂。前几天，我总觉得你不想和他凑得太近，但今天这么看，好像不是这样吧？"

"女生的心思，真是不好猜。"他随手理了理发型，将那几根挑染的头发丝捋到一处。

林岁岁没有讲话。

好半天后，她终于仰起头，眼神温柔，脸上果真是一片干爽。

她说："薛景，你先回去吧。我想一个人坐一会儿，好不好？今天谢谢你了。"

薛景没有纠缠，点点头，站起身，从安全通道楼梯往下走去，准备去楼下一层改坐电梯。

很快，再听不见脚步声。

整个楼梯间，只剩下林岁岁一人，安静得能听到自己的呼吸声。

她深吸一口气，慢慢地回到走廊。

只这会儿工夫，陆城的病房已经热闹起来。

除了姜婷，里面还有一个陌生女人的声音。

病房门没有关严实，林岁岁靠在墙边，能将里面对话听得分明。

那女人正在问余星多："余同学，你和我们阿城关系很好吧？那你能不能告诉阿姨，上周五晚上，阿城是跑哪里去了？"

"妈！"陆城扬声，试图喝止这场问话。

毕竟是面对大人，余星多有些紧张，想了想，答道："阿姨，我不知道呀，那天城哥先走的，没有和我们一起走。"

"不要再问了！"

陆城一挥手，平板重重砸到了地上，发出"嘭"的一声响。

白若琪语气温柔，但完全不听他的，笑了笑，接着说："咱们阿城本来就身体不好，那么冷的天，也不知道是跑哪儿去了，救护车送过来的时候，他身上都是雪碴子。玩这么疯，真是不要命了这孩子……"

余星多和姜婷对视一眼，听出敲打之意，表情都有些讪讪的。

病房内，气氛僵持。

白若琪将屏幕碎了一块的平板捡起来，放在床头柜上，说："阿姨去给你们买点午饭来吃，你们先聊。"

她转身，离开病房。

接着，余星多也主动拿起了果篮，准备去洗几个水果来。

病房里只剩下姜婷和陆城相对无言。

陆城刚刚发了火，眉目间的戾气难以消散。

姜婷叹了口气，压低声音："城哥，周五那天，你是去找耳朵了吗？

"你对耳朵是不一样的。"

从白若琪走出来起，林岁岁又去紧急通道避了一会儿才再次回到门外。

她只听到陆城冷淡地开口："你别瞎猜了。"

姜婷不解："可是……"

"我永远都不会喜欢耳朵的。"

寂静一瞬。

病房里，两人默契十分，一同收了声，转而说起些旁的话题。

"城哥，你看什么比赛呢？火箭打湖人吗？"

"你也就认识个火箭和湖人了。"

"我对这些又没兴趣……"

余星多应该也快回来了。

林岁岁没再停留，稍微绕了一下，从走廊另一端穿到电梯口，独自下楼。她在住院楼花园漫无目的地转了几圈后，再走向小超市。

良久，她回到住院楼，搭电梯回到陆城病房门外。

姜婷和余星多还在里面说说笑笑，偶尔能听到陆城搭一句话，语调慢条斯理。听着就可以想象到他那副似笑非笑、懒懒散散的模样。

林岁岁不敢久留，匆匆将手上的东西放到病房外的长椅上，再匆匆忙忙跑走。

短短这么一会儿工夫，她被愧疚淹没，又被绝望侵袭。

陆城妈妈说的那几句话，林岁岁听得分明。

周五那天，陆城应该是在跟着她，吹了一晚上冷风、淋了一晚上雪，受了风寒才会病发。

严重到要叫救护车，那该是有多严重？

当时，陆城脸色确实很差，但因为天色漆黑，加上两人气氛闹得古怪，林岁岁也没有注意这些细节。

为什么呢？

陆城为什么扛着不舒服，也要跟着她，等她到寒冷半夜，来问她关于书的事情呢？

一份礼物而已，对他来说，其中意义有那么重要吗？比自己身体还重要吗？

他到底在想什么？

这种时刻，林岁岁不敢给自己希望，也没有必要再给自己什么希望了。

好在，没过几分钟，陆城轻飘飘一句话，叫她彻底死心。

反正已经死心过无数次，不差这最后一次。

林岁岁低低叹了口气，默默掐住指尖。

恰好这一刻，手机在口袋里振动起来，让人瞬间止住所有乱七八糟的念头。

来电显示是"妈妈"。

她停住脚步，接通，喊人："妈。"

张美慧声音爽朗清脆，像是领导下达命令一样干脆："你们已经放假了吧？赶紧打个车到出入境管理局来弄护照。就在民生路那边，你跟司机说了就知道。"

林岁岁不明所以："为什么要弄护照？"

"趁着你寒假，正好联系了国外的一个医生，人家是耳疾科的权威，我带你去看看。"

"妈，我不是说不用再看了嘛……"

张美慧懒得跟她吵嘴，一锤定音："就这样说定了，现在马上来，户口本我给你带上了。"

另一边，白若琪回到病房。

姜婷和余星多很懂眼色，又客套地坐了会儿，赶紧起身告辞。

人一离开，白若琪当即收了脸上笑意，合上门，随手将一盒巧克力丢在病床上。

"门口椅子上看到的，是你同学留给你的吧？小朋友丢三落四的。"

因为刚刚那场闹剧，陆城不想和白若琪说话，抿着唇，脸色极差。

但那盒巧克力放得太近，已经触到他小腿，自然，余光会不由自主地扫过。

只一眼，陆城整个人就顿在了原地。

窗外，冬日暖阳明媚，光线洋洋洒洒地落到雪白床单上，将世界勾勒得宛如一幅油画。

费列罗金色包装纸被阳光一照，折射出耀眼光芒。

几个月之前，陆城拿了一盒费列罗，第一次想要哄一个小姑娘开心。

看到她十指纤纤拿了一个出来，剥开包装，竟然会有种万事足矣的满足感。

姜婷和余星多都知道他不怎么爱吃甜腻巧克力。

此刻，这一盒费列罗的出现，似乎就昭示了一个事实——林岁岁刚刚在门外。

她为什么不进来呢？

这问题好像不用深思。

她听到了吗？听到了什么话？

陆城眼神沉沉，脸色变了几变。

旁边，白若琪坐在椅子上，一直在默默观察他。知子莫若母，哪怕是关系不佳，长时间分隔两地，也一样。

白若琪笑了笑，状似随意地问道："谁送的？怎么没进来呢？是和同学吵架了吗？"

陆城沉默。

白若琪叹气，继续喋喋不休："阿城，你还是和小时候一样，什么话都不说。憋得时间久了，就跟自己生气……送你巧克力的这个小朋友是不是特别可爱？"

陆城身体不好，白若琳和陆文远难得有时间陪伴他，只能对他放任自由。

或许也是因为这个病，还有小时候父母太忙，给他关爱太少，陆城一天天变得桀骜不驯、玩世不恭起来，颇有些玩乐人间的意思。

作为母亲，很多事，白若琪难以苛责他。

但是，这还是她第一次见陆城露出这种表情来。

顿了顿，白若琪想起什么，倏地收了笑意。

"就是这个？"

陆城不明所以，也懒得抬头搭理她。

白若琪继续问："周五，你是和这个朋友出去玩了？"

陆城握紧拳头："没有的事，我不是说过了，这件事不要你管吗？"

他这样，白若琪更加确信自己的猜测。

"阿城，你17岁了，遇到真心喜欢的人也很正常，但是不能是这种不懂事的女孩子。明明知道你身体不好，还让你强撑着陪她，淋雨又淋雪，不可以，这样骄纵的女生不行。"

沉默良久，陆城嗤笑一声。

"我不知道你为什么会做这种猜测，我已经说了很多次，我是一个人在外面，没有和别人在一起。"

"阿城……"

"还有，退一万步来说，我这样的人，无论是和谁在一起，无论是现在，还是以后每一天，人家都得照顾我。我们没法一起在冬天逛街，因为走得太久、天气变化、受到一点什么刺激，或是一些微不足道的发烧咳嗽流感，我就要进医院，检查是不是并发症、有没有危险。甚至不知道哪一天，我就会突然心肌衰竭，抛弃一切死掉。就这样的人，凭什么对别人有要求？"

白若琳脸色苍白："陆城！不许你这么说自己！"

陆城面无表情地将那盒费列罗拆开，剥了一个，塞进嘴里。

巧克力的甜腻香气在口腔中蔓延开来，甜得几乎发苦。

他将那颗巧克力咽下去，握住拳，一字一句地说："如果我心里真的有重要的人，那我永远都不会告诉她。"

这样的他，凭什么让耳朵陪他一起受折磨？

他的小鹿，胸膛里跳动着鲜活的心脏，自然，生命还有很长。

陆城没有办法说服自己，用这颗残破无力、日渐沉寂的心脏，给她的青春留下什么浓墨重彩的笔画。

未来，会有更好的骑士出现，去守护她。

03

张美慧在出入境管理局门口等林岁岁。

一见到林岁岁，张美慧二话没说，先推着她进去排队、登记、拍照。选定加急那项，一周就可以拿到护照。

张美慧匆匆忙忙地将林岁岁推到车上，一边发动汽车，一边随口嘱咐道："我还有事，先送你回去。"

"哦。"林岁岁咬咬唇，忍不住，还是开口发问，"你说出国看医生……什么时候去？"

张美慧回道："下周就出发，新年估计是回不来了，你有什么作业，赶紧提前写完。"

"那你公司的事怎么办？不是说过年很忙吗？还是不去了吧。"林岁岁垂眸，慢声说道。

不过说话这片刻工夫，车已经融入车流之中。张美慧再急，也没法变道超车，只能控着方向盘跟在后面，随波逐流。

她飞快答道："公司怎么能有你的耳朵重要？林岁岁，你少给我找麻烦，叫你去就去，大人的事大人自己都会安排好的。"

林岁岁讷讷道："好吧。"

这件事，就算是这么安排妥当。

后面一整周，林岁岁都没有再收到陆城有关的消息。

倒是姜婷，特地打电话来邀请林岁岁去她家做客。

林岁岁在收拾行李，想了想，小心翼翼地拒绝："对不起啊，姜饼，我这几天可能要去外婆家，因为没法在江城过年，所以……"

姜婷诧异地问道："过年你不在江城啊？"

"对，可能要年后才能回来。"

"为什么呀？"

"家里有点事。"

林岁岁不想将这件事告诉任何人，哪怕是好闺密。有些事，自己都清楚大抵是竹篮打水一场空，也没有必要尽人皆知，引得别人无端同情。

她不愿意多谈，姜婷善解人意，就不多问。

顿了顿，姜婷试探道："那天……

"你是家里有事提前走了吗？都没提前跟我们说一声，搞得大家都很担心。"

林岁岁小声说："对不起。"

姜婷叹了口气，假装随意地说："没有在说你啦……哎呀，不说了，反正城哥也出院了，随便啦。"

她其实是想把陆城出院这件事自然地告诉林岁岁，便刻意装出大家都一无所知的模样，这样才能让四人小分队继续处下去。

有些事，莫强求，结局说不定更好。

林岁岁心下感激，郑重其事地开口："谢谢你，姜饼。"

出国前，林岁岁去看望外婆。

但外婆对林岁岁和张美慧的态度还是和上次一样。

张美慧也不在意，照常送上年礼，又包了个大红包，懒得多待，不想听指责和冷嘲热讽，饭也没吃，带着林岁岁爽气走人。

两人回到家。

"再看看还有什么没带的，也不知道这次要去几天，日用品那边都能买，你自己有什么需要的，别丢三落四……"张美慧提醒道。

她自己则是将林岁岁的病历和各种 CT 片子全数备齐，准备了一份电子档，又打了纸质版。

这两天，她也没再出去，只在家里处理一些公司琐事。

从前几年起，林岁岁有了生活自理能力，已经很少同张美慧住在一起，这会儿竟然还有些不习惯。

没有话可以说，只能相对无言。

好在也只熬了两天。

第三天，天气晴朗。

林岁岁和张美慧一齐登上飞机，先飞中国香港，再转机出国。

转机途中，林岁岁遇到一对情侣。他们看着不过大学生模样，甜甜蜜蜜挽在一起，低低私语。男生个子极高，但有些单薄，背影酷似陆城。

林岁岁脚步停顿一瞬，趁着张美慧去买东西时，她忍不住打开微信。

Lc. 安安静静躺在好友列表里，头像没有变过，依旧是那颗红色心脏。

倏忽间，林岁岁好像明白了这个头像的含义。

笔记本装在行李箱里，她心绪复杂，手指蠢蠢欲动，恨不得立刻拿出来写点什么发泄。

但没有办法。

林岁岁深吸了一口气，冷静下来，又点开他的朋友圈。

不知道什么时候，之前薄情发的那张照片已经消失不见，取而代之，此刻，他朋友圈第一条变成了分享歌曲。

还是周杰伦，歌名叫《蒲公英的约定》。

只看名字，林岁岁就能将旋律哼出来。

"一起长大的约定，那样清晰，打过钩的我相信……"

农历新年，大年夜。

林岁岁和张美慧在异国他乡度过。

张美慧是个很讲究生活仪式感的人，就算没法与家人团圆，也带着林岁岁去中国餐厅，按照江城老习俗，点了一桌子菜，算作年夜饭。

席间，她还拿了个大红包出来，塞到林岁岁手上。

"新的一年，我们俩都得心想事成才行啊。"

林岁岁低声道谢。

张美慧笑笑："我看这次是有希望了，马克医生不是说了嘛，你这个耳朵没有什么不可逆的外伤，配合心理治疗，很有希望恢复听力。到时候你就能继续拉琴了，开心吧？"

事实上，林岁岁也没有很开心。在漫长求医道路上，不少医生都做出过相同的诊断。

那次，林岁岁虽然从楼梯上摔下去，但毕竟是老楼，楼梯不算高，加上她反应也快，自己拉了一下楼梯扶手，缓冲了一下，其实撞击并不十分严重。

但很奇怪，她就是没法再听清。好似是这个世界对她关闭了所有精彩纷呈，叫她彻底溺入寂静深海。

可能单纯就是报应吧。

林岁岁早已没有什么怨怼之心，平静地看向张美慧，轻声说："哪有这么容易。"

张美慧瞪她："大过年的，不许说不吉利的话！"

"哦。"林岁岁垂下眼，将手机从口袋里摸出来。

这会儿，国内还是大中午，但各种群发的拜年消息从昨天晚上开始就已经铺天盖地。

有些同学朋友不算很熟，她便一一客气地回了"谢谢"，将几个好友留到最后回复。

先是余星多。

林岁岁想了想，手指飞快打字：【祝星多新年快乐，心想事成。今年，很高兴认识你。】

发送完毕。

她再点开姜婷的对话框。

姜姜姜饼 Zzz：【[小红我来啦 jpg】

姜姜姜饼 Zzz：【心肝！大年夜快乐！什么时候回江城呀？来我家玩嘛！】

姜姜姜饼 Zzz：【我都跟我哥哥说好啦！】

林岁岁低笑一声。

年年与岁岁：【应该快啦。】

年年与岁岁：【新年快乐！我会给你带礼物哒！】

最后是……陆城。

陆城没有发什么拜年贺词，那样好似也不符合他大哥的气质，只留了简单一句话。

【礼物已经寄到你家了。】

林岁岁心尖一震，用力咬住嘴唇，手指在屏幕上游移良久，反复点出虚拟键盘，又退出，迟迟不知道该如何作答。

良久，她下定决心，避开张美慧的视线，偷偷跑到街上。

这个点，华人街还是热闹，但总比店里好，没有那么吵吵嚷嚷。

林岁岁点开语音，轻声回了一段话："谢谢你，陆城。你上次不是问我为什么要送你一本书吗？你老是说把我当妹妹，其实我一点都不想当你的妹妹。你肯定已经猜到了，不过你别紧张，现在我只希望能当你的好朋友，和你一起长大、考大学，以后还能一起练琴。城哥，新年快乐，明年也请多指教。"

异国他乡，无人相识。

林岁岁仿佛变成了曾经那个没有受过伤的小女孩，有勇气站上舞台，也能鼓起勇气说出心里话。

语音跳到 56 秒。

她闭着眼，一鼓作气，松开录音键。

消息转了几圈，成功发送。

一切都尘埃落定。

林岁岁不受控制地蹲下身，紧紧捏住手机，将头埋进膝盖中。

练琴是痴心妄想，陆城也是。

但是没关系，难过和纠结都留在旧年，新年就是改变的开始。

年初六，没几天就要开学了。

张美慧带着林岁岁回国。

家门口，快递袋孤零零地躺在地上，已经积上了薄薄一层灰。

林岁岁顺手带进房间，找了把剪刀拆开。

快递袋里是一副耳套，粉红色，摸起来毛茸茸的，还有一对尖尖的假耳朵，十分可爱。套在耳朵上，应该会十分温暖，能抵御刺骨寒风。恰恰好能将助听器全数盖住，因为耳边质地柔软，也不会卡得难受。

无须猜测，定然是陆城所说的新年礼物。

林岁岁摆弄片刻，红着眼睛，轻轻笑了一声。

江城是南方沿海城市，四季分明。春节一过，再用不了几天，气温回升，就会一天一天温暖起来。

今年肯定用不上了，但未来每一个寒冬，应该都可以用。

她攥紧了那份柔软。

04

二月中旬。

初春，草长莺飞，树木抽芽，马路两边，光秃秃的枝干开始一点点披上嫩绿色彩。

江城八中正式开学。

对于这种高考大校来说，新学期第一件事就是家长会，保证家长和学校之间有充分沟通，了解学生成绩，还有志愿意向之类。

讲台上，李俊才正在高谈阔论。

"大家这个寒假过得挺舒服的吧？据我了解，不少同学都出国旅行了哦！既然玩得开心，开学就要收收心了，这也是咱们班能在一起的最后半个学期。按照计划，五月底就开始选科、重新分班了哈，所以这个学期的成绩尤为重要，事关高三一整年在什么班级上课，大家都要努力……嗯，周四家长会，大家回去跟家里沟通好，不可缺席，别来跟我说爸妈没空啊……"

底下，同学们大多阳奉阴违，一脸昏昏欲睡的模样。

好久没有早起，这第一天上课，显然大家都不是很适应。

林岁岁单手撑着脖子，也有些魂不守舍。

自从除夕夜那条微信语音之后，她和陆城再没有过什么对话，甚至都是到将近初一晚上才给了回复。

那时，黑底红色心脏头像上跳出了一个小红点，林岁岁已经能勉强保持面不改色、平静点开。

Lc.：【好。】

一个字，叫两人都以为能干脆释然。

最多再尴尬那么一阵，冷静些许，大抵也能轻松恢复普通好朋友关系。

可现在，大活人就在咫尺距离。不说心里像小鹿乱撞之类，就只是尴尬气氛也能让人困扰不堪。

一时之间，林岁岁终于开始后悔。

还不如憋死什么都不说，总好过不尴不尬。

心里有个小人在拼命挠墙，她表情讪讪，余光不自觉往旁边转了半圈。

两人对上视线。

大脑"轰"的一声爆炸，林岁岁头皮发麻，条件反射般迅速转过头，挺直背，整个人坐得板正，简直是此地无银三百两。

陆城弯了弯唇，语气平静："怎么了？"

"没、没啊。"

此时，李俊才终于结束长篇大论，大手一挥，宣布下课，将教室空间留给同学们聊天。

陆城坐起身，随手从包里抽了张考卷出来，漫不经心地往上填字。

林岁岁瞄了一眼。

居然是之前要交的寒假作业，空白一片。显然，陆城放假是一个字都没写，直到这会儿才开始胡乱填充，也不知道是打算应付谁，还是单纯用来打发时间、缓解尴尬。

林岁岁克制住自己，没有深思。想了想，她在书包里翻了会儿，摸出几个小礼盒，开始低调分发。

周围一圈朋友都有，陆城自然也有。

他细长的手指落在小盒子上，打量片刻，挑了挑眉："嗯？"

林岁岁小声解释道："之前出去……嗯，给大家带的新年礼物，不要嫌弃。"

事实上，她在国外待了十几天，几乎每天都要去诊所做各种检查，再用磕磕绊绊的口语同医生谈话，没有很多时间可以仔细逛街、挑选礼物。但在能力范围内，她给每个人都选了不同的东西，诚意算得上很足了。

陆城点点头，认真打开盒子。

里面躺了一个迷你篮球钥匙扣，做工很精致，球身上印了球星签名。

陆城眯了眯眼睛："勒布朗·詹姆斯？你还知道詹姆斯啊？"

林岁岁耳尖泛出一丝红晕，手指无意识绞在一起，小声作答："没有，随便买的……"

陆城笑了一声，看上去也没信她"随便买"的答案。

"谢了，耳朵。"

话音未落，他已经将钥匙扣从卡扣上取出来，挂在书包拉链上。

然而，陆城这番好心情，没能保持太久。

前座俩人也在拆礼物。

余星多手脚麻利，先一步打开，立马开始惊呼："哇哦！耳朵！太给力了！我爱你！"

林岁岁也给他送了一个钥匙扣，不过是 NBA 全明星赛的标志图画，全金属质地，小小一个，特别精巧。

倒不是多稀罕，主要是余星多这人素来爱大惊小怪，却也叫送礼的人高兴。

林岁岁垂眸，连忙摆手，磕磕绊绊道："没有没有……不用爱我。"说话好似压根儿没经过大脑。

这话一出，姜婷笑得差点背过气去。

唯独陆城收了笑意，长臂一勾，从余星多手中随手拿过来，打量一番。

还真是。

林岁岁一个小姑娘，弱不禁风，平日里连动弹都极少，对各项体育赛事一无所知，知识量估计连姜婷都不如，哪能知道什么全明星、什么詹姆斯全名？

陆城这才意识到，自己这个礼物确实就不是那么独一无二。

他深呼吸几下，轻哼一声，趴到桌上，合着眼，再不说话了。

两三天后，林岁岁和陆城之间的气氛终于再没有那么尴尬。两人默契万分地揭过那件事，只当普通"好同桌"，也不比原先"哥哥妹妹"那般自然随意。

这样就挺好。

林岁岁翻开笔记本时，心情平静。

她想了想，写道：【陆城带给我的山高水阔、人间繁花，我自己也能去赏。】

周四放学前，方茉在黑板上写下了一行漂亮字体——"高二2班家长会"，底下再配一行小字——"欢迎各位家长莅临"。

班上气氛变得愈发胆战心惊。

林岁岁早已经和张美慧说过这件事，不过，张美慧只是应了一声，表示知道，但也没有明确表示会不会来。

她收好书包，踟蹰片刻，还是决定打个电话再确认一番。

手机才刚刚摸出来，不远处，有人喊了一声："林岁岁！"

林岁岁抬起头。

陈一鸣已经三两步走到她旁边，表情还是如往常一般温柔，让人如沐春风。

他问道："林岁岁，才哥说你申请了住宿，这个学期女生宿舍有空位了，你要住吗？不过，得和其他班级的同学住在一起。你要是要住的话，在申请表这里签个名，也让家长签个名，我帮你交上去，下周就能搬进去了。"

林岁岁愣了半秒。

陈一鸣仿佛能看出她心情一般，给她解释："因为我们学校变动少，同学没什么转入转出的。再加上已经高二了，要是有寝室矛盾，高一也解决完了，所以……实在没办法，我们班的女生寝室没有空位。"

林岁岁轻轻地"啊"了一声，连忙表示理解。

不过，她这小心翼翼的敏感性子，也不是朝夕就能改变，好不容易勉强融入这个班级，再去和其他班的陌生女生打交道……会比一个人待在家里更好吗？

她有些难以抉择。

想了想，林岁岁还是拿起申请表，轻声开口："我回去考虑一下，可以吗？"

陈一鸣点头。

"当然可以，周五之前告诉我就好啦。"依旧语调温柔。

林岁岁冲着他感激地笑了笑。

又随意聊了几句，陈一鸣要帮李俊才安排一些家长会的事情，这才道别，转身离开。

陆城不知道从哪里钻出来，站到林岁岁旁边，居高临下望向她。

不知为何，他表情有些不虞："你们俩说什么呢？"

林岁岁已经将申请表收入书包，闻言，抬起头，随口答道："就住校的事情。"

陆城没说话。

事实上，他老远就看到了这两人。小姑娘坐在椅子上，仰着头，嘴唇微张，皮肤白得发光，眼睛里像是落了光，还一脸温柔笑意，看着可爱极了。

陆城说不清心里是什么感觉，总觉得这画面让人有点暴躁。

聊个住校，需要这副表情吗？需要这么对视吗？

他压下心中不满，轻轻扯了下林岁岁的马尾。

半年过去，她的头发也长长了不少。小姑娘发丝本来就细，加上发质好，柔顺又光滑，摸起来像绸缎一样，让人颇有些爱不释手。

陆城松不开手，只觉得流连忘返。

几秒后，他才放开，假装毫无所觉，轻咳了一声，转开话题："走吗？有家长已经到了。"

八中家长会一般只面向家长，不会带学生参加，所以家长会这日，默认不拖课，准点放学，将教室留给家长们。

林岁岁"哦"了一声，拿着包，站起身。

两人一前一后离开教室。

行至操场。

林岁岁迟疑着，停下脚步。

张美慧依旧光鲜亮丽，一身高定套装，鞋跟尖细，"嗒嗒嗒"地走向林岁岁，像是要在地板上踩出坑般肆无忌惮。

林岁岁不由得紧张起来，忍不住瞄了陆城一眼。

张美慧不以为然，走到两人面前，低头看向林岁岁，问道："才放学？"

"嗯。"

"行，那你赶紧回家，一会儿开完会我回来，我们一起去吃火锅，怎么样？"

林岁岁总觉得周围有奇怪的目光落在她们身上，像是带着尖刺，一针一针，扎得人生疼。

她压根儿没有仔细听，胡乱点点头，迫不及待先离开了。

张美慧对自己女儿了解得很，知道她在想些什么。

笑了笑，张美慧没再多说，迈开步子，朝教学楼方向走去。

林岁岁还沉浸在慌乱中。

蓦地，一只大掌轻轻落在她脑袋上。

陆城摸了摸她的头发，喊道："耳朵？"

"嗯。"

05

次日，上学时分。

林岁岁被苏如雪堵在校门外。

她已经有很长一段时间没有见过这个学姐。苏如雪是艺术生，最后一个学期，所有艺术生都会去参加集训，为艺考冲刺，基本不会在校。

所以，这般被苏如雪贸然拉住，林岁岁愣了一下，表情有些茫然。

"苏学姐？"

两人又不是很熟，话没说过几句，因为陆城，还每次都是不欢而散。这般找上来，能有什么事？

苏如雪冷笑一声。

她个子高，手上力气也大，一把将人拽离校门口，拉到转角无人处。

林岁岁被她扯得一个趔趄，不由自主拧起眉，甩手，试图挣脱她的桎梏："你干什么……"

苏如雪到底不是男人，很快松开手，只是眼神里的鄙夷甚浓，开口："张美慧是你妈妈？"

林岁岁倏地瞪大了眼睛。

"看来是了。"苏如雪挑挑眉。

她五官张扬，无论做什么表情都满含盛情。

只可惜，林岁岁无心欣赏，整个人僵硬得几乎无法动弹。

她知道了？她怎么知道的？

昨天晚上是家长会，难道苏如雪看到了？

可是，怎么可能这么巧？

江城这么大，人口众多，张美慧又不是什么大名人，怎么就能被认出来呢？

在那件事发生之前，林岁岁家住高桥区。

高桥区算是江城新兴开发区，位置已经偏远到江城边郊，周边是工厂，住宅楼也大多是给工厂家属居住，邻里邻外都很熟，甚至连同学都可能是家长同事的子女，几乎和小县城没什么分别。

所以，张美慧那件事才会在小片区里传得沸沸扬扬。

男方在某个大厂里职位不低，人家妻子又是书记，认识不少人。虽然和林岁岁他们不住一个小区，但人脉辐射足够广。

张美慧年纪轻、单身、漂亮、自己开公司、有钱，这些要素就够人背地地谈论嘴碎，再加上那么大一个新闻……

想到曾经，林岁岁不由自主地开始发抖。

可八中在江城市中心，怎么会有家属楼的人呢？

苏如雪欣赏了一会儿林岁岁瑟瑟发抖的表情，似乎非常满意。

她眨了眨眼，忍不住娇笑道："学妹你太不了解我了，你说，你让我在陆城面前那么丢脸，我怎么会轻易放过你呢？"

"这和我有什么关系？"林岁岁垂下眼，咬着唇，低声辩解。

苏如雪咬牙切齿道："怎么没关系呀，所有在陆城身边的女生都是罪魁祸首。但是你这种楚楚可怜的样子更让我讨厌，明白吗？"

说来也是碰巧，昨天，苏如雪回八中拿书，正好看到操场上那一幕。

陆城对林岁岁的眼神、动作，都叫她咬牙切齿。

两人完全没注意到她，并肩离开。

薄倩心高气傲，胆子也不够大，放不下身段挑唆，但苏如雪可不是，她跟着张美慧走了一段，偷偷拍了照片，随便一查，竟然真叫她查了点什么出来。

苏如雪心情极为舒畅，居高临下地看向林岁岁。

"你妈妈可真是厉害啊，做出那种事，还能把你送进八中来。不过，不知道你的好朋友们知不知道这些花边新闻呢？姜婷是吧？她知道你妈妈是什么样的吗？

"都说龙生龙凤生凤，老鼠的儿子会打洞。这年代了，小三插足好像也不是什么少见的事，不过，能把人害死的，倒是第一次听说……介不介意我帮你宣传宣传？"

林岁岁眼眶通红、一言不发，只死死盯着她。

苏如雪拍了拍林岁岁的脸颊："离陆城远点，要不然就准备好丢脸。"

她又笑了一声，转身离开。

林岁岁独自回到教室，依旧心神不宁。

张美慧这件事，对她自己来说似乎完全无所谓，但对于林岁岁，已经变成了梦魇一般的存在。

林岁岁害怕被人知晓，害怕平静生活被打破，也害怕旁人的好奇目光。那种感觉，会叫她生不如死。

中午，林岁岁将宿舍申请表还给陈一鸣。

陈一鸣擦了擦手指，接过，瞟了一眼，脸上不自觉挂上笑意："决定不住了吗？"

林岁岁点头。

和其他班同学住一间，她本就有些不知所措，再加上早上被苏如雪这么威胁一番，更让人害怕暴露之后的集体生活。

陈一鸣说："好，我会跟老师说的。如果高三还想住，可以重新申请。到时候不是已经文理分班了嘛，应该会重新调整宿舍的。"

林岁岁不自觉绞着手指，认真点头："谢谢你。"

陈一鸣收了表格，温柔地问道："林岁岁，下午调座位了，这次还要不要和我同桌？"

林岁岁整个人微微一顿。

沉默良久，她声音压得又低又软："能的话就再好不过了。"

"为什么不能？欢迎啊。"

林岁岁没说话，只勉强笑了笑。

最后一节是班会课。

果然，李俊才宣布开始新学期第一次换座位，规则不变，依旧按照成绩排名，自己挑。

第一名陆城。

他还是挑了老位置。

林岁岁排名往前了不少，选择空间也大了很多。不过，她没有犹豫，被喊到名字后，立刻拉开了陈一鸣旁边的位置。

这次，陆城一句话都没有说，似乎默认了她这个选择。

林岁岁弓着背，静待良久，最终，长长松了口气。

苏如雪总该满意了。

她和陆城，也不用再时不时尴尬相对。

教室里吵吵闹闹，椅子在地上摩擦，发出刺耳的声响，叫人不自觉心烦气躁，和每天放学时的情况基本无甚分别。

陆城抱着手臂，眼神锐利，直直盯着前方。

那边，林岁岁似乎是在和陈一鸣说话。

她总归是小心翼翼模样，低调、不张扬，气质像水一样，潺潺柔柔，没有棱角。

无论和谁讲话，她都温柔得不像样。

陆城不由得有点恼怒。

既然都决定了，为什么还要发那种消息？为什么让他像病了一样，从除夕那天起都没法平静下来？

陆城不愿多想。

反正想了也没用。

再怎么样，也是要推开她的。

但是见林岁岁就这么坦然离开，欢天喜地的，他又觉得不高兴。

陆城基本能感觉到，开学以来，林岁岁每天都过得尴尬无措，所以也不想为难她。

看来，她早想想和陈一鸣去做同桌了。

这小姑娘，真叫人不知道该如何是好。

没办法，他只能为难自己。

下课铃打响，同学们迫不及待地起身，纷纷离开教室。

姜婷扭过头来看了陆城一眼，漫不经心地笑道："城哥，一会儿有什么活动吗？"

"怎么？"

"那不是耳朵坐远了嘛，要是有活动，我得去喊人呀。"她手指虚虚一指，"再不去，人要回家了。"

陆城面无表情地同姜婷对上视线。霎时，他竟然有种被姜婷看破的感觉，十分不适。

他懒洋洋地往后一靠，手指微曲，在桌上轻轻敲了几下，像是在思索什么。

片刻后，他才终于开口："就算有活动，我自己也会去喊人。"

姜婷扑哧一笑，耸耸肩，拎起书包："行，那我走了，下周见。"

陆城随口"嗯"了一声。

他又等了几分钟。

前面，小姑娘也已经收拾好书包，站起身，像是打算离开。

陆城拧了拧眉，也一同起身，悄无声息地跟上去。

林岁岁在想事情，一直低着头，心不在焉，自然没有注意到身后的脚步声。

他们步调一致，不紧不慢。

林岁岁走出校门，一拐弯，从旁边便利店跳出来一个人，拦在她前面。

那人头发已经变回黑色，耷拉在额头上，一低头，几条金属链子从脖子里滑出来，叮咚互相敲击，撞在最大那个骷髅造型吊坠上，造型十分酷。

林岁岁一怔。

薛景笑嘻嘻地往前一步，倏地出手勾住林岁岁的肩膀，往自己这儿一拉，瞬间就将两人气氛变得亲热熟稔。

他问道："艺术家，来打游戏吗？四等一。"

林岁岁没有反应过来，脸颊"唰"一下红了一大片，赶紧手忙脚乱地推他："你松手！"

薛景"哦"了一声，放下手臂，做了个投降的姿势："知道了，知道了，艺术家需要距离感。

"怎么样？要不要一起去打游戏？"

林岁岁没来得及拒绝。

薛景伸手一拉，握住她的手腕，干脆将她拉进了便利店里。

不远处，这一幕被人尽收眼底。

陆城牢牢握着拳，眼里结起一层霜。

承认吧。

他就是对林岁岁不同。看到她和别的男生在一起，就是能把他气得失去理智。

他的小鹿，哪怕他对自己有足够的自信，好像也没法眼睁睁看着她奔向别人。

什么浓墨重彩？

什么少年感情。

什么一起长大的好朋友？

都算个屁。

陆城深吸一口气，咬着牙，长腿一迈，快步往便利店的方向走去。

放学时间，便利店里坐了不少八中学生，大多是高一年级的。人手一瓶饮料，再点些关东煮、饭团之类的食物，聊天、吃东西，分成几个小团体，各自盘踞，再闹作一团。

店员早就习以为常，自顾自地整理货架，压根儿不管他们。

林岁岁被薛景拉到靠窗一排座位边。

半年前，就是在这个位置，她坐在里面，看着窗外的陆城和苏如雪，伤心欲绝。

时过境迁，好像依旧能回忆起当时的心情。

林岁岁抿了抿唇，侧过脸，喊道："薛景……"

薛景"嗯"一声，直接挨着她坐下："游戏还没删吧？来来来，我拉你。"

闻言，旁边几个男生都笑起来。

"这个是学姐吧？老漂亮了！"

"啧啧……"

"雪景，你自己的妹妹自己带啊。"

薛景一扬眉，假意一拳挥过去，身上的配饰也跟着碰撞起来，说："再带你们仨都不是问题，还用得着帮忙吗？"

"行行行，就你最大腿了。"

"哈哈哈，就怕你这腿不够我们几个抱的！"

……

场面乱七八糟。

林岁岁竟然也被气氛影响，没说出要走的话，先摸出了手机。

背景音乐声响起，游戏启动。

薛景向她发出入队邀请。

林岁岁手指碰到屏幕，尚未来得及点击进入房间，手腕先一步被人扣住，移动不了半分。

她条件反射仰起头，对上一双漂亮的眼睛。

陆城眼神里满是挣扎纠结，渐渐如同水潭一般归于平淡，倏地，轻声开口："耳朵。"

"啊？"

"有事跟你说。"

陆城脾气素来强硬、说一不二，也不等林岁岁回答，拉起人就往外走。

林岁岁手忙脚乱地将书包勾住，赶紧扭过头，冲着薛景歉意地笑了笑。

薛景已经收了脸上玩世不恭的笑容，表情冷漠，直勾勾地望着她。

林岁岁心里愈发抱歉，又小声解释一句："对不起啊……下次再一起玩。"

"叮——"

门铃重重一声响起。

林岁岁和陆城一同快步走出罗森，往相反方向而去，再看不见人影。

薛景还坐在原位，表情晦暗不明。

旁边那个男生看了半天好戏，放下手机，偷偷用手肘戳戳他，挤眉弄眼地问道："啥情况？薛景，你抢城哥的人了？"

陆城在八中算得上大名鼎鼎、无人不知，再加上都是男生，球场上也会碰到，一来二去也自然就认识了。

薛景没答话。

半晌，他眼神一定，倏地站起身，快步往前跨了几步，蹲下身，从地上捡了个小挂件，拎起来扫了一眼。

挂件是个小铃铛造型，已经不是很新了，主体微微有点生锈，铃铛上系了几根红白丝带，看着还挺有圣诞节气氛。只是很普通的一个小挂件，但这是刚刚从林岁岁书包上掉下来的。

她走得匆忙，许是手臂卡在书包拉链上，一用力，将挂件钩子压脱开来。

薛景细细观察片刻，手掌一合，将铃铛默默握进手心。

陆城拉着林岁岁走了好长一段。

男生人高腿长，步子又大又快。

小姑娘娇娇小小，跟得磕磕绊绊，没一会儿就有些气喘。

林岁岁蹙眉，终于忍不住开口道："陆城，你要带我去哪里啊？"

话音一落，陆城如梦初醒，当即停下脚步。

顿了顿，他转过身，小心翼翼地将林岁岁手腕拉起来，左右仔细打量。

谁都知道提琴乐手的手腕最重要，不能受一点伤。但刚刚他有点生气，竟然忘了控制力道。小姑娘手腕细白细白的，除了被他握出一点点淡淡红印之外，看不出别的什么。

"没受伤吧？"陆城松开手，声音有些干哑。

林岁岁心里一酸，垂着眸摇头："没事。你说找我，是有什么事吗？"

气氛沉默一瞬。

此时，两人已经走过了两条马路。这个方向和商场相反，周围几乎都是老居民楼，少了点大城市的高冷感，里里外外都显得烟火味十足。

左手边是一家奶茶铺。许是店主趁着没客人去午睡了，铺子门口挂了"CLOSE（休息）"的木牌，应该不算是聊天的好地方。

或者是因为刚刚走得太急，又或者是别的什么原因，陆城脸色有点发白，紧抿着唇。

良久，他握住了林岁岁肩膀："耳朵……"

林岁岁眼神湿漉漉的，看着无辜又温柔："嗯？"

陆城再也控制不了心里那头巨兽。

什么都顾及不了，理智瞬间化为虚无。

他一字一句地开口道："耳朵，你能不能……不要和别人玩？"

林岁岁愣了愣，脸颊"唰"一下飞红。

她慌乱得近乎不知所措："你、你在说什么啊……"

陆城自嘲一笑："对，我是在胡说，你什么都没有做，是我发疯。"

这场面，着实让人茫然无措。

林岁岁浑身僵硬，仰起头，认真地看着他。

陆城也觉得自己已经开始胡言乱语。

怎么会一点一点踏入这个深渊的呢？

像是这小姑娘给他量身定制的陷阱。

一开始，只是心软、只是感同身受、同甘共苦，或许，也是她性子太软，叫人生不起气，叫人想要保护。

就是这样，防线一退再退。

什么冠冕堂皇的话，什么乱七八糟的想法，什么理性，都阻挡不了本能。

这真是要命。

陆城咬了咬后槽牙。

微顿，他低下头，凑近林岁岁的脸庞，转移了话题："耳朵，你之前给我送的那本书……还能作数吗？"

林岁岁的脸红得几乎要滴出血来，不敢同他对视，只能移开目光，坚决地摇摇头。

陆城问："为什么？"

林岁岁回道："没有为什么啊……"

哪有为什么呢，人总归是趋利避害。有些念头一直在让她痛苦，当然是叫停更好，还要有什么理由？

得到答案后，陆城手指紧了紧，眼神乌沉沉的，死死盯着她的表情。

"那如果，我说我也是呢？"

说完，他自己先难受起来。

凭什么呢？不能这么对她啊。

要让她和自己一样，每天活在地狱里吗？

不过半秒，陆城就不再想听她答案，只轻轻抬起手，将她耳朵上的助听器取下来。

世界变得悄无声息，只能听到一丝杂音，还有她自己疯狂的心跳声。

"扑通、扑通……"

要叫人彻底沦陷、彻底疯魔。

林岁岁能感觉到，陆城此刻认真专注，且温柔满溢，同他平日桀骜不驯、满不在乎的气质大不相同。

接着，他轻轻开口，唇形似是在说话，一个字一个字，无比清晰。

他是在说："耳朵，对不起，我不可能喜欢你。"

不能。

所以不可能。

所以，不需要你回答那个问题了。

说完，陆城自己眼睛里先泛起酸意。

周六，张美慧回到家。

因着昨天下午那件事，林岁岁失眠了一晚上。门口传来动静时，她才堪堪眯了两三个小时，眼下挂了两个硕大的黑眼圈。

见林岁岁这个点还没起床，张美慧有些意外，放下东西，敲她房门，问道："林岁岁？你醒了吗？生病了？"

林岁岁揉揉眼睛，坐起来，轻声开口："没有……我醒着。"

张美慧松了口气，顺手推开门。她依旧是光鲜亮丽的模样，好像无时无刻都能披挂上阵一样，和林岁岁憔悴的脸蛋形成鲜明对比。

张美慧似乎是有事同她说，拉了把椅子，坐到床边，手指搅在一起，半天才开口："岁岁，有件事，要跟你商量。"

"什么？"

"我想了想，准备把你送去国外继续治疗。你别急着拒绝，你自己想想，过年那十几天，是不是有点效果？哪怕只有一点点，也不能放弃对不对？而且，你耳朵要是好不了，也不能戴着助听器去高考吧？国内高考不允许的。听力这点分数放弃不了，其实我本来就是打算让你出国去继续上学……"

张美慧絮絮叨叨说了半天。

林岁岁已经愣在当场。

出国？她想都没想过。

陌生的国度、陌生的语言，还有陌生的人……

太可怕了，想想就可怕。

林岁岁不想去面对。

"妈，我不想去，而且国外也要考听力啊，雅思托福都有听力的。"

张美慧停顿了一下，叹了口气，说道："所以这次给了我一点想法，你可以先治疗，读一年语言班。医生不是说了嘛，差不多半年就能有点效果，到时候正好……"

心理诱因这种事很难说准，但对于做父母的人来说，就像是溺水者抓住浮木，哪怕是一点点可能性，也没法放弃。

"林岁岁，妈妈是为你好。"

张美慧说了半天，见林岁岁还是一副不在状态的模样，到底还是心软，没说什么重话，留了句"你再仔细想想"，便站起身，关门出去。

房间内，动静消散。

林岁岁在床上又滚了几圈，终究是毫无睡意，坐起身来。

心情无处抒发，只能摊开日记本。

她先写昨天的事。

【之前一直在找接收暗号的方向，小心翼翼地东猜西猜，连对方展现出来的一点小小细节都要反复琢磨。但是真到了收讯时刻，好像可以互通时，又觉得前面的等待太委屈，一直站在原地的自己傻得要命。我干脆把手机关了，一了百了。】

事实上，陆城那句话，她听得模模糊糊的，并没能听真切。但前一句听得很明白。

直到这会儿，林岁岁才觉得自己真的开始在走出来了。

虽然还是会有心跳加速，还是会不好意思，但都仅仅只是后遗症而已。

那本《舒婷诗精编》就像哈利·波特的咒语一般，叫人如鲠在喉，也叫人万分清醒。

水笔墨痕渐干，林岁岁轻轻咬着下唇，翻过一页，又开始写今天。

【实在是不想去国外。明明所有人都知道治不好的，为什么还要一次次怀抱希望呢？最终只会换来更大的失望罢了。】

【我不想去。】

算离别

Chapter 05

C E / E R

与亲外语课而至时, 什
么胡思乱想却好像里得做
不是道起来。
——林岁岁日记

01

陆城做了一个梦。

因为身体状况，他睡眠不好，容易惊醒，也很少做梦，就算偶尔有，也是些光怪陆离的画面，叫人睁开眼便是冷汗津津。

这么剧情清晰的梦，极少出现。

梦里，他如同往常一样走进教室。

教室没有其他人在，只有林岁岁一个人安安静静趴着，半边脸枕在一本书上，独自小憩。

那本书是精装硬质封面，大半部分被脸颊压得严严实实，只勉强露出一小块，上面花里胡哨，隐隐约约能看到一个"选"字。

阳光从窗口不紧不慢洒进来，将教室映成暖黄色调，连她脸上的透明细小绒毛都几乎能看清。

一时之间，陆城有些分不清梦境与现实。

他迈开步子，小心翼翼地走到林岁岁面前，又慢慢蹲下来，视线与桌子高度齐平，也与她的脸齐平。

两人凑得近，她胸口轻轻起伏，呼吸之间，气息几乎能扫到他脸颊。

这画面，温柔又缱绻。

小姑娘就如同油画中的人物一样，出现在一场梦境中。

陆城悄无声息地看着她，手指不自觉捂住了心脏位置。

"扑通、扑通……"

有力、稳定，跳动节奏分明。

他倏地陷入狂喜之中，好像是夙愿达成一般，急急忙忙缩回手，握住拳，生怕破坏这种真实感。

林岁岁似是被他的心跳声吵醒，懵懵懂懂地睁开眼睛，与他对视。

小姑娘身上传来一阵香气，像是某种花香，味道熟悉。

陆城注视着她，迷迷糊糊地分神。

到底是什么花呢？是桂花吗？

八中校园里遍地都是，一到金秋十月，能飘香到老远。

林岁岁就是金桂飘香的季节转来班上的吧？

谁也没想到，剧情会这般发展。

梦境最后，陆城看到林岁岁眼睛水汪汪的，像是噙着万千柔情。

她喊他："陆城哥哥……"

陆城彻底惊醒过来。

心脏跳得飞快，仿佛下一秒就要从胸腔里蹦出来。但并不是往常发病时那种快，而是夹杂着心动与难堪的心跳如雷。

这梦真是要人命。

他坐在床上一动不动，好半天才终于长长吐了口气。

周一，林岁岁才进教室，就看见陈一鸣已经坐在旁边位置上了。

同桌座位没空着，她一下有点没反应过来，愣了愣才意识到已经调过座位。

她慢慢在自己位置上坐下。

陈一鸣正在同方茉说话，表情有些为难："我……帮你想想办法吧。"

方茉靠在前面人的椅背上，弯下腰，双手合十，祈求模样。镜片下，她的眼睛在闪闪发亮："班长，拜托你啦。"

陈一鸣笑笑："你以前不是只追韩国明星的吗？怎么突然想去看周杰伦演唱会了？"

这么一问，方茉脸颊微红，目光轻轻游移，在林岁岁脸上一碰。她压低声音说："我是没什么兴趣啦，送人的。"

陈一鸣了然点头："行，我回去问问。"

方茉目的达成，心满意足地回了自己座位。

陈一鸣这才扭过头，同林岁岁打招呼："早。"

林岁岁轻轻一笑："班长，早上好。"

顿了顿，她还是没忍住，问道："你们刚刚在说什么呀？周杰伦的演唱会吗？"

陈一鸣没有藏着掖着，也没有怀疑什么，直接给了她解答："周杰伦三月份不是要来海市开唱了嘛，都没几天了，票早就卖完了。但是我家里有人在票务公司工作，所以方茉想让我帮忙想想办法。不过……难度挺大的。"

他耸耸肩，补充道："又不是别人，估计公司里也没有余票，都到黄牛手上了。"

倏忽间，林岁岁就明白过来。

众所周知，班上有个人喜欢周杰伦，方茉估计是想要买票邀请陆城去看。

少女心事动人，每个人都免不了犯点傻的。

方茉是这般。

曾经，把周杰伦的每首歌都翻来覆去听的自己，又何尝不是呢？

林岁岁轻轻叹息，朝着陈一鸣低声道过谢。

她翻开书，不再多想。

一周时间一晃而过。

工作日，张美慧总归很忙，很难有空回家。所以，她也没再提起出国治病的事。

林岁岁的心却一直吊着，飘飘荡荡，落不到实处。

自从艺术节过后，低音提琴再次回到客厅角落积灰。这一回，因着舞台上出糗那事，她连看过去一眼的勇气都好像丧失了。

所以，未来到底会走向哪一头？

她也没有把握。

周五放学前，体委宣布了校际运动会的时间。

"反正就和去年一样，三月底吧，具体哪一天还没定好。但是大家可以过来找我报名了，一人最多两项。早报名的可以挑项目，要是最后有什么长跑之类的没人挑，只能安排没有项目的兄弟姐妹们了哦！"

话音一落，班上的同学一拥而上，将体委座位团团围住。

林岁岁还没见过这阵仗，加上体委这话说得恐怖，不免有点紧张。想了想，她小声问陈一鸣："这个运动会……是每个人都要参加吗？"

陈一鸣本肃着脸摆弄手上的魔方，听到问题才放下，脸上挂起温和的笑意，耐心给她作答："就是吓唬吓唬大家的，一般不会让硬上，实在没人也会挑这个项目出色一点的同学去参加，你不用太担心。"

林岁岁点点头，低头，随手调整了一下助听器。

就这么几秒工夫，"砰"的一声，前面座位上坐了个人。

林岁岁条件反射地抬起头。

入目处是一大串粗重银链子。倒不是挂在脖子上，而是用巨大别针别在黑色长袖卫衣上，闪闪发光，像是某种另类胸针，既有点潮流，又有点"杀马特"。

林岁岁惊讶地问："薛景，你怎么进来了？"

薛景挑眉："不是已经放学了吗？"

她无言以对，只得直接问道："你有什么事吗？"

"有事。艺术家，上周你放了我鸽子，我就不跟你计较了。3月17号这天留给我……哦，是周六，不用上课。"

3月17号？这……

林岁岁微微一愣："为什么啊？"

薛景笑了笑："是我生日。我太无聊了，你陪我去玩吧。怕你没空，提前半个月来约你，行吧？"

林岁岁震惊了："那天……也是我生日。"

这也太巧了。

她早上了一年学，到3月17日才满16岁。但薛景本来比她小一年级，这样一算，两人岂不是同年同月同日的生日？

当即，两人对了一下出生年月。

薛景啧啧称奇："这是什么样的缘分啊！那就更要把时间留给我了，说不定我就是你失散多年的双胞胎弟弟呢？"

林岁岁无语："你不要胡说八道……"

这么一会儿，前座同学已经在体委那边报好了名，回到位置。

薛景不好再占人家座位，干脆站起身，帮着林岁岁一块儿收拾她那满桌课本，理到一处，然后一股脑儿塞进她书包里。

他将她的书包把手拎到自己手中，轻轻松松，拿着就走。

林岁岁只得快步跟上去。

两人一前一后离开教室。

倒数第二排，姜婷往后觑了一眼。

陆城靠在椅背上，神色不明，手心里握了个钥匙扣，在发狠般地捏着。

姜婷叹气："干吗要对小篮球撒气？"

"你别管。"

"行吧，城哥，你继续生气，我先走了。"

陆城紧紧抿着唇，但终究什么都做不了。

白若琪昨天说的话，仿佛言犹在耳。

"阿城，之前医生跟我说，你恢复得不是很好，可能还要再做一次手术。这几天，我们商量了一下，决定还是定在明年，等你高考完再去，不要影响考试……不过你也不用太努力了，差不多就好，别弄得太辛苦，伤身体……"

陆城自嘲般嗤笑一声。

说不定，下一场就下不了手术台了，当然也没有什么努力的必要了。

分数成绩，还有林岁岁，皆是遥不可及。

另一边，薛景把林岁岁带到了操场后的小树林里。

八中到底是私立名校，校园景观建设精致，这树林里，还有花园和竹亭，看着十分雅致，但平日几乎没有人来。只有体育课时，会有偷懒的女同学走进来，三三两两坐着聊天、玩手机。

显然，薛景大抵也是偷懒大军之一。

他熟门熟路，挑了个石凳，潇潇洒洒往下一坐，动作大开大合，卫衣上银链子碰撞，发出清脆声响。

见林岁岁还傻站着，薛景向她招招手："来坐啊。"

林岁岁声音很低："我……要回家了。你有什么事，快点说。"

薛景勾唇轻笑，手指往口袋里摸了摸，眨眼工夫就已经夹出来两张纸。

他随手晃了晃，递到林岁岁面前，说道："演唱会，一起去看呗，一个人太没劲了。"

林岁岁眨了眨眼。

纸上写得分明——

【周杰伦世界巡回演唱会·江城站／江城八万人体育场，重磅开唱！】

【日期：3月17日，晚7：30。】

这么巧？

她抿着唇，眼神从门票上挪开，低声问道："你之前不是说不喜欢周杰伦吗？怎么会想到去看演唱会？"

"因为这天只有这场啊，而且我说的是没有很喜欢，没说不喜欢。大艺术家，你怎么这么多问题，把时间留出来就行了嘛。"

薛景不由分说，塞了一张票给她："说定了哦。"

苏如雪最近心情很是不错。

她不像普通考生，最后四个月恨不得有分身之术，把书本嚼了咽下去才算心安。比起同窗，她倒像是已经考完了一样，晃晃荡荡，终日无所事事。

只有某个人，叫她念念不忘、难以释怀。

苏如雪对自己的第六感非常自信。

于陆城而言，此刻，他最在乎的应该就是那个细声细气的黄毛小丫头。

苏如雪何尝看不明白，陆城看那小丫头的眼神和看别人不一样。

啧，不知道的，还当是什么宝贝呢。

她意外抓住了林岁岁的小辫子，稍加威胁一番，按照想象中的，自然是顺心顺意地解决这个大问题。

陆城素来眼高于顶、不可一世，要是被女生无缘无故地疏远，绝对不会再去对她委曲求全、卑躬屈膝。

这不就顺利解决了吗？

苏如雪偷偷去高二2班门口张望过，林岁岁连座位都换掉了，现在陆城旁边坐了个男生，微胖，瞧着慈眉善目，让人看了就高兴。

趁着周五放学，苏如雪精心打扮一番，决定去八中门口堵陆城。

然而，陆城他们班几个熟面孔都前后离开了。她左等右等，却总不见那人出来，同样，也没看到那小丫头出来。

这两人偷偷做什么去了？

脸上得意之色再也挂不住，苏如雪发泄一般将白色单肩包往地上狠狠一掷，发出"咚"的一声。

她咬牙切齿，眼里闪着凶光。

02

周日，林岁岁做完作业，拉开抽屉，将那张演唱会门票拿出来，放在桌面上，有些愣怔。

突然，手机轻轻振动一声。

是姜婷发来的消息。

姜姜姜饼 Zzz：【宝贝！来喝下午茶吗！正大广场！】

姜姜姜饼 Zzz：【我好无聊哦。】

林岁岁抿了抿唇，犹豫几秒，将门票塞回抽屉深处，站起身，换出门的衣服，准备前往赴约。

惊蛰，已是春日盛时，又时逢周末，一路上，人流熙熙攘攘、摩肩接踵。

正大广场还是热闹，作为江城知名景点商业区，游客多，本地人也喜欢来逛，各种带着口音的普通话和江城本地话交织相错，组成商场奇妙的旋律。

林岁岁在甜品店找到姜婷。

姜婷面前放了好几个冰激凌甜品，她拿着一个小勺，有一下没一下地扎，看着郁郁寡欢，心情不甚良好。

林岁岁坐到她面前，轻轻微笑，喊道："姜饼。"

姜婷有气无力地抬起头："耳朵，你来啦！来，随便点，我请客。"

"怎么了呀？"

林岁岁语气温柔，仿佛一把钥匙，打开了姜婷的话匣子，噼里啪啦一阵吐槽，拦也拦不住。

好不容易，姜婷说得累了，口干舌燥，决定吃点东西，休战片刻。

林岁岁想了想，小心翼翼地问道："所以，是和你哥哥吵架了吗？"

姜婷摆手，"哼"一声，脱口而出："他算哪门子哥哥！"

"啊……"林岁岁一愣。

姜婷自己也愣住了。

半晌，她讪讪一笑："没有骗你们的意思……就，反正……"

林岁岁很是体贴，摇摇头，说："没事的，可以不说的。"

每个人都会有秘密，哪怕是对再好的朋友，也很难开口。

这么几个月下来，她深有感悟。

姜婷发泄一通，表情逐渐变得明媚起来，见林岁岁温温柔柔，整个人软绵绵的，和她说话实在舒服，看着她脸，也更叫人心生怜爱。

想了想，姜婷试探道："周五那天，你和那个薛景去哪儿了呀？去玩了吗？"

"没呢，就出去说了几句话。"林岁岁答得含含糊糊。

姜婷点头，笑了一声，说："城哥老不高兴了。"

话不用说得太明白。

林岁岁低声叹气。

两人互相保存了对方的秘密，再开口，各自都觉得心头一松，随便聊了几句校内八卦，看时间已经不早，又转移阵地，手挽手一起去吃烤肉。

饭点，烤肉店门口已经开始排队。

林岁岁去排了号，把小票和包一起递给姜婷，让她找地方坐，自己匆匆迈步去旁边找洗手间。

林岁岁回来时，姜婷已经在空塑料椅上坐下，手上握着手机，表情看似十分冷峻。

林岁岁心情不错，用餐巾纸将手指上的水珠仔细擦干，调整了一下助听器，坐到她旁边，笑着问道："怎么啦？你哥哥来催你回家了？"

闻言，姜婷犹如受到惊吓一般，猛一下抬起头来，手也慌慌张张地往回一缩。

"啪"的一声，手机摔到地上。

没想到她反应这么大，林岁岁诧异地望过去。

商场灯光明亮，姜婷脸色极度泛白。

林岁岁收了笑意，又问一次："怎么了？"

无人作答。

沉默良久，姜婷长长叹了口气，一边将手机拾起来，递给她看，一边说道："耳朵，你别管……算了，你还是别看了。"

当即又后悔起来。

但姜婷性格直爽，藏不住话，总归要露馅。

就不该无聊玩什么手机。

姜婷纠结又自责。

林岁岁早已没心思关注她的表情，目光如同铅块一样，重重砸落在手机屏幕上。

很早之前，八中就有校园贴吧，刚建时是几个学姐在管理，学姐们毕业之后无人打理，贴吧就成无序之地，各种群魔乱舞。加上不久之前贴吧还出了 BUG（漏洞），可以卡匿名，表白的、吐槽老师的、吵架的，还有交流教材答案的，样样齐全。隔着匿名 IP 地址，完全不像一个名校作风，各种叛逆中二都在各种帖子里暴露无遗。

这会儿，正是个匿名用户在学校贴吧里发了帖子。

【高二转学生入学内幕——点击就看如何成为江城八中插班生。】

首楼是个视频。

只一眼，林岁岁就猜到大概。

瞬间，整个人如同被丢入了冰水之中，寒冷、窒息，要将她淹没。

姜婷想要收回手机。

林岁岁牢牢握住了她的手指，咬着唇，点开了那个视频。

"张美慧，你要不要脸啊！你害得我们家家破人亡……"女人满含愤怒地哭喊。

好事人群在旁边指指点点：

"小三的女儿以后肯定也是小三！"

"看着模样乖乖巧巧的，指不定和她妈一样有心思呢！"

"啧啧……"

录像那人应该就站在人群里，位置不是很好，镜头又晃，只能模模糊糊拍到一点主人公。

不消片刻，人群开始推搡起来。

不知道是哪个人一肘子将一个小姑娘从楼梯上推落。画面定格在那个女孩的半边脸上，清晰得无可辩驳。

视频播完，跳到帖子底下回复，乱七八糟的各种言论，已经盖了一百多楼。

姜婷没处理过这种情况，自己也不知道该怎么办，只能用力握住林岁岁的肩膀："耳朵……你还好吗？"

不好。

很不好。

林岁岁耳边都是杂音，仿佛千万道无线电波一齐开交响乐，吵得她身子摇摇晃晃，似乎下一秒就要摔倒，脸色也是惨白，嘴唇几乎要被咬出血来。

她"唰"一下站起身，甩开姜婷，跌跌撞撞往外跑去。

姜婷吓蒙了，反应过来，连忙起身追上去。

林岁岁跑得不快，但商场人太多，推推挤挤，遮遮挡挡，没多久就看不见人影了。

姜婷不得不停下脚步，满头大汗也来不及擦，撑着墙，苦思冥想。

怎么办？现在该怎么办？

删帖吗？现在找谁能帮忙删帖？耳朵会不会出事？

踟蹰数秒，姜婷再次掏出手机，拨通了陆城的号码。

"城哥，耳朵她……"

林岁岁跑出正大广场。

外头已经是暮色四合时分，天色温柔，还能听到黄浦江上传来的波浪声和游船的汽笛声，很是岁月静好。

她望着远处，一点一点冷静下来。

早就知道会有这么一天的，不是吗？

自己承受不住心理压力，一直在逃避——但好像也只能逃避，还能怎么办？

林岁岁自嘲地笑了一声。

顿了顿，她拿出手机，点开对话框，一个字一个字输入：【妈，送我去国外吧。】

夕阳落遍满地。

挂掉电话，陆城匆匆走出自家别墅，打了辆车。

第一次，陆城没能在引擎飞驰中感受到生命跳动的感觉。

此刻，他的一整颗心脏都只为一个名字在振动。

很快，陆城抵达正大广场。

他拼命加快步伐，与姜婷会合。

自林岁岁一言不发跑走之后，姜婷整个人都有些六神无主。

她找广播喊了好几回，也不见人回来，再加上商场里人多，楼层也多，商店一家连一家，再怎么上下绕也无济于事。

见到陆城，她倒像是找到了主心骨。

姜婷用力挥手："城哥！这里！"

陆城点点头，脸色白得几近透明，平添了几分浑金白玉般的气质。

他说："姜饼，怎么回事，你再仔细说一遍。"

姜婷将事情一一交代，又拿出手机，把那个帖子发给陆城，这才懊恼地说道："都怪我，太着急了，没考虑到耳朵的脾气性格……"

按照她想象，如果是换作别人，定然大发一顿脾气，然后再一起商量怎么后续处理。

毕竟是别人的家事，被这般传到网上，要是走法律程序，说不定还能告个侵犯肖像权之类。

但林岁岁生性敏感害羞，这种事对她似乎确实是沉重的打击。

姜婷的生长环境和家庭复杂，各种情况见多了，哪怕看了视频，她也完全没有什么歧视想法，只是单纯担心好友。

"怎么办？她不会想不开吧？"她愁眉苦脸。

陆城没有作答，目光死死地凝固在手机上。

屏幕里，视频已经开始循环第二遍。

他拳头握得死紧，眉目中充了戾涩，心脏也跟着一阵一阵绞痛起来。

原来，耳朵是这么受伤的。

不是天灾，而是这种难以言说的意外。

可小姑娘为什么还能对世界笑得那般温柔？

姜婷见他发愣，忍不住跺跺脚，又喊了一声："城哥！"

"嗯……"终于，陆城恢复了冷静，点点头，"你给她打电话，打不通就一遍一遍打，我去她家楼下看看她回去没。"

回家这段路不长，林岁岁低着头，慢吞吞前进。终于，她赶在夜色笼罩大地之前回到了熟悉的街道。

路灯在傍晚六点准时亮起。

小区铁门口，站着一道熟悉的身影。男生高高瘦瘦，斜斜站着，目光如鹰眼锐利，紧紧盯着来往行人，不敢放过一个侧影。

两人不经意对上视线。

陆城微愣，紧接着迈开大步向她走来，眉间皆是严肃。

林岁岁不自觉往后退了一步。

陆城感知到她这个小动作，立即停下动作，与她隔了两三步的距离——是恰好能让人自在的社交距离。

林岁岁睫毛上下动了动，想笑一声，但怎么都笑不出来，只得作罢，低声问道："你……怎么来了？"

陆城手指一紧，言简意赅地说："姜饼给我打了电话。"

这么一说，林岁岁才蓦地回想起来，自己刚刚神思不宁、昏头昏脑，竟然没和姜婷打一声招呼就走了。

她手忙脚乱地从包里摸出手机，果然，手机已经低电量提醒，里头有十七八通未接来电，还有不少短信和微信，都来自姜婷。

林岁岁整个人被愧疚感淹没，赶忙回拨。

"姜饼，对不起啊，我……

"没事没事，真的没事，我就是有点走神……让你担心了，真的对不起。

"对，我已经到了家了，明天学校见。"

反反复复道歉，总归能让人好受些许。

两三分钟后，林岁岁挂断电话。她慢慢仰起头，再次看向陆城，只是不知道该说什么，只能沉默。

陆城看到那个视频了吗？

应该看到了吧？

都去找姜婷了，姜婷肯定告诉他发生了什么。

他会怎么想她呢？

会和别人一样嫌弃她吗？

林岁岁克制不住地胡思乱想，眼神里不自觉带上祈求，祈求他不要露出鄙夷的神情。

好歹，离开之前，该互相留个好点的回忆吧。

好在，陆城并没有。

他依旧平静，手臂小幅度往上抬了一下，似乎是想去抚摸她的头发，但又有些顾忌，没能做出那个动作来就自觉回归原位。

顿了顿，陆城终于开口："我会帮你解决好。耳朵，你别担心。"

"没关系……本来也是实情。"林岁岁勉强笑笑，小脸苍白，看着可怜兮兮。

陆城有点心疼，抿唇，咬牙："是我没能保护好你，说好要罩着你的。我已经让朋友去查发帖的 IP 地址，这个帖也联系小吧主删掉了，你别害怕。"

他朋友众多，家里又有钱，七弯八拐，花点钱，卖几个人情，十来分钟就搞定。

林岁岁感激地望了他一眼，认真地说："谢谢你，陆城。"

不管是错过，还是别的什么，全部都谢谢。

她已经不会为自己无疾而终的暗恋而郁郁寡欢了，相反，甚至万分感激陆城曾经出现在她的世界里，就像一道光一样，照亮灰暗与阴影。

当人从暗恋情愫中拔身而出，才更能体会这种光线的珍贵。

她永远不会忘记他的。

陆城笑了笑，说道："不用谢，那我回去了……明天见。"

"嗯，明天见。"

03

张美慧做事效率极快，就像两人从高桥区搬到市中心，离开生活了十几年的家，不过花了两三天，一切就尘埃落定。

这次也一样。

她联系好中介、语言学校，还有诊所，给足了钱，中介也很快开始安排签证之类的手续。

"三月底到四月初就差不多了。学校那边，我会帮你去办手续，你先过去。治病这件事，越快越好，耽误不得。"

那也没几天了，差不多三四周，还要收拾行李、准备各种资料，时间甚至有些紧张。

林岁岁抿着唇，在脑子里盘算片刻，愣愣地点了点头。

张美慧停下喋喋不休，用眼神审视着林岁岁，指腹轻轻摩挲着指甲盖。

她做了美甲，尖细形状，指甲油是黑底，上头用金色画了花纹，看着神秘又诡异，像某种古老图腾，叫她整个人都有种黑魔女的阴森气质，高不可攀一般。

林岁岁不敢同她对视，生怕她看穿自己的内心。

张美慧笑了一声，问道："你怎么突然改变主意了，不是说不想去的吗？"

"没有，就是突然想明白了。"

"真的？不是因为别的什么原因吗？是不是失恋了？"

林岁岁愕然抬头："妈！你在说什么呀？"

"家长会那天，走你旁边那个男生……不是吗？"

林岁岁的脸颊"唰"一下染上绯红。

她拼命摆手，声音都不免抬高了："你不要乱说。"

"行，你说不是就不是吧。那是发生其他什么事情了吗？林岁岁，我有没有教过你，无论发生什么事，都别让自己受委屈？你这几天茶饭不思的，到底是怎么了？"

怎么了？

能怎么呢？

林岁岁在心里苦笑。

自从周日那天后，她走在学校里都觉得周围人眼光异样起来。

平时，明明没听说过有什么人在玩学校贴吧。一到这种八卦，好像人人都争先恐后、迫不及待，吃完瓜，还要抹抹嘴和好友分享一通。

"怎么会流出来这种视频的呀？老婆打上门去，也太……啧。"

"那个转学生不就是那个耳朵聋掉的那个吗？艺术节那会儿，和陆城搞暧昧那个。看着软软绵绵的，原来是这么个……"

"我们学校能这样花钱塞人进来的吗？万一人家又来闹事，不是要影响别人上课了嘛！学校每年收我们这么多学费，也不审核一下生源资质。"

……

流言长着翅膀，如影随形。

陆城那边效率极快，虽然发帖人卡了贴吧的 BUG，但通过 IP 地址，还是能查到发帖位置，是江城一家连锁网吧。

再去网吧翻一下监控，很容易就找到了人——

苏如雪。

林岁岁甚至不需要找，其实心里早就有了猜测。

但又能怎么办呢？

去讨伐她？去质问她？明明都已经疏远陆城了，问她为什么出尔反尔吗？

没必要。

林岁岁在心中叹息一声。

反正，这个魔咒总会爆发，或早、或晚，于她而言，没有什么差别。

她就是个胆小鬼。

与其胆战心惊，还不如一走了之。

陆城知道之后，怒气几乎要将人冲破。二话没说，他干脆直接冲到了苏如雪家去。

苏如雪没到学校，但也能猜到发生了什么，这几天正沾沾自喜大仇得报。

听到门铃声，她跑出去，表情诧异："阿城？你怎么来了？"

陆城本来生得俊朗帅气，这会儿怒火冲天，面目都有些狰狞起来。

他一把将苏如雪重重拉出门。

"阿城？"苏如雪语气十分无辜。

陆城冷笑一声，忽然，拳头高高扬起，落在她脸颊边时又猛地停住。

"苏如雪，我从来不打女生，你别逼我破例。"

次日，外头依旧春意盎然。天气一日一日渐暖，又一次刷新入春来最高气温，挤入 2 字打头大关。

早上，林岁岁斟酌片刻，到底是放弃了厚重外套，选了件长袖打底衫，再套上校服，轻松出门。

距离早自习还有很长一段时间，教室里只有寥寥几人，大多是提前来抄作业的，面色着急忙慌，低着头奋笔疾书，没工夫打招呼，自然也不会用窥探的眼神偷偷看她。

林岁岁轻手轻脚走到自己座位，坐下。

虽然已经定了出国计划，不过从小当惯了好学生，天性使然，哪怕是最后一天在国内上学，也要好好完成课业，预习复习，样样不能落下，不然就浑身难受。

她翻了英语书出来，开始默背单词。

没多久，班上同学陆陆续续走进教室。

人一多，林岁岁开始难以集中注意力，总有点疑神疑鬼，心怦怦直跳，都像是已经形成了应激反应。

身边，陈一鸣落座，笑着同她打招呼："早，你今天怎么来得这么早啊？"

班长依旧让人如沐春风，和往日无甚分别。

林岁岁深吸一口气，点头，又生怕声音打扰到别人，引来注视，只小心翼翼答道："嗯，早上好。"

两人才简单闲聊两句，一道身影从教室外疾步而来，如同一阵风一般，匆匆忙忙停在她桌边。

林岁岁仰起头，轻轻望过去，不由得睁大眼。

跑进来的是陆城。

这个季节虽温暖，到底料峭刚过，绝对说不上热，但他额头上竟然有些微汗珠，晶莹剔透，看着比他的脸色还要再透明几分。

以为是有什么事，林岁岁不明所以，惊疑地喊他名字："陆城？"

陆城手掌盖在心口，用力做了几个深呼吸，勉力让气息平稳。

实际上，心跳得太快，整个人都像是失控一样，非常难受，但顾及不了这些，他迫不及待想同林岁岁说点什么。

"耳朵……"陆城的声音有些嘶哑。

顿了顿，他蓦地蹲下身。

林岁岁吓了一跳。

两人本来有身高差，一站一坐，差距更大，连对视都颇有些难度。但陆城蹲在她面前之后，视线瞬间相平。

空气中，竟似有热烈气息流动起来。

这是在教室中，他们俩距离离得太近，显得过于亲密，十分扎眼。

林岁岁手足无措，似是想从椅子上站起来，同他拉开些距离才好。但陆城伸出手，牢牢地压住她的肩膀，叫她动弹不得。

周围喧嚣声顿时化作虚无。

林岁岁看着他的瞳孔，仿佛被那片深色潭水吸入，溺毙其中。

陆城抿了抿唇，终于一字一顿地开口："耳朵，对不起。是苏如雪。对不起，归根结底，是我没有处理好这些事。"

是我没有处理好，才让她受委屈。

无论再去做什么弥补，都好像显得有些亡羊补牢，怎么都无法再将那些羊捉回来。

除了道歉，他不知道该怎么办。

陆城面露一丝痛苦之色。

林岁岁脸色微微发白，不自觉拼命摆手，低声开口："没、没事的。陆城，你不用跟我道歉。"

"我会再让苏如雪来给你道歉，你想怎么出气，我都会帮你达成。"

不管要苏如雪付出点什么代价，只要她想，他都会去做。

这会儿工夫，陈一鸣已经开始投来怀疑的目光。

两人虽然只是低语，但到底大庭广众，这姿势、这态度，都让人看着疑惑。

眼见着早自习马上就要开始，林岁岁低声叹气，摇了摇头，认真地对陆城说："没有关系，我已经不生气了。"

并非什么圣母心作祟，她确实一直都没有生气，只是单纯害怕而已。

归根结底，是张美慧做错了事，不是吗？

林岁岁声音软软的、乖乖的，对陆城说："陆城，你回座位去吧，我要看书了，谢谢你为我费心。"

疏远之意显而易见。

转眼，日子就到了三月十号。

运动会参赛名单已经全数上交，也代表这个校级大型活动马上就要开始举办。对高中生来说，只要能合理合法逃避学习，随便什么活动，都是好活动。

这次运动会，除去个人项目，还有一些班级项目，比如 3V3 篮球赛。

每个班都有那么几个男生，篮球打得好，凑五个也凑得了，就是时间有限，要每个班公平竞赛，3V3、打半场更具有观赏性，也不影响其他比赛。

陆城自然报了名。

这几日，他和余星多、陈一鸣三个人，抽空就会去操场训练。

学校里，他和林岁岁还能碰面的时间平白少了许多。

"耳朵！"

林岁岁从沉思中回过神来，冲着姜婷微微一笑："怎么啦？"

姜婷兴奋地趴在她桌上，眼神里闪着兴奋光芒："你 17 号有空吗？"

林岁岁一愣，还未来得及作答，姜婷已经竹筒倒豆子一般，将事情噼里啪啦说出来："咱们也好久没有一起出去玩了，城哥拿了几张演唱会的门票，请我们一起去看演唱会！怎么样？我还从来没有现场看过演唱会呢！"

万万没想到，周杰伦这场演唱会，还真是万众期待。

林岁岁想到家里那张票，就像个烫手山芋，叫人不知道该怎么办才好，没想到又来一张。

她假装思索半秒，抱歉地笑了笑："对不起啊，姜饼，我那天有点事情。"

"啊……"姜婷有点失望，"你不能去吗？"

"嗯，你们去玩吧，拍点照给我看看就好啦。"

姜婷叹气，半个身体懒懒地趴下来，有气无力地闷闷开口："喂——你当城哥是想请谁啊。"

林岁岁一愣。

"耳朵，你们俩可就别别扭下去了，我看了都替你们着急。"

林岁岁愣了半晌，通红着脸，声音如同蚊子一样，说道："你别瞎想啦。"

说什么都晚了，他们俩压根儿不在一个频道。

阴错阳差，就证明缘分不够。

况且，她现在只想逃离，什么都不想想。想得越多，说不定，反倒越难离开，那样就会永远无法解脱，不是吗？

林岁岁垂下眼，决心把这个胆小鬼当到底。

见她这般态度，姜婷自然也无可奈何："唉，我服了你们了。"

04

周五放学后，林岁岁鼓起勇气去高一那层楼找薛景。

薛景之前说过，他是物理竞赛班的。同平行班不同，竞赛班里大多都是精英，各有脾气、活得自我，班级人数也比平行班要少一些。

林岁岁悄悄站在后门，目光在教室里绕了一圈。

教室空空旷旷，几乎一目了然，但并没有看到薛景。

倏地，后门被人从里面拉开一条缝，一个脑袋从门缝里伸出来，面无表情地看她一眼，问："你找谁？"

林岁岁紧张得要命，手指压着助听器，说话都有些不利索了："请、请问，那个、薛景在吗？"

"他打球去了。哦，书包没拿下去，过会儿估计会回来的。你要不要进来等他？"

没想到这男生表情冷漠，居然这么热情。

林岁岁连忙摆手："不用不用！"

想了想，她将白色信封从书包里拿出来，递给那个男生，深吸一口气，小声说道："麻烦你帮我放在他课桌里吧。谢谢你，同学。"

"OK。"

林岁岁再次认真道谢，这才咬着唇瓣，默默转身离开。

没过多久，薛景满身大汗回到教室。他第一步还没跨进去，就先被人伸出一条腿拦住了。

"雪景，有个漂亮妹妹刚刚过来给你送了封信。"

"信？"

这个字眼似乎十分敏感。

班上本就只剩了几个活跃男生在，听到这句话，大家直接一拥而上，纷纷开始起哄。

"什么什么？是情书吗？给雪景的？"

"这也太老土了吧……这年头哪还有人写情书的？"

"可是张张不是说是美女吗？"

"快快快，拆开看看！"

那个信封，薛景还没来得及拿到手，先被几个男生拆了。

"是什么啊？"

"周杰伦演唱会？！妹子也太厉害了吧！有诚意啊！"

薛景表情一变，拧起眉，抬手将那个信封连同门票一起抢了回来："我看看。"

其实也没什么好看的，就是他送出去的那张门票，原封不动被人退了回来。

信封里还夹了一张纸，拉出来时，飘着一抹薄荷味香气，上面用清秀的字迹写了一句话：【薛景，对不起，不能陪你过生日了。】

薛景将字条捏做一团，往垃圾桶方向狠狠掷去。

林岁岁独自回到家。

出乎意料，张美慧竟然也在家中，正自顾自地描眉抹眼。听到声音，她才漫不经心地招呼："回来啦。"

"嗯。"

"机票订好了，30号早上的，到时候我送你过去。"

林岁岁有气无力地应了一声。

张美慧浑不在意，接着说："明天时间空出来，我们去看看你外婆。毕竟之后你就离得远了，要见面不容易，这次还是好好打个招呼。"

"嗯，好。"

闻言，张美慧点点头，放下眼影盘，再拿起眼线笔，憋着气，眼线一笔勾成。

张美慧素来美艳，对着镜子眨眨眼，也觉得自己实在漂亮。

可惜，女儿没能遗传到这种熠熠生辉，虽然也生得不赖，但性子像足了她爸爸，腼腆又敏感，心思还多，实在叫人束手无策。

张美慧心情不错，到底不忍心，还是多说了几句："你外婆就是嘴硬心软。而且，本来就和你个小孩子没关系的事，压根儿是迁怒，其实是等着你去哄她呢。"

老小孩老小孩，外婆也就是小孩脾气。

张美慧比谁都了解。

结果，林岁岁被老人说了几句，自己就开始责怪自己、折磨自己，再不敢亲近外婆了。

毕竟是从小带大的小姑娘，外婆应该是伤心的。也怪她，只一心想着送女儿走远些，少受点流言蜚语的骚扰，没给祖孙俩时间好好说话。

张美慧放下手中的东西，转过头，看向林岁岁，笑道："我是没那个好性子去服软，你明天就好好哄哄你外婆，叫她高兴高兴才好，别一大一小都把话埋在心里。"

听到这话，林岁岁瞪大眼睛，颇有点不敢置信："真的吗？"

外婆真的没有嫌弃她、责怪她吗？

张美慧"嗯"了一声："真的。"

周六，林岁岁去了外婆家。

张美慧半途接了个电话就得走了，想了想，还是干脆把林岁岁留下，让她周日傍晚再回八中那边。

当然，如果林岁岁不想上学，也可以请假半个月，直到离开江城。

林岁岁没想太多，只按照张美慧建议，鼓起勇气，耐心又细声细语地哄外婆。

虽然有点难，到底老人还是心疼小姑娘，没能坚持太久。

"好了，别说这些废话了。想吃什么，外婆晚上给你做。"

林岁岁眼圈一下就红了，瘪着嘴，实在忍不住，抽噎起来。

外婆被她吓了一跳，赶紧去旁边拿了抽纸，给她擦了把眼泪鼻涕，又叹气道："侬俄小姑娘，有撒好哭的啦，嗝嗲饿，帮呐娘一点否像呃弄（你个小姑娘，有什么好哭的啦。这么嗲，和你妈妈一点都不像）……"

林岁岁拼命摇头，将脑袋埋进外婆怀中。

外婆年事已高，但并没有老年人身上那股腐朽气味。相反，外婆酷爱整洁，衣服上都是柔软剂的清香，很清新，十分好闻。

林岁岁用力抱住外婆，小声喃喃道："外婆，我还以为你再也不会理我了……"

"哪能会啦（怎么会呢），哎哟！"

林岁岁哭了一场，许久才总算冷静下来。

外婆去厨房准备晚餐，她便回了自己曾经住过十几年的小房间，躺在床上，傻傻地笑起来。

蓦地，手机振动了。

林岁岁也没看是谁，伸手捞过，接起来。她的声音细细软软，还带着一点尚未消散的水汽："喂？"

那头，陆城愣怔半秒，继而蹙起眉："耳朵，你哭了？"

她一顿，条件反射地坐了起来。

陆城声音变得有些急，失了平静："你在哪儿呢？谁欺负你了？"

林岁岁心里一暖，垂着眸，连忙清清嗓子，小声答道："没有啊，我在外婆家呢，刚刚午睡睡醒……没人欺负我。"

"哦。"陆城应了一声，听起来似乎有点失望。

他顿了顿才说起正事："演唱会……你真的没有时间去吗？"

"嗯，真的有事。"

陆城沉默几秒才说："行。"

"还有一件事……"他想了想，到底是没能说出口，"算了，下次再说，你好好休息。耳朵，再见。"

"再见。"

又是新的周一，李俊才同陈一鸣说林岁岁请了长假，理由是去治疗耳疾。

陆城也很快知道，当然，并没有什么怀疑。

之前，林岁岁也和姜婷说过，她妈妈带着她跑过很多地方去看耳朵。这次，大抵是又不远万里找到了医生。

她一整周没见人影。

到周六，张美慧把八中旁边那套房子退了租，东西全部搬走，让林岁岁在外婆家住两周，也算是出远门之前多陪陪老人。

林岁岁没有什么异议。

只是，日记本从行李箱里掉出来时，让她忍不住驻足。

春风从窗户口缓缓吹拂进来，家属楼小区喧闹得一如从前，很有市井气息。

林岁岁坐在窗边，认真通读将近一年的日记。

直到暮色四合时分，她合上日记本，跑出去打了辆出租车，直奔八万人体育中心。

因为距离太远，车开到门口时，已经开始检票入场。

林岁岁咬牙，从门口黄牛手上买了张山顶票，顺着人流，一同缓缓走进去。

人潮汹涌，她渺小得如同蝼蚁，但这并不妨碍林岁岁将这次冲动视作一场华丽的告别。告别她不甚完美的青春，也告别她人生中惊心动魄的一年。

所有一切，都从此刻开始，重新来过。

台上，周杰伦说："接下来这首歌，《最长的电影》，会唱的朋友一起唱好吗！"

"好！"呼喊声排山倒海。

周杰伦笑了笑，缓缓坐到钢琴前，音符从指间流淌开来。

于林岁岁来说，这模样，同陆城一样美好，就像陆城弹《我和我的祖国》时那样，手指细长白皙，动作优雅矜贵，整个人都发着光。

她便能合着这光，加入其中，像一场梦一样。

林岁岁胡思乱想半天，表情不由得带上了一丝微笑，眼里却噙着眼泪。终于，她跟着身边陌生人一起，接上这场万人大合唱。

"再给我两分钟，让我把记忆结成冰，别融化了眼泪，你妆都花了，要我怎么记得……"

"你说你会哭……不是因为在乎……"

无人处，她捂着眼睛，放声大哭。

陆城，再见了。

05

辗转反侧多日，陆城终于确定了一件事。

哪怕他心如明镜，也无法眼睁睁看着林岁岁与自己渐行渐远，成为普通同学关系，或者如她所说那般，当好朋友好像都不行。

可他想成为小鹿唯一的守护者，哪怕曾经伤害过她，也想弥补回来。

陌生情愫，叫陆城患得患失、犹豫不决。

这还是第一次。

最终，他下定决心，哪怕是地狱，也要让她亲口审判才作数。要不然，就要拉着她一同跳了。

然而，有些话，对于一个有些偶像包袱的大男生来说，好像略有些难开口。

陆城是豪爽脾气，还没有想过自己也会有踟蹰不前的时刻。

在教室里说，怕她害羞；在电话里说，显得不真诚；找到她家里去，又好像有些咄咄逼人。

前思想后，一拖再拖。

终于，他找到了合适时机。

他决定在演唱会上说。

喜欢的歌手、喜欢的歌，他的一切，全数都要告诉她，恨不得叫她融入自己的骨血之中。

但没想到，林岁岁拒绝了。

陆城闷闷不乐、失落万分。

这可不像他。

再然后，林岁岁请假去看医生，没再在学校露面。

陆城又有了更好的主意。

运动会那会儿，她总会回来了吧？赢了篮球赛之后，他就直接向她表明自己的心思，连台词他都想好了。

也不知道小姑娘到时候会作何反应，多半脸红得要烧起来吧？到时候，她的眼睛大抵就会像浸了水一样，灵动逼人，实在可爱。

正好，高一那个"杀马特"也会参加篮球赛，要是能对上，也要在林岁岁面前狠狠虐他一顿，让他别再抱什么觊觎之心。

一切都安排得刚刚好，只除了一件事——

林岁岁没来运动会。

篮球赛前，陆城心神不宁，到底是没能忍住，跑去找了李俊才。

办公室里只有李俊才一个人在。

见到陆城，李俊才摸了摸脑门，笑了起来："陆城怎么来了？运动会不好玩吗？"

陆城蹙着眉，问道："林岁岁都请假半个月了，为什么还没有来？"

李俊才愣了愣："啊，她自己没跟你们说吗？"

"什么？"

"上周，林岁岁家长已经来学校里办好了退学。后面的课程她就不在我们学校上了。"

陆城紧紧握住了拳头，心跳得飞快，几乎要从胸腔里跳出来一样。

这是发病的前兆。

他咬了下舌尖，勉强稳住声音："为什么？"

不对，似乎是自从那个视频之后，林岁岁就开始心神不宁。难道就是因为那个，所以决定再次转学吗？

李俊才狐疑地看了陆城几眼，大概也猜到了点什么，叹了口气，说："这我也不知道理由呀，她家长没说。"

"她转去哪里了？"

"不是很清楚，档案也被拿走了。"

陆城转身，身体微微晃了一下，跌跌撞撞跑出办公室，整个人看起来十分狼狈。

他跑到无人的走廊，拿出手机，拼命给林岁岁打电话。

"对不起，您拨打的电话暂时无法接听……"

"对不起，您拨打……"

"对不起……"

全都打不通。

陆城手指顿了顿，转而开始打微信电话，一边打，一边发信息。

【耳朵，你在哪里？】

【为什么转学了都不告诉我们？】

【你在家吗？我来找你。】

【……】

没有回音。

什么都没有回音。

倒是余星多，他打来电话，叫叫嚷嚷："城哥！你跑哪儿去了呀！球赛要开打了！"

陆城冷冷地说："我有急事，你们找替补吧。"

说完，他立刻挂了电话，毫不犹豫往校门口跑去。

时逢周五工作日，又是上午，哪怕是市中心，路况也不算堵。

陆城没有耐心走这么一段路，直接打了个车，五分钟抵达。

下了车，他再熟门熟路跑到她家楼下。

他没有门禁卡，只能站在门口等待，等其他住户刷卡进门时，跟着一同混进去。

陆城给林岁岁寄过快递，知道她家住几楼，但这是第一次上楼。

电梯上，他整个人免不了有些微颤抖。这种颤抖，在找到她家门口时，放到了最大。

工人正在搬一些家具。

陆城脸色惨白，随手拉住一人，扬声问道："这家原来住着的人呢？"

那工人也是好脾气，看他穿着八中校服，知道人年纪还小，没跟他这态度计较。

"我们是来帮房东搬东西的，房东说之后要自住了，要重新装修。同学，你要找的应该是原来的租户吧？肯定搬走了啊。"

陆城失魂落魄地走出小区。

这一刻，他突然意识到，人与人之间的联系，是多么脆弱单薄。

电话可以打不通，住处也可以换。

只要想陌路，便不会被任何人找到。

他可能，再也找不到他的小姑娘了。

头等舱休息室里，林岁岁看着一条一条消息和未接来电，整个人几乎崩溃。

她从来不知道，告别是一件如此惊心动魄的事。

耳边，轰鸣声一阵又一阵，无法停止，将她折磨得神魂欲裂。

转眼，登机时间到了。

张美慧吃饱喝足，补了个口红，拉过林岁岁，一同登机。

落座后，她想了想，开口："有一件事，本来打算再也不说的……

"想了想还是决定告诉你。

"林岁岁，你妈没有当小三的爱好，也看不上别人的男人。我和他谈恋爱的时候，不知道他已经结婚了。他老婆找过来的时候，我想着，人都没了，一夜夫妻百日恩，这个锅就我来背了，免得人死也不安宁。

"所以，这次去，你别整天记着这点大人的破事，活得胆战心惊的，就想着好好治病就行了。琴早给你寄过去了，你妈我花了这么多钱培养你，还准备看你开音乐会呢，知道吗？"

林岁岁同张美慧对视几秒，忽然，整颗心都仿佛松懈了下来。

这个迟来的秘密，实在是让人热泪盈眶。

"我知道了，妈。"

张美慧满意地点点头，戴上眼罩，准备睡觉。

林岁岁握紧手机，在所有人登机结束前，她打开了那个对话框，一字一字往上敲。

年年与岁岁：【哥，没事儿，我是去治病了。】

年年与岁岁：【但是，为什么没能好好保存我的礼物呢？明明是妹

妹送的珍贵礼物，下次一定要注意。】

年年与岁岁：【陆城，再见啦。】

发送成功。

她退出微信账号，再将这个软件卸载，关机。

张爱玲说，见了他，她变得很低很低，低到尘埃里，但她心里是欢喜的，从尘埃里开出花来。

可是，林岁岁不想这么低了。

会在更高处重逢吧?

她想。

爱意肆无忌惮

Chapter 07

爱情让人走得自私。
——栖城随笔

01

八月，江城，夏树苍翠，铄石流金。

林岁岁没想到，重返故地，第一个遇到的故人竟然是陈一鸣。

说来也巧，晚饭前，她突发奇想，打算给新房间添置些花卉，增加点人气，好不显得那么空旷。加上她回到江城后，也没得空出门逛逛，亲眼瞧瞧江城这些年的变化。这样一想，她觉得十分有必要出去一趟，当即换衣服、下楼。

时至黄昏，空气里暑气未消，依旧闷热难挨。不过几秒钟，就让人浑身汗津津。

倒是和从前一模一样。

林岁岁有些唏嘘，不明所以地轻笑一声，用电子地图辨了一下方向，慢吞吞迈开步子。

这条路周边都是老城区，熙熙攘攘，沿街各种店铺应有尽有。

半途，林岁岁被香味吸引，没忍住，去旁边买了一盒生煎，拎在手中。

再往前，花店就在栖霞路尽头。窄窄一扇玻璃门，把手上挂着木质小挂牌，写了四个大字——"欢迎光临"，底下是小小一行可爱字体——"愿你今晚做个美梦"。

林岁岁推开门，走进去。

店主是一个年轻女生，二十五六岁模样，眉眼温婉，声音也细细柔柔的，微笑着招呼："欢迎光临，您需要买什么花呢？"

"我先随便看看。"

"好的，您可以随意。"

花店面积不太大，几步就走到头，但花束植物种类繁多，错落有致地排开，让人眼花缭乱。

林岁岁有些苦恼。

栖霞路这套房子是出租房，她回国没几天，才刚落实工作，手头也没有什么积蓄，只是先随便住着，不知道什么时候会搬家。若是养些娇贵花草，怕是侍弄不好，万一要换房子，搬起来也麻烦。

踟蹰片刻，她下定主意："麻烦给我拿两盆仙人球吧，尽量不用浇水的那种。"

正好，视觉上能填充空间不说，还能吸点油漆墙纸残留甲醛，一举多得。

店主很快给她挑好，装袋。

林岁岁道过谢，摸出手机来付钱。

"叮铃——"

这时，门边有风铃声响起，一个男声从后面传来："满满，我来了。"

林岁岁同店主一起扭过头去。

看清来人长相之后，林岁岁愣怔了一下，拧起眉，盯着那个男人："你……"

男人也跟着愣了愣。

两人对视许久。

"班长！"

"林岁岁！"

异口同声。

实在巧合得叫人咋舌。

与陈一鸣碰面之后，林岁岁放弃了那盒生煎，干脆和老同学走进隔壁火锅店，客套寒暄起来。

点过菜，陈一鸣拿了一杯茶，端在手中，眼神不自觉细细打量起她来。

良久，他长长叹息："林岁岁，你真是变了好多。"

不仅仅是容貌的改变，林岁岁整个人都算得上脱胎换骨，比高中时期要大方许多，少了许多怯懦和小心翼翼，偶尔还会露出一丝温柔腼腆。

毕竟，八年了，时光飞逝啊。

闻言，林岁岁笑了笑，说道："班长，这应该是夸奖吧？"

"当然是夸奖。"

"谢谢，你也是。不过，你怎么会在这里？"她不免有些好奇。

陈一鸣答道："花店是我女朋友开的。"

"哦！恭喜你。还有，女朋友很漂亮。"林岁岁真诚地说。

"哈哈哈……"

两人是半道同学，一起上学不到一年，说不上有多深的感情。不过，到底是坐了一阵同桌，加上多年未见，有了青春时光滤镜，还不至于太过尴尬。

火锅端上来，热气腾腾，隔着锅底，瞬间拉近距离。

陈一鸣问道："那会儿你突然退学，大家都还挺惊讶的。后来你到哪里去上学了啊？"

林岁岁顿了顿，夹了一筷子蔬菜，轻声笑答："出国去了。"

"那是才回来？"

"嗯，没几天呢。"

陈一鸣点了点头，说："去年我们还开班级聚会了。我听说，你和姜婷也没联系啊？"

林岁岁收了笑，一点一点沉默下来。

怎么会没有联系呢？

她刚到国外，张美慧只陪了两周就不得不回国处理公司事务，将她一个人留在陌生国度。肤色不同，语言不通，也没有朋友，加上她这胆小敏感的性子，无论走到哪里，都害怕有人在偷偷议论她什么，实在是手足无措，难以习惯。

午夜梦回时，她一个人睡在小床上，闭上眼都觉得害怕得发抖。

终于，忍无可忍之下，林岁岁鼓起勇气，给姜婷拨了个越洋电话。

然而，不过一声"喂"，姜婷听出她声音，当即将电话重重挂断，似乎是对好友不告而别进行了死刑宣判。

"嘟嘟"声从听筒里传出来。

她握着手机，忍不住红了眼眶。

陈一鸣见她表情不太自然，很是体贴，没有再多问什么。

不提往事，两人聊起工作。

林岁岁这次回国，不过两三天，就已经在培训机构里签好入职协议，带小朋友学英语，每周十个课时，再配合解决一些家长问题。入职月薪一万多，交五险一金，要是家长买课还另有提成。

陈一鸣说："现在教育机构是很赚钱的，你还是标准镀金海归，这工作很好啊。"

林岁岁笑了笑："是啊，是不错。"

有钱，也不算太忙。只是，从前那个立志要拉一辈子琴的小姑娘到哪里去了呢？

月上柳梢时分，陈一鸣女朋友关了花店，找到火锅店来，还不忘给林岁岁拎了一束满天星。

"没想到是陈一鸣的老同学，这么巧，也没什么准备。这束满天星送给你，放在家里，心情也会跟着好起来。"

林岁岁推辞两句，客客气气道谢之后，还是收下了。总归离得近，以后有机会再光顾。

没有再打扰这对小情侣，她站起身，同两人道了别，打算回家。

林岁岁脚步刚踏出店外，一个高大身影将路灯光线遮挡，也将她的去路拦得严严实实。

林岁岁仰起头，见鬼般瞪大了眼睛："薛景？你什么时候回来的？"

薛景戴了一顶黑色鸭舌帽，穿着短袖配上破洞牛仔裤，手腕上套了一根细细银链，银链上缀着一个小铃铛，隐隐约约似是已经生出锈迹。比起高中时期，他的"杀马特"味道收敛了许多，但好像还是没能完全根除。

薛景脸上没什么笑意，顺手拎过林岁岁手中的袋子，目光在那束满天星上游移一瞬。

顿了顿，他轻轻冷哼一声，这才答道："你这人可真爱不告而别，难道是艺术家的天性吗？"

林岁岁抿着唇，叹气："薛景……"

"别说话，我在生气。"

话虽然这么说，薛景也知道她的脾气，没把人挡在路中间太久，用眼神示意她赶紧回家，自己则是沉默地跟在她身后。

路灯下，两人的影子投射到地上，一高一矮，看着万分和谐、熟稔不已，叫人生不出什么旖念来。

林岁岁问他："什么时候到的？"

"刚刚。"

"那你学校怎么办？上课怎么办？"

薛景无所谓道："不上了呗。"

林岁岁当即停下脚步，转过身，望着他，语气不免严厉起来："薛景，你知道自己在说什么吗？你疯了？"

薛景冷笑一声，点头："是疯了啊。你不是早就知道吗？我就是个疯子。"

"你……"林岁岁被他气得脸颊泛红，本就不擅言辞，再到关键时刻，更加不知道该说什么。她劈手从薛景手中夺过自己的东西，转身，毫不犹豫地加快脚步，再不想同他多说。

薛景双手插在口袋里，没有跟上去。

等人走到老远，他才高喊了一句："后天我陪你去医院！不许不接我电话！"

周四，林岁岁拒接了薛景电话，独自去医院。

从栖霞路打车去江城五官科医院要将近四十分钟，加上又是上班早高峰，路上堵得要命。下车时，已经将近十点。专家号早就排完，林岁岁为了不白跑一趟，干脆挂了特需门诊。

八年来，她这耳朵在国外名医手下，也不是毫无治疗进度。或许是因为张美慧说出来那个秘密，让她心理压力骤减，到国外第一年，摘掉助听器测试，已经能断断续续听到一些杂音，再配合各种吃药、理疗、心理干预等等，到前两年，林岁岁已经能不依靠辅助工具听到一些比较大的声响了。

比如，张美慧带她去看的烟花。

"砰——"

"砰——"

一下又一下，像是绽放在她心上。

回国前夕，林岁岁的主治医师用不太熟练的中文告诉她："林，我已经没有什么办法可以帮助你了，想要完全恢复，就要看你的心了。

"愿上帝祝福你。"

老外满头金发，笑起来十分耀眼。

说是这么说，日常检查还是必不可少。

林岁岁对看医生这套流程早就熟门熟路，同那专家简单沟通几句病历，就去交钱、拍片。

江城五官科医院名声在外，这个点，电梯都挤得满满当当。

林岁岁不想和人挤，在电梯门外等了等，等里面人调整好站姿，终于确定已经没有空位，不能再塞一个她了，干脆放弃，再等下一班。

电梯门缓缓合上。

她抬眼，盯着那个楼层数字，手中握紧了助听器，随意把玩着，看起来有些心不在焉。

忽然，走廊另一头传来一声高呼："陆医生！"

"哒、哒、哒……"

脚步声由远及近，快速朝林岁岁的方向靠拢。

医院走廊极长，鞋底落在地砖上，仿佛每一步都能产生回音，更遑论小跑时带起不可见的微风，发出沁着消毒水汽的寂寞声响。紧接着，身后两人似是会合，转而并肩前行。

说话声自然降低许多。

虽然是正常音量，但在林岁岁听来，就像是密密私语、若有似无。

"老板去病房了吗……论文，你……怎么样？"

"嗯。"

"那一会儿……结束后……下班？一起吗？"

"我没空。"

交谈声虽不清晰，却越靠越近。

两人从林岁岁身后走过。

她没有回头，依旧专注地望着显示屏，浑不在意地祈祷着能顺利挤上这班电梯。

"叮——"电梯门缓缓打开，里面稀稀拉拉的，只站了六七个人。

林岁岁不免松了口气，迈开步子走进，顺手按下关门键。

金属门合上的那一瞬，她随意抬起眼，顿时愣怔在了原地。

外面两个穿白大褂的医生路过，其中一位个子极高，且背影和走路姿势像极了某位故人。

在漫长的一年里，林岁岁曾经无数次望着那道背影愣神，好像早已镌刻在青春少年记忆中。

哪怕八年过去。

哪怕已经时过境迁，爱慕之心消散。

但要将过往记忆翻出来查阅，大抵也只需要半秒钟。

片刻，电梯开始平稳下降。

林岁岁回过神来，弯了弯唇。

世上哪有这般巧合？难道还能跟陈一鸣那样偶遇吗？江城那么大，什么缘分都是可遇不可求。

她真是想太多了。

夏日，阳光炙热，像是有个巨大的炉子烘烤着这座城市。

林岁岁走出五官科医院，脚步微微一顿，转而从包里拿了餐巾纸，擦了下脸上的汗珠。哪怕这一路已经尽量走在树荫底下，没几分钟，也是满身大汗。

在医院门口打车是个麻烦事，想了想，林岁岁决定就近吃个午饭，顺便提前预约一下网约车，免得在路边等待。

然而，步子才迈出去几步，高大身影如同魔魔一般阴魂不散，挡在她身前。

薛景看起来十分不高兴，说话时，语气自然难以和善："为什么不接电话？不是说我送你嘛。"

林岁岁低声叹气，答道："我自己的事，不用麻烦你的。"

薛景本来不是易怒脾气，但这大热天，他在门口蹲了一个多小时，连眼睛都不敢眨一下才找到人，得到这种冷漠回答，实在是忍不住气急败坏起来。

他咬牙切齿道："林岁岁！"

耽搁这么几分钟，林岁岁越发燥热，只得放软口气："有什么事以后再说，可以吗？天气有点热，很容易中暑，我想去店里坐一会儿。"

薛景同她对视数秒，到底败下阵来，默不作声地让开路，但始终不紧不慢地跟在林岁岁身后。

午饭从一个人简单吃一点，变成了两人同行。

林岁岁和薛景在国外相处数年，哪怕是不说话，也早就不会有什么尴尬紧张情绪。

事实上，林岁岁早就不是十五六岁的小姑娘，单纯又有些自卑，沉溺在自己的世界中，无法面对现实。薛景的意图明显，从没藏着瞒着，清晰简单得叫人一眼便知。

但她对他没有超出友情的任何一丁点儿想法，只觉得困扰，所以拼命想要和他保持距离，并且为之努力许久。

只可惜，薛景万分执着，擅长死缠烂打，又能找出让人拒绝不了的说法。再加上他从未直接挑明过，林岁岁也害怕是自己想多了、自作多情，不敢说得太直白，只得作罢。

医院旁的一条街上都是各种小餐馆，菜式选择足够多样。

两人随便走进一家川菜馆，再选了个靠窗的座位。

店里冷气十足，让人感觉非常舒适。林岁岁便也不再考虑气温，任由口味作祟，点了一大锅水煮鱼。

菜端上来时，辣椒飘在汤底上，将鱼身完全遮盖，整体颜色十分鲜艳，很是刺激味蕾。

林岁岁将助听器戴上，一边吃，一边试图劝说薛景："薛景，你回学校去行吗？我是回国工作，你来干什么？书都没念完。"

薛景夹了一大筷子鱼肉，放在白米饭上，浑不在意地笑道："这书有什么可念的，难道还真指望我以后当科学家啊？"

"薛景！"林岁岁蹙着眉，有点生气，"不许你这么说。"

多少人都因为现实不得不放弃梦想，但他有天赐才华，还这样吊儿郎当、无所谓地说着这种话，叫人看了不免气愤。

薛景连忙说："好了好了，我不说了，你别生气。"

林岁岁垂下眸子，再不想搭理他。

气氛一时凝滞。

没多久，网约车司机给她打来电话，说车已经到了饭店门口，这里还属于医院周围，人流量大，对车辆管理严格，只能临时停靠一会儿。

林岁岁立刻放下筷子，站起来抢先付了钱，轻声开口："我要回家了，你别跟着我了。再见。"说完，她转过身，推门离开，看起来毫不留恋。

薛景收了笑，沉沉地盯着她的背影，手指落在手腕的那个小铃铛上，指腹轻轻捻了捻。

铃铛已经不会发声，锈迹斑斑的，同他这一身昂贵行头也不甚相符。但就是戴了很久，怎么都摘不下来。

良久，薛景也起身，黯然离场。

周佳蜜见陆城停下脚步，视线凝固在一处，忍不住顺着望过去，但并没有看到什么异常，只得出声问道："陆城？你怎么了？"

时光如梭，八年，足够将一个人打磨成另一种模样，彻底脱胎换骨。

陆城依旧清俊帅气、五官精致，走到哪里都像是带着光环，脸上却再也看不见昔日的青涩与玩世不恭，气场愈发阴郁冷淡、高不可攀，甚至连笑意也收敛难寻，彻底习惯了保持面无表情。

他摇头，回道："没什么。"

周佳蜜"哦"了一声，没有纠结，转而絮絮叨叨说起别的事："老板怎么突然想吃麻辣烫了，他不是一直嫌麻辣烫不养生吗？"

陆城没有搭话，蹙着眉，脚步一动不动。

实在太像了。

那个侧脸……

他念念不忘许多年，连认错的可能都好像不存在，要不然就显得自己的执着有些许可笑。

可是，他又不敢立马确认。

等到回过神来时，那人已经上车，从他面前绝尘而去，再不给他机会去推翻猜测。

阳光下，柏油马路上车来车往，陆城不自觉握紧了拳头。

自从高二结束前，林岁岁退学消失，那条微信就成了两人最后的联系。此后，无论他发消息、打电话，还是各种社交软件留言，都石沉大海，得不到任何回音。第一次，他主动回家去求了陆文远和白若琪，求他们找人帮忙打听。

但还是找不到。

哪里都找不到。

林岁岁没有回原籍去上学，学籍也一直没有变动，家人更是完全联系不上。

陆城不肯死心，硬生生凭借苏如雪那条视频将那几个邻居找了出来。结果人家说，小姑娘一家早在一年多前就搬走了，人也没再回来过。

于陆城而言，林岁岁简直就像是一场幻梦，梦醒了，只剩虚无。

他第一次为一个女孩心动，最终却是这般黯然收场，实在叫人耿耿于怀。

这八年，陆城从来没有放弃过找她，偏偏哪里都找不到踪迹。

路上，与林岁岁相似的女生不少，或许眉眼相似，或许体型娇小、性格柔软，或许也只有单边一只酒窝……

但没有一个是她。

上帝又怎么会轻易给他好运，让他在路上与她重逢呢？

"陆城？陆城？陆医生？"周佳蜜说了几句，见他都没有反应，只

得连声喊他，直到他眸光有了神采，才笑着调侃道，"你这是魂丢哪里啦？"

陆城没接这话，淡淡开口："我打个电话，你先去买吧。"说完，也不管周佳蜜表情，转过身，快步走远。

周佳蜜被他丢下，气得直跺脚："陆城！你可别让我追到你！要不然，我叫你一辈子等我！"

顿了顿，她收了声，倏地，脑子里转出可怕的念头。

和陆城认识了七年，也没见他谈过恋爱……该不会，人压根儿就不喜欢女生吧？

这可是个大麻烦。

陆城并不在乎别人背后怎么编派他。

街角，僻静角落，他懒洋洋地靠在墙边，摸出手机拨了个电话。他的脸色比正午阳光更亮更白，是树荫遮挡都盖不住的孱弱。

"嘟——嘟——嘟——"

三声过后，那头接通。

姜婷先大大咧咧地笑起来："城哥？什么事？怎么突然想到给我打电话了？这个点你不是应该在医院吗？"

陆城捏了捏鼻梁，平静地问道："姜饼，这段时间，耳朵有没有跟你联系过？"

电话那头，姜婷沉默一瞬，突然抬高了声音："城哥！你还没死心吗？耳朵都把你害得差点没命了，你为什么还执着不放啊？！她压根儿就不在乎我们啊！"

陆城语气冷下来："姜婷，那是我的事。耳朵难道不是你的朋友吗？不要这么说她。"

姜婷梗着脖子，收了声。

良久，她愤愤不平地回答："没有，八年了，她从来没有联系过我。"

如果那一通电话不算的话。

可是，如果真的还记得朋友，怎么能就只打一通电话来，之后再没有音讯呢？

那个时候，陆城正躺在冰冷的手术台上，又要叫她怎么接起那个电话？

02

林岁岁就职的那家培训机构就在正大广场里，距离栖霞路不远，坐地铁四站路。

机构不仅仅面向少儿，也有年龄偏大一些、未来有出国计划的小朋友，提前先来机构培养口语、听力，为考托福、雅思做准备。他们不需要一对一，一般都是小班教学，七八个孩子一起，可以互相沟通学习，每节课的价格也比一对一稍低些。

林岁岁就是给这些小朋友上课。

事实上，哪怕是她自己也从没想过，见到生人就害羞，每次开口都要小心翼翼再三斟酌，生怕别人不高兴的自己，最后居然会选择当老师。

世事果真无常。

好在只是面对天真可爱的小朋友，总归能让人心理压力稍小点。

第一堂课，林岁岁做足了充分的准备，备课好几天不说，连微笑角度都对着镜子演练了许久，力求让自己看起来和蔼但严格，像个经验丰富的老师一样。

总算功夫不负有心人，有惊无险地结束。

下课后，学生家长纷纷到机构里来接人。

林岁岁按照名单，一个一个认完人，再同家长们加上微信，以便沟通学习进度和后期卖课

最后，只剩一个小朋友迟迟没人来接。

林岁岁仔细核对点名册后，弯下腰，视线与小朋友齐平，清清嗓子，温温柔柔地开口问道："赵祺同学？你家长还没有来呀，一会儿是还要上别的课吗？"

赵祺年仅十岁，但在这个小班里头，口语能力已经算得上中上水平。

小男孩模样生得可爱，脸和眼睛都圆圆的，穿Burberry（博柏利）童装，背了个 MCM 小包，一眼看上去就是出身优越、教养良好的小朋友。这种家庭的小孩，大多数都在各种兴趣班里奔波忙碌，一刻不得闲。

果然，赵祺点点头，说："一会儿要去上钢琴课。林老师，不好意思，您要稍等我一会儿。我舅舅应该是打篮球忘了时间，结束就会来接我的。"

林岁岁本就要在机构坐班，再加上后面也没有课，自然义不容辞。

"不客气。"她轻轻笑起来，摸了下赵祺的脑袋，再将小朋友领到了一对一上课的狭窄小教室里，继续等他舅舅。

但好像又无所事事，一大一小只能大眼瞪小眼，让气氛凝固。

相比之下，还是赵祺比林岁岁更加外向，他主动开口与这个年轻漂亮的老师搭话："林老师，您好漂亮。"

林岁岁第一次被小朋友夸奖，脸颊泛红："谢谢你。"

"您有男朋友吗？"赵祺一脸天真无邪地问她。

林岁岁讶异，一边感叹现在小朋友早熟，一边答道："没有呀。"

"哦，我会告诉舅舅的，他让我看到漂亮姐姐就帮他注意点。"

闻言，林岁岁愣了愣。

又过了十来分钟，赵祺的舅舅总算气喘吁吁地到达，前台将他领到这间教室。

"祺祺，对不起啊，我忘了你今天要上课了……"男人蹲下身，对赵祺解释几句，不过表情看着很是轻松，不见多少歉意。

赵祺似乎习以为常，可见这种事已经不是第一次发生。

林岁岁无奈。

男人安抚好赵祺，站起身，对着林岁岁微微鞠躬，语速飞快地说道："不好意思，不好意思，耽误老师了……嗯？"

他顿了顿，皱起眉："老师……你是新来的老师吗？我是不是在哪里见过你？"

林岁岁愣了愣，对方看起来并不像是单纯搭讪。

她蹙着眉，仔仔细细地打量起这个年轻男人。

男人个头很高，长相颇为硬朗英气，打扮得也颇为时尚，但要说熟悉嘛……

林岁岁确实是没什么印象，只得尴尬地笑笑："那，没什么事的话，我先回办公室。赵祺同学，再见啦。"

她轻轻挥挥手，转过身，离开小教室。

男人的眼睛如鹰爪一般，依旧直勾勾盯着林岁岁的背影，仿佛要在她身上烧穿个洞，一窥究竟。

静默数秒，赵祺拉了拉他，说："舅舅，别看啦，钢琴课要来不及了。"

男人顿了顿，蓦地低头看向赵祺，认真提问："赵祺同学，你们这个新老师叫什么名字啊？你还记得吗？"

赵祺点头，口齿清晰地答道："记得啊，林老师叫林岁岁，课表上不是写了吗？"

这真是巧得没边。

江城果真就只有这么大。

看来，只要住在同个区，怎么都能遇上，不费吹灰之力，单看缘分到不到位。

男人打了个响指，一脸幸灾乐祸。

他摊开手，牵起赵祺飞快往外走去，随口嘱咐小朋友："快快快，送完你，我要去找我城哥敲诈一顿饭，晚上晚点再来接你啊。"

"哦。"

F大。

陆城今天没去医院，留在学校帮导师给本科生代课，因此，整个教室坐得满满当当。

结束前，一个身影弓着腰、鬼鬼祟祟地从教室后门钻进来，目光巡视一圈，确认没有空位给他坐，只得再灰溜溜出去。

陆城顿了顿，面不改色地说："好，今天下课。"

见几个女生坐在第一排蠢蠢欲动，他没给机会，话音一落便将东西随意一收，快步走出教室，在众目睽睽之下，漠然地扬长而去。

转角处，那个鬼祟的身影跳出来，一把勾住陆城的肩膀。

他眉眼含笑，声音朗朗："哥，想我了吗？"

陆城反手一拳砸在他肩上，面无表情地说："松手。"

赵介聪爽快松开钳制，耸耸肩，神态自然，依稀还能看到少年时的模样。他借助了一些现代化手段，给五官进行了一点点微调。如果不是十分熟悉或是经常见面的人，乍然再见，就会觉得有翻天覆地的变化，很难一眼认出来。

陆城将赵介聪的手臂甩开，这才顺着走廊继续往前，又漫不经心般问："这么急找我有什么事？"

赵介聪这才想起重点，立马兴奋起来："朋友，确实有个急事，如果你请我吃一顿洋房火锅，我考虑考虑要不要告诉你。"

洋房火锅是江城著名的海鲜火锅，人均消费差不多一千四五百块钱左右。

自从姜婷哥哥请客去过一次之后，赵介聪一直念念不忘。倒不是没钱，他单纯就是想看看陆城的诚意。

结果显而易见。

陆城冷冷道："滚。"

赵介聪"哼"了一声，补上下半句："和林岁岁有关哦。"

晚餐自然转战洋房火锅。

陆城是大户人家，所以赵介聪点起菜来毫不留情，一点不见心疼。

陆城也不介意，完全放任他随心所欲。自从林岁岁的名字从赵介聪口中冒出来之后，别的事他就已经完全不在意、不关注了，他心中只有一个念头。

"你要说什么？和耳朵有关的什么事？"

赵介聪说："哎呀，城哥，你不要急……"

陆城拧起眉："趁我没发火前。"

"好吧。"赵介聪讪讪一笑，品出他内心急切，也不再搞怪，干脆利落地开口，"下午我碰到林岁岁了，就正大广场里头，在赵祺那小崽子上英语课的地方，她现在好像是赵祺的补课老师。"

陆城讶然。

赵介聪继续说："其实没认出来，只是感觉有点像，所以问我姐拿了赵祺的课表来。"

他将手机屏幕打开，翻出一张截图，随手展示给陆城看。

陆城将目光凝结在屏幕上，死死盯着那行小字——"任课教师：林岁岁"。

赵介聪手举得有些累，瞥了瞥他的表情，轻咳一声，开口："怎么办？踏破铁鞋，总算找到人了。要去找你的宝贝妹妹算账吗？需不需要我问问小崽子，她下节课是什么时候？"

全世界都知道陆城在找林岁岁，一找就是八年之久，执着又疯狂。

在八中时，赵介聪还曾经异想天开、心血来潮，给林岁岁表白过。当时谁知道剧情会这么发展呢？

不是说好把她当亲妹妹看待的吗？

这可不像是在找亲妹妹的样子。

好在陆城不知道这事。

赵介聪心有余悸，回想起来只觉得悻悻，但时间一长，又有些替好兄弟愤愤不平。

凭什么啊？不就是个软软甜甜的姑娘吗？长得是可爱，但可爱的女生这么多，怎么就将他们城哥逼到这种田地了呢？

很多内幕，赵介聪不清楚，所以也只是偶尔调侃嘲笑几句而已。

沉默良久，连空气也随之寂静下来。仿佛一万年那么漫长，陆城终于抬起眼。

他声音沉沉的，语气里依稀能听出一丝咬牙切齿来，说："谢了……今天随便你点。"

赵介聪大笑出声："城哥说笑了，我本来就没打算客气。"

赵介聪非常上道，没拖拖拉拉，问清楚了赵祺下一节课的时间后，果断把人带到陆城那儿去。

"城哥！今天一起送赵祺去上课呗？"

显然，陆城没有休息好。他肤色偏白，平时也不见什么血色，虽然说不上病恹恹的，但因为心脏病导致长期供血不足，总归显得有些孱弱，可能也是因为这样，才更衬得五官精致分明，臻臻玉石一般清俊矜贵。

这会儿，他苍白的皮肤上，黑眼圈十分明显。

赵介聪深以为意，拍了拍他的肩膀，表示理解："走走走，去了结你的夙愿。"

两人一同上车。

赵介聪开车。

陆城坐在后排，同赵祺低声私语。

他还是和以前一样，号召力非凡，很轻易就能将所有人的注意力吸引到自己身边。赵祺就非常喜欢这个小叔叔，每见一次，都要拉着他聊个没完。

盛夏，蝉鸣个没完没了，燥热难耐，路上行人寥寥。加上周末，没有上下班高峰，也不怎么堵车，汽车能在马路上飞驰前进。

远远地，已经能看到江城地标建筑就矗立在正大广场旁边。八中每个学子应该都在放学后往返过这边，熟稔得如同回家一样。

赵介聪出声打断后座两人闲聊："快到了哦。"

"嗯。"陆城不自觉捏紧了拳头。

赵介聪夸张地叹了口气，想了想，又问道："城哥，你找人到底是为什么？你还喜欢她啊？万一林岁岁已经结婚了怎么办？八年呢，世界都已经变了个样，说不定人家男朋友都换了好几茬了，而且……相见不如怀念嘛。"

陆城沉了脸色。

"没有哦。"蓦地，一道稚嫩童声打断两人的对话。

赵祺仰起头，眼睛直直地看着他的陆叔叔，故作成熟地开口："我问过林老师，她还没有男朋友。陆叔叔，我看好你。"

陆城愣了愣。

赵介聪笑起来："小崽子，我看你很适合从事间谍工作。今年过年，你陆叔叔肯定给你包个大红包，感谢你告诉他一个这么大的好消息。"

03

临近上课时间，林岁岁收拾好教材，起身，走出办公室。

经过这几天，她已经渐渐熟悉了工作节奏。虽然天性使然，讲话时还是免不了有些紧张，但已经比开始时流畅自然许多。加上她讲话又软又温柔、不急不躁，几个班的小朋友都很喜欢这个新老师。

林岁岁深吸一口气，踏进教室。

赵祺坐在第一排正中间，正目光炯炯地看着她。

她不明所以，冲小朋友轻轻笑了一下："大家好，那我们开始今天的课。"

下课后，林岁岁送走所有家长和小朋友，照例还是剩下赵祺没有人来接。

林岁岁弯下腰，微笑着问他："赵祺同学，舅舅又去打篮球了吗？"

赵祺没出声，只摇了摇头。忽然，小朋友的余光瞄到门口，立马像只小兔子一样飞奔出去。

林岁岁直起腰，目光顺着他的方向望过去，不期然闯入一双深沉的眼里。

她愣了愣，浑身一颤。

林岁岁怎么都没有想到，陆城会这样突然出现在面前，毫无防备，只让人想落荒而逃。

教室面积不大，只有一扇门，被陆城高大身躯挡住。

她无处可逃。

陆城的目光黏在她身上，一动不动，没有露出任何气恼的神色，反倒是勾了勾嘴角。

他喊她："耳朵，好久不见了。"说着，反手将教室门合上。

霎时，整个空间里只剩下两人面对面，连呼吸声都仿佛近在咫尺。

林岁岁捏着手心，勉强憋出一个笑来，低声答道："好久不见。"

陆城往她靠近了两步，距离拉得更近一些。

这一刻，他很想"有冤报冤、有仇报仇"，但是仔细想想，两人本就无冤无仇——再多不甘和委屈都是心理活动，她什么都没有做。

但陆城恨不得她确实做了什么，也能叫他少些执念。

顿了顿，他到底是平静开口："这几年还好吗？"

"嗯，还不错。"

"听力呢？"

"一直在看医生，已经在缓慢恢复了。"

"那就好。"

沉默数秒，陆城自嘲地笑起来："林岁岁，你躲得可真好。"

林岁岁张了张口，不明所以："啊？"

"我一直在找你。"

"为什么？"

陆城抬手，握住她的肩膀，一字一顿地说道："因为喜欢你，从八年前开始，就一直喜欢你。"

拖着病体也放不下她，哪怕前面是深渊也想拉着她一起跳。

人人都说，爱情理应无私，但他可能太过大男子主义，学了好久，却怎么都学不会这种无私，只想自私地随心而欲。

但还是把他的小姑娘弄丢了。

两人对视半秒，林岁岁直接败下阵来，只觉得脸颊一点点烧起来，连说话都开始有些不利索了："啊……那个……其实……"

这剧情实在太有冲击力了，哪有重逢第一面直接表白的？

"你走之前，我憋了很久，不敢跟你说，怕你觉得我对待感情很随意，一直想寻找最合适的机会，然后就彻底错过了机会。这次，不知道你明天又会跑到哪里去，所以这件事，现在就必须告诉你。"

陆城松开手，从身后摸出一本书——《舒婷诗精编》，书的颜色已经微微有些发黄，封皮也有些泛皱，看得出是很有些年岁了。或许，连这套书都已经停产改版。

陆城翻开一页，将书举起来，示意她看："我从来没有把书送给别人过。你给我的礼物，我一直好好保存着，所以，你微信上的指控，我不认。"

林岁岁眯了眯眼睛。

那个地方，少了一页纸，像是被人整齐裁过，不仔细看，很难发现缺页。

她用力咬住下唇。

陆城似乎是有些耻于开口。

事实上，这种为难表情，以前几乎没在他脸上出现过，十分少见。但这件事太重要，叫人觉得务必解释清楚才行。

他抿了抿唇，轻声继续说道："我也不知道薄倩会偷偷撕了这页去找你。对不起，耳朵，让你难过了。"

那时，陆城压根儿没想到薄倩会偷偷去找林岁岁。

还是收到林岁岁那条临别微信后，陆城想了很久，仔仔细细去翻了这本书，才发现了一些不同寻常的端倪——

书缺了一页。

再仔细看一下，能看出是被人撕下来的。

陆城拧着眉，回忆收礼时的场景。

那天，他把书带去了KTV，很多人都看到过。他再一个一个追问过去，终于将薄倩的实话逼了出来。

当时，薄倩本来非常高兴，脸上笑意都藏不住："学长！你终于肯理我了！"

陆城却不见什么喜色。

他刚从手术台上下来，整个人看起来憔悴又阴郁，眼神冷淡，气场低沉，完全不愿意接话。

"薄倩，是你干的吗？"他语气平淡，将诗集拿出来，翻到那残缺的一页。

只一眼，薄倩倏地变了脸色，再不见任何笑意。

"我不知道你在说什么。"

但她越是这般，越叫陆城确定了猜想。

"你撕了这页，去找耳朵了，对吗？你跟她说了什么？"

薄倩扭过头，脸上的一丝心虚显而易见："学长，你别诬陷我。"

气压直愣愣地坠落谷底。

陆城神色冰冷，几乎要凝结成冰："薄倩，这不是你的性格，敢做不敢当吗？"

一开始，他就是因为薄倩身上那种落落大方、天之娇女的气质，才会在心情极度糟糕时，答应同她做好朋友。

人总是渴盼自己缺少的东西。哪怕少年时没用多少真感情，大多是玩乐兴致，陆城也不得不承认，他确实欣赏女生身上这种张扬。她们普遍都直爽大方，让人很难没有好感，谁能想到，薄倩会变成这般模样呢？

眼见着问不出什么来，陆城将诗集收起，转身，打算离开。

薄倩似乎是难以忍受陆城这种态度，也难以忍受他的漠视和冷嘲。终于，她站在他背后，冲着他的背影低吼："是我撕的！那又怎么了？"

陆城当即停下脚步。

薄倩声音里带了哭腔："林岁岁算什么？我只是警告她一下而已！"

她的话音落下，陆城已经捏紧了手指。他甚至能想象出来，林岁岁双眸含泪、委屈难言的模样。

人心果然是偏的。

薄倩在他后面哭得那样惨，都无法叫他动容。但一想到林岁岁曾经为这页纸难过、伤心，哪怕已经过去许久，哪怕她已经不告而别，他都觉得心疼得几乎要蜷缩起来。

"算了……"

人都跑得不见了，他还能怎么亡羊补牢呢？徒留无可奈何罢了。

薄倩却仿佛被他激怒，扬高声音，怒气冲冲地说："我说她几句又怎么了？我才是受害者啊！"

陆城终于转过头，面无表情、居高临下地看向她。

"不是。"

薄倩一愣。

"她什么都没有做。是我，对自己的心认识不清，又瞻前顾后，才造成了这种场面。薄倩，你大可以恨我，随意出去说我的坏话。但如果再让我听到你这样说小耳朵，我不会对你客气的，就像苏如雪一样。"

高考前夕，苏如雪从八中退学，这件事闹得整个学校几乎尽人皆知。

直到这会儿，薄倩才听出来，竟然是陆城的手笔，想必定然和林岁岁那个视频有关系。

内幕太过于伤人，薄倩却依然不甘心。

"学长，你真的喜欢林岁岁吗？"

林岁岁有什么好的？没有苏如雪漂亮，软软弱弱，一副需要人保护的模样，脑子也不算太好，毫无个性，和陆城完全不配。

薄倩实在想不明白。

但陆城答得斩钉截铁："嗯。"

答完，陆城毫无留恋，迈开步子，默不作声地离开。

回想起当年，陆城举着诗集看向林岁岁，目光炯炯，几乎觉得恍若隔世。

一本旧书，成功将她带回八年前。

"过去"开始被翻阅。

她好像又成了那个小女孩，单恋着光芒万丈的同桌。

陆城像太阳一样，高高在上、遥不可攀。她却如同地上不起眼的沙尘，只能卑微地仰望着自己的太阳，妄图与光同尘。

时间教人长大，每一天，林岁岁都因为这个秘密而过得惴惴不安、疲惫不堪。

她已经不想继续这样了。

现在，她自己也可以做自己的太阳。

林岁岁捏着手指，长长叹了口气，慢慢说道："对不起，陆城，以前是我误会了你。"

语气听着万分真诚。

陆城抿抿唇，长指一扣，合上书，又如珠似宝一般小心翼翼地将旧书收起来，声音低沉地喊她："耳朵……"

林岁岁接着说道："谢谢你一直没忘了我。但、但是，我们现在都长大了……嗯……总之，我后面还有工作，要不下次、下次我请你吃饭？"

这是要装作什么都没有听到。

成年人口中的"下次"，单纯只是应付现状的好方法。要换作是小岁岁，大抵早就手足无措、磕磕绊绊说不出话了，哪能这般落落大方呢？

本该是令人欣慰的场景，陆城却觉得不甘心。他等了八年才说出口的表白，不该是这种客套疏离的答案。

"耳朵，你以前说喜欢过我……"

林岁岁垂着眼，沉默下来。

良久，她轻声开口："已经过去很久了，以前的事，我都有些记不得了，抱歉。"

并不是所有的喜欢，都能时时刻刻两相情愿啊。凭什么你喜欢我，我就一定要喜欢你呢？

这世上没有这样的道理。

陆城磨了磨后槽牙，到底是舍不得逼迫林岁岁，毕竟是好不容易失而复得的心肝小鹿，或许，欲速则不达，只能暂时败下阵来。

顿了顿，陆城恢复平静，说："手机拿来。"

"啊？"林岁岁没反应过来，愣了一下。

陆城眼神很好，环视半圈，找到了目标。他长臂一伸，将她放在讲台上的手机捞过来，再握住她的手指，轻轻压了一下屏幕。

两人的手触碰在一处，皮肤贴着皮肤，完全零距离接触。

手背上传来温热触感，让人近乎战栗。

林岁岁的脸"唰"一下烧起来。

"叮——"

屏幕指纹解锁成功。

陆城恍若未觉，松开手，目光专注地盯着手机屏幕，手指在上面轻轻点了几下，输入一串数字后，才将手机还给她。

"我的电话和微信。"

林岁岁勉强平静下来，讪讪点头："哦，好。"

"那下次见。"他顿了顿，眉毛轻轻挑了挑，仿佛又变成了高中时那个不可一世的大魔王城哥，似笑非笑的样子，"会接电话的吧？"

林岁岁默默点头。

"好，你先忙，回头联系。"陆城叹了口气，转身，往教室门的方向走去。

然而，行至半路，他却又蓦地止住步伐。

"这次，我真的找到你了，对吗？"他声音很轻，像是自言自语，也没有回头，似乎也不需要林岁岁的答案。

04

因为陆城突然出现，林岁岁整个人都有些不在状态，听力也变得时好时坏，只得把助听器时时刻刻戴着才能继续上班。

自从知道赵祺是赵介聪的外甥之后，时逢上课的日子，林岁岁就会很紧张，生怕陆城跟着来。

周六，赵祺又要来上课。

从早上起，她就开始心神不宁，生怕再出现什么意外。

十点多，上课前夕，薛景先一步突然出现在林岁岁的办公室。

他还是黑衣搭配银链，再穿一条破洞牛仔裤，"杀马特"气息满满，和教育机构的画风完全格格不入。

林岁岁瞪大了眼睛，压低声音问道："你怎么来了？"

他将近两周没出现，她还以为他已经回学校去了。

薛景笑了笑，将手上几大袋子的奶茶拎起来晃了晃，走进办公室，给林岁岁的同事们分了一下。

分完还多不少，他又拿出去分给在机构自习的学生们，还振振有词地说道："谢谢大家照顾我家的大艺术家，请大家喝奶茶。"

同事们都客客气气道了谢。

办公室里有一个姐姐，和林岁岁关系处得不错。拿了奶茶后，她觑了觑两人，八卦地问道："小林，这是你男朋友啊？"

林岁岁啼笑皆非，赶紧手忙脚乱地摆手："不……"

薛景说："不是的，我是林岁岁异父异母的弟弟。"

林岁岁一愣。

"不是姐弟，胜似姐弟。姐姐，你说对吧？"他眉眼含笑，朝着林岁岁眨眨眼。

林岁岁懒得理他："谢谢你的奶茶。你快走吧，我要上课去了。"

"先喝点奶茶再去呗，你不是最喜欢这种甜腻腻的饮料嘛。"

"喝了太腻，讲课嗓子会不舒服。"说完，她站起身，目光往前一抬，与办公室门口的陆城对上视线。

陆城面色平静地说："林老师，我只是送完孩子过来看看，怎么还没有开始上课？"

林岁岁轻轻一颤，抓起教案，回道："不好意思，我马上就过去。"

陆城没有说话，面无表情、双眸深邃，眼神却落到了薛景身上。

薛景也倏地收敛了笑意，同他对上视线。

顷刻间，场面变得火花四射。

然而，这里是办公室，里面坐着老师不说，连外头来来往往的学生和家长都纷纷投来好奇目光，无一不在昭示他们几个已经干扰到了正常工作秩序。

林岁岁脚步顿了顿，无奈地推了薛景一把，低声说道："你快回去吧，我还在上班时间呢。"

薛景怕她为难，到底是没有坚持，便点点头，声音里带着一丝痞气，答道："知道了，我听姐姐的。"

"赶紧走。"说完，林岁岁拧了拧眉，没再管他，匆匆忙忙走出办公室。

路过陆城身边时，她踟蹰半秒，还是轻声开口："不好意思，是我稍迟了一会儿，后面会把时间给同学们补上的。"

实际上，距离课表约定上课时间还有两三分钟，而且这种机构的小班课本就相对弹性，老师可以自己把控时间，只要和家长约定好，就没什么问题。

那些带一对一的老师，上课前一天晚上通知有事换课的，比比皆是。

林岁岁入职培训时学了一些沟通技巧，比如如何让学生家长信赖机构、如何续费课程等。现在，陆城作为学生家长代表，明显是对她的行为不满。

林岁岁哪怕觉得自己没错，也要进行安抚。

说完，林岁岁冲他客套地笑笑，又往前几步，一转弯走进教室，再不见影子了。

陆城注意力回到自己身前。

犹豫一瞬，他对着薛景遥声道："聊几句？"

四目相对。

两个男人身形高大，但相比之下，陆城更瘦弱一些，虽不至于骨瘦嶙峋、弱不禁风，但也显得有些单薄。只是如果单从气场来看，薛景身上还能看到点学生气的影子，陆城则更为深沉，仿佛已经浸淫了上位者的气势。

静默片刻，薛景痞里痞气地笑了一声，爽快应声："好啊。"

陆城和薛景一同离开培训机构。

周末，又正值中午时分。

正大广场十年如一日地热闹不已，各家热门餐厅门口都排起队来。

陆城看着有些心不在焉，顺着人流往下走了两层，耐心彻底告罄。加上他本也不是正经约来吃饭，便随手指了一家咖啡店，问："可以吗？"

薛景耸耸肩："随意。"

两人面对面坐下。

其实，要说什么话，心如明镜。陆城也不绕圈子，蹙了蹙眉，直接试探道："你和耳朵……"

薛景笑起来，没接话，扬手招来服务生："麻烦给我拿一份草莓冰激凌……学长要什么？"

陆城回道："柠檬水就可以。"

"好，再一杯柠檬水。"等服务生离开后，薛景顿了顿才接着说，"我原本也不爱吃甜品。但是岁岁喜欢，我就帮她找遍新州所有餐厅，买好吃的甜品，慢慢地，习惯也越来越相似。"

陆城表情沉下来。

薛景漫不经心地晃了晃手腕，指腹抚上腕间那个小铃铛，仿佛只有这般做才能将后面的话面不改色地说出来，而不至于被看出端倪。

他笑道："陆城学长是吧？你从八中毕业之后，我们没再碰过面了吧？不知道你还记得我的名字吗？"

"薛景。"

"哈哈哈，没错，我很荣幸。不过咱们俩的关系也就是点头之交，没什么好叙旧的。今天你找我来，不就是想问我和林岁岁是什么关系吗？不用拐弯抹角。"

陆城坦然："是，那你会说吗？"

"当然了，我不说，怎么让你放弃呢？六年前，我在普林斯顿遇到林岁岁之后，我们俩就一直在一起，共同生活了六年。异国他乡嘛，学长，你懂的，家人都不在身边，朋友也寥寥可数。吃饭在一起、生病在一起，她去诊所治疗、去学校报到、找房子搬家，都是我全程陪着。说是相偎相依，不过分吧？"

短短几句话，陆城的拳头已经不自觉捏得死紧，声音沙哑："耳朵还没有男朋友。"

薛景浑然不在意，挑了下眉，点头道："她耳朵还没有完全治好，状态会有波动起伏，我不想给她太大压力。"

真是好体贴，叫人忍不住就生起气来。

很快，草莓冰激凌端上桌，造型精致，但量也就那么一小口，贵而不实，很符合这个商场的定价风格。

薛景拿起小勺子，舀了一勺，放进嘴里。他明明是"杀马特风"的大男人，但拿个迷你小勺吃这些东西，画面看着竟然毫无违和感，只是动作到底少了些秀气。

三下五除二，他将冰激凌解决完。

陆城面前那杯柠檬水，还一动未动。

薛景这才坐直身体，肃起脸色："我今天会和你谈，是有其他话想和你说。"

陆城抬了抬眸，面无表情地看着他。

沉默数秒，薛景才继续说："之前，我意外知道你高二下学期休学

.183.

几个月是去做心脏手术了。抱歉，并非有意打探，只是那个医院心外科有个医生是我舅舅，我去过一次医院，正巧看到学长……才了解了一点。"

"你想说什么？"

薛景抿了抿唇，一字一句道："学长，你不要再来找岁岁了。

"她这些年过得很辛苦，也不是什么了不起的坚强女生，已经承担不起另一个病人的人生了。我知道，她的初恋是你，初恋总归是很难忘怀的，恰好你对她也还有意思，说不定她什么时候就会被你打动。但是，如果你真的喜欢她，就不要让她活得这么辛苦了。"

陆城脸色苍白。

他本身并不是不擅言辞的人，脾气又不算好，若要回击，可以说十分容易。但这一刻，他却一句话都说不出来。

薛景说的这些，就像一把刀，插得人鲜血淋漓，呼吸困难。

陆城又何尝没有想过？

八年前，他就想过了。

所以，当真的意识到自己对林岁岁动了真感情之后，第一件事并不是去表达，而是先退一步、再退一步，哪怕隐隐约约猜到了她的心思，也不肯回应她，而是伸出手用力将小姑娘推得更远一些。

然后，他又很快后悔，再去找她，却已经找不到了。

于陆城来说，难道八年之后，曾经的那些顾虑，现在就没有了吗？并不是，反倒是被更加放大。

他的心脏病是先天性的，说不上每况愈下，却也不可能被彻底治愈，不过每天苟延残喘而已。他能放手去追喜欢了八年、念念不忘的女孩子吗？他有这个资格吗？或者，难道就真该如薛景所说，相见不如怀念，彻底离开彼此的世界吗？

他不甘心，也不愿意。

爱情本就是自私的，本就要叫人痛、叫人挣扎，不可能悬崖勒马，也没法高尚起来，期盼什么"你过得好就好，不打扰是我对你最深的爱意"这类俗套剧情。要不然，又怎么能叫爱情呢？

薛景自己也觉得自己这些话有些刻薄没礼貌，没敢去看陆城的表情。

坚持着说完后，他长长叹了口气，拿着账单，站起身："学长，我先走了。"

陆城垂着头，没有答话。

薛景去收银台付了账，走到咖啡店大门边。出去之前，他又扭头望了一眼。

从这个角度是看不到陆城表情的，只能透过绿植空隙，依稀看到他的背影，落寞得叫人心慌。

薛景摸了摸手上那个生锈的铃铛，深吸了一口气，推门离开。

下课时间到。

林岁岁果真如刚刚所说，给加了五分钟课，多说了几道口语题。只可惜，小朋友们自制力和耐心都有限，一听到下课铃声，整个人都坐不住了，恨不得立刻往外跑。

林岁岁没有再为难他们，笑了笑，说："好，我们下课。"

"哗啦啦——"几个人冲出了千军万马的气势。

她也收拾好了东西，走到外面，看着小朋友一个一个被各自的家长接走。

这次，赵祺是被个陌生女人接走的。

不是赵介聪，更不是陆城。

她咬了咬下唇，说不清是失落，还是松了口气，转身，准备回办公室。

忽然，她又想起什么般，整个人顿了一下。

林岁岁赶紧摸出手机，将薛景的号码翻出来，拨过去。

"嘟——嘟——"

两声后，那头接起来。

薛景的声音带着笑意："下课了？"

林岁岁说："嗯……你什么时候走的？是不是我一上课就走了？"

"当然是啊，你都不在，我留在你们这个破机构干吗，学英语吗？奶茶喝了吗？"他说话时，一贯话题跳跃度很大，可以说是前言不搭后语。

林岁岁没有回答后面这个问题，捏着手机，犹豫片刻，才小心翼翼地试探道："你和陆城……你没跟他说什么吧？"

"当然没有，我和他又不是很熟，有什么可以说的呀？"薛景信誓旦旦。

林岁岁放下心来，浑浑噩噩答道："哦，好。"

"你们怎么又碰上了？他儿子在你班上吗？"

林岁岁尚未作答，办公室里，有个同事扬声喊她："林老师！"

"嗯！来了。"她应了一声，匆匆忙忙与薛景说了再见，挂断了电话。

通话"滴"一声，出现挂断音。

薛景手指抠得死紧，脸上不见任何轻松和笑意。

良久，他嗤笑一声。

要让他将林岁岁拱手让人，不可能。哪怕是毁天灭地、哪怕是良心难安，他也要得到她。

05

转眼，时间进入八月末。

农历已至立秋，但江城一丝秋意也未显现，依旧闷热难耐。走在路上，气温还是能让人不自觉焦躁。

这些天，林岁岁对机构工作日渐上手，和家长联系密切后，也越发忙碌起来，甚至连下班之后也要在微信上回答一些问题，维护好生源。

虽然从来没想过自己会从事这个职业，总觉得"老师"这个词好像就不是为她而生，但从某种角度来说，这份工作在一定程度上磨炼了她从小短缺的社交沟通能力，也算忙得值得。

周五，林岁岁结束最后一堂课，又在办公室磨蹭许久。

踏出正大广场，已是暮色四合时分。马路上车流排起长龙，堵得一动不能动。

她站在路边，竟然等不到一辆空车。她苦着脸，踟蹰片刻，思索要不要去挤晚高峰地铁。

"嘟——"

一声鸣笛音，在耳边猝然响起。

林岁岁戴着助听器，自然对声音敏感，顺着来源往斜前方望去。

不远处，一辆凯迪拉克停靠在路边，后座车窗缓缓降下，露出陆城冷峻的侧脸。

林岁岁愣了愣。

眨眼工夫，陆城已经推门下车，大步走到她面前，沉沉开口道："思前想后，还是没法轻易放弃。抱歉，我是个自私的人。"

他丢出没头没脑的一句话，没等林岁岁反应过来，便强硬地一把抓住了她的手腕，将人拉到车边，塞进了后座里。紧接着，他自己也随之坐进去。

合上车门，陆城冲着司机平静吩咐道："走吧。"

"好的。"司机还是原来那个。

高二时，这个司机送过陆城去林岁岁家楼下帮她拿低音提琴。

一切仿佛都没有改变，又好像什么都变了。

凯迪拉克变了道，汇入拥堵车流，开始龟速移动。

林岁岁总算是回过神来，表情看起来紧张兮兮的："能不能……让我下车？我要回去了。"

陆城淡淡地说："我送你。"

"不用啦，我自己就……"

"我送你。"他语气强势，十分执着。

面对陆城时，林岁岁心理压力十分大，像是第一次暗恋留下了某种后遗症，八年未消。亦或是，知道他找了自己八年这件事之后，才越发感觉难以承受。

这种心态十分微妙。

她自己都说不清，也不想搞清，只想趋利避害、随波逐流。

很多事，不知道会不会受伤，干脆就连试探都不要有，绝了那个念头，才能活得轻松。

两人一齐沉默下来。

似是发现车内气氛有些诡异，司机在前面默不作声地打开了车载音响。竟然还是周杰伦的歌，熟悉的声音轻轻弥漫开来，将车厢一点一点盛满。

良久，陆城弯了弯唇，率先开口："耳朵，你还记得你以前说过什么吗？"

他眼睛里无甚笑意。

林岁岁张了张口，不明所以。

"你说，要和我一起长大，当一辈子的好朋友。没想到你先是落荒而逃、毫无音讯，现在再见面，我们都生疏成这样了。"

背景音乐也很是应景——

"一起长大的约定，那样清晰，拉过钩的我相信……"

林岁岁像是被他推到了悬崖边，风声瑟瑟，后退一步是深渊，只得硬着头皮往前。

想了想，她轻轻开口："对不起，陆城，当时我也是……对不起。"

"不用跟我说对不起。"陆城眼神落在她娴静脸庞上，目光炯炯，"我想知道，这八年你是在做什么，能不能告诉我？"

薛景那番话，到底是在他心上留了个疙瘩。

既然已经决定不放弃，陆城自然也想参与她的过去和她的未来，只能小心翼翼、循序渐进地试探，语气里，有自己都没有发现的卑微。

像是神明爱上了人类少女，心甘情愿地为她走下神坛，放下所有架子和与众不同，只求靠近少女一点点，离她更近一点点。

似乎没想到他会问这个，林岁岁愣了半秒，轻轻松了口气。

她想了想，慢声细语地说道："其实也没有做什么，就是在治耳朵而已，上学、每周去诊所，嗯，差不多就这样。"

陆城问道："辛苦吗？"

"还可以……"

他低低笑了一声，这个答案似乎在他意料之中。他变魔术一般，从后面拿出来一大盒巧克力，放到林岁岁膝盖上。

"你这个小骗子。"

该是受了很多苦吧？他说不出心疼，又没法回到过去找到她、去抱抱那个敏感脆弱的小女孩，只能笨笨地再用一盒巧克力去安慰她。

天色彻底擦黑，不知不觉，失去橙黄色泽，路灯随之亮起。

汽车开出商业区后，路况渐渐好了一些。

林岁岁抱着一盒巧克力，思绪紊乱，胡思乱想了许久，也没有明白陆城这东拉西扯有什么深层含义。

然而，她不经意抬起眼，蓦地意识到这不是回她家的路。

上车后，陆城甚至没有问过她家住哪里。

林岁岁再顾不上其他，急急忙忙开口："你要带我去哪里？我要回家了。"

陆城从口袋里摸出两张门票，放到她手心。

林岁岁轻轻展开——"柴可夫斯基经典江城音乐会／江城艺术中心"，时间是今天晚上八点开场。

陆城在旁边慢条斯理地开口："既然都已经说好要改善关系了……唔，你都给我讲了你的生活了，那我请你听一场演奏会。耳朵，你应该会接受吧？"

原来在这儿等着呢。东拉西扯，都是糖衣炮弹，乱花迷人眼而已。

林岁岁啼笑皆非，但又实在是不善说话，好像说什么都已经上了贼船，没法拒绝了。

到达江城艺术中心，刚好七点半。

隔壁就有简餐店。陆城带着林岁岁去简单吃了点，填饱肚子，踏着开场线，进入音乐厅。

灯光一点点暗淡下来，进入最适宜的亮度。舞台上，指挥向着观众90度鞠躬，音乐会正式开始。

不知为何，林岁岁有点紧张，牢牢捏住指尖。

自从十五岁以后，她再也没有听任何演奏会、音乐会。本该是家常便饭的活动，于她而言，都像是成了梦中场景。戴着助听器，又能听清什么呢？都是奢念罢了。

然而，八年前，她鼓起勇气，为陆城再一次举起琴弓。八年后，陆城出乎意料般带她踏进音乐厅，试图再次唤醒她沉睡的记忆。

就像一本魔法书。

林岁岁眼睛开始发酸，但抠着掌心，勉强忍住了泪意。

这时，隔壁伸过来一只手。

陆城手掌宽厚，满是暖意，小心翼翼地将她的指尖拨开，压在自己掌心中，强行与她十指交缠。

林岁岁的脸一下烧起来，连忙想要把他的手给剥离出去。但她那点力气，在陆城面前完全就是蚂蚁挣扎，不足一提。

林岁岁脸皮太薄，也不敢在这种安静环境中闹出太大动静，只得任由他倔强地扣着。

数曲联奏过后，进入乐队中场调整休息时间。

观众席有轻声交谈声，不响，低低切切、温温柔柔。

林岁岁松了口气，打算赶紧把陆城的钳制甩脱。

她还未来得及动，旁边，陆城已经靠过来，凑到她耳边。距离太近，只要她微微一侧耳，他的唇就会直接碰到她耳尖。

这姿势，让人不自觉紧绷。

陆城慢条斯理地开口："耳朵，你摸一下。"

"啊……"

林岁岁吓坏了。

似乎是感知到她整个人紧张成一团，陆城低沉地笑了一声，再慢吞吞补充道："摸我的手指。"

林岁岁一蒙。

"摸到茧了吗？"

林岁岁没敢真摸，总觉得这个动作太旖旎、太暧昧，不合适。

但陆城主动用指腹刮了刮她的手背，非要她感受到那点不柔软的触感。

他笑了笑，说："其实高中之前，我就已经不练钢琴了。但是这八年里，我又把钢琴捡了起来，每天都会练。你知道为什么吗？"

他说话的呼吸声在她耳边吞吐，一触一碰，手心里又是一阵一阵热意传过来，一路流窜到心脏。

林岁岁大脑一片空白，丧失思考能力，只能傻傻愣愣地听他说，给不了任何反馈。

陆城自问自答，继续对她说道："因为低音提琴需要合奏才能发挥出最强大的效果。

"我想做你一个人的钢琴师。"

钢琴配低音提琴。

他们就是天生一对。

音乐会结束，再开车回到栖霞路，夜已经很深。

司机将凯迪拉克停在小区大门边，下车去，把空间留给后座上的两个年轻人。

一整晚，林岁岁脸上的热气就没有消散下去过，心中难免复杂。她咬了咬唇，小声开口："我……要回去了。"

陆城已经打定主意循序渐进，笑了笑，说道："好，我在这里看着你上楼。晚安。"

"晚安……"

林岁岁说完下车，疾步往前。

她走出二三十米时，背后，陆城突然扬声喊了一句："耳朵。"

林岁岁停下脚步，扭过头，诧异地看向他。

路灯不甚明亮，阴影将男人俊朗的面容覆盖，显出雕塑般的温润质感，迷人不已、颠倒众生。

但就在林岁岁回头这一刻，陆城的表情看起来竟然有一丝落寞，他倚靠在车边，单薄又脆弱。

他说："如果我死了，你就忘了我。但是我活着的时候，你可以爱我吗？"

他没法失去他的小鹿，也没法如同歌词里那样，因为太爱她，而学着放弃她。他只能将身体剖开，将心脏鲜血淋漓地掏出来，祈求她怜悯。

林岁岁浑身一震。

陆城并没有妄图立刻得到答案。

顿了顿，他冲林岁岁挥了挥手，露出一丝桀骜不驯的笑意来，慢声细语道："晚安。"

没再多说什么，他转回车上。

黑夜中，凯迪拉克像一头潜伏的野兽，平静地矗立在原地。

林岁岁看不清车内的人影，也不知道自己此刻该做什么回应。

在原地踟蹰数秒后，她默默转过身，愣愣地走进楼里。

夜凉如水。

关了灯，月光影影绰绰，透过窗帘缝隙，悄无声息地洒进来。半明半暗中，空气中那些细碎尘埃都显得轻盈又分明。

林岁岁躺在床上，翻来覆去睡不着。

事实上，到国外之后，张美慧并没有陪伴她太久就赶着回国了，每年也只有很少一段时间能去陪她。大部分时间，林岁岁都是独自一人在异国他乡。

她没有人可以说话、抱怨、相互取暖，再加上本身心思想法又特别多，晚上按时睡觉就成了难事。

这段期间，她几乎离不开日记本，每天都要写满两三页才能觉得舒服一些。

但随着时间推移，林岁岁一天天长大，思想变得成熟起来，也逐渐习惯了孤寂，便不再病态般依赖日记本了，只偶尔做些碎片式记录，也算是一种叫人快速静下心来的手段。

直到此刻，她再也顾不上什么其他念头，直愣愣地坐起身，打开台灯。细白手指在抽屉把手上游移一瞬，蓦地用力拉开，将尘封许久的日记本拿出来，翻开。

本子已经换了很多本，这一本还没有写过很多，摸起来还有一些崭新纸张的光滑感，很像上学时老师拿来的一沓空白考卷。唯一差别不过是这份考卷只需要交给自己即可。

林岁岁捏住笔，笔尖轻轻落到横线上。

【我还在喜欢陆城吗？说是的话，好像显得我有点执迷不悟。其实，真的已经有很多年没有想起过这个名字了，这应该不是喜欢吧？但是要说不是的话，为什么他随意说几句话、做一点事，我都会受到这么深的影响？特别是今天。】

林岁岁长长叹了口气，站起身，随手给窗台上那两棵仙人球浇了点水。

今天晚上，本来气氛确实还不错，但陆城分别时那句话，是引起她失眠的罪魁祸首。

早在高二，刚刚转学进八中没多久，林岁岁在姜婷和余星多都不知情时，就偷听到了陆城的病情，知道了这件事。

两人心照不宣，互相隐藏着对方的秘密。

直到陆城生病入院，她留了一盒巧克力在病房门口，没有露面。陆城心里多半也有了数，但依旧没有表现出什么反常，依旧正常相处。

林岁岁觉得他们俩都在生病，她应该能了解陆城的想法——

不愿意将自己的脆弱赤裸裸曝光开来，不愿被他人的"关心"抽筋剥骨。

所以，今晚是为什么？为什么要说那种话？

为什么要叫她动摇？叫她辗转反侧？为什么非要逼她、让她不能逃避自己的内心呢？

只要你要，只要我有
Chapter 08

往昔，陆城是林岁岁的太阳。
如今，林岁岁是陆城的救命丙。

01

　　九月第一个工作周，学生纷纷开学，培训机构里比暑假清静许多。校长按照需求，重新排了课时，调整了每个老师的休息日。

　　周三，轮到林岁岁休息。

　　她难得醒得早，想了想，很有仪式感地下楼，去栖霞路上的小店给自己买早饭。

　　恰好，早餐店正是热闹时候。老远就能看到锅里冒着热气，腾腾而上，勾得人不自觉饥肠辘辘。再靠近些，那大饼和油条的香味也顺着夏末微风越发飘散开来。

　　林岁岁在外八年，吃惯了面包咖啡，但胃还是那个中国胃。走进店中，她抿着笑意，买了个粢饭团，又点了一碗小馄饨，坐下身，爽爽快快地填饱肚子。

　　这会儿工夫，除却早餐店，一整条路都渐渐苏醒。

　　从小店门口出去时，林岁岁正巧同陈一鸣的女朋友满满撞上。

　　两人齐齐一愣，很快，都轻笑起来。

　　"早啊，好巧。"

　　"早上好。"

　　既然碰到面，林岁岁干脆跟着对方一起、不紧不慢地往花店方向走，准备去挑点鲜花，装点一下生活氛围。

　　路上难免闲聊几句，话题自然也是共同认识的人。

　　倏地，满满好似想起来什么一般，突然抬手轻轻拍了下脑袋，动作十分可爱。

　　她开口："陈一鸣昨儿还跟我说，你们学校马上要校庆了，可能要联系同学们聚一聚。"

　　林岁岁愣了愣："啊……"

自从出国之后，林岁岁一直没有关注过八中的消息。

本来就只待了不到一年，确实对学校各类信息也不够了解。

江城八中作为江城顶尖私立名校，从新中国建国前就已经成立，后来几经改名、分化、合并、迁址重建，最终成了现在的江城八中，确实算得上历史悠久、声名赫赫。学校有钱又有升学率，来自各个行业、各个国内外顶尖名校的大牌校友众多，校庆规模理应是十分宏大。

但，对她来说，这一年是浓墨重彩的一年。除了碰巧遇见的陆城，她暂时还没有办法去面对那些曾经的朋友。

比如……姜婷。

见林岁岁表情有些奇怪，满满诧异地问："你不打算去吗？"

林岁岁抿唇，轻轻一笑，并没有作答。

很快，两人步行来到花店。

满满打开金属锁，推门进去，顷刻间，花香扑鼻，仿佛实体化了一样、迎面奔来。

林岁岁精神一振，心情恢复不少，慢慢走进去，随意挑了几束鲜花，请满满剪过枝，包装到一块儿。

她拿出手机，准备付钱，解锁之后，发现短信里躺了一条新信息，来自张美慧。

【晚上有时间吗？妈妈请你吃饭。】

林岁岁愣了愣。

回国前，她就听张美慧说起过，现在大环境不好，厂子遇到了点难处，只能忙前忙后地奔波、找路子。所以除了接机那天张美慧到了市里来，后面就一直待在厂里，母女俩再没工夫见上一面。

这么久过去，应该也是忙完了。

林岁岁轻轻一笑，轻快地回了个"好"字。

夏夜，户外蝉鸣声络绎不绝。

七点多，林岁岁准点到达餐厅。

张美慧到得更早，坐在靠窗的位置。她已经点过菜，正蹙着眉接电话，语速飞快。

林岁岁停下脚步，站在十步之外，安安静静等她结束电话，顺便也有时间细细打量起她来。

比起九年前那件事发生时，张美慧明显要老了一些，眉目依旧美艳四射，妆容扮扮也依旧精致，但总归是遮不住岁月痕迹。自然，也有可能是因为长期为厂子操劳，渐渐学得世故，比年轻时少了许多肆意张扬，将气质收敛起来，变得成熟许多。

这会儿，两人站在一起，应该是很像母女了，不容人认错。

林岁岁静静等了几分钟。

张美慧余光一抬，总算看见了她，简单说了几句，当即挂断电话，这才笑道："还不过来，等我请你呀？"

闻言，林岁岁默默坐到了张美慧面前。

张美慧给她杯中倒了西瓜汁，照例先问老问题："耳朵怎么样了？"

"比之前好多了，只稍微有点反复，不过不戴助听器也能听到一点声音了。"

张美慧笑起来："那就行。你那把琴，我前几天让人给你送去清理了，弄好给你送到家里去。"

"好，谢谢妈妈。"

虽然八年没有碰过琴，但那个大家伙是一直跟着林岁岁在流浪。她在哪里，琴就跟在哪里，不离不弃的。

母女俩又随意聊了两句，侍者轻手轻脚出现，将菜一道一道端上来。

两人齐齐动筷。

林岁岁吃了一些，倏地想到什么，轻声开口问道："厂里怎么样了？已经恢复正常了吗？"

张美慧头都没抬一下，随口答："没呢。

"资金链断了，实体不景气，没有人愿意把风险一口吞下，哪有这么好解决的。"

林岁岁眼里染上忧色："那怎么办……"

张美慧说："你担心什么，我还能短了你吃喝不成？放心吧，我已经联系上陆总了，改天去拜访一下，看看他能不能帮忙扛过这波。"

这些事情说了，林岁岁也不明白，但听张美慧语气轻描淡写，就将心放下去一些。

她垂眸："嗯……有什么要我帮忙的话……"

"你赶紧把耳朵治好，那就是帮我大忙了。"

顿时，两人无言以对，只能继续各自吃饭。

又过了一会儿，旁边走道上传来脚步声。

林岁岁抬起视线，目光同薛景撞到一处。

薛景难得没有穿得奇怪，朝两人露出笑意，打招呼："岁岁，张阿姨。"

张美慧毫不意外，朝着薛景招招手："小景来了，快坐下，看看要吃什么。"

林岁岁讶然："妈，你还约了薛景啊？"

"怎么了？好久没见了，我想和小景一起吃个饭，你哪儿来的意见？"

薛景在林岁岁身边坐下。沙发位置不大，两人的距离霎时拉得很近，交谈时，也宛如亲密低语。

玻璃窗外，陆城停下脚步，眼神如刀，死死地盯着前面。

身边，年轻女孩不明所以，顺着他的目光往餐厅里扫了一眼，却没发现什么异常。

见他目不转睛，女孩又娇笑着朗朗喊了他一声："学长？是你认识的人吗？"

陆城没有理她，不错眼儿地望着里面。

学妹不满地嘟了嘟嘴。

不过，陆城从入学F大起，就一直是校际风云人物，众多女生虎视眈眈着，本院、外院，还有隔壁高校，皆有。

大一那年，正逢医学院要做新媒体渠道招生宣传，挑了院里几个同学去拍宣传照，个个都是眉眼精致、模样出挑。结果，唯独陆城一张白大褂侧脸照被人从一溜儿图中挑出来，传到了校网上，开始广为流传。

他还是和从前一样，站在哪里都能闪闪发光，引诱得旁人一步一步泥足深陷，异性缘好得叫人嫉妒。

但自从周佳蜜高调表白被拒绝之后，不少蠢蠢欲动的女生都主动退却了。

周佳蜜完全属于医学院顶尖美女，高挑、艳丽，脑子又聪明。

陆城连周佳蜜都看不上，旁人——特别是胆小羞涩点的女孩，更加没有勇气和自信去撞南墙。有撞破头的珠玉在前，学妹一直小心翼翼地收敛着心思。

她好不容易得到一次机会与陆城一起出校，鼓起勇气同他搭话，他也是恹恹地爱搭不理。这会儿，连看个路人，都比看她有劲。

等了又等，她终于忍不住再次开口："学长，要不一起进去吃个饭吧？反正材料马上也弄完了。"

陆城抿着唇，眉头不自觉蹙起。

沉默半晌后，他平静地说道："不必。"

"学长……"

一墙玻璃之隔，里头，是林岁岁和薛景，同她母亲面对面坐着，看似十分熟稔，气氛和谐。

她表情也是温柔甜美、巧笑嫣然，左脸颊边嵌着一个小酒窝，仿佛盛了一口佳酿，能醉人。

外面，陆城脸颊苍白，霓虹灯下，竟然有种孱弱的美感。

世界好像只剩下他独自一人在面对玻璃里无声的欢声笑语。

薛景和张美慧聊得十分投机。

林岁岁人在国外，和薛景意外重逢，此后，两人关系就日渐亲近，从"八中同学"变成了"家乡战友"，也能让生活显得不那么孤单起来。

薛景毕竟是男生，力气大、胆子也大，在生活上帮了胆怯腼腆的林岁岁很多。

有一年，张美慧来看林岁岁，恰好与薛景碰上面。知道她在国外有个男性好友照拂，做母亲的自然能稍微宽点心。虽然薛景看打扮和气质有点流里流气、放荡不羁，但眼神却足够正气，总归不是坏人。

张美慧自己为人随心所欲，自然对林岁岁一贯宽容，甚至还给薛景创造过机会。

哪怕最终没有成功，关系也不曾尴尬过。

这会儿，张美慧正在追问薛景学业问题："所以，你后面都要在国内读了啊？"

薛景点头："嗯，交流生的毕业证和本校一样，都能拿学位证，国内企业公司全部都认。我也不想待在外面了，费钱，没什么意思。"

"那实验条件什么的，应该没那边好吧？我听岁岁说，你们那个专业，普林斯顿算是世界级的顶尖学府了。"

"学校名头都是虚的，还是自己实力最重要。"

张美慧当即便笑起来："小景真是不错。"又看了林岁岁一眼，"林岁岁，你发什么呆呢？好好跟小景学学。"

从小到大，她素来看不惯林岁岁唯唯诺诺、小心翼翼的性子，总是有事没事要说上几句，妄图能把小姑娘这点绵软给扭过来。

林岁岁回过神来，轻轻地"啊"了一声，眼神一点点聚起来。

张美慧问道："在想什么？饭都没心思好好吃了。"

林岁岁没出声，轻轻摇头。

应该是看走眼了吧？

她刚刚余光一瞥，恍然间，感觉对上了陆城的视线。但再扭过头仔细看出去，马路上人来人往，压根儿没有人影在外面驻足停留。

只一瞬，就叫人恍恍惚惚许久。

张美慧眉毛轻轻一挑，正欲开口。倏地，一道低沉声音将她打断。

"耳朵，好巧。"

三人抬头，齐齐望过去。

本该是林岁岁幻觉中出现的人，硬生生劈开幻境与现实分界，从混沌中走过来。

陆城噙着淡笑，走到他们桌边，顿了顿，又说："阿姨，您好。"

张美慧愣了半秒，诧异地看向陆城，似是有些迷茫："我们见过吗？"

陆城回道："我叫陆城，陆地的陆，城市的城，是林岁岁的高中同学，八中的。高二的时候，您到学校来开家长会，那天在操场上见过一次。"

毕竟已经过去了八年，张美慧没有这么好记忆力，仔细回想许久，也没法回忆起曾经的那些微小细节。

不过，她打量了陆城好一会儿，觉得他确实有点眼熟。

张美慧拧起眉，心想：一定是最近见到过。

然而，陆城打完招呼后，注意力已经全数放到了林岁岁身上。

林岁岁没想到会在这里碰上他。

旁边，薛景眼神凌厉，看出了两人气场不对。

这是上次听完音乐会之后第一次见面，想到那日临别时的那句话，林岁岁整个人都觉得十分尴尬、手足无措，脸色自然也有些僵硬。

陆城无意为难她，便说："只是碰巧看到你们在里面，来打个招呼。学校还有点事，不打扰你们了。耳朵，晚点联系。"

语毕，他轻轻笑了笑，只可惜笑意未达眼底。

林岁岁张了张口，捏着指尖，控制住声音，轻轻"嗯"一声，然后微微一顿，又补上一句："再见。"

"再见"这个词并不是单纯告别，在某种特定心情下，也可以理解为"下一次邀约"。

陆城脸上一扫阴郁，顷刻间，心情暴雨转晴。

他对她眨了眨眼："好。"

转身离开。

但这桌上，气氛已经被打得凌乱。

林岁岁握住水杯，仰头喝了大半，还是没法结束心神不宁。

薛景也早已收了笑意，手指抚着腕间铃铛，抿着唇，似乎在盘算着什么。

唯独张美慧，一直是苦苦思索状态。

总之，没人在吃饭。

良久，张美慧一拍大腿："我想起来了！

"这男生是陆总的儿子啊！太巧了吧！他刚刚是不是自我介绍说叫陆城呢？那肯定没错了。"

说着，张美慧摸出手机，翻了好一会儿记录，终于找出一张照片。她将手机递给林岁岁，确认道："这是你这个同学吗？"

林岁岁定睛，目光凝固在屏幕上。

照片里，陆城年龄比现在要小一些，或者说比高二时还要小一些，应该是初中左右。他虽然是寻常桀骜不驯的表情，但眉目间还能看出青涩。

他穿一身卫衣，抱着手臂，斜靠在黑色跑车上，身材颀长，气质肆意又张扬，满是少年意气。

正是那辆兰博基尼。

林岁岁非常熟悉。

她点点头："是。"

张美慧将手机锁上，收起来，看着非常高兴，说："你们俩还要吃点什么吗？我再加几个菜。"

晚餐结束，薛景同林岁岁和张美慧告别，踩着月光，独自回家。

母女俩则是往停车场的方向慢条斯理地迈步，找到停车位，再一同上车。

张美慧打开车内空调，凉风簌簌吹起来，将初秋的暑气缓缓吹散。她握着方向盘，没急着把车开出去，想了想，扭过头，望向副驾上的林岁岁。

"岁岁。"

林岁岁仰起头："什么？"

张美慧眼神清澈，坦坦荡荡："你那个同学，是不是在追你？"

"啊"一下，林岁岁脸颊变得通红，连黑暗都挡不住这番羞怯。

她仿佛回到了开家长会的那个夜晚，面对张美慧的调笑手足无措。她磕磕绊绊地答道："没、没有啊……"

张美慧轻笑一声："别骗你妈。

"我谈过的恋爱，比你说过话的男人还多，还能看不出你们小朋友心里这点小九九？"

林岁岁哑口无言。

张美慧生得漂亮，据外婆说，从小就有小男生给她送小字条，长大了，更是把世界搅得天翻地覆。

相比之下，林岁岁的生父倒是显得普通老实、沉默寡言，但温柔无边。张美慧一直说，只有老林才是自己这辈子的最爱。

只是，老林走了，再没人如同他一样宠张美慧，她只能继续寻找。

这些，都是外婆说的。

不知怎么，林岁岁就突然想到这些话。

好不容易才回过神，她眼神里含着水汽，默默看向张美慧，不明白她问话的含义。

张美慧敛了笑，手指在方向盘上轻轻点了几下，干脆利落地将想法说出来："你帮我想想办法，从你同学的关系入手，让他爸帮帮我。"

这话一出，林岁岁瞬间错愕万分："妈！你在说什么啊！"

张美慧只觉得她大惊小怪，不以为然道："在商场上，关系是最重要的资源。既然陆总的儿子对你有好感，拉近一些关系，也是很正常的手段啊。如果活得太正气，很多事就会让人陷入绝境。"

顿了顿，她嗤笑一声："这可不是卖女儿。林岁岁，没让你怎么样，只是说说情而已，别活得这么正义凛然。"

林岁岁难以置信，但却又不得不承认张美慧或许是对的。

求陆城帮忙，可能是对工厂危机而言最快的捷径了。哪怕被陆城或是陆城爸爸拒绝，也只是损失些面子，压根儿没有什么大不了。

她只是过不了心里那关。

怎么能去利用陆城呢？全都是美好的回忆，不能沾染上任何利益，叫这晶莹颜色变质。

林岁岁垂下眸子，咬着唇，低声回答："对不起，我做不到。"

张美慧无奈地看了她一眼。

这一顿晚餐，明明初初气氛不错，但偏偏出现了陆城这个变数。

踏着夜色，车开进栖霞路，靠边停下。

林岁岁推开车门，一只脚已经落到地上。

背后，张美慧胸有成竹般嗤笑一声，慢条斯理地开口："林岁岁，你很看不上你妈吧？"

林岁岁动作一顿。

张美慧继续说："你是不是一直觉得，你爸正直善良，但我喜欢走捷径、我行我素、脾气不好，所以人品存疑呢？"

林岁岁握着拳，一字一句，低声作答："我没这么想过。"

"哦？你这听力是怎么受损的、到底是什么心理原因，我们俩都心知肚明不是吗？岁岁，你以前一直觉得我让你很丢脸，是吧？毕竟那件事闹得那么难看，让你很长一段时间都抬不起头来。"

林岁岁无可否认。

在张美慧将做小三害男方跳楼这件事解释清楚之前，林岁岁一直耿耿于怀。转入八中后，失聪的事尽人皆知都没有让她退缩害怕。唯独这件事，伴随着污言碎语的回忆，叫人胆战心惊，难以释怀。

张美慧又笑了一声："你和你爸一样，道德标准特别高，所以胆子小得不得了，一点点事儿就容易想得太多。你这性子真是一点都没遗传到我。

"今天也是，你没有考虑过我在承受什么样的压力，只是觉得我拜托你做的这件事让你不舒服了，不符合你堂堂正正的道德标准了，就什么也不说，干脆拒绝，以求自己心安理得。但是林岁岁，你不是小孩子了，在这个社会上，有很多事都是迫不得已。难道我就想去求人吗？就想去对别人卑躬屈膝吗？难道我看着我的女儿低人一等地去拜托别人，就不会觉得难受吗？但是我能怎么办？工厂不运转，这么多工人要失业，他们怎么办？我又怎么赡养你外公外婆和爷爷奶奶，怎么让他们随心所欲地安享晚年？靠你一个人吗？"

一连串质问，明明张美慧语气平静，偏偏听着刺耳又尖锐。

林岁岁恨不得立刻将助听器摘下来，听不到，就能再不让自己难受。

沉默良久，她说："我会努力工作，多赚点钱。"

"啧，你个小姑娘啊……冥顽不灵。"

最终，母女俩再没说什么，不欢而散，各自融入夜色，分道扬镳。

02

为践行承诺，林岁岁开始盘算起是不是要再找一份兼职。

毕竟到了开学，培训机构工作乍然轻松下来，虽然她又接了两个一对一的学生，但学生平时要上学，分给课外作业的时间也有限，自然，她也几乎不再加班。总体来说，确实比暑假清闲许多。

趁着休息日，她仔细想了想，却又不知道自己还能做些什么，好像是有点有心无力。

正踟蹰时，茶几上，手机轻轻振动了起来。

生怕是学生和家长消息，林岁岁已经习惯听到信息后，第一时刻去检查手机。

她放下热水壶，走过去，伸长手，钩起手机。

Lc.：【耳朵，在忙吗？】

Lc.：【明天上午有没有时间？】

竟然是陆城。

林岁岁愕然半秒。

出国之后，她将所有联系方式全部都换掉，包括常用社交软件也彻底大变样。这个微信号前不久才刚刚注册，应该是音乐会那天，陆城拿她手机时，加上的好友。

她垂下眼，手指在屏幕上无意识地摩挲了几下，心乱如麻。

她没有急着回复，顿了顿，点到陆城头像信息里去。

这么多年过去，他的微信昵称和头像都没有变过，依旧是那张黑底图，上面有一颗扭曲的红色心脏。朋友圈内容也和林岁岁第一次加上他好友时那样，毫无改变，发得很少，偶尔才分享几条体育新闻，或是周杰伦的歌。

处处都显得十分长情。

但如果陆城还是高中时那样桀骜不驯、风流不羁、左右逢源，说不定反倒能让林岁岁心里好受一点。

她低笑了一声。

指腹在屏幕上随意拉了几下，翻到他更早的朋友圈。

蓦地，林岁岁瞪大了眼睛。

这个微信号，在八中同学里，林岁岁只加了重逢遇到过的陈一鸣、赵介聪，还有就是陆城，所以她能看到回复的共同好友也就那几个。

半年前，陆城发了一条医学咨询，内容大抵是××专家来江城开讲座之类。

朋友圈底下，可以看到赵介聪的回复：【陆医生，最近忙得都联系不上你了。】

所以，陆城是去学医了吗？

之前那几次碰面，自己那些事，包括工作之类被他打听得一清二楚，但她倒是一直没有仔细问过他的现状。

林岁岁有点惊讶。

无论怎么想，他少年时那种睥睨天下的大魔王气质，都和温文尔雅的白大褂医生挂不上边。

思绪游移。

掌中，手机又振动一下。

Lc.：【耳朵？】

林岁岁回过神来，想了想，小心翼翼地慢慢打字回复：【是有什么事吗？】

难道是同学会？

别吧。

下一秒，陆城几乎是秒回了消息：【有事找你。】

年年岁岁：【你一个人吗？】

Lc.：【对，你是想见到别人吗？】

Lc.：【不允许。】

虽然台词比较糟糕，但好歹不是同学会之类，她放下心来。

但……和陆城见面，好像也没有多叫人安心。

事实上，林岁岁还没有理清自己的心情，也没有做好面对他追求攻势的准备，再加上张美意之前提出的那个要求一直盘踞在心上。

她实在不知道该如何面对他，便迟迟没有回答。

陆城已经霸道做主：【明早九点，我来接你。】

次日早上，林岁岁起床，第一件事就是拉开窗帘。

窗外，竟然是个难得的阴天。没有出太阳，加上一点点微风，暑气自然消散不少。

虽然心里不愿意，但她磨磨蹭蹭、犹犹豫豫，错过了最佳拒绝时机，必须赶鸭子上架，前去赴约了。

洗漱完，林岁岁在衣柜前踟蹰片刻，选了一件黑色连衣裙，长度到膝盖上几公分，收腰设计，底下搭黑色皮鞋。看着不甚严肃，但又给自己增添了几分成熟气场，以免露怯。

八点五十，凯迪拉克停在老位置。

林岁岁深吸一口气，僵硬地坐上车。

陆城坐在后排，朝着她弯了弯眉，不紧不慢地说："耳朵，早上好。"

"早。"

闻言，陆城冲着司机点点头。

凯迪拉克掉头，驶出栖霞路。

气氛静默几分钟，陆城从旁边拿出一袋生煎和一杯冰豆浆，递给林岁岁。他说："不知道你吃没吃过早饭，路上随便买了点。"

生煎似乎出锅还没多久，勾人的香气一点一点从袋子中弥漫开来，充盈满整个车厢。

林岁岁手足无措，完全不知道该不该接。

陆城霸道惯了，干脆直接握住她的手，将袋子挂在她手指上，催促道："快点，趁热吃。"

"哦……哦，谢谢。"

这个答案让男人心情不错。

他沉沉笑了一声，目光幽幽落在林岁岁脸上，似是要把她每一寸容貌、表情、动作，都镌刻进心里。

林岁岁脸颊泛起热度，尴尬极了，只得更加低下头，埋首在生煎里，安安静静地咀嚼。

这生煎味道很不错，豆浆里放了很多糖，也符合她的口味。不知不觉，已经吃了大半。

旁边，陆城低笑了一声，问道："上次送你的巧克力，吃完了吗？"

林岁岁一顿："还没有。"

"嗯，吃完了我再去给你找更好吃的。"

陆城抿了抿唇，心想：只是找点好吃的甜品而已，被薛景说得跟什么一样，值得那么炫耀吗？

薛景搜罗了六年，那他可以去找一辈子，把最好的甜品师全部都请到江城来，做给他的耳朵吃，直到他心脏停止跳动的那天。

工作日早高峰时间段，路面难免堵车。到达目的地时，已经将近九点四十五分。

车停在一个林岁岁十分熟悉的地方。

陆城先一步跨下车，绕到另一边，替她拉开车门，手挡着车顶，静静等她下车。

林岁岁走下来，往旁边看了一眼，不解地问道："你带我来医院干什么？"

这里，正是江城五官科医院，她每个月都要定时定点前来报到，但今天并不是约定复诊的日子。

况且，陆城又怎么知道她会到这里来检查？

陆城勾了勾嘴角，没有解释，只说："走吧。"

两人并肩往医院内走去。

林岁岁还是如同曾经一样，习惯性想落后他半步，保持一点点距离。但陆城并没有打算让她退逛，只要她步子一顿，他就跟着停顿半秒，始终保持着并肩携手的姿势。远远望去，生涩，却亲密无间。

林岁岁败下阵来，跟着他走进耳鼻喉科那一层。

下电梯后，陆城熟门熟路，七弯八绕，也不知道要去哪儿。

林岁岁垂着眸子，正想说什么，倏地，听到一声"陆医生"。

陆城停下脚步，"嗯"了一声。

迎面走来一个年轻女生，停在两人面前。她穿着白大褂，说话时表情很是惊喜："你今天不是休息吗？老板又叫你来帮忙了？"

陆城面无表情地答道："我有点事，先走了。"

没等对方回答，他扭头，准确地抓住林岁岁的手腕，拉着她往前。

林岁岁呆呆愣愣，被他拉着，磕磕绊绊跟上。

与那个白大褂女生擦肩而过时，她注意到女生身上的胸牌写着"周佳蜜"。

陆城将林岁岁拉到一个诊室门口。

没给她解释，他抬起手敲了敲门。

里面传来一个浑厚的声音："陆城？进来吧。"

陆城顺势推开门。

诊室里头坐了个医生，大概六十岁出头的模样，头发已经斑白，戴着眼镜，表情严肃。

陆城将林岁岁推到老医生面前，压着她的肩膀，让她坐下。

顿了顿，他轻声开口："这是我女朋友，麻烦老大带她看看。"

老医生笑起来，一扫严厉气场，打趣道："女朋友？"

陆城斩钉截铁地点头："嗯。"

"那行，既然是我学生的女朋友，肯定尽力。小姑娘，你说说吧，什么症状？"

林岁岁完全没想到，陆城竟然是带她来看医生。

面前这个老医生，她也万分熟悉。他的履历挂在五官科医院官网第一页，是耳鼻喉科的顶级专家，不少人都从全国各地跑来挂号求诊。所以，这就导致一号难求。

她当时也是想挂个最好的专家号，但是连特需都挂不到，也约不上时间，只能退而求其次，选择了另一位专家医师。

陆城竟然是这个医生的学生吗？所以说……

他为什么会选择这个专业？

一时之间，林岁岁被自己的联想镇住了，手心也冒出汗来。

陆城见她一直不说话，怕她不好意思，只得帮她给老大讲述了一下病情。

"之前就是这样，但是她后来去国外就医了，目前应该是能听到细微声音。耳朵，你仔细点讲。"

林岁岁回过神来。

这时候再拒绝离开，似乎已经太迟。

她不好意思，对医生抱歉地笑了笑，轻轻缓缓地补充说明。

最后，她又加了一句："之前我在这个医院挂了另一个医生的号，和他约了每个月复诊。"

老医生点点头，表示了解："医保卡带了吗？我查查片子。"

"没有。"

"那你回去拿给陆城，让他明天拿来给我，看了片子再分析。"

林岁岁咬了下唇："好，谢谢您。"

老医生瞟了陆城一眼，又说："那陆城，你今晚回去先做个初步诊断来看看，让我看看你有没有好好听课学习。自己的女朋友，自己得治好啊，要不然，怎么治别人？"

日头渐高，两人走出医院。

陆城想到什么事，突然停下脚步，侧过脸，问道："之前，我在医院旁边那条路，看到一个很像你的人，从饭店走出来打车。"

"那个是你吧？耳朵。"他叹了口气。

那时候，陆城在路边，停驻良久。找了太久，看过太多相似身影，他几乎已经绝望。害怕是她，又害怕不是她。

回想起来，总归不是什么幸福回忆。

好在，没多久，两个人还是顺利相逢，没有错过太久。

林岁岁没有仔细听他在问什么。

从刚刚那一刻起，她就一直在思索一件事，终于，再也忍不住问出来："陆城，你为什么要学医？"

事实上，一般来说，如果自己身上有一些病症的病人或是家里有病人，在选择专业时，有很大概率往医生方向选择，这是人之常情。

陆城患有那么严重的先天性心脏病，为什么没有选择心内科或者心胸外科，而是选择了毫不相关的五官科？

是为了她吗？

林岁岁定定地望向他的眼睛，与他四目相对，握紧手指，心跳如雷。

陆城沉默一瞬，挑了挑眉："你要我说出口吗？"

林岁岁眼圈一红："陆城……"

"为了你。"他一字一顿，这般说道。

林岁岁浑身轻颤，用力咬住嘴唇，说不出话来。

阴天，阳光躲在厚重云层后面，含羞带怯，不愿露头。此刻，陆城的眼睛比阳光还要耀眼，几乎要将人燃烧起来。

他郑重开口道："因为想治好你。耳朵，哪怕我们没能一同长大，我也想守护你的梦想。"

她那么喜欢拉琴，艺术节时明明要戴助听器，却也要坚持上台。抱着比她瘦弱身体还要大的琴，就像抱着亲密爱人，整个人都在发光。

陆城曾经听到过，林岁岁认真对余星多说："这不是大提琴，这叫低音提琴，是提琴里面最大的一号琴，比大提琴还要大。"

仿佛在介绍一个老友。

高考填志愿时，他想，若是因为失聪，小姑娘一辈子不敢拿起琴弓，心里该多么难过啊。他笔尖一转，志愿表就写得很顺当了。

第一志愿"F大"。

第一意向专业"耳鼻喉科"。

后面空格都不用多考虑了。

陆城的成绩，上清北都绰绰有余，进F大已经是板上钉钉。

陆城说："你消失这么久，我还以为，我们最后会在某个医院里重逢。你来挂我的号，我帮你治好耳朵，然后再挟恩图报，让你和我在一起。"

他笑了一声："可是……我舍不得。"

舍不得她这么久还没有恢复，舍不得她一直因为失聪而自卑着，没法完成自己拉琴的梦。

林岁岁愣怔在原地，已经彻底说不出话来。

她眼圈红了一大片，拼命摇头："陆城，你不要这样，陆城……"

见状，陆城赶紧轻轻拍了一下她的脑袋。只可惜，没有了那撮细小马尾辫，不能扯，只能换成摸头。

"你哭什么？行了，赶紧，咱们吃午饭去了。想吃什么？"

林岁岁还是没法回过劲来。

从来没想过，自己第一次暗恋，换来的竟然是陆城未来所有一切。好像，她压根儿配不上他这样的喜欢。

"陆城，你是故意的吧？"

"嗯？"

"故意今天带我来这里看病……"

故意告诉她这些，叫她重新跌回那个名为"陆城"的深渊里，再也浮不起来。

闻言，陆城目光炯炯，盯着她，慢吞吞开口："如果我说是故意的，耳朵，你会为我动摇吗？"

她会吗？

毕竟，他蓄谋了八年。

陆城目光灼灼。

林岁岁却只想侧眸避开。

顿了顿，他才苦笑一声，说道："我也不知道。

"耳朵……"

按照林岁岁的打算，原本是计划好了，要将少时暗恋对象变成美丽回忆，珍藏在脑海里。

陆城很好很好，对她很好，这个人，本身也是光芒万丈。

她一直仰望着他。

但要是换成和陆城正经谈恋爱，反倒叫人退缩。

他有那么多前女友，叫人一次又一次伤心。

就算不谈过去，只谈当下——他真的爱自己吗？还是因为少年时光中耿耿于怀的求而不得？或者说，执念和爱情一样吗？

如果她没有突然离开八中，两人是不是早就从熟稔、亲密，走到了陌路，再不存在这八年寻寻觅觅了？后面那些话说出来，林岁岁觉得好像显得有点矫情，还有点渣。

然而，横在两人中间最关键的问题是，她现在已经搞不清自己年少时那点心动爱慕，到底有没有延续到此时此刻。

现实太艰难了，伤病、梦想、学业、工作、亲情、爱情……林林总总，于林岁岁来说，好像样样都没有办法做好，让人内心的自信一点一点瓦解。

她暂时还没有办法将感情整理好，与陆城赤诚相对。

"陆城，对不起。"

陆城笑了笑，语气柔软，似是满含宠溺："没关系，是我太心急，在用这些事绑架你，你不用跟我道歉。"

林岁岁眼睛里盈着水汽，似是落入了万丈星河。

两人沉默对视半晌。

陆城随意转过身，慢条斯理地说："走，吃饭去了。"

人都回到眼皮子底下了，无须步步紧逼，是他太过心急。

他们，来日方长。

03

不过眨眼工夫，马路边、树枝上，叶子从绿色渐渐泛出枯黄。

随着一场雷暴雨突如其来，又持续数日过后，气温彻底从三十度跌至二十多度。

江城正式进入秋天，秋风飒爽，潇潇落落。

国庆假期将至。

长假前，陆城接到白若琪的电话。

"阿城，你们学校教授那边国庆给你们放假吗？要是放假的话，我们正好能一家人一起吃个饭，我和你爸都想你了。"

陆城轻嗤一声，慢吞吞答道："就算不放假，我也会回家。你应该先问问你们俩自己，有没有空闲回家一趟。"

F大男生宿舍条件很差，但因为在本地离得近，加之陆城身体又不好，本科时就经常回家住。跟了现在的研究生导师之后，他没课就要去医院打工。F大离医院距离远，自然还是回家方便。

事实上，空荡荡的大别墅里，大部分时间都只有陆城一个人在，白若琪和陆文远是常年见不着人影。所以，白若琪这问题很让人无语，也叫人心生恼怒。

不过，比起小时候，他已经对父母这种不着家习以为常，再不会把怨怼放在脸上。

父母总归是"工作忙""要出差""谈合作"，借口一堆一堆找，正好儿子也长大成人了，两人更加名正言顺可以忙得不回家了。

面对陆城的态度，白若琪还是一贯温柔，且不以为然。她笑道："知道了，那我们过两天见。阿城，要好好休息，不要太辛苦，身体最重要，知道了吗？"

陆城将电话挂断。

十月二日，大清早，白若琪和陆文远前后踏进别墅。

昨晚，陆城一直在通宵写论文，这会儿人还没醒。

问过阿姨后，白若琪和陆文远没有上去打扰他，坐到餐桌两端，各自拿一杯咖啡，先聊了一些工作事务，很快，话题转到陆城身上。

白若琪再没了平日那种平静温婉，压低声音，满脸都是忧心，说："还没有找到合适的心脏源吗？"

陆文远皱了皱眉："一直在等，但是可遇不可求，没办法。"

心脏移植和其他器官移植不同，首先需要有生前自愿捐献心脏的脑死亡捐赠者，其次，也需要配型合适，要不然会引发排异反应。

大部分国人忌讳"死无全尸"，捐个眼角膜之类还算常见，签署心脏捐赠到底是凤毛麟角，还得在凤毛麟角中碰上恰好发生车祸等意外的脑死亡者，更是难上加难。这属于有钱也难办到的需求。

白若琪忧心忡忡："可是，儿子等不了了啊。"

"最近不是一直好好的吗？而且陆城也不愿意做换心手术吧？之前不就说了不做吗？"

白若琪叹了口气："我总归是担心。医生之前不是说，器官寿命已经进入末期，只要再出点意外，就很难……而且，现在都靠辅助工具起跳，本就是过一天算一天，不知道哪天会出事，心脏移植才是一劳永逸的方法。阿城脾气倔，但是我们做父母的，不能眼睁睁看着他这样等死啊。"

陆文远没说话，无意识地盘着手上的佛珠。

良久，他严肃开口："我知道了，我会再托朋友找找关系。"

"行，那……"

话音未落，楼梯边，传来脚步声。

夫妻俩默契地一齐收了声，状若无事地低下头，假装在各忙各的。

陆城双手插在口袋里，看起来睡意蒙眬，慢吞吞下了楼。

见到白若琪和陆文远后，他脚步顿了顿。

白若琪仿佛此刻才听到声音，仰起头，眼里含笑："阿城，早上好。"

"嗯。"他随手抓了抓头发。

白若琪说："中午就在家里随便吃点，晚上再一起出去吃饭吧。"

陆城抿着唇，姿势颇有些倨傲地点了点头，表示自己没有意见。

白若琪也不在意，轻笑一声，问他："要不要再去多睡会儿？"

陆城正欲张口，倏地，想到什么般，当即转了主意，答道："不用，我先去打个电话。"

他回到房间拿了手机，走去阳台。

国庆之前，教授给了陆城关于林岁岁病情的具体答复。

陆城毕竟是他的得意门生，学识出众，有目共睹。但可惜，关心则乱，陆城在面对林岁岁的事情时，难免脑子短路、难以做出判断。

听到老师的诊断后，他松了口气，准备打个电话同小姑娘说说，再让她去医院按照医嘱开点药，配合多手段治疗。

手指在手机屏幕上轻轻点了几下，调出通讯录。

电话还没来得及拨通，楼下院子门外传来汽车的引擎声。

陆城目光随意一瞥，蓦地当场凝固。

别墅外面停了辆车，并不是什么豪车，但拎着几袋礼物走下来按门铃的那个女人看起来却有些熟悉。

他蹙起眉。

这人……如果没有认错的话，是林岁岁的妈妈。不久之前，他在餐厅打扰了他们聚餐时意外见过一次。

陆城记忆力极佳，探出头，眯着眼盯了一会儿，基本就能肯定没有认错。

他心头微微一跳：林岁岁的妈妈来做什么？

思索这会儿工夫，家中阿姨已经走出院子去开了门。

踟蹰半秒，陆城转过身，收起手机，快步下楼。

白若琪和陆文远两人还坐在刚才的位置上，正晃晃悠悠地聊着股票。

阿姨从外面走进来，低声告知陆文远："陆先生，外面有位女士，说自己姓张，已经和您约过时间了。"

陆文远停顿，想了想，无奈摇头："让她进来吧。"

"好的。"阿姨转身出去。

白若琪问："是谁啊？"

陆文远说："老彭认识的人，说要牵个线，想拉我给她厂投资，只能看在老彭的面子上……"

陆城将话听完，立马明白过来，表情顿时变得有些奇怪。

这实在太过于巧合。

事实上，早在林岁岁从八中转学后没多久，陆城就花钱找人调查过她家。但得到的消息是，小姑娘父亲去世，从小跟着外公外婆长大。关于她妈妈，资料内容很有限。哪想到，竟然能在家里遇上。

陆城沉思半晌，踩着拖鞋，整个人往后退了几步，退到楼梯转角处。客厅视角看不见他的位置，但他能完整听到底下对话。

两三分钟后，女人从外面走进来，客气又热情地打招呼："陆总，陆太太，打扰了……"

接着，是陆文远的声音："你好。"听起来难免有些居高临下、漫不经心的意味。

陆城拧了拧眉。

最近几天，林岁岁无心插柳，竟然真遇上一个兼职机会——给小朋友做乐理知识启蒙，再外加低音提琴基础培训。

这还是外婆跟夕阳红旅游团出去旅游时，正巧遇上了一个老太太，闲聊起来的。

"王阿姨讲她孙女就五六岁大，家里本来准备给她去学钢琴，小姑娘怎么都不肯，说是因为班上跟她有矛盾的女生也在弹钢琴，不想做跟屁虫咧。她妈妈就想，学个大提琴之类的，培养一下气质也蛮好的。我顺口讲你拉了很多年提琴，人家就想请你先去教一阵试试，看看她孙女喜不喜欢，要是不喜欢不愿意，也不去琴行浪费钱咧。岁岁，你看行吗？"

林岁岁简直啼笑皆非。

可想而知，画面必然是中老年人之间互相攀比孩子。

自从她失聪之后，先是各处求医，独自搬去八中旁边，接着马上又出国八年，一直没在老人身边。所以，外婆的印象还停留在练琴的那十年中，大概并不清楚她根本已经拿不起弓。

林岁岁在心底叹了口气。

想了想，她对着手机，小声对外婆解释道："外婆，我已经很久没有拉琴了呀，现在不怎么会了，应该教不了小朋友的。"

外婆不乐意："有什么会不会的啦？以前你们老师偷懒，都让你教其他小孩子的，哪能现在就教不了了。而且，人家小姑娘一点基础都没有，你就带她入个门好了，王阿姨儿子家里老有钱的，学费肯定不会给少。一周一节课，你就当赚点外快，反正也没什么事。

"就这样说定了啊，我把你电话给王阿姨了。正好，你妈前几天把琴给你拿回来了，到时候叫她开车拿了送到你那边去。岁岁，你要是说不行，到时候，人家王阿姨当我吹牛呢。"

这般，林岁岁被赶鸭子上架。

没过几天，对方打来电话，很快约好了时间、授课方式，还有价格，看起来是真心想学。

联系人应该是王阿姨的媳妇。

年轻家长见林岁岁语气温柔，听起来脾气很好，也爽快交底："我女儿脾气有点拗，我和我爱人工作比较忙，老一辈又不舍得管教，工作日晚上都送她去学这个学那个，让老师看着、不待在家里，能乖点。以后每周二我就让我婆婆把孩子送到您家里去上课，免得您下班之后还要奔波，您看方便吗？"

自然是方便。

但如果是这样，林岁岁现在住的这套房子，空间就不太够了，她那把琴搬过来，房间就施展不开，不好走人。而且栖霞路这边都是老式楼，没有电梯，小朋友和老人背着琴上下也不方便。

当时刚回国，没有好好挑房子，本就是打算暂住而已。正好，她工作几个月，手上也有了点存款，打算趁此机会换个住处。

国庆假期第五天，正好是林岁岁轮休。

昨天晚上，她已经和中介联系好，在网上挑了几套备选，准备去现场看房子。

几套出租房都在正大广场周围，虽是高层电梯房，但离中心高房价区还有几条马路之隔，离栖霞路也不是很远，大多租给附近办公楼的白领，房租要便宜一半以上。

林岁岁目的明确，预算范围早就确定。加之她也不是能跟人讨价还价的脾气，只要房间和周边设施符合预期，当场爽快敲定下来、签合同。

中介小哥见她长得漂亮、又好说话，主动送了一张搬家公司代金券，价格能便宜将近三分之二。

当晚，林岁岁开始打包，准备等下次轮休就搬到新家。

还有琴……

她想了想，给张美慧发消息：【我搬家了，琴麻烦送到地址××，

谢谢妈。】

没一会儿，张美慧的电话打过来。

电话响了好几声，林岁岁才犹犹豫豫接通。

电话那头，张美慧声音一如既往地爽利："我听你外婆说了，要去给人当家教是吧？没问题，你搬好家告诉我，我给你拿过来。正好赶紧多练练，别给你外婆在朋友面前丢人。"

"嗯，谢谢妈。"

顿了顿，张美慧声音离得远了些，似是在和别人说话。再转过来时，她已经笑了起来："陆总那件事，我要谢谢你那个同学，明天放假最后一天，他晚上方便吗？我想请他吃个饭。"

林岁岁愣住了。

好半天，她磕磕绊绊问道："什、什么啊？我没有和陆城说过这件事……你搞错了吧？"

她怎么可能向陆城提出这种请求，应该是搞错了吧？

张美慧诧异地"啊"了一声："但是，前几天陆总已经明确拒绝我了，昨天又重新联系，说愿意投资一部分看看运转。难道是他又想通了，发现了夕阳产业的潜力？"

通话草草结束。

林岁岁再去收拾东西，整个人都有些心神不宁。她想将台历收起来，手指一蹭，被旁边的仙人球重重刺了一下。

她捏着指尖，咬住唇，又去翻箱倒柜找镊子，给自己拔刺。

总归是再没了心思做其他事。

夜色一点点深邃，天空染着墨色，好似不小心打翻了英雄牌墨水，叫人手忙脚乱，生怕被家长发现。

林岁岁将手边东西重重一推，重新拿起手机，一鼓作气拨通陆城的电话。

很快，对方接起来。

"耳朵？"陆城声音里含着惊喜。

林岁岁深吸了一口气，声音还是一如既往软绵绵的，但语气却十分严肃，出声问道："陆城，你是不是见过我妈妈了？"

陆城沉默一瞬，顿了顿，才平静地回答："上次在餐厅不是见过吗？那天薛景也在，还看起来和阿姨很熟。耳朵，我不高兴。"

林岁岁着急，语速不自觉加快："我不是在问那个！"

陆城不明所以："那你是想问什么？"

林岁岁咬着唇，开不了口。

要问什么？想问他是不是帮了忙，说服他爸爸给张美慧投资了。

想问他为什么要这么做……他家里人会怎么想她。

直到这刻，林岁岁猛然意识到，自己以为已经克服了骨子里带出来的敏感和自卑因子，其实并没有消失，甚至永远会缠绕着她。

电波两端，两人各自静默下来，只余细微呼吸声，此起彼伏。

良久，林岁岁垂下眸子，轻声开口道："陆城，我知道是你。对不起，但是如果你没有告诉我就做这些事，我会觉得你是在同情我、可怜我。我不喜欢这样。"

宛如八年前那个小女孩，在茫然无措时，男生毅然决然地站出来，说要罩她那般。不谈什么喜欢，也不谈什么感情，只是单纯地对弱小者的同情，高高在上、睥睨众生。

她根本受不了这种怜悯，想想就会叫人发疯。

林岁岁本以为，这世上只有他会懂自己。事实上，纵然陆城生来身体就不好，却还是天之骄子一般长大，没有体会过自己那种谨小慎微的心情。

他和别人一样，也不明白。

然而，林岁岁话音才落下，陆城的声音立即变得有些气愤，呼吸声也粗重了半度，再不见那种漫不经心。

他说："耳朵，你是这么想我的吗？"

听筒里，陆城用力深呼吸几下。

他从来不是什么好脾气的人，霸道、固执、狂妄自大，又不可一世。唯独将此生全数温柔一面，都展现给了林岁岁。

舍不得凶她，舍不得叫她觉得委屈，舍不得她柔软瞳孔里铺上盈盈雾气。

良久，陆城终于恢复平静，轻声开口："耳朵，我这几天不在江城。等我回去，当面给你解释。"

有些话，隔着电波，难免会让人感受不到真心实意，显得有点浮夸矫情。这事三言两语也没法说清。

好巧不巧，这几天隔壁省有个医学研讨会，老板将陆城带着一起过去了，这会儿，他实在没法赶到她面前。

林岁岁也逐渐冷静下来，咬了咬唇，小声答道："抱歉，我刚刚不该这么说，我知道你是好心。"

陆城回道："你永远不用对我道歉，也不要多想，等我回来给你解释。耳朵，事情并不是你想的那样。"

林岁岁没有回答。

04

小长假结束的第二天下午，林岁岁约好搬家公司，开始搬家。

栖霞路这边虽然只住了几个月，但东西不少，打包了好几个大箱小箱，交给司机，一趟趟运下楼梯，再通通搬上车。

剩下两盆仙人球，她自己拿袋子装了，拎在手上。

检查完，林岁岁坐到副驾驶，同那司机大叔轻轻微笑一下，说："都可以了，麻烦您。"

"好嘞，近得很，马上开到。"

两处房子离得不远，霞光初现时分，车子已经抵达目的地。

新房有电梯，考虑到独居安全因素，林岁岁没让司机把行李送上去，只拜托他放到电梯里，到楼层之后，准备自己拖进房间去。

"叮。"电梯很快停靠。

门缓缓打开，电梯外，一张笑脸一点一点显现出来。

林岁岁愣了愣："你……"

薛景难得穿得清爽，没有戴七零八落的配饰。他没说什么，袖子往上一卷，开始自觉主动地帮她抬箱子。

林岁岁觉得有点不好意思让他帮忙，又挡不住他动作，只得讪讪问道："薛景，你怎么来了呀？"

薛景轻笑一声："阿姨告诉我的，说你今天搬家。"

事实上，张美慧想撮合林岁岁和薛景，也不是一天两天了。

两人在国外相依为伴时，张美慧就向林岁岁明确表达过，薛景这个男生靠谱，长得也俊朗，完全符合她对女婿的各项要求。

只可惜，林岁岁实在没有那方面的想法。

在薛景越发表达明显、步步紧逼之后，林岁岁也想尽办法开始疏远他。最后她选择回国，也有这方面因素。

但目前来看，应该是失败了。

她轻轻叹了口气："谢谢你，麻烦了。"

薛景完全不在意这种客套态度，动作麻利地将打包箱全数堆到她新居门口，一扬眉，说道："赶紧开门啊，笨。"

林岁岁没有动，定定看向他："我自己来就好。"

"行了啊，给你放进去我就走。还怕我吃了你啊？在新州那会儿，又不是没去过你家……啧。"

"那不一样。"

"哪里不一样？"

林岁岁深吸一口气，终于认真地开了口："薛景，当时，我把你当作我珍贵的好朋友。"

在她出事后，"朋友"这个词，一天一天显得弥足珍贵。所以，在姜婷挂她电话后，她整整伤心了大半年，到现在都觉得无法面对。对那时的林岁岁而言，薛景也是这样重要的朋友。

薛景仿佛没有听出言下之意，打了个响指，表情变得十分浮夸："那现在我就不是你珍贵的好朋友了吗？哇，艺术家都这么见异思迁、薄情寡义的吗？我伤心了。"

两人僵持半晌，最后，到底是林岁岁没勇气挑明，败下阵来。

她走上前，用指纹解锁，"滴"了一声，门锁弹开。

薛景轻轻将她人推到一边，示意她一边去歇着，弯下腰，继续搬箱子，搬完还要打扫房间。

他依旧没给林岁岁动手的机会，全数包揽。

等到整个客厅焕然一新，已经是暮色四合时分。

"里面房间你拆完包反正要重新打扫，我就先不帮你弄了。"薛景很有主人翁意识，自己去倒了杯水，整个人懒洋洋地靠进沙发里。

林岁岁无可奈何地说："谢谢你，改天我请你吃饭吧？"

"行啊，但是……"

薛景话音未落。

倏地，门铃声重重响起。

这个点，会是谁来了？

难道是房东的朋友？

两人对视一眼。

林岁岁快步走过去，按门边摄像头。

视讯里，男人五官分明、眉目俊秀，芝兰玉树的模样，哪怕是俯拍视角，整张脸也仿佛毫无死角。

林岁岁却瞪大了眼睛，难以置信，条件反射地惊呼道："陆城？"

声音通过视讯传到外面，陆城显然也听到了，沉沉开口："耳朵，开门。"

林岁岁踟蹰许久，还是拉开房门。她与陆城对上视线，急匆匆问道："你怎么来了？你怎么知道我住这里啊？"

怎么知道的？

这问题问得陆城几乎要冷笑出声。

他给她打了一下午电话，都是无人接听状态，最后甚至关了机，宛如八年前剧情的复刻。

陆城以为林岁岁因为误会，又要玩一次人间蒸发，当时就慌了神。

但好在他存了张美慧的联系方式。他东拉西扯一大堆，假装不是刻意打听，只说要开同学会，通知不到林岁岁才把林岁岁搬家这件事套出来，然后又说要发校庆邀请函，拿到了新地址。

张美慧对新投资人的儿子没有任何怀疑，想到两人是同学，便干脆给了地址。

陆城从落地江城后到现在，将近五个小时，都在拼命找林岁岁，此刻听到她问这话，难免有点生气："耳朵，你……"

然而，话没说完，他余光一扫，越过林岁岁，直愣愣地看到了薛景。

薛景还是那副没骨头模样，瘫在沙发上，也在看他。

两个男人对视一眼，火花四溅。

陆城双眸里酝酿起了暴风雨，严肃地问林岁岁："耳朵，你是搬来和他一起住吗？"

要不然，好好的，为什么突然搬家？为什么薛景如同主人一样，穿得那么随意地坐在房间里面？

这个设想叫陆城几欲发狂。

他再顾不上什么循序渐进，再没法一点一点让林岁岁明晰感情。

他盯着小姑娘清丽的脸庞，轻轻舔了下后槽牙，按着她的肩膀，低头，重重吻上了她唇瓣。

林岁岁尚未反应过来，身后，薛景已经从沙发上弹起来，像豹子一般冲过来。

"嘭——"

他一拳向陆城挥去，砸到人身上，力量重得几乎能听到骨头相碰声。

拳风如刀，从林岁岁脸颊边划过。

陆城反应极快，一只手挡住她的脸颊，将人往旁边一推，用肩膀接下了薛景这一拳。

肩膀上传来的力气太大，有种不死不休的意味。猝不及防，他闷闷哼了一声，蹙起眉，举起手臂，毫不犹豫地还手回去。

当即，两个大男人缠斗到一处。

这场面着实出乎意料，林岁岁吓蒙了。

数秒后，她终于回过神来，急匆匆往前跨了两步，强行拉住两人手臂，试图挡住他们的动作。

"都别打了！"林岁岁一声低吼。

霎时，陆城顿了顿，觑她一眼，果然听话地停下动作。

然而，薛景显然不想善罢甘休，依旧抓着陆城的衣服，目眦欲裂，俊朗五官都因为用力而扭曲起来。

林岁岁趁机挤入两人中间，挡在陆城前面，用力瞪向薛景："薛景！松手！"

薛景目光顺势落到她脸上，眼神里的愤怒一点点褪去，继而染上了浓重悲伤的意味。

他哑着嗓子，喊她："岁岁，你……"

你为什么帮他？为什么站在他面前、试图保护他？

明明是他闯进房间里，想要轻薄你，为什么？

为什么这么多年过去了，依然不能是我呢？

薛景问不出来。

有些话，一旦说出口，就会让一切假象崩塌，叫虚构的脑内世界天崩地裂。

不是每个人都有勇气面对真相的。

僵持半响，薛景终于一点点松开手，感觉自己喉咙依旧发紧，又用力做了几个深呼吸，稳住情绪后，重重推开陆城，往门外走去。

他怕自己继续待在这里只会彻底失控发疯，与面前这两人同归于尽才甘心。

林岁岁也意识到他情绪不对劲，咬了下唇，试探着喊他："薛景……"

薛景人已经站在了电梯口。

他的视线凝固在地上，没有看她，闷闷地"嗯"了一声，说："我先走了，改天再来找你。"

林岁岁愣了愣："哦……哦，好。今天谢谢你，过几天一起吃饭。"

薛景没有搭话。

很快，电梯门在他面前打开。

他脚步迟疑一瞬，终于，在迈步之前轻声开了口："我不会输的。林岁岁，我不会输给他，也不会输给你。从小到大，所有的比赛，我从来没输过。"

说完，薛景头也不回地跨入电梯。

小区不是新建小区，公共设施都有些老旧。电梯门合上时，会发出"嗡嗡"响动，声音仿佛震耳欲聋。

滑稽闹剧过后，整个房间顷刻静默下来。

林岁岁脸色不算太好，捏了捏鼻梁，率先打破这番沉默。她轻声开口问道："陆城，你是怎么找过来的？"

陆城没说话，抬起手，用拇指蹭掉了嘴角的血迹。

林岁岁这才发现他受了伤，眼神微凝，拧着眉，仔细打量他。

说不清是不是因为病症的原因，陆城肤色素来很白，如果唇色不显时，有种憔悴病弱美感。但此刻，他不只是嘴角被血迹染出一丝殷红，脸颊侧边还有几处擦破了皮，应该是被薛景手腕上那个铃铛边刮到了。像一幅名画被残忍撕裂，叫人看了就觉得痛心。

林岁岁也顾不上再质问什么，急急忙忙转过身，去纸箱里翻找了一会儿，拎了个家用医疗箱出来。

她走过去，伸手拉上房门，再将陆城拉到餐桌边，示意他坐下。

陆城乖乖照做。

林岁岁拆了红药水和棉球，踟蹰一瞬，还是将手上的东西全都轻轻放到桌边，又小心翼翼地侧了侧脸，故意不看他眼睛，说："……你自己处理一下。"

陆城点头，随手拿起棉签，想了想，又放下，仰着头沉沉说道："耳朵，对不起。刚刚……没忍住。"

两人心里大抵都清楚，这句话是针对什么事。

他在为那个吻道歉。

林岁岁呼吸一滞，不受控制，整张脸"唰"一下烧起来。

陆城笑了笑，慢条斯理地继续说："你还记得吗？八年前的奶茶店门口。"

那一天，阳光正好，两人还是孩子模样。

林岁岁决定彻底结束卑微暗恋，但陆城却仿佛有一点点开了窍，拿着《舒婷诗精编》质问她，要她说出心里话。

但可惜，那个时候，陆城不够勇敢，也不够坚定，搅乱一池春水之后，到底是选择了落荒而逃。

"我刚刚突然在想，如果那天，我能不考虑那么多，直接对你表白，是不是我们就不会走到今天这一步了。"

曾经那个小耳朵，敏感怯懦，需要他。如果两人真的在一起，他或许能保护好她呢。

或许……亦或者，没有或许。

陆城抿了抿唇，瞳孔里滑过一抹后悔，又被很好地掩藏起来，这才接着说："我今天刚刚回来，给你打电话但是没打通，怕你因为阿姨那件事产生什么误会，又想要躲我，所以才会千方百计地找过来。耳朵，我想当面给你解释这件事。"

他声音平静，沉沉稳稳地将事情告诉她。

"差不多就是这样。我爸妈都不清楚这件事，但是一直有想法让我了解一些商业的运作，所以拿了钱给我操作，失败就当交学费。最近没有合适的项目，是我爸想到了你妈妈，我从来没有刻意提起过。我爸的意思是，阿姨的产业链已经趋于成熟，只是有漏洞才造成资金链断档，是可以解决掉、恢复正常运转的，比较简单，适合给我用来练手。所以你也不用担心，以后，我才是阿姨合约书上的投资合伙人。"

林岁岁瞪大了眼睛。

陆城轻轻叹气："我从来没有看不起你，耳朵。"

他只是想保护她，让她能过得顺遂些，再不受外界伤害。哪怕是筹谋出来的结局，但如果她妈妈能事业顺利，对林岁岁而言，也应该能放心一些。

陆城是活一天算一天的人，因为她，找到了自己活下去的目标，怎么可能会看不起她呢？

说完，他抬起手，试图去触碰林岁岁的脸颊。

就在皮肤将要接触的那一瞬间，他还是理智地止住了动作，与她对上视线，轻轻开口："解释完了，还生气吗？生气就打我好了。但是你必须给我保证，不管发生什么事，只要我们还是朋友，哪怕只是普通朋友，你也不许再一次不告而别。"

小鹿跑出了森林，汇入川流人海。

树木就会因为失去生机，而日渐枯萎飘零。

但没关系。

陆城想做林岁岁的森林，心甘情愿。

05

周末傍晚，陆城把林岁岁那把低音提琴送到她的新家。这次，人倒是没再进去，只懒洋洋斜靠在门边，将一大盒巧克力和一包处方药一同随手放在玄关柜上。

"下下周八中校庆，耳朵，你过来吗？"

林岁岁手臂圈着琴，抿着唇，眼睛飞快上下眨动几下。踟蹰数秒，她还是小声作答："我还是……不去了吧。"

一是她毕竟是高二中途转学生，又念了不到一年就转走了。相处时间太短，和班上同学缺了些熟稔不说，还有张美慧那个小视频，也不知道在当时有没有成为谈资……

林岁岁怕贸然前往，大家都尴尬。

二也是因为姜婷。

有的时候，对于女生来说，"曾经的闺密"这一身份存在，比前男友更叫人心怀芥蒂。

林岁岁自知理亏，但天生性格如此。虽然有不告而别的歉意，好像依旧难以与昔日好友面对面。

她给自己找了一万个理由拒绝。

陆城默默看向她的眼睛，如有所感，勾了勾唇："才哥也来。以前他那么照顾你，这都八年没见了，真的不去见见吗？"

这样一说后，林岁岁又静默了许久。

终于，林岁岁松口："我知道了。"

陆城轻笑："嗯，那我先走了，晚安。"他又挥了挥手，转过身，去搭电梯。

林岁岁合上门。电子锁发出"滴"的一声，又归于寂静。

倏地，整个客厅都变得静悄悄起来，呼吸清晰可闻，仿佛能听到针掉在地上的声音。

林岁岁顿了半秒，将玄关柜上的那个袋子拿起来，眯起眼，随手翻了一下。

药都是陆城老师开的处方药，巧克力是没有见过的品牌，包装背后印了一串法语说明，再下面一点是英语解释，简单解释口味。

她指尖落在外包装纸上，摩挲几下，再慢吞吞地拆开，拿了一颗，放进嘴里。

霎时，浓郁的巧克力香伴随着酒心味道，在唇齿间弥漫开来。

说不上是什么感觉，只觉得心情复杂。

林岁岁回到卧室，从柜子深处翻出一个小箱子。箱子上挂了把锁，打开，里面都是她曾经写完的日记本。

目光轻轻柔柔地拂过那些日记本。

其中有一本里，藏了一张费列罗金色包装纸。

那时候，陆城从别的女生送给他的礼物里随意挑出了好几盒巧克力，叠在一起，全数放在她桌上，说要哄她高兴。

小耳朵吃完了那些巧克力，到底是舍不得扔掉，藏了一张纸，抚平后偷偷夹进日记本里。

她在日记本里写：【我最喜欢吃巧克力了，真的好甜。】

这个味道，叫人永生不忘。

抢在校庆前，陆城抽了一天空，将姜婷和余星多一块儿叫上，说是出来聚聚。

周五，夜幕降临时分，三人在酒吧碰面。

这家酒吧名叫 Roses fanées（玫瑰花扇），算得上是小众清吧，开在江城繁华片区与老破小区之间，位置比较偏，能找过来的大多是老客户，或是朋友介绍而来。酒吧内里装修非常有味道，背景音乐常年都是法国蓝调，很有点旧式酒吧气质。老板很固执，无论盈利与否，都将酒吧做得十年如一日，仿佛人只要坐到里面，就感受不到时间流逝。

姜婷第一次来，自然而然爱上了这种神秘调调。

三个朋友难得碰头，照顾女生意见，会把这里作为第一首选。

这次也一样。

陆城第一个到，给余星多和姜婷点好了啤酒，自己则叫了一杯鲜榨果汁。

这两年，他身体愈发不好，基本与烟酒无缘。明明才二十几岁，却像是已经提前进入了暮年期。

安安静静等待几分钟，姜婷和余星多一前一后走过来。

"城哥！"

陆城平静地抬了下手，表示听到了。

姜婷蹦蹦跳跳，率先坐到陆城旁边，拿起啤酒，豪饮一大口，又笑着问道："城哥，你不是医学院忙得要命吗？怎么突然想到和我们约酒了？校庆也能见的嘛。"

余星多也默默坐下，抿了口啤酒。

数年时光，他性格变得比过去沉淀许多，眼神也日渐坚毅，再不是那个模仿着东北腔、一口一个"城哥"的搞笑调皮大男孩了。

陆城先看了余星多一眼，再沉沉望向姜婷。

Roses fanées 里光线迷幻。

姜婷注意到他的眼神，顿了顿，收起笑意："城哥是有事要和我们说吗？"

陆城微微颔首，说道："我找到耳朵了。

"已经联系上几个月了，这次校庆，她也会参加。"

陆城是特地找了陈一鸣，将通知插班生这件事揽到自己身上，还亲自上门去，就怕林岁岁找一大堆借口和理由拒绝。

他语气慢条斯理，接着道："所以，以前的事，谁也不许提起。"

余星多满脸不赞同，尚未来得及说话，姜婷已经抢先强硬地出声质问："为什么！？"

陆城说："姜饼，耳朵一直不敢面对你，但是和我无关，她是觉得自己的不告而别背叛了你们的友情。这件事对她来说，暂时还是个过不去的坎。

"所以我希望找这个机会，把她带来和你当面说说。无论你们还能不能做朋友，我都不希望她继续耿耿于怀。"

姜婷眉毛上扬，表情看起来似是十分不满。

陆城比了个"稍等"的手势，喝了口果汁，声音缓和些许："姜饼，我知道你没有因为这件事在生耳朵的气，只是在为我打抱不平，谢谢。但是，没有必要。

"我从来没有怪过她。"

僵持数秒过后，两人对视一眼。

姜婷先一步败下阵来，肩膀也不自觉沉下去，整个人都变得有些萎靡，冷声说道："看来是我多管闲事了。"

余星多也摇了摇头，说："城哥，你告诉她了吗？你因为她心脏衰竭成什么状态了，她还不知道吗？"

陆城淡淡地回道："我会找机会说的，但是不能是在那种情况下。"

要不然，姜婷这个坎，林岁岁一辈子都过不去，甚至还会对他抱有歉意。

陆城虽然喜欢林岁岁，但并不想用这种卖惨的方式而得到她的歉疚和怜悯，再逼得她松口。

他更希望她能一直开开心心的，无论是拉琴也好，家事也好，还是工作、友情之类，所有一切，都想让她过得顺坦。

陆城想为林岁岁实现一切梦想，想让她能活得自我。

姜婷和余星多对视一眼，皆在对方眼中看到了无奈。

余星多苦笑一声："城哥，是不是以前风流太久，遇上点挫折就容易心理变态啊？你这转性转得我还是好不习惯。"

要是林岁岁还没出现，可以将他的念念不忘称之为执念。但是人已经回来了，陆城竟然还是这种状态，完全没能简单释怀，实在不符合"城哥"的人设。自然，也是大家都没有想到的。

陆城笑了笑："不好吗？"

余星多回道："我没意见，反正你高兴就好。"

两人再齐齐看向姜婷。

姜婷已经闷闷地干完了一整杯冰啤，看起来心情着实不算太妙。感觉到两个男人的视线，她放下杯子，长长叹了口气。

"知道了。"她又顿了一下，"我不会说漏嘴的。反正你们俩一个愿打一个愿挨好了，我也不会插手管闲事的。"

陆城点点头："谢谢。"

他朝姜婷举了下杯子，以示谢意。

问世间什么最美丽

Chapter 09

C E / E R

在遇见你之前，我从来没有想
过，我这样残缺不全的心脏，也
可以为一个喜欢的人热烈地跳。
——陆城随笔

01

周日，秋高气爽。

林岁岁起床，简单吃了饭，打开琴包，开始一套熟稔于心的流程。

事实上，她已经有很多年没有摸过琴了，但离约好给王阿姨孙女上课的日子已经没剩几天，为了不让外婆在伙伴面前丢脸，她只得开始临时抱佛脚。

乐理方面，看看书、看看资料，再回忆一下，问题不大，只愁实操。

林岁岁算了算课时，哪怕一开始不上琴教学，距离乐理基础教完，也没有很久。虽然不知道小姑娘会不会坚持学下去，她还是得做好万全准备。

半晌工夫，林岁岁终于架好琴，翻开琴谱，用力深呼吸后，举起琴弓。

第一个音还没有拉出来。想了想，她又改了主意，将助听器摘了，放到旁边。

世界一下子变得不一样起来。

并不是完全安静，而是嘈嘈切切、争先恐后地涌入，万物都像是黑白老旧电视里播放的画面，离得有些远，声音也有些杂。

林岁岁握着琴弓，闭上眼，安安静静地感受了一会儿，再开始拉第一个音符。

"刺啦——"失败得很是清晰。

她心中一喜，试着拉了段练习曲，虽然音准还差得远，但已经勉勉强强能听到一些音符节奏感。

这简直是历史性的巨大飞跃。

她想，有朝一日，还是能摘掉助听器继续拉琴的吧？

裸耳拉了十来分钟，林岁岁过足了瘾，去茶几上拿助听器，准备先为备课戴着助听器练习几天。

与此同时，茶几上的手机用力振动了几声。

她一顿，手指偏移了方向，条件反射地先拿起手机，打开。

Lc.：【有在拉琴吗？】

林岁岁心脏重重一跳，变了脸色。她眼神无意识在房间里转了一圈，手忙脚乱地回复道：【你怎么知道？】

Lc.：【心灵感应吧。】

Lc.：【你忘了嘛，琴还是我给你送来的。】

林岁岁捏着手机，轻轻笑了一声。

什么乱七八糟的心灵感应，看来就是因为张美慧把她的琴给陆城时，多嘴说了几句，叫他猜出来自己要练练再上手，这才有这么一说。

想了想，她没接这话，只疏离回复道：【有什么事吗？】

陆城半天都没有回复。

等林岁岁放了手机，仔仔细细将助听器妥帖戴好后，才收到他下一条消息，却并不是回答她之前那个关于"什么事"的提问。

他发来一条长语音，显示有 59 秒。

林岁岁不明所以，手指微微一顿，才点开。

语音是扬声器播放模式。

安静半秒后，手机里传来了音乐声。

两人都学过西洋乐，这段乐曲可以说是耳熟能详，经典得不能更经典，只消跳出来几个音符就能听出来——柴可夫斯基为《胡桃夹子》所写的《花之圆舞曲》，也是《胡桃夹子组曲》压卷之作，基本中小学音乐教材里都会收入，供小朋友们赏析。

语音消息里这段，明显是现场录来的。声音虽然像钢琴演奏，但从音质来看，缺了些质感，应该是电子琴或者是那种手卷钢琴之类的。

但哪怕设备有限，还是劣质录制，通过网络传入她耳朵里时，圆舞曲依旧听起来欢快明亮。

语音播完，好似让人心情都跟着昂扬起来。

林岁岁抿着笑，想了想，回了个：【？】

不消片刻，陆城又发了一条语音来。

这回，是他低沉嗓音，好似含着笑意。

"查房的时候，正好看到小朋友在玩手卷钢琴，我偷偷借来弹了一段。我们大朋友练琴的时候，会不会也跟着拉一段呢？"

最好让大朋友时时刻刻能联想起他来。

林岁岁听出了言下之意，顷刻间，想到了那天那个撕咬般的吻。虽然只几秒就被薛景打断，但……听到陆城这种说话语气、这个含笑声音，那个画面和唇瓣温热触感就会自然而然地浮现在脑海里。

她脸颊立刻烧得通红，眼里水雾氤氲、波光潋滟。宛如避嫌一般，她用力将手机丢到了沙发最远处，眼不见为净。

顿了顿，她双手紧紧捂住了两边脸颊，试图用掌心给皮肤降温。

陆城这个神经病！

没过几日，林岁岁从张美慧那里得知陆城去工厂签了合同。这下，从某种客观意义上来说，陆城就算是张美慧的老板了。身份瞬间转变，且仿佛与她家紧密联系起来，再难拆分。

她心情复杂，只觉得回国不过短短几个月，竟然什么都变了。一切一切，都像一团毛线一样胡乱缠绕在一起，任凭自己如何努力，都没法解开。

张美慧倒是没觉得有什么，只是通知林岁岁一声而已。

但她也知道，自己这女儿心思敏感，纠纠缠缠、弯弯绕绕的，简单事都能想得万分复杂。告知完，她便转开话题，说起其他事来。

"小景回普林斯顿去了，你知道吗？"

林岁岁愣了愣，诧异地轻轻"啊"了一声。

张美慧继续说："好像说导师找他确认几个实验数据，急着过去，可能要过年才能回来了。你们俩是不是吵架了？要不然怎么还要告诉到我这儿来……哈哈，应该是想让我告诉你吧？"

"唔……"

应该，算吵架吧。

反正那天薛景说完那些话，从她家里匆匆离开后，两人就再没联络过了。

林岁岁头疼不已，但若是仔细想想，这样也挺好，干脆渐渐疏远，避免再继续给薛景什么误解了。

张美慧叹气，在电话那头说："小景是个好孩子，我是一直很看好你们的。不过，看来小陆总才是你念念不忘的人啊。"

她的语气一贯是漫不经心，完全不把林岁岁这些烦心事当成什么大事。

林岁岁无语："妈，你别瞎说，让别人听了怎么想。"

"我看啊，你就一辈子活在别人的眼睛里得了，一点自我都没有。但凡你能学到小景一点点，我都懒得操心你。"

张美慧恨铁不成钢，干脆挂断电话。

林岁岁手上捏着手机，默默无语。

次日，夕阳西斜，炊烟四起，王阿姨即将带着小孙女到访。

林岁岁第一次当这种家教，生怕哪里不周到，特地提前一天收拾好了房间，空出位置，又去买了几双新拖鞋备用，还备了一些糖果饮料，放在茶几上。

算着时间，她匆匆忙忙从机构回到家，等待她们。

七点不到，门铃响起。

林岁岁给她们开了门，站在玄关，轻轻笑起来："是王阿姨吗？"

王阿姨应该是被媳妇和儿子叮嘱过，不让她在老师家多待，免得小姑娘看着有奶奶在，又恃宠而骄、不听话跟老师顶嘴，只在客厅参观半圈，简单客套几句，约好了接孩子时间，连水都没喝，便匆匆而去。

合上房门，剩下林岁岁同那个小女孩四目相对。

小姑娘名叫许梓诺，五官分明，眼睛又圆又亮，梳着两条机车辫，穿得也很洋气很可爱，像个小模特。

许梓诺一点都不怕生，仰起头，朝林岁岁笑："林老师，你好漂亮，我们长得好像哦！都是大眼睛，还有酒窝。"

林岁岁也笑了一声："谢谢夸奖。"

许梓诺自来熟地"噔噔噔"跑到墙边，仔仔细细地打量着低音提琴，"哇"了一声。

"林老师，以后我就跟你学这个吗？好酷，而且好漂亮啊。"

"对的。"

"我妈妈说，练这个琴会让我越练越漂亮，对吗？就像老师一样。"

童言童语，让人心情当即放松下来。

林岁岁点头："对，会让你看起来很有气质，整个人像天鹅一样。"

"好，那我一定会好好学的，肯定比学钢琴更加厉害。"许梓诺用力握着拳，表情坚决，看着可爱极了。

闲聊几句，林岁岁蹲下身，朝她招招手："那我们开始上课啦。"

因为这个动作，叫矮个子小朋友视线范围变广。

许梓诺发现林岁岁耳朵里戴了东西，立马好奇地问道："林老师，你戴着耳机吗？"

林岁岁一愣，脸色微微变了变。

倏地，她又勉强挂住笑容，解释道："不是的，是老师耳朵不好，戴了助听器，这样给你上课的时候，就能清楚听到你琴拉得好不好啦。"

许梓诺点点头，没再多问，乖巧地坐到了桌边。

林岁岁清了清嗓子，将五线谱拿出来，放到小姑娘面前，正式讲课。

开始都是先讲些基础，也不用买书，网上打印下来就能用。

一节课两个半小时，小朋友坐不住，中间会给十五分钟休息。

很快，到休息时间。许梓诺伸了个懒腰，突然开口："林老师，我在幼儿园有个很讨厌的朋友，她之前说贝多芬听不见声音，却是世界上最厉害的作曲家，她最崇拜贝多芬了，因为他的曲子用钢琴弹出来都特别特别好听，所以她才愿意每天练钢琴，想要成为一个优秀的钢琴家。老师，你也像贝多芬一样厉害吗？"

林岁岁正在桌上整理资料，闻言，浑身一震。

这一刻，她好像是被人打通了任督二脉一般，幡然醒悟过来。

自卑心理本就是作茧自缚。

林岁岁自嘲地笑了笑。

半晌，她摇了摇头，轻声说："不是的，老师不厉害，但是我会努力越来越厉害。遇到梓诺，就是老师最好的契机。"

结束第一节私教课，再送走许梓诺和王阿姨，林岁岁瘫在沙发上，闭上眼，长长地松了口气。

没多久，手机剧烈振动起来。

她摸索着接起，也没有看是谁来电。

"喂？"

听筒里传来熟悉声音："耳朵。"

温柔中还带着一丝沙哑。

林岁岁猛地睁开眼，习惯性地坐直了身体，抿了抿唇，轻声答道："陆城。"

陆城忙了一整天，开会、写病历、查房、写论文。临到离开医院前，他还被病人家属拉住，说要给他介绍女朋友，好不容易才脱开身。一天下来，嗓子都哑了。

这会儿，他正坐在车里闭目养神，脸色看起来不算太好。但听到林岁岁声音的那一瞬，好像什么疲惫感都全数消除了，只留下满心欢喜。

陆城捻了捻手指，无声笑起来，慢吞吞问她："我听张阿姨说，你今天要给小朋友上乐理课。是不是下课了？感觉怎么样？"

林岁岁叹气："我妈是你的间谍吗？"

陆城听得出来，她语气里并没有什么生气意味，回道："嗯，都怪我不好，居然策反阿姨。"

林岁岁一愣。

"说说，我想听。"

城哥还是霸道蛮横，又不讲理。

林岁岁却犹如被他蛊惑，拧了拧眉，竟然真开了口，语无伦次地表达起了自己的心情："那个小朋友特别可爱，给我说贝多芬。其实她这么点大，应该压根儿还不知道贝多芬是谁吧？陆城，我一点都不勇敢，我想改变，八年前就想改变了……我好想像你一样……"

想要活得自我，也想要全心全意地面对自己。

少时，林岁岁身发意外，手足无措之际，遇到了陆城。她将他视为自己生命里的一道光，总觉得，他的存在照亮了她惨淡的灰暗人生。

薛景曾经说过，这是她性格里的缺失，因为自己没有，才会被这种特质吸引，只是一种情感寄托。如果先遇到的不是陆城，而是别人，她一样也会喜欢上别人。

八年过去，她以为自己长大了，不再依赖什么情感寄托了，其实，依旧什么都没有改变。

林岁岁还是那个敏感又自卑的小女孩，只是在落荒而逃之后，悄悄给自己穿上了一件塑料铠甲，却挡不住刀枪。骗不了自己，也骗不了别人。

"我很后悔……因为胆小、因为怯懦，十五岁就放弃了继续学琴。本来我一直以来的梦想，都是长大后做一个乐队里的提琴手，然后能跟着乐队到处演出，让别人听我拉琴。"

这是林岁岁时隔多年，第一次说出心里话。

可能是因为翻出了琴谱，或者，因为摸了摸琴，她很想宣泄出来。

"这样的我……陆城，你为什么会喜欢呢？"

陆城的语调依旧不急不缓："我压根儿没有你想象的这么好。如果我真的够好，就不会来打扰你的生活。或者，早在高二那年，我就会对你表白，然后不让你离开了。"他的语调平心静气，仿佛只是在诉说一个事实，总归是叫人听了信服。

林岁岁如梦初醒，想到自己刚刚说了些什么乱七八糟的，一时间，她心跳如雷，本性回归，磕磕绊绊开口："我、我不是……我不是那个意思，陆城，你……"

陆城轻轻笑了一声："我知道。"

"啊……"

"你现在还是可以做想做的事。比如去继续学琴、去面试交响乐队、去做个琴手，都还来得及。"

林岁岁咬着唇。

他声音款款，如诗如乐："再重新喜欢上我，也来得及。时间还有，还够我们一起长大。"

02

本周日是江城八中校庆。

虽然不是大学校庆，但规模也够看，甚至请来了本地电视台做了拍摄，以供宣传。

厉害的前辈太多，陆城他们这一级大多大学毕业不久，还不算杰出毕业生，没资格上台演讲，自然到得都不早，不整些虚礼，只是为了晚上班级聚餐。

陈一鸣第一个到李俊才办公室。不消片刻，其他人也陆陆续续走进办公室，余星多和姜婷也接连赶到。

一个班分成几个小团体，三三两两闲聊半天，准备再一同前往餐厅。

陈一鸣四下望了几眼，拉过余星多，小声问道："多多，城哥呢？怎么还没来？我们准备走了。"

余星多有气无力地答道："他去接林岁岁了，一会儿直接去饭店跟我们会合。然后，他说这顿他请了，让你点菜的时候不要客气。"

上学时，陆城就经常请客，也算是意料之中。

陈一鸣笑了笑，难得八卦起来："所以，那两人是成了吗？"

余星多和姜婷对视一眼，各自沉默下来。

虽然是周末，机构那边，林岁岁还是有排课。学校休息，作为课外班的老师只会比工作日更忙一点。

不知不觉，天色一点一点暗下来，林岁岁看了一眼时间，好像要来不及了。

她捏了捏脖子，急急忙忙收拾好东西，拿起外套往外跑去。走出机构大门，她脚步一顿。

正大广场里人来人往，但经过附近的女人，大多都会偷偷瞄向正前方那个男人。

江城已是深秋时节，男人穿一件卡其色风衣外套，身形消瘦颀长，风姿卓绝，有种内敛的矜贵气质，加上他脸型瘦削，精致五官配上冰冷白色皮肤，是连明星里都万里挑一的容颜，好似下一秒就要走进世界名画里，叫人不由自主地着迷、陷入。

林岁岁愣了几秒。

她不得不承认，陆城这外貌真是太过美好，哪怕见了无数次，也像第一次见面那样惊艳。

就发愣这会儿工夫，陆城余光已经扫到她。倏地，像是冰雪融化，他眉眼里盈着淡薄笑意，长腿一迈，大步朝她方向走来："走吧。"

林岁岁张了张口，小声问道："怎么过来了？"

"来接你一起过去啊。"

"哦……哦，谢谢。"她垂下眸子，想到那通电话，整个人都觉得尴尬，只能若有似无地更疏离他一些。

陆城毫不介意，伸手，食指和大拇指一扣，轻轻捏住她的手腕，领着她往电梯走去。

商场里开了恒温空调，两人身上都是暖洋洋的，皮肤触碰到一起时，像是有一股暖流从手腕传来，一直涌入心脏。

陆城不能开车，说是接，依旧还是司机开车。

两人一起坐在后排。

气氛有些凝滞。

这会儿，正是最堵的时刻，车开一段停一段，走走停停，很是磨人。好在八中并不是很远，选的饭店在凯宾斯基的中餐厅，离八中也就几条马路。再慢再堵，二十分钟也能到。

又静默一阵，陆城率先开口："紧张吗？"

"嗯。"

"是因为姜饼吗？"

林岁岁没有否认。

陆城说："说不定，她也是在等一个机会，等你去找她。"

路灯明明灭灭，一阵一阵扫过车内，映出林岁岁微红的眼圈。

她摇了摇头，说道："不会的，她肯定在怪我。"

对于她语气里这种坚定，陆城十分不解："为什么？"

"刚到新州的时候，我给她打过电话，但是她听到我的声音就挂断了。换位思考，如果我的好朋友突然不告而别，我也会开始讨厌她。"

讨厌、不搭理，直至彻底疏远。

成年人还好一些，至少会找个体面理由，让双方都面子好看些。

但学生不一样。

那个年代，中二又灿烂，爱憎分明，友情和爱情同高考一样，都是天大地大的事。

女生朋友间的感情甚至比情侣还复杂。连好闺密和其他女孩子一起去上厕所都能叫人吃醋，送的礼物不一样贵都像是卡了鱼刺一样让人难受，容不得一点点情感背叛。

陆城对林岁岁这些脑补没有任何想法，直接抓住了重点："你给她打过电话？"

"嗯。"

"什么时候？"

林岁岁想了想，报了个时间："六月吧。"

陆城顿住，顷刻间，好像明白了姜婷为什么对林岁岁一直没法放下。姜婷本来是个大大咧咧、真心实意的女生，并不是记恨性子，甚至应该是非常同情林岁岁的落荒而逃。

高二下学期那年的六月，他因为各种原因，本来安排在高考后的手术被迫提前，错过了一次期末考，少一次成绩，失去了保送和推优机会。

最重要的是，他差点没能从手术台上下来，甚至还留下了严重的手术后遗症，到现在都没恢复过来。

按照姜婷的脾气，这打抱不平里的"平"，作为好朋友来说，应该是实在太意难平了。

陆城叹了口气，问道："为什么没多打一个？"

其实也无须多问，林岁岁素来就是这种脾气，小鹿被扔了一下石子，就不会再试探着探出脑袋了。

但凡她再拨一个，姜婷就必然会接起来了。

但凡……姜婷把这件事告诉他，他们是不是就不会错过这么久？

这样想来，难免叫人唏嘘。

很快，汽车抵达凯宾斯基酒店，两人一前一后下车。

中餐厅在酒店四楼。

随着电梯缓缓上升，林岁岁呼吸也越来越急促。

陆城有点想笑："第一次碰到我的时候，也没见你这么紧张。你这样会让我很嫉妒姜饼的。"

林岁岁一愣。

下了电梯，侍者领着他们俩穿过大堂往包厢走去。停步时，隔着移门，已经能听到里面的喧哗声。

侍者毕恭毕敬地拉开门。

陆城率先走进去。

里头有人看到他，赶紧喊了声："咱们城哥来了！朋友们，今天买单的人来了！"

"陆城！"

"城哥！好久不见了！怎么来得这么晚啊！"

"……"

气氛像是被添了一把柴，当即热烈起来。

林岁岁小心翼翼地从陆城背后往里面觑了觑。

一共开了三桌，每桌坐十二人，2班本来就三十八个人，这样来说，几乎算是到齐了。

时间流逝，大家都褪去了上学时那股青涩劲儿，面容、气质皆变得成熟又陌生起来。

陆城拉着林岁岁，先去给李俊才打招呼。

八年过去，李俊才头发更少了，秃的面积从脑袋中心延伸，扩散到了整个脑袋。他整个人看起来也更加和蔼，一直乐呵呵地笑着。

"陆城来了啊。"

陆城平静地喊了一声："才哥。"再伸手将林岁岁推到前面，"林岁岁也来了。"

林岁岁声音细得像蚊子叫："李老师。"

李俊才眯着眼想了一会儿，点点头："那个转学来的小姑娘是吧？后来怎么突然又走了？耳朵治得怎么样啦？"

"我……"

陆城顺势让林岁岁坐在了李俊才旁边那个空位上，自己则是挨着她坐下。他另一边是余星多。

这会儿工夫，余星多已经喝了挺多，脸颊泛出红色，打了个酒嗝，凑到陆城旁边，迷迷糊糊地笑："城哥你可算到了……"

扑面而来一股酒味，陆城嫌弃地推了推他。

余星多像是橡皮一样又黏过来："耳朵也到了？不容易哦。"

林岁岁已经和李俊才说完话，正好听到这句，顿时尴尬得手脚都不知道往哪里缩了。

倏地，陆城在桌下捞了捞，找到她手的位置，大掌牢牢握住了她的手心，再慢吞吞地将自己的手指插到她指间，强迫她与自己十指交握，像是硬生生要塞给她无尽力量。

林岁岁深吸一口气，竟然真的有了勇气主动打招呼："好久不见啊。"

余星多"嘿嘿"傻笑了几声，又凑到另一边去找姜婷："姜饼？姜饼呢？别臭着脸，看呀，耳朵过来啦！"

姜婷脸色不虞，一巴掌拍在他肩膀上，把人推得老远，借题发挥："臭死了，一股酒味。"

余星多"砰"一下，重重拍了一下桌面。

立刻，周围人的目光全数被他吸引过去。

余星多借着酒意，上头一般吼道："姜婷！人家都说同学会就是旧情复燃的好时机，人家陆城都找到林岁岁了，我也不跟你含含糊糊，就一句话，够久了吧？你就给我个准数吧！咱们俩还有没有戏？要是没戏，以后就再也别联系了！做我女朋友，以后我任你打骂……"

全桌哗然。

"哇塞——"

"多多给力哦！"

"答应他，答应他！"

……

连隔壁两桌也被这桌热闹吸引过来，纷纷看向姜婷。

姜婷牢牢地握住了拳头，脸色已经非常难看。

静默半晌，她一言不发，起身，冲出了包厢。

答案几乎算是不言而喻。

余星多早就猜到结局，惨淡一笑，也没追出去，只倒了杯酒，闷头干下。

桌下，陆城用力握了握林岁岁的手掌。像是有心灵感应一般，她竟然明白了他的意思。

两人对视半秒。

陆城说："你不是要勇敢吗？耳朵，去说吧，解开心结。你可以的，别害怕。"

他的话就像是一种蛊惑，骗得她颤颤巍巍站起来，不由自主地迈开脚步朝外追去。

林岁岁在走廊里找到了姜婷。

凯宾斯基是五星级酒店，设施完善贴心，走廊尽头放了休息沙发，可能就是用来应对这种情况的。

此刻，姜婷坐在沙发上，正握着手机。距离将她面容模糊，给人留下无尽想象。

林岁岁咬着唇，一步一步靠近，直至她面前。

两人一站一坐。

姜婷头也没抬，淡淡招呼："来了啊。"

林岁岁小心翼翼地喊她："姜饼……对不起，之前我……"

姜婷放下手机，拍了拍旁边的空位。

林岁岁顺势坐到她身边，习惯性隔了小半臂距离。

最终，还是林岁岁率先开口，认认真真地说："对不起，我当时没有勇气和你道别，我舍不得你们。其实，我也没有完全做好要走的准备，怕说了就走不了了，是我太没用了。"

终于，姜婷淡淡笑了笑："耳朵，你这样，让我没有办法说什么。"

"姜饼……"

"其实，我接到你那个电话了，但是那时候我很生气，不想和你说话。后来我一直在想，如果你再打一个过来，我一定会接起来大骂你一顿，再问问你去哪里了。但是，没有，一次都没有。"

姜婷叹了口气："我们就像普通同学一样，在突然的一天分道扬镳。我越想越生气，越想越觉得这'闺密'二字分量太轻。"

林岁岁眼里泛出水汽。

"城哥说，我是在为他打抱不平。其实根本不是，我是在为自己打抱不平。你是我最好的朋友，'最好'两个字，叫我对你的不告而别，耿耿于怀。"

那时候，两人都是小姑娘，姜婷虽然大大咧咧，本质来说还是心思细腻。这种心理，大男生理解不了。

林岁岁小声说："对不起……"

姜婷摇头："算了，都过去了。耳朵，欢迎你回来。"

自然不会这么容易过去，但要修复友谊，也不是那么三言两语就可以完成。只能说，先将心结解开罢了。

两人默契地不再多谈过往，转而，有一搭没一搭地聊起其他事。

姜婷成绩中游，高三读了文科班之后，排名有所上升，在江城读了个 985 末流院校，现在在视频平台做商务运营。

听说林岁岁的工作地点之后，姜婷点点头，拿出手机，与她互加了微信，说道："下次有空到正大广场找你吃饭。"

林岁岁眯着眼，轻轻笑起来："好。"

"行，我们差不多也要回去了。"

"那余星多那边……"

姜婷摇了摇手，语气意味不明："别管他，酒醒了，他就能想起来我和那个人的事情了。"

同学会一直持续到晚上九点多。

第二天是工作日，班上同学不少要工作，便前后起身告别。

陆城叫来侍者，把账单挂到陆文远名下，再联系司机，让司机上来扶喝得醉醺醺的余星多，顺便把李俊才和姜婷各自送回家。

一切安排妥当之后，他扭过头，看向林岁岁，小声问她："耳朵，我们去学校看看吧？"

他眼睛里亮晶晶的，像是落了星子。

林岁岁心一跳，竟然没能拒绝。

陆城随手将风衣外套披到她身上，再一次牵起她的手腕，拉着她往外跑，样子急切极了，生怕她变卦。

夜凉如水。

两人像少年时一样，一前一后，慢吞吞地走在路灯下。

江城规划了八年，繁华更甚，但八中周围这一片区一直都没有拆掉，依旧是老房林立，充满着市井气息，房价倒是越来越高，毕竟既是学区房，又是市中心。

对林岁岁来说，街道陌生又熟悉。熟悉的是记忆，陌生的是心境。总归，叫人混乱。

两人没走很长时间，再转个弯，就能看到八中大门。校庆活动早就结束，这个点，保安肯定不会让他们俩进去。

陆城停下脚步，想了想，扭过头，小声问她："要不要翻墙？"

林岁岁感觉无语，低声指责他："你都没想好怎么进去，就叫我过来了啊？"

陆城摸了摸鼻子："我就想着一定要把你骗来学校，没想太多。"

"为什么要骗我来学校？"

这问题叫人怎么回答？

陆城说不出口。

林岁岁还在不明所以地望着他。

他清了清嗓子，答道："因为一个梦。"

"什么梦啊？"

黑暗中，陆城抿了抿唇，但笑不语。

若是两人已经确认关系，倒是可以偷偷将这旖旎梦境与她分享一下。但这会儿，关系含混不清的，说这种话总归显得有些不入流。

两人绕着八中外墙不紧不慢地逛了一圈。犹豫数次，他们到底还是没翻墙进去。

夜越来越深，半空中，雾气层叠，茫茫一片，随心所欲地遮盖着月光。

陆城停下脚步，说："今天太晚了，下次再来吧。"

林岁岁也觉得累了，便随意点点头："嗯，好。"

这在陆城看来，就算是"下一次"的约定达成。他露出一丝笑意，说："走吧，送你回去，司机马上到了。"

这场叫人战战兢兢的同学会算得上圆满收场，除了中间的一些小插曲，并没有什么太大波澜，让人松了口气。

林岁岁不得不承认，陆城在潜移默化地侵入她整个世界。此刻，已经将城墙温温柔柔地敲开了一条裂缝。

如果说年少时一瞬的惊艳如烟花般灿烂易逝去，最终难免会在时间长河里慢慢模糊。那么留下点什么、改变点什么，大抵是能在一场感情上加上亘古不灭的砝码。

林岁岁脑子没有陆城那么好，但她想学会顺其自然。

03

一眨眼，时间进入十二月，江城正式入冬。

林岁岁重新安排了计划，把练琴这件事提上每日计划。她想着，等手感找回来一些，再找个老师，继续指点她，深造一下。

有些事，但凡能鼓起勇气开个头，就会变得简单起来。如果可以，林岁岁想完成自己的梦想，重新去考江城音乐学院，将人生重新规划，重新来过。

虽然当老师也不错，但那终究只是"不错"，只是一份工作，聊以糊口罢了，离"梦想""完美"的距离很大。

她天赋虽然有，但不算过人，本就比别人多走了一些弯路，再要想达成目标，只得加倍努力才行。

这件事，她没敢告诉任何人。

倒是许梓诺，因为每周过来上课，同林岁岁关系急速拉近之后，听到了一些风声。

许梓诺还是个小孩，理解力也有限，只是理解为"老师要去专门教拉琴的学校继续学习了"。

她第一个赞成："林老师，你拉琴的时候像仙女一样，眼睛里都在发光，超级漂亮啦！我看电视里那些明星都没你漂亮气质好！说不定，以后你就是提琴界的女郎朗啦！"

小朋友天真无邪，说不出几个人名，只知道经常上电视的那些人，她也一点都不像她妈妈说的那样霸道调皮，其实嘴甜得要命。

林岁岁笑了笑，摸她脑袋，温温柔柔地说道："好呀，那梓诺也要努力，老师也努力一点。"

"嗯！"

另一边，林岁岁在培训机构，又一次见到了赵介聪。

这阵子，赵祺都是由自己爸妈过来接送，难得有赵介聪出现。

两人客客气气地打了个招呼。

赵介聪还不知道林岁岁和陆城关系发展到哪一步了，怕说错话，想了想，小心翼翼试探道："耳……哦，不是，林老师，嘿嘿，我们家赵祺说，老师特别好、特别温柔，讲课也讲得好，今晚我代表我们家请您吃个饭，请问您有空吗？"

　　林岁岁第一次遇到这种情况，诧异地看了赵介聪一眼。

　　不得不说，男人经过一些现代化手段，颜值上升空间也是极大。他早就不再是高中那个高个儿学弟，青春，但也较为普通，遍地皆是。现在，他眉眼间已经有大帅哥的感觉了，甚至丝毫不见突兀，无比协调，说什么话都只会叫人心生好感，不会冲着这张脸生气。

　　林岁岁思绪天马行空跑远，不自觉顿在原地。

　　赵介聪问："怎么样？"

　　已经到了林岁岁下班时间。

　　机构里，晚课老师也差不多都去吃晚饭了，两人站在一起说话，倒也没有引起谁注意。

　　她回过神来，轻轻一笑，客气回答："不用客气的。"

　　赵介聪马上说："不客气不客气！那什么，我正好要去F大找城哥，真的，咱们一起吧？"

　　"为什么我要去找陆城？"林岁岁不明所以。

　　这话一出，赵介聪当即明白过来，他们没有进度。

　　他很是替好兄弟着急。

　　想了想，赵介聪打算趁此给陆城创造点机会。他笑嘻嘻开口："林老师，我这不是想跟您套套近乎，修补一下学姐学弟的情谊嘛！而且，赵祺这小子，老夸你来着，不开玩笑，一起吃个饭呗，赵祺也一起。"

　　旁边，赵祺也煞有介事地点点头。

　　林岁岁依旧拒绝，朝着赵祺歉意地眨了眨眼睛，轻声说道："抱歉，吃饭就下次吧，我还有点事，先走了，回头见。"

　　赵介聪转头就把这事儿说给了陆城。

　　平日里，陆城天天忙着写论文、给老板打工，偶尔还要客串一下助教，给本科生带班，忙得昏天黑地，学校里压根儿见不着人影。

　　赵介聪约不上人，干脆直接开车去F大碰运气，竟然还真给他碰上了。

　　远远地，他朝着球场边的观赛席挥手："城哥！"

　　陆城抬了抬眼，面无表情地"嗯"了一声。

　　赵介聪三两步跨到他旁边："城哥，怎么坐这儿看热闹啊？要不一起下去打一场？"

　　"不打。"

　　赵介聪和陆城不同班又不同级，并不清楚陆城的身体情况，也不知道他已经连运动量极小地跑动一会儿都没法再做到，只感觉他比以前懒得动弹多了。

当然，陆城气质从来就有些懒洋洋、慢条斯理的，倒也不算稀奇。

赵介聪不依不饶："我高中毕业之后都没跟你打过球了，难得有机会啊。"

陆城淡淡地说："我怕球把你的鼻子砸坏了。"

无论是呛声，还是抬杠，赵介聪都不是他的对手，只得讪讪放弃，转而闲聊其他话题。

"我说哥，你这么忙，林岁岁那儿是不是没时间弄点进度出来啊？我本来以为你没空跟我碰头，是忙着追妹子。结果，我上次去接赵祺碰到林老师，咋人姑娘对你的名字一点反应都没有呢？是不是城哥的魅力下降了？"

陆城终于慢吞吞扭过头，蹙起眉，直直地看向他："你跟耳朵胡说八道去了？"

"没呢，我怎么敢呀，您老的心肝宝贝呢。"

"知道就好。"

赵介聪无语半响，长长叹了口气："没想到咱们城哥就吊死在这棵树上了，上学那会儿可真没发觉。不说了，吃饭去吗？"

陆城站起身，摇摇头："下次吧，我一会儿要去医院了。"

"行吧。"

"巧克力找到了吗？"

顿了顿，赵介聪抬起脑袋，抓了把头发，回道："我姐回国的时候会一起带回来的。你不是不爱吃甜食吗？最近怎么回事啊，老琢磨这些女生喜欢的东西……该不会是送给林老师的吧？"

陆城没有搭话，漫不经心地挥挥手，很快就走出老远，只给赵介聪留了个潇洒的背影，但似乎早就不见之前那种萧瑟落寞，整个人都有了精神气儿。

赵介聪盯着看了一会儿，长长叹了口气。

他忍不住感叹："真是冤孽啊。"

每个月，林岁岁会准时去五官科医院复查耳朵。

陆城掐着日子在医院等她。但因为有工作，没法自由散漫，只得先把手上任务处理完，再加快速度去找人。

恰好撞到林岁岁从诊室出来，他急急迎上去，问道："怎么样？老板怎么说？"

林岁岁手上捏着医保卡，垂着眼，轻声作答："老样子。"

"药呢？"

"换了一种，其他不变。"

陆城从她手中抽过处方单，上下一扫，心中有了底，表情轻松了些许。想了想，他眉毛轻轻一挑，猝不及防地伸手，捏住她的手指。

林岁岁吓了一跳，耳尖都红了："你干吗呀！"

这里是医院，还是门诊走廊，旁边人来人往，陆城这一身白大褂十分吸引眼球，无论做什么动作，都让人有种无所遁形之感。

林岁岁可不想成为众人视线的焦点，赶紧用力，想把自己的手指抽回来。

陆城却不肯放手，往下移了一下，拇指压着她指尖，亲昵地抚了抚。

他笑起来，低声喃喃："出茧子了。在好好练琴吧？"

林岁岁终于抽回手指，咬了下唇，不肯说话。

"最近有点忙，马上还有期末考，没能常常联系你，抱歉，耳朵。"

林岁岁啼笑皆非："这有什么好抱歉的？"

陆城佯装想了一下，煞有介事地点头："我是在对自己抱歉，都没空和我的耳朵见面，感觉对不起自己。"

神经。

他默默笑起来："等我十五分钟。"

"嗯？为什么？"

"难得有时间，我去换一下衣服，一起吃个饭。"

林岁岁还未来得及拒绝，陆城已经快步走远。像是认准了她做不出一走了之的事，简直可恶。

林岁岁靠在墙边，先将助听器摘下来，放进口袋中，又无意识地摸了下自己的指尖。

这一刻，她心脏怦怦直跳。

陆城还是那个陆城，不是什么心有灵犀，却是最懂她的人。

大部分人只会说，没关系啊，不用太辛苦，拉琴就随便玩玩就好了，不用那么认真，反正你耳朵也不好，难道还真指望着以后当音乐家吗？

好像从来没有一个人会先摸摸她指尖，看看她有没有生了茧子出来，问她是不是在好好练琴，像是小心翼翼地爬进了她心里，仔细揣摩，将两人心跳调成同一频率。

林岁岁不得不承认，她只是个凡人。无论是八年前，还是现在，她都抵抗不了这种杀伤力。

很快，陆城脱了白大褂，穿了自己的外套，神情好似温柔缱绻，步子不紧不慢，回到她旁边，平静开口："走吧？"

林岁岁犹犹豫豫，有点迈不出脚。

他微微一挑眉，逗她："要我来拉你？耳朵，有件事我得申明一下，这个科室不少都是我的同学，还有医生里也有我们学校的老师、学长之类……"

话音未落，林岁岁已经走到了他前面，一言不发，往电梯方向大步而去。

陆城低低地笑了一声，跟上她。

两人一同走出五官科医院。

陆城到路边打了个车，准备带她去几条街外吃洋房火锅。姜婷喜欢，小姑娘应该都会喜欢的。

时逢工作日中午，洋房火锅店里没几桌客人，不用排队。

两人一前一后落座。

陆城将菜单拿给林岁岁，正欲开口，手机先振动起来。

"抱歉，我接个电话。"他朝着对面比了个手势，站起身。

林岁岁点点头，自己翻了下菜单，顷刻间，被上面菜品的价格震撼，不自觉抽了口冷气。

这些年，有张美慧在，她家条件也算得上比普通人好一点。但林岁岁一直是乖乖女，又跟着老人生活，从小到大都不习惯铺张浪费，在国外时，她也不会和留学生一样大手大脚去消费。加上现在还是自己在赚钱，一个月的工资又要付房租，又要吃饭治病，还要存钱，更加过得收敛。

陆城无疑是有钱，但她可不好意思让他请这么一顿。

那又算怎么回事呢？

林岁岁有些坐立难安，片刻后，到底是没忍住，轻手轻脚地站起身，避开服务生的视线，想悄悄去找陆城，换一家店吃饭。

陆城站在隔断屏风后面，电话还没有打完。

洋房火锅装修风格独特，隔断屏风只是用来美观，并没有什么隔音和阻隔视线效果。

林岁岁靠得稍近几步，已经能听到陆城略有些不耐烦的声音。

他说："我没事，不用急着做手术。"

这一句话，叫林岁岁脚步顿住，动弹不得。她无意识地捏紧了拳头，屏住呼吸。

陆城没有发现有人在偷听，垂着眼，不以为意的模样，握手机听了一会儿，漫不经心出声打断对方："妈，白女士，不好意思，短期之内，我应该还不会死。不用再说了，还有事。"

他挂断电话，转过身，目光与林岁岁撞到一处。

林岁岁正愣愣看着他，回不过神来。

陆城一惊，眉峰拢起，往前一步："耳朵……"

林岁岁猝然开口："什么叫……短期内？"

四目相对间，蓦地，林岁岁想到，自数月前重逢以来，陆城整个人确实比高中那会儿看着更加孱弱一些。但脸色这种东西，她不是医生，自然没有什么具体概念。

还有……还有之前他曾经说过那句话——

"如果我死了，你就忘了我。但是我活着，你可以爱我吗？"

本以为，陆城只是在借着心脏病打感情牌，逼她动摇……不是这样吗？

难道他的心脏病，真的恶化了？

林岁岁虽然不懂这些，但也曾经那么认真地暗恋过陆城，自然通过各种搜索工具去做过一些了解。

当时，陆城可以跑、可以跳，还可以小心点做运动。从种种迹象来看，应该并不是十分严重。

毕竟先天性心脏病，很多孩子都是一检查出来问题就马上开始治疗，要是家里条件好，肯花钱、花时间，也能将病情控制得很好。

怎么陆城就已经到要做手术的地步了？

做什么手术？

只是普通胸腔镜修复？

装人工支架，还是……心脏移植之类？

一时之间，林岁岁的脑袋里乱七八糟，几乎要乱成一锅粥。

她咬着唇，死死盯着陆城的眼睛，试图窥探出一丝真相来。

嘴唇几乎要被她咬破，依旧还是无知无觉。

陆城看不下去，避开她的灼灼视线，往前一步，在她面前站定。

他抬起手，手指轻轻压住她柔软的唇瓣，迫着她松开，还说道："松口。"

果然是咬破了。

好在只是弄出来一点点口子，还没有出血。

陆城拧起眉，手上也不敢再用力了，手指转了方向，侧偏些许，捏了把她冰凉脸颊，声音有些严厉，透着浓浓无奈："不许咬。"

"你不要转移话题……"

他认真地说道："再让我看到你咬嘴唇，我来帮你咬了啊。"

林岁岁当即收了声，脸颊不受控制般"腾"一下泛出粉色，眸光潋潋，说不尽羞怯。

陆城闷闷笑了一声，放开手，慢条斯理地问她："菜点好了吗？服务生都在看我们了。"

两人在屏风后停留太久，一共就没几桌客人，难免引起人注意。

林岁岁自小不愿引人注目，自然当即意识到这不是个提问的好时机，还是先离开这里为好。

想了想，她轻声说："我不是很饿。"

陆城抬臂，看了下手表。时间已然不早，再耽误会儿，连午饭点都要过了。

"从早上就到医院了吧？不饿也随便吃点，要不然对胃不好。"他霸道地替林岁岁做了决定，又牵住她纤细手腕，将人带回桌边。

点菜也不用她纠结，问了下忌口，陆城自己动手，快刀斩乱麻，将锅底、涮菜、海鲜拼盘全数下单。

服务生悄无声息地退开，将周围空间全数留给两人。

林岁岁抿了抿唇，不再纠结价格，只专注自己心底那个疑问："陆城，你不要骗我，你……"

虽然从来没有开诚布公过，但对陆城这毛病，所有人都心照不宣。

高二住院那阵，林岁岁没露面，临阵脱逃。至于到底去没去，那盒费列罗就足够能证明了。不谈论，是小少年们的体贴与温柔，正如陆城早就知道林岁岁失聪，却从未告诉任何人一样。

自尊心这种东西，体现在很多大人们觉得莫名其妙的小细节里。

林岁岁比谁都明白。

但偷听到这通电话后，好像不得不打破这种默契不言。

她欲言又止，眸色似海，含着湖泊万千。

陆城轻描淡写地打断她："没骗你。

"不严重。但是这东西说不准，家里长辈瞎担心而已。"

林岁岁捏着指尖，蹙了蹙眉，明显不怎么相信。

说话的工夫，侍者轻手轻脚靠近过来，将锅底和海鲜拼盘端上来，开火后又轻声介绍了几句才转身离开。

刺身都已经处理好，摆在冰块上，肉质鲜嫩，晶莹剔透模样，叫人看了不自觉食指大动。

陆城先慢吞吞在锅里下了点蔬菜和肉类，再换了筷子，夹起一只甜虾，放到林岁岁碟中。

他平静开口道："耳朵，只有女朋友才能明目张胆地关心我。"

林岁岁讶然抬眸。

"你考虑考虑，要不要名正言顺一点。"他勾了勾唇，语气有三分不正经。

这个方法见效极快。

林岁岁脑子混乱，但要面子这件事从来没变过。在自己还没有答应之前，不想给他开玩笑的机会。

她深吸一口气，垂下眼，安安静静咀嚼起来，再没开口。

锅底"咕嘟咕嘟"沸腾起来，像是在吹奏一曲印第安小调。热气蒸腾而起，弥漫在两人之间，遮挡视线。

这家洋房火锅能开这么久，自然有它的道理。锅底口味好、食材新鲜，和牛肉也嫩，虽然一片就是将近 120 元的价格，但一口下去，口感实在让人难忘。

林岁岁家离五官科医院距离够远，为了排上号，每每都要起个大早，再在医院里挂号、缴费、问诊，奔波大半天，确实也有些饿了。

她放下胡思乱想，默默大快朵颐着。

然而，陆城只随便吃了一点，就放了筷子。

他本就不怎么饿，况且看林岁岁安安静静地闷头吃饭，乖巧又柔软的模样，更让他心情愉悦一点，甚至还有些蠢蠢欲动。

他不自觉在桌下捻了捻手指，清清嗓子，温声试探道："下午有时间吗？还要回去上班吗？"

林岁岁抬了抬头，没说话，露出一丝疑惑神情。

陆城又问："看电影去吗？"

话一出口，他自己先低笑了一声。

虽然说起来，陆城的前女友能排成长队，他也算是个情场老手，但过往那些青涩恋情，他自己付出了多少，细细算来，屈指可数。

学生时代，男生模样生得好，会打篮球，又是人群中心，一呼百应，自然能引得少女们春心萌动、前赴后继。

面对林岁岁时，陆城小心翼翼、前后踟蹰，越慎重，反倒越发不知道该怎么对待，像个笨蛋，青涩得要命。

陆城说："是不是觉得很老土？"

又是送巧克力，又是吃饭、看电影、听音乐会，再想办法帮她处理点家事，毫无新意。

林岁岁轻轻摇头，没说是或不是，只轻轻答道："不了，我还有事。"

陆城收了笑，"嗯"了一声，也不强迫她。

待吃得差不多后，陆城起身去付钱，再回来时，尚未等林岁岁出声，抢先一步，从钱包里摸出两张纸，放到桌上。

林岁岁的注意力瞬间被吸引走。

陆城曲起手指，若有似无地敲了敲桌面，说："1月11号的演唱会，能不能和我一起去？"

林岁岁垂眸，目光落在纸上。是熟悉的票面，还有熟悉的名字。

时隔八年，周杰伦还是那个天王巨星，演唱会一场接一场开，每年都会开到江城。

仿佛把时间永远停格在歌迷的年少时光里。

但对于他们而言，大家心中都清楚，很多事早就已经截然不同。

还能再回到过去吗？

陆城抿了抿唇，一字一句严肃开口道："耳朵，和我一起去吧。"

他想回到过去，试着让故事继续。

04

周末，或许是赵祺的爸妈有事要出差，赵介聪又一次来接小朋友下课。

这一次，大抵是被陆城"关照"过，赵介聪再没嬉皮笑脸地闹林岁岁什么，也没有再试图打探。

看到赵祺走出来，赵介聪摸了把他的脑袋，就要把人带走。

倒是林岁岁站在原地，犹豫半天。

最终，她抬起脚步，追了出去。

赵介聪他们还在等电梯，一抬眼，见到来人，愣了愣："林老师，怎么了？"

林岁岁跑得急，脸色涨得发红，磕磕绊绊许久，这才勉强平静下来。

赵介聪表情略有些惊讶，问道："有什么事吗？"

林岁岁看向他，声音急促，快刀斩乱麻般开口问道："赵介聪，关于陆城……你知道他身体怎么样了吗？"

"啊？"赵介聪不明所以，摸了摸脑袋，"什么怎么样？挺好的吧？没病没灾的，也没秃头。"

话音才落，想到什么般，他张了张嘴，思想彻底歪到了别处。

他语气变得有些诡异："你们……发展得不顺利啊？因为……身体方面？"

林岁岁没品出言下之意，摆摆手，轻声道了谢，转身往机构方向走去。

赵介聪什么都不知道。

确实是她想岔了。

两人脾气里有不少相似之处。林岁岁失聪时，也没有选择告诉任何朋友，瞒天过海，恨不得全世界只有自己一个人知道。既然自己是如此，那么陆城自然也不会刻意告知赵介聪。

林岁岁背影沉沉。

电梯门缓缓打开。

赵介聪没动，眼睛瞪得跟铜铃一样大，愣愣地望着她离去的方向。半晌，他如梦初醒般，伸手捂住了赵祺的耳朵。

"少儿不宜少儿不宜……"他碎碎念几句，试图亡羊补牢。

既然失了旁敲侧击这条路，林岁岁开始苦思冥想，还是想从其他渠道了解一些情况。

就当她余情未了吧。

就当她被陆城动摇了吧。

陆城对电话那头说的那句话，就像是一根刺，牢牢扎在她心上，叫她每一刻都在血流如注，拔也不能，堵也不是，非得你死我活才行。

周四，白若琪感觉在电话里永远说不通陆城，干脆抽了半天时间，落地江城之后，直奔F大堵人。

恰好陆城这日没去医院，而是在学校实验室里搞实验数据。

接到消息，他拧起眉，和身边同学低声嘱咐几句，再换掉衣服，匆匆忙忙离开实验室。

身影不过消失数秒，周佳蜜也跟着轻手轻脚地直起身，随之离开。

F大是老牌名校，医学院算是国家重点院系，历史悠久，伫立在枫林路多年。

白若琪在学校里绕了一圈，这还是她第一次走进F大枫林校区。陆城虽然入学许多年，但白若琪和陆文远工作太忙，连儿子大一开学都是让家中司机和管家来帮忙的，并未亲自到场。

早几年时候，有一次，白若琪想和陆城一同吃个饭。但F大医学院和本部不在同一个校区，她不太清楚，直接开车导航去了本部才发现搞错地方。如果再要折回枫林路这边，就注定赶不上航班。无须考虑，她只得作罢。

反正，陆城平日基本不怎么住校，非要见面，回家也一样能见，倒不必刻意去学校。

想到过往种种，白若琪叹了口气。

对于陆城这个儿子，他们确实亏欠许多，但也非本意。

自从陆城被检查出患有先天性心脏病的那一天起，为人父母，必须不停奔跑前进，用金钱为孩子撑起一条大道，拼尽全力叫他能走得顺遂些。

陆城的每一次治疗、每一台手术，都是白若琪和陆文远日夜操劳，用一块块厚厚金砖垒就的。

万般皆是命，半点不由人。

她能做的，只有拼命。

"白女士。"沉思这会儿工夫，陆城远远地从实验室向第一食堂这里走来，他身形颀长，风姿卓绝，唯独脸上表情看着有些冷淡。

白若琪笑起来，不以为意，朝他挥挥手："阿城。"

没在路上寒暄客套什么，两人脚步一转，走进一食堂。

这个点，午饭时间刚过。食堂没什么学生，只在边边角角稀稀落落坐了几桌。

陆城给白若琪刷卡，随便买了份石锅饭，捡了张角落桌子，放下托盘。他抱着手臂，面无表情地坐到对面，平静开口问道："过来是有事吗？"

白若琪在飞机上吃了东西，没什么胃口，但也不好意思拒绝儿子的好意，便拿着勺子，慢吞吞地拌着石锅饭。

听到提问，她手臂顿了顿，抬起头，温柔一笑："我来看看你啊。"

"那现在已经看过了。"

白若琪叹口气，摇了摇头："阿城，别这么冲。你知道的，爸妈都是为你好。"

陆城垂下眼，一言不发。

"你当时非要学医，我们有阻止过你吗？医学生辛苦，你每天都很忙，本来身体就不能劳累，还老是不肯去复查，这样真的很让人担心。阿城，你不是小孩子了。"

陆城还是没说话。

"你是我生的，哪个妈妈能不懂孩子呢？你不就是觉得手术也是短期续命，没什么用，总归要衰竭的，所以就自暴自弃吗？阿城，在你放弃自己的生命之前，也要想想别人。医生不是说了吗，换心手术风险大，也要看运气，只能作为最后的治疗手段。你爸爸好不容易找到合适的心源，没有让你现在就去，但你也不能这样抗拒，叫人苦心白费。再想等下一个，就不知道是什么时候的事情了。"

陆城依旧沉默不语。

事实上，他很清楚，早在高二那场手术之后，白若琪和陆文远就开始全世界地寻找医生，还有心源。

八年，对于一个先天性心脏病且心衰中末期患者来说，已经很长很长了。

从很小开始，陆城就很清楚，人总是要死的，不是现在，就是将来的某一天。就像月升日落、日升月落一样，属于自然规律。

他没有很想活着，但也不太想死，对于老天加诸在身上的毛病，一直是一种可有可无、随心所欲的心态，能治就治，治不好，那也没办法。

现在让他去做手术，他不愿意。

这不是一个好时机。

他才刚把耳朵找回来，还没有享受够这种满心满意的感情，就要叫他躺上手术台去，也不知道能不能顺利下来。

他不愿意。

与其提前面对，还不如顺其自然，一直到生命的最后一刻。

到时候，遮天蔽日的树林燃尽，小鹿在树林的陪伴下，长成顶天立地的大鹿，足以独自面对新的天地。

挺好。

白若琪看不出他在想什么，见他不答话，哀求般喊了一声："阿城。"

良久，陆城沉沉开口："再说吧。"

他要再想想，很多事情，还有很多未来，要仔细想想才能做决定。

另一边，夜深人静时，林岁岁有些辗转反侧、难以入眠。

月光被窗帘挡在窗外，孤零零、委委屈屈，窥不见万千心事。寂静黑暗中，视线可及范围小，几乎能看清空气中有尘埃颗粒在飘荡。

她翻了个身，从床上坐起来，伸手拧开台灯，再慢吞吞地拉开抽屉。手指在那两张演唱会门票上轻轻一顿，又转了方向，落到厚实笔记本上。

习惯很难改变，心情起伏不定时，林岁岁还是喜欢在日记本上写写画画。

【我的听力已经在渐渐恢复了，但陆城还是在生病。应该很严重吧，他不肯告诉我。这么多年过去了，我还是在担心他。】

她笔尖顿了顿。

【我以为我已经勇敢了起来，其实可能并没有。当陆城问我要以什么角色来关心他的时候，说不出理由，我只想立刻逃跑。我害怕、紧张，又胆怯，甚至有对自己不坚定立场的无奈。毫无疑问，我还能继续喜欢陆城。人类的本能就是追逐太阳。】

【但……可以是女朋友吗？我不知道。】

长夜漫漫，林岁岁好像回到了学生时代，正在解一道数学题。

翻到最后一页，参考答案那里写着清清楚楚一个字——

"略"。

元旦前夕，机构给几个老师都调了休息日，要求法定假那天到岗上课，三倍工资。

林岁岁没旅行计划，自然没有怨言，爽快接受安排。

休息时间像是凭空得来。

清晨，她睁开眼睛第一秒，感觉心情很是不赖。

吃过早饭，窗外洋洋洒洒地飘起细碎雪花来。江城今年的第一场雪，竟然恰好在平安夜这日不期而至。

林岁岁拉开窗帘，静静欣赏片刻。

或许真是回到江城的缘故，这一刻，她想到了八年前的圣诞节。八中学生们都在紧锣密鼓地为跨年艺术节做准备，彩排、试装，好不热闹。

然后是元旦那日。舞台上，陆城从琴凳上站起来，当众向她走来。他像是披着万千星光，将她拉出层层叠叠的黑暗，瞬间叫全场哗然。

过往种种，本以为早就抛之脑后，实际上，样样都是历历在目。

顷刻之间，林岁岁燃起了万丈勇气，决定立刻去F大找陆城。

她也想试着走向他。

然而，计划赶不上变化。

外头下着小雪，还没落到地上就全数化成了水珠，细细密密淌下来。马路免不了打滑，车辆降速，很快，市中心主干道开始大面积堵车。

出租车不敢开得太快，在枫林路停下时，已经是中午十二点多。

林岁岁付过钱，跨下车，撑着伞，慢吞吞往F大里走。

校区很大，她转了几圈，在步伐匆匆的陌生学生中败下阵来，到底还是给陆城发了消息。

年年与岁岁：【[定位·枫林路]】

下一秒。

Lc.：【等我。】

林岁岁轻轻笑起来。

如果不是双向的奔赴，好像就显得毫无意义。

她收起手机，目光在周围略略一扫。不远处就有休息椅，但因为下着雪，这会儿，椅子已经全数被打湿。

林岁岁一只手撑着伞，另一只手从包里摸了几张纸巾出来，把椅子擦了擦，再转身坐下，开始安安静静等待。

十分钟后，陆城从小道尽头快步走来。

他没有撑伞，整个人都像是被雨幕隔离，含含糊糊、看不真切，再用力看也只能看到雪粒子一点一点落到他头发上。

无论何时何地，舞台上也好，小道边也好，陆城永远都是意气风发、光芒万丈。

林岁岁不自觉仰起头看向他。伞柄架在她肩膀上，伞面密密实实将整个人笼罩，组合起来就像朵蘑菇。

陆城脚步一顿，眉毛微微挑起来，离了两三步距离就已然开口："怎么突然过来了？"

林岁岁咬了下唇，很快又松口，小声答道："有点事想跟你说。"

陆城没急着问是什么事，手臂一使力，把人从椅子上拉起来："这里太冷了，先去别的地方。"

说着，他顺手把围巾拿下来，挂到她脖子上，再替她撑起伞。

温暖气息席卷而来，瞬间将林岁岁包围。

两人转移到校外咖啡厅。

室内开着暖气，能将湿气烘干，霎时，整个人都变得暖洋洋起来。

林岁岁搓了搓手，这才想到重点："你刚刚在忙吗？我是不是打扰你了？"

陆城点了两杯热茶，随口答道："不忙，不打扰。耳朵，你能来找我，我很高兴。"

林岁岁没在国内念过大学，也不知道医学院研究生课程，自然没有起疑。她点点头，长长松了口气。

陆城问道："你想跟我说什么事？"

顿了顿，林岁岁捧起热茶杯，用手捂着。她眼睫飞快扇动两下，不敢同他对上视线。

陆城也不着急，含笑看向她。

气氛凝滞良久，她清了清嗓子，终于缓缓开口："陆城……演唱会，一起去吧？我也喜欢周杰伦。"

陆城愣了半秒："耳朵，你……"

倏地，被巨大喜悦感淹没，竟然略有些手足无措起来。

他对待旁人素来冷淡桀骜，一贯是大哥形象，这般模样极为少见。好半晌，他才渐渐平静下来。

陆城抿了口热茶，清清嗓子，声音略略有些颤："耳朵，为什么突然……不会是什么预兆吧？如果你不是真心的话……那就好好骗我，别再让我发现。"

他不是什么良善的人，素来霸道又不驯，脑子里也没有"喜欢是放肆，爱是克制"这种境界。

不，或许说，八年前，曾经有克制过，最后结局就是一败涂地。

所以，前车之鉴，后车之师。

陆城目光炯炯有神，牢牢盯着面前那人。

说到底，心底还是会期盼她能给个让人欣喜若狂的答案。

听到这话，林岁岁抱着杯子，弯了弯眉眼，单边酒窝若隐若现，气质温润柔软，轻声问道："只是一起去看个演唱会而已，为什么要骗你？"

只是试探般轻轻踏出第一步而已，用得着那么受宠若惊吗？她忍不住想笑。

陆城长长地松了口气，眉眼如水墨般轻轻化开，低声说："对，不用骗我。"

这雪正好，人也正好。这个平安夜，叫他夙愿了了。

陆城目光凝结在林岁岁脸上，寸步都舍不得移开。

然而，倏地，心脏位置传来一阵钝痛，猝不及防，从胸口处急速向全身扩散开来，绵延到四肢百骸，撕心裂肺一般。

"嗡"的一下，他渐渐开始失去意识，最后印象，是林岁岁惊慌失措地惊呼："陆城——"

陆城不受控地合上眼，在心底叹了口气。

果真是逆天而为，才叫人乐极生悲，什么都来得不合时宜。但还好，林岁岁并不是因为同情他才勉强松口。

这就够了。

05

同样是一个下雪天，宛如昨日重现。

高二那年，林岁岁躲在病房门外，从白若琪口中听说陆城因为劳累过度和受冷，在一个下雪天被送进医院急救。那日，她和薛景打了一晚上游戏。陆城在雪中等了一晚上，以致发病。

这次，她却是亲眼看着救护车飞驰而来，将陆城抬上车内。

林岁岁咬住嘴唇，跟着一块儿坐进去。渐渐地，她开始浑身发抖，脸色也一点点变得惨白如纸，孱弱模样几乎堪比担架上紧紧闭着眼的陆城。

一次、两次，都是她的错。如果她今天没有来，就不会发生这种事了。

这般想着，林岁岁恨不得自己躺上去替陆城昏迷才好。

却于事无补。

很快，随车医生给陆城做完简单检查，眉头锁起，问道："之前是有什么严重疾病吗？心脏病之类的？"

有什么疾病？

她离开八年，早就错过了陆城的一段人生，哪能如数家珍般回答呢。

"应该是……先天性心脏病，我只知道这个……"林岁岁含着泪，颤颤巍巍答道，整个人彻底方寸大乱。

随车医生点点头，同旁边助手简单嘱咐几句后，见她这般模样，又主动安抚道："知道了。小姑娘，先不要着急，中山医院就在旁边，几分钟就到了。就是有点落雪哦，估计开不大快。"

林岁岁乱七八糟地点点头："嗯、嗯，好，谢谢医生。"

又想了想，她才如梦初醒般咬住唇，飞快从包里摸出手机。不知道陆城家人联系方式，她只能先给姜婷拨过去。还好，上次同学会还留了电话。

"嘟——嘟——"

两声之后，电话顺利接通。

姜婷声音含着笑意，忽远忽近："啧，你可给我打电话了，不容易。"

林岁岁掐住掌心，没心思与她玩笑："陆城晕倒了……我不知道该怎么办……"

姜婷当即收了笑："你们在哪里？"

林岁岁答道："救护车上，医生说、说会送到中山医院。"

"我马上过来。"

救护车一路飞驰，踏着雪花，穿梭在车流中。

对于林岁岁来说，这几分钟如同几辈子一样漫长。

或许真是性格使然，明知道旁边有医生看着，她依旧会不受控制地往最糟的方向去设想，甚至想去探探他的鼻息、想去听他心跳、想感受到他仍旧有温暖的体温。

林岁岁死死咬着下唇，一动不动，只默默捏紧了手指。

很快，救护车抵达医院急诊中心，陆城被推进急救室。

没过多久，姜婷和余星多也飞快赶到。

见林岁岁一人坐在外面，姜婷三两步冲上前去，走到她旁边，急急问道："怎么回事？"

林岁岁仰起头，眼波流转间，泪光涌现。

任凭谁也没想到，少时几个好友再次私下见面，会是在这种情形之下。

林岁岁结结巴巴地说："我也不知道……我、我、我就看着陆城往前面倒下去……"

余星多拉住护士，在旁边简单交流几句，转身过来，同两人说："路上我已经联系阿姨了，阿姨说她和叔叔在外地，但是马上会过来。城哥什么情况，还是得等他的主治医师过来才能清楚。"

姜婷点了点头，又问林岁岁："是不是受了什么刺激？你们俩说什么了？"

"就说一月份一起去看演唱会。姜饼，陆城到底是怎么回事？怎么会这样的？"话音才落，林岁岁整个人浑身一顿。

倏地，她想到那天在洋房火锅偷听到陆城和他妈妈打电话，那通电话……仿佛一切事早就有了预兆。

她呆呆仰起头，泪眼迷蒙，望向姜婷和余星多："他之前和他妈妈说，先不做手术。是什么手术？要做什么手术？我不在的这些年，陆城到底怎么了？"

姜婷和余星多对视一眼。

比起旁人，自然是多年至交好友了解更多一些。虽然陆城没有主动说起过病情，但八年前那场手术，还有后面一些治疗，也没有瞒着他们，只是顺其自然，完全不介意他们知晓。除了白若琪和陆文远，姜婷和余星多都算是知道比较多的人了。但不久之前，陆城还千叮咛万嘱咐，千万不能把这件事告诉林岁岁。

两人皆有些拿不定主意。

林岁岁不受控制般扬声吼了一句："告诉我啊！求求你们！"

姜婷把余星多推到一边，在林岁岁旁边坐下，自嘲一笑："行，我告诉你。"

林岁岁望向她，如有所感般，手指已经按到了助听器上。

姜婷轻声说："高二运动会那天，城哥本来是想在篮球赛结束之后给你表白的，但是你没来，他就去问了才哥，才哥说你去治病了。然后你音讯全无，城哥收了你那条微信之后，到处找你，怎么都没有消息。然后五六月份吧？差不多是五六月份，我们一起去找了你家里人。回来的路上，他也是像今天一样，突然摔倒了，被送进医院之后，就安排了紧急手术。

"你知道的，城哥有先天性心脏病，本来那台手术也要做，他家里给他安排在高考之后。没想到他会突然发病，一下子出现心衰症状，只能提前手术。

"问题就是这一下发病非常严重，城哥差点没能从手术台上下来，抢救了十几个小时，后来养了好几个月才勉强养回来。我们没敢问他怎么样了……不过，想想也知道，这毛病，能发作成这样，再做手术也只是延缓衰竭而已。

"这次……"

说到这里，姜婷目光落在"急救"那个红灯上，轻轻叹了口气。

林岁岁整个人都愣愣的，似乎已经忘了喘气。

古今中外，各类苦情小说、影视作品中，都会用先天性心脏病作为主角的悲惨设定。还有活不过二十岁、活不过十五岁之类的设定都是基于患有先天性心脏病，可见其杀伤力。

"嗡"的一声，林岁岁用力抱住了脑袋。

耳边嗡嗡作响，头也好疼，像是被针用力扎着，痛感从额头一直蔓延到四肢百骸。

姜婷吓了一跳："耳朵？你怎么了？"

"好痛，好痛啊……"林岁岁喃喃道。

是因为她的光要落了吗？是因为她的渺小怯懦吗？所以，老天在惩罚她，叫她痛不欲生，叫她生不如死。

渐渐地，额头、鬓角都有汗珠溢出来，落到脸上，和泪痕混到一处。

林岁岁颤颤巍巍地动了动手指，用力摘了助听器，捏在掌心，整个人慢慢失去意识。

"陆城……救我……"

这个平安夜，注定兵荒马乱。

夜幕降临，华灯初上时分，张美慧难得顾不上形象，匆匆赶到中山医院。

"岁岁呢？岁岁在哪里？"

姜婷从椅子上站起身，朝着张美慧点头："是张阿姨吧？我是给您打电话的姜婷。您别急，岁岁没什么大事。"

事实上，林岁岁除了有点轻微营养不良以外，几乎没有检查出什么大问题来，也没有什么特殊症状。但她昏迷之前，一直喊疼，却没有说哪里疼，弄得大家都有些紧张，只得将她家里人找来。

得亏了之前那个校庆和同学会，余星多留了李俊才的联系方式，想尽办法把八年前的档案调出来，找到了紧急联系人，才通知到张美慧。

陆家已经派了人来，急救室那边也有人在，姜婷干脆留在这里等张美慧。

听姜婷这么说，张美慧松了口气："先谢谢你了。"

姜婷轻轻摇头，没客套什么，只说："阿姨，您不用客气。"

她将张美慧带到病房，推开门。

林岁岁正闭着眼，躺在病床上，眉头紧锁，脸色惨白。

张美慧上下打量她一番，长长松了口气。

顿了顿，张美慧坐到旁边，从包里拿出镜子和口红，飞快地给自己补了个唇妆，恢复大半光彩照人模样，这才站起身，朝着姜婷笑道："辛苦你了，阿姨请你吃晚饭吧？"

若非眼下情形不对，姜婷非得暗自腹诽一番。这对母女的性子真是肉眼可见般天差地别，着实有些滑稽另类。也不知道面前这位阿姨是怎么养出林岁岁这种别扭又小心翼翼的孩子来的。

姜婷轻轻眨了眨眼，没再多想，顿了一下，又轻声道："不用了，阿姨，我还有朋友在医院里，我得过去看看情况。能不能麻烦您，林岁岁醒了之后，通知我一下？"

张美慧点头："当然没问题，今天还要多谢你呢。"

"那我先过去了。阿姨，再见。"

"好，真的谢谢你啊。"

送走姜婷，张美慧合上病房门，收敛起笑意。

林岁岁安安静静地躺在病床上，唇红齿白，眉眼温柔。

张美慧坐到床边，手指落下，替小姑娘撩开碎发，轻轻抚到耳后，接着长长地叹了口气。

倏地，手机铃声不合时宜响起，顺利打破病房内寂静祥和的氛围。

张美慧从包里摸出手机，眼疾手快地先按了静音，指尖轻点屏幕，电话接通。

她轻声开口："小景？"

入夜，天色朦朦胧胧，从昏黄彻底过度到墨蓝。

白若琪比陆文远先一步赶到医院。女人素来矜贵且高高在上，难得在众人面前露出失态神色。

和管家以及秘书沟通一番之后，她问余星多："到底是怎么回事？"

余星多摇头："阿姨，我不是很清楚。"

"阿城刚刚和谁在一起？不是和你们吗？"

他张了张口，小声回道："是另一个朋友。"

白若琪眉间浮起一抹厉色，语气有些咄咄逼人："是谁？人在哪里？"

余星多万分仗义，并没有把兄弟的心上人交代出来。

此时，姜婷从走廊另一边大步走回来，神色匆匆，行至白若琪面前，轻声打招呼道："白阿姨，您来了。"

白若琪点点头，表示听到，被她这么一打岔，也忘了要追责这件事。

一行人齐齐坐在急救室门口，开始耐心等待。

晚上九点多，指示灯轻轻熄灭。

医生从里头走出来，摘了口罩，朝着白若琪轻轻点头："脱离危险了。"

闻言，所有人长舒一口气。

那医生又道："不过，先天性心脏病已经进入终末期，如果不做移植的话……总之，家属还是尽快考虑，早做安排。"

顷刻间，白若琪脸上的血色褪得干干净净，整个人仿佛脱了力般瘫倒在长椅上。

"白阿姨！"

"阿姨！"

次日一早，林岁岁从消毒水气息围绕中醒来，眼皮仿佛有千斤沉，要非常努力才能完全睁开。

迷迷糊糊半晌，她总算彻底清醒。

雪白天花板，金属床架，再加上白色被单、病号服。昨天发生的一切，分分秒秒、每一幕，都如同电影画面一般，闪回大脑中。

她怎么会在病房里睡了这么久？陆城呢？陆城怎么样了？

万千思绪，涌入脑海。

林岁岁"唰"一下从床上重重坐起来，摸到助听器戴上，翻身就打算出去。

此时，"咔嗒"一声，房门被人从外头推开。

大清早，张美慧只化了个淡妆提气色，少了几分明艳，多了些亲切和平易近人。她手上拎了一个纸袋，上面打着江城知名早餐店的LOGO。

看到林岁岁已经坐起来，她迫不及待地反手合上门，兴致勃勃开口："女儿，你猜我刚刚在楼下看到谁了？"

林岁岁没心思听，垂下眼，目光移到地上，飞快找鞋。

张美慧浑然不在意，自顾自说道："陆老板！陆老板在楼下呢！说是小陆总生病了，也在这家医院……这也太巧了吧。"

林岁岁浑身一怔，猝然睁眼，盯着张美慧，低声问道："他有没有说陆城怎么样了？"

陆城爸妈都来了，她又该以什么立场去看他呢？昨天……作为陆城发病的诱因之一，叫她该如何面对人家爸妈？

林岁岁一下子清醒过来。

自责得恨不能就地昏迷，代替陆城去痛苦。

张美慧没说话，抬起手，将纸袋放在床头柜上，坐到了旁边的椅子上。

沉默半晌，张美慧终于笑了一声："还说你和陆城没关系呢？一试就明白了。岁岁，你这满身破绽的，别再自欺欺人了。"

林岁岁没出声。

"昨儿，你到底是因为什么昏倒的，我本来还不明白呢，看到陆总就懂了。是不是陆城受伤了？怪不得，你那个同学说有其他朋友也在医院，应该就是说陆城吧？"

林岁岁咬了下唇，轻声问道："陆总没跟你说吗？"

张美慧摇摇头："只说已经没什么大碍了，转到普通病房观察几天，具体什么毛病倒是没说。"

得到这个答案后，林岁岁长长松了口气。

然而，烦恼依然如青丝一般，数之不尽。她抱着膝盖，坐在病床上，喃喃自语："妈，我该怎么办呢……"

她与陆城的纠缠，细细诉说起来，都像是一出青春狗血剧，再老套的编剧都写不出这般故事。

初见、相处、着迷，再分别。

重逢过后，又因为自己的胆小怯懦，而将后续写得百转千回。

她眼里闪着泪光，用力眨了眨眼，不想让张美慧看到。

"这是我第三次害他进医院了，我不敢去看他。"

第一次，雪夜中，陆城等待了几个小时。

第二次，她不告而别后，他气急攻心以至于病发。

再到第三次。

这一刻，林岁岁甚至在想，要是她能不这么扭扭捏捏、踟蹰不前，要是她能勇敢点面对自己的心意……

"妈妈，我要怎么办？"

一时之间，张美慧没有回答。

顿了顿，她将纸袋拆开，从里面拿出一份小馄饨来。打开盖子，热气扑面，模糊了眉眼，阻隔了视线。

张美慧语调轻飘飘的，似是从远处而来。

"有什么怎么办的，去看他啊，去陪着他啊。谈恋爱这种事，只有爱和不爱，哪儿来的对错？"

林岁岁讶异抬眼。

"要是他真的介意你这别扭脾气，就压根儿不会为我们家公司的事费神出力，男人也很现实的。再说了，能等你八年，还为你从医的男人，打着灯笼也不好找啊。林岁岁，你要是我的女儿，一会儿吃了饭，就勇敢点去人家面前，明明白白地告诉人家你的想法、你的纠结，让他知道你到底在担心什么，叫他给你保证。坦白以后，然后好好谈恋爱。"

"至于朋友、父母、围观群众的看法。"张美慧摊了摊手，"重要吗？"

林岁岁愣怔了一下，蓦地又想到别处去："你不会觉得……陆城得了那么严重的病，所以要阻止我吗？"

张美慧静默好半天才答道："林岁岁，这是你的人生、你的选择，我为什么要阻止？"

这世上，好像没有人比张美慧更加洒脱了。从前那出磅礴戏码，让林岁岁的生活、性格都变得天翻地覆，但对于张美慧而言，好似压根儿没有任何影响，依旧我行我素，实在叫人羡慕。

气氛慢慢静默下来，逐渐归于沉寂。

一碗小馄饨，吃得人心不在焉。

中途，张美慧接了个电话，起身，离开病房。她回来时，顺路将医生一块儿带了回来。

那医生细细询问了几句，对林岁岁说："检查不出什么问题。你现在还有哪里不舒服吗？"

林岁岁摇摇头。

自然是查不出什么，只是受到刺激，产生了神经性耳鸣而已。归根结底，就是心理诱因。她实在是太脆弱了，没用得要命。

那医生点点头，飞快记录了几笔："那就办出院吧，记得休息，保持良好的饮食习惯。"

"谢谢医生。"

昨夜凌晨，细雪已经悄悄停了，日头随之渐渐高照。

张美慧助理赶到医院，帮林岁岁拿来了全新衣物给她换，再出去跑前跑后地办手续。

张美慧一贯忙碌，一到上班时间，就开始电话不断，抽空才想起来嘱咐林岁岁几句："那我先去公司了，跟你那个朋友打过招呼了，她说她一会儿会给你打电话的。陆城那边，我就不去看了，怎么也算是投资人，陆总也在场，咱不能这么随便，晚些时候会走公对公探望手续的。林岁岁，你有什么私人安排，可以开始行动起来了啊。"

"嗯……好。"

"早饭赶紧都吃了吧。"说完，张美慧向她洒脱挥挥手，转过身，快步离开病房。

林岁岁摸了摸纸袋，又翻出一盒小笼包，囫囵吞枣般咽下去，再洗了脸，换过衣服，简单收拾好自己。

站起身，她深吸了一口气，心中生出万千豪情与勇气，干脆地拿起手机。

不知何时，姜婷的消息已经静悄悄躺在了未读信息里，没有任何废话，就是干净利落的一串病房号。

林岁岁心下感激，回了个"谢谢"，拉开门，往电梯处走去。

中山医院并非陆城固定就诊的医院，不过有金钱开路，昨天晚上，陆文远已经将原先那个专家团队请来进行会诊，免了再转院颠簸，病房也是公立医院条件最好的单人小套间。

这里不比多人病房，病人少，走廊里都是静悄悄的。

按照姜婷的消息，林岁岁轻声走进去，慢慢站到病房门口。在这里，她听不到什么声音，也不知道陆城爸妈在不在里面。总归，兵来将挡、水来土掩吧。

没再纠结这些事，她抬起手，敲了敲门。

里头传来一声："进来。"

林岁岁深吸了一口气，掌心触到门把上，轻轻一拧。她抬起眸光，猝不及防与陆城对上视线。

四目相对，陆城说："你终于来了。"

林岁岁咬了下唇："对不起，我来晚了。"

陆城侧躺着，轻笑一声，朝她招手："耳朵，你永远不会晚。"

喜欢我这件事。
我永远不嫌晚。

不迟到
Chapter 10
C E I E R

喜欢你的心情，每一天
却会准时更新。

01

事实上，陆城还不知道，林岁岁昨天也住进了医院。

"阿城，谁来了？"一个女人声音轻轻缓缓，打断了两人的对视。

林岁岁如梦初醒般移开目光，咬着唇，视线轻轻一侧。

白若琪从隔间里走出来。熬了一夜，不过刚刚打了个盹，她脸上也不显什么疲色，唯独眼神泄露了些许心思。

白若琪看向林岁岁："阿城？这位是？"

躺在白色床单上的陆城弯了弯眉，整个人看着有些消瘦，却难得熠熠生辉，宛如发着光一样，心情极好。

他慢条斯理地开口道："白女士，您能先回避一下吗？我和她说几句话，再告诉你这位是谁。"

女朋友还是朋友，一字之差，却必须要尊重林岁岁本人的意见。

哪怕陆城迫不及待又急不可耐，甚至心跳如雷，都无法借着病中擅自先斩后奏，叫她觉得不喜、觉得尴尬。

不能冒失突然。

都这么久了，他自然等得了。

闻言，白若琪眼神微微一凝，试探地觑了林岁岁一眼，但也爽快依言点点头："我先去找你爸，和医生聊几句，一会儿回来。"

她与林岁岁擦肩而过，走出病房，顺势反手帮他们合上门。

霎时，偌大空间里只留下了两人，隔着几步相望，却连呼吸声都仿佛近在咫尺。

陆城又向她招了一次手："耳朵，过来。"

这回，没有其他人、其他事打断，林岁岁抬起腿，步伐坚定地迈向他。

陆城轻轻笑起来。

比起昨天，他脸色看起来更苍白了一些，和着精致五官，有种琉璃般的易碎美感，活像是赏心悦目的"病美人"，让人不得不感叹男色误人。

林岁岁走到病床前，掐着指尖，开口："陆城，对不起。"

陆城说："我要先确认一下，是哪方面的对不起。"

林岁岁咬了咬唇，叹气："都怪我……"

陆城脸色微微一变。

紧接着，她就接上了下一句："都怪我，没能早点认清自己的心意。陆城，其实……我还是喜欢你。"

世人都说初恋最难忘，但对于林岁岁而言，倒并非初恋与否的问题。她就像是永远不能自发光的星星，无论过去多久，都追逐着太阳。

陆城就是她的太阳。

这话要说出来，在想象中本该难如登天，当真出口时，竟然有种松了口气、尘埃落定的感觉。

林岁岁眼睫飞快上下开合几下，终于，心绪平静下来："所以……拜托你，能不能快点好起来？"

陆城没想到，她竟然能如此爽快直接，他本来还以为今天得费些口舌，诱着她将心里话说出来呢。

一切预想、准备，一切胸有成竹，都被这突如其来的表白全数打破。

陆城愣了半秒，没有挂针的那只手轻轻抬起，牢牢握住了林岁岁的手指。

他语气飘飘落落，像是提心吊胆、不敢往下沉："耳朵，是因为我的病吗？"

"临终关怀"这种词听起来就让人心生绝望。

虽然昨天小姑娘已经有松动的意思，应该不至于是单纯安抚性表白。但得偿所愿来得太快，陆城还是忍不住再次确认一遍。

林岁岁摇头："不是。

"陆城，我了解你正如你了解我一样，从小，我最不喜欢别人同情我，自然也不会因为这些事来同情你。"

这对于两个人来说，都像是一种侮辱，叫人心生不适。

她不想让他误会自己的想法。

"陆城，你……"

话音未落，陆城手掌用力收紧，将她未尽之言截断："那就够了。

"耳朵，我还是那句话——在我死之前，请你爱我。如果我死了，你就忘了我。"

哪怕只有一分钟，他也自私地想要拥有。

"做我女朋友，我说的一辈子，就一定是一辈子。"倏地，他手臂发力，将人往自己这个方向重重一拉。

林岁岁猝不及防，跌坐到病床上。

陆城松开钳制，手掌上移，落到了她的后颈上，轻轻压着她，迫着她凑近。

两人自然对着视线，距离越凑越近。

最终，剩下了一尺之遥。

只要有一个人主动，顷刻，便可以亲密无间。

陆城挂了一晚上盐水，嘴唇有一点点干裂，却无损美貌，依旧让人想要亲吻。

他薄唇轻启，慢条斯理地开了口："耳朵，我爱你。"

说完，陆城将一个冰冰凉凉的镯子套到了林岁岁手腕间。

"圣诞快乐。"

林岁岁没在医院逗留很久。一是，她也在病房住了一晚，要回家一趟，稍微收拾一下；二是，白若琪和陆文远已经回来，家长在面前，她十分不好意思不说，也不是能言善辩之流，只会觉得尴尬。她虽然很想和陆城一直待在一起，但仔细想了想，还是先行一步。

待人离开后，陆城依然收敛不了笑意，心情很好。

见状，陆文远与白若琪对视一眼。

还是白若琪率先开口："阿城，刚刚那个姑娘，是你女朋友吗？"

"嗯。"陆城终于有资格，能爽快承认这个身份了。

白若琪却拧起眉："她叫什么？是不是你之前一直在找的那个女孩子？"

陆城没答。

白若琪只当他默认，当即激动起来："这次又是她？是不是！阿城！你到底是怎么晕倒的，告诉妈妈！"

陆城侧过脸，轻描淡写地答道："问这种问题有意思吗？八年都是捡来的，哪一天都有可能会突然衰竭下去，我还以为大家早都做好准备了。"

"阿城，你……"

他眼睛熠熠生辉："白女士，我要出院。"

这次，倒是陆文远出声喝止了他："你不要胡闹！谈恋爱什么的，我们不管你，喜欢谁就喜欢谁。出院有什么必要？就让她来陪你好了！"

陆城振振有词："现在这样住着也没有必要啊。你们找到的那个……人家暂时还活得好好的，不是吗？总不能现在就手术吧？爸，妈，我的心脏我清楚，没事。"

出院吧。

他还有很多想做的事。

02

日头高照。

林岁岁回到家里，先洗了澡，又稍微收拾了一下房间。闲下来，她立马就开始坐立难安。从昨天开始，一切都是恍恍惚惚的状态，直到这会儿，坐到熟悉的沙发上，才渐渐有了实感。

林岁岁揉了揉头发，长叹了一口气。

明明想要勇敢一点，这次像是脚步迈得太大了。倒也不是赶鸭子上架，只是第一次主动，总归叫人手足无措。

另一事主陆城呢？这会儿还躺在医院里呢。

这般想着，林岁岁不自觉摸上了腕间的手镯。

她刚刚洗澡时，已经拿下来看过了，是卡地亚经典款，满钻满天星，手镯系列名就叫"LOVE"。

也不知道这是陆城什么时候买的。

想到他昨天在自己面前那样倒下去，当时自己心神俱裂的情绪，实在叫人没法继续否认。

林岁岁是觉得对不起陆城，但那种撕心裂肺的紧张，绝对不是单纯的同情和歉意。

比起旁人来说，林岁岁更能体会同情和歉意的感觉——毕竟，自己也曾经在旁人身上体验过许多次，绝对不该是这样。

就是没法放下啊，做再多心理建设也放不下。

况且，喜欢这件事，本就玄之又玄。要是一直用少时眼光来捆绑自己的心，无论对自己，还是对陆城而言，都显得不太公平。

他那么好。

他说爱她。

林岁岁乱七八糟想了一大堆，最终还是去翻出了日记本，打算写一下日记，平复情绪之后，再拿点探望礼物回医院去。

转眼，这本日记本也被写了大半。往前翻翻，从回国开始，几乎每一页内容都与陆城有关。

她随意看了几段。

【我真的还喜欢陆城吗？八年，不是八天。如果真的不能忘怀，为什么早先时候没有什么感觉呢？还是重逢之后，才懵懵懂懂意识到自己的心？那道光，黯淡过吗？还是只是我遮住了眼睛，太久没有去看它了？】

【陆城说他一直没忘了我。可是我不敢，我是个胆小鬼。】

【陆城的导师居然是耳鼻喉科的顶尖专家。他说，他从医就是想治好我的耳朵。我不值得他这样。】

【陆城让我要勇敢一点，最该勇敢的事情，就是拿起琴弓。教许梓诺不是什么梦想，当一名提琴手，才是我从小的梦想。我真的该推翻现在的生活，将人生重新来过吗？】

【练琴手很痛，可能又要生茧了。陆城之前好像说过，他小时候练琴，练得手指上全都是硬块。或许，我们真的很像，无论从任何角度来说。】

……

一字一句，好似叫人难以辩驳。

一桩桩一幕幕，组成了两人相处时的一点一滴，有回忆也有现实。

这一次，林岁岁毫不犹豫地拿起笔，郑重地写着。

【我和陆城在一起了。】

【他的先天性心脏病越来越严重，虽然他不肯告诉我，但是我也能猜到，已经到了不得不做换心手术的程度。上网搜了一下，这个手术条件和难度都很大。不知道结果是什么，不知道未来是什么样。我也不介意。】

【我想，只争朝夕。】

暮色四合时分，林岁岁给陆城发消息。

年年与岁岁：【晚上我来医院陪你，好不好？】

很快，对方秒回了一长串。

Lc.：【不用问我好不好。耳朵，对你，我永远都是好。】

Lc.：【但是这事不好。】

Lc.：【明天我就出院了，你先好好休息。】

林岁岁愣了愣，手指触着手机屏幕，正欲打字。倏地，屏幕跳到了来电显示界面，机身也剧烈振动起来。

她手忙脚乱地接起来："喂？"

薛景的声音透过电波传入耳中："岁岁。"

林岁岁低低"嗯"了一声。

薛景说："你回美国来吧。"

林岁岁一时没反应过来。

"你压根儿已经不喜欢陆城了，只是因为心软，又太乖，被他一点点骗了而已。

"林岁岁，你想想，过去八年，我们在国外不是也生活得开开心心吗？凭什么一回来，就要被他打乱你的生活、你的人生？"

薛景语气平静，似是机械般毫无起伏："回美国来，不要再被扰乱了，你只会因为他觉得头疼、不高兴，不是吗？"

"不是的。"林岁岁摇摇头。

"岁岁！"

她轻声细语地解释道："不是这样的，我从来没有因为陆城而觉得不高兴，从认识他的那一天起，只要见到他，我就会觉得高兴的。"

哪怕他还不喜欢她的时候，哪怕他和别人亲密无间的时候。看到他，她总归是满心欢喜，就算是心痛、就算流泪，也是夹杂着各种复杂情绪，酸酸涩涩。

归根结底，还是因为喜欢。

薛景深吸了一口气，问道："那我呢？我陪了你这么久，林岁岁，你当真就一点点都没有喜欢过我吗？"

顿时，林岁岁只觉得尴尬气氛要从电话中溢出来，将她整个人淹没才算完。

"薛景，我真的一直把你当成非常好的朋友。你是我非常珍贵、非常珍贵的朋友，谢谢你……"语言总归单薄，林岁岁的声音渐渐弱下去。

然而，薛景万分执着："为什么？我到底是哪里不如陆城了？你说个一二三出来，我改。"

为什么？

要是能说出为什么，或许这世上就不会有那么多痴男怨女了。

感情这件事，本就没有理由。

薛景很好，可以说是和陆城不相上下的好。两人一样聪明、一样玩世不恭、一样出身良好，甚至一样都是模样万分好看，能让女孩子心动。比起陆城，薛景脾气还更加好、更加平易近人，没有高高在上、睥睨众生的矜贵，相处起来让人如沐春风，更叫人觉得时时高兴。

他们俩，都是会发光的男人。

但林岁岁从来没将两人放在一起比较过。所以，被这般问起，她也不知道该如何作答。

只能说，人这一生，出场顺序万分重要。

"对不起……"

电话两端，除了两道起伏的呼吸声，再无旁音，静默几乎要将人淹没。

良久，薛景再次开口，声音却像是远了些，显得音量有些低："我知道了。"

"薛景，我……"

"林岁岁，我听阿姨说，陆学长的心脏病非常严重，有多严重呢？是不是已经要心脏移植了？"

林岁岁愣了愣。

接着，薛景便说出了下一句："你想和他在一起是吗？好，我把我的心脏给他，这样，我们也能以另一种方式在一起，我知足了。"

说完，他干脆利落地挂断电话。

这是什么意思？

林岁岁好半天都没有回过神来。

等她意识到什么之后，脸上的血色乍然褪了个干干净净。她再顾不上保持距离，疯了一样往那个号码回拨过去。

"嘟、嘟、嘟……"

"嘟、嘟、嘟……"

但无论她怎么打，都是忙音。

林岁岁又将薛景的微信翻出来，一边给他打微信电话，一边发消息。

【薛景！！！快点接电话！】

【接电话！】

【你疯了吗？！】

依然都是石沉大海，没有任何回音。

"嘟。"手机传来低电量提醒。

林岁岁茫茫然地跌坐在沙发上，手镯敲到了手机屏幕，发出细微声响。

事实上，她没有骗人。

虽然没有办法回应薛景的感情，但人类又不是冷血动物，多年陪伴确实产生了感情。她将薛景放在心上，作为一辈子的珍贵好朋友那样妥帖安放，赴汤蹈火。

只是，那种感情并不是薛景想要的。

林岁岁没有办法。

又过片刻，手机再次振了振。

她以为是薛景，赶紧拿起来，解锁屏幕。

Lc.: 【嗯？】

瞬间，恐惧感将人淹没。林岁岁掐着手心，不受控制地给陆城打了语音电话。

那头接得很快："耳朵，怎么了？"

林岁岁吸了吸鼻子，声音细细软软，手足无措："陆城，我该怎么办啊……"

像是回到了高中那会儿，他叫她妹妹，说会一直罩着她，所以她好似有万般委屈与情绪，都能通通与他分享一般。

将事情简单说了说，林岁岁急急问道："薛景到底是什么意思？他不会做傻事吧？"

或许，陆城也没想到薛景会这么疯，失语片刻，才安抚般开口道："不会的。"

他叹了口气，语气中带着些许无奈："你们怎么会以为心脏移植这么简单啊？"

林岁岁说不出话，只在电话这端拼命摇头。

陆城又说："就算他想给我，我还不想要呢。"

谁要情敌施舍啊。

陆城本就不想做移植手术，就算是万不得已，也不可能让薛景的心脏跳动在他的胸腔里，支配他的血液、身体、温度，去与林岁岁拥抱接吻、相守一生。

做梦。

想了想，他说："耳朵，你把薛景的联系方式给我。"

夜幕降临。

姜婷和余星多前后下班，到医院来探视。

两人敲过门进来时，陆城正靠在床架上闭目养神，眉头紧紧蹙起，手指压着太阳穴，有一下没一下地按着。

余星多将花放到旁边，"嘿"了一声，笑道："城哥，想什么呢？"

陆城没答话，慢吞吞睁开眼："嗯。"

余星多说："嗯什么啊？哎，耳朵呢？她怎么没在？哇哦，不会人压根儿没来过吧？"

白若琪和陆文远工作在身，昨天两人一个在国外、一个在外地，第一时间放下工作赶来，已经实属不易，总归还是要抽空去处理工作。

此时，病房里只有管家在，见到有来客，他眼明手快地避入了里面房间，将空间留给三个朋友。

余星多问完，姜婷目光在病房内扫了一圈，自言自语喃喃道："耳朵不会这么没用吧……"

陆城眉毛轻轻一挑："别瞎猜了，我们已经在一起了。"

"啊？"

"啊？"

两个人异口同声。

似是对这种一惊一乍不满，陆城低低"啧"了一声，点头："没错。

"我想和耳朵长长久久地在一起。"

想陪她弹琴、看展、吃饭，给她买巧克力、买首饰、买礼物。

想和她亲吻，想带她去看演唱会，给她唱周杰伦的歌。

不想这一生短暂，更不想走在一起太匆匆忙忙。

他贪心得要命。

陆城眉间浮起笑意，孱弱又坚定地说："所以，我考虑了一天，决定接受手术了。"

03

旭日东升，又是新的一天。

对于人类来说，或许会有哪一天非比寻常，像是过不去的坎，或是难以忘怀的纪念日。但对于浩瀚宇宙来说，太阳不会受任何影响，依旧照常升起，每一天都没有分别。

出院之前，陆城拨了薛景的电话号码。

响铃没几声便很快接通，仿佛对方就在不远处等着这么一通电话，压根儿没有时差。

"喂？"

陆城平淡地开口："薛景，我是陆城。"

"……"

"方便聊几句吗？"

事实上，薛景人早就已经到了机场，只是迟迟没有买机票。

他在等林岁岁回心转意，卑微地期盼着，哪怕是用一些卑劣手段能将她逼回美国。

陆城身体不好这件事，在多年前，学校里早就有传闻。当时，林岁岁已经转学走人，陆城因病休学很久，甚至错过了八中的期末大考，也错过了推优保送名额。

薛景当时还在八中上学，自然有所耳闻。

作为学校风云人物，陆城的一举一动都很受关注。准确来说，是很受追求者关注，低一届里也有不少女同学偷偷暗恋他。

当然，还有赵介聪和几个篮球队的男生都跟陆城很熟，难免会传出消息来。

薛景虽然不知道陆城具体是什么毛病，但都到了休学程度，想必不会很轻。

只是，那届高三开学没多久，陆城就回了学校继续上学。任凭旁人如何观察，也看不出什么重症端倪，倒是脾气比过往收敛许多，行为处事也越发低调了。

直到昨天和张美慧通过电话，薛景总算知道了真实情况。

他没想到……

只有一件事可以确定——林岁岁不会再回到他身边来了。

虽然不想用这种事情开玩笑，但这确实是一记绝杀。

第一次暗恋的人、念念不忘的人、多年等待的人，再多犹豫也挡不住对方即将离开带来的冲击感。

有的时候，感情这回事，本来就没有什么分明界限，也不存在什么单纯剔透。很多感情掺杂在一起，结局一样是殊途同归。

薛景能这么多年不挑明心意，也是出于这种考虑。

谁说朋友之间就不存在日久生情呢？

但现在，什么都不可能了。

他的星星落了。

电话那端，陆城沉沉开口道："既然你想给我捐心，那也得回国来是吧？找时间见一面吧。"

机场人来人往，各种肤色、各种打扮的人皆是行色匆匆。

薛景曾经酷爱这异国他乡，与林岁岁一起，没有旁人。

但这回来看，没了另一位当事人，异国他乡终归还是他乡，待久了，难免叫人心生落寞。

　　良久，他垂下眼，平静应声："两天后。"

　　陆城回道："好。"

　　自平安夜那日下过雪之后，江城一直是暖阳高照。

　　气温一天比一天低，很快跌破零度。但正午时分没有风，晒着太阳，还是能感受到些微冬日的温暖惬意。

　　再过两日，就是元旦。

　　林岁岁去公司销假，顺便开会，等节假日安排下发。

　　"早上好。"走进办公室，隔壁桌的年轻老师主动同她打了个招呼。

　　林岁岁回道："早上好。"

　　对方眼神很尖，轻轻一扫，立即注意到她手上的镯子，愣了愣，随后大惊小怪道："林老师，你这个手镯是卡地亚的满天星吗？好漂亮啊。"

　　顿时，办公室所有目光都投向这里。

　　林岁岁依旧不习惯被所有人注视，尴尬一笑，条件反射般将手镯往袖子里藏了藏。

　　那老师恍若未觉，继续追问："你是代购买的吗？多少钱啊？我一直想买个没钻的，但是这样看，满钻真的好看呢……林老师原来是深藏不露的土豪啊。"

　　小小的一间老师办公室，明里暗里杀机也不少。毕竟机构按续课提成，说是同事，其实人人都是竞争对手。

　　旁边，另一个老师接话："上次林老师的朋友不是请大家喝了奶茶嘛，那个朋友身上的一串项链就值钱得很，还有皮带、鞋，都是贵货啦。林老师肯定也不差。"

　　"留学生圈子肯定不差的啦，卡地亚有什么好大惊小怪的。"

　　"羡慕……"

　　一时之间，办公室里议论纷纷。

　　林岁岁叹了口气，将"男朋友送的"这话默默吞回了肚子里。

　　她没再搭话，只讪笑一声，转过身，坐到自己工位上，将助听器偷偷摘下，捏在手心。

　　世界悉数混杂起来，一切对话都像是隔着耳机，再没有那么清晰了。

　　她能习以为常地用大脑屏蔽这些声音。

　　或许，这工作确实不适合她。因为她怎么都学不会如何与所有人相处，如何能大大方方加入各种调侃与客套应付中。

　　倏忽间，林岁岁无比思念自己的琴。

　　另一边，陆城再次和薛景碰上面，还是约在了咖啡店。

　　数月不见，薛景气质变化极大。他头上顶了一头黄发，被灯光一打，像是在发光，衬得人肤色极白不说，五官也呈现一种雌雄莫辨般的精致诡诞。

那些乱七八糟的腰链、项链、戒指也全数被他戴回身上，仿佛时光退回到中二年纪。

陆城挑了挑眉，不太走心地夸了一句："不错。"

薛景没回答，拉开凳子，在陆城对面坐下。离得近了，他能看到陆城眼下浅浅青黑，在白皮上很是扎眼，像是许久未睡。

他语气毫无波澜："陆学长，找我有什么事？"

陆城说："薛景，你不要再给耳朵压力了。"

同样的场景，人设彻底颠倒，显得画面实在有些搞笑。

陆城继续说："我不知道你看了多少老土的电视剧，你以为你跟耳朵暗示，你要自杀把心给我，就真的能动摇什么吗？

"薛景，我听说你是普林斯顿的高才生，应该不至于常识缺失，会真的有这种想法吧？"

在医学上，脑死亡就是死亡，心脏再怎么跳、跳在谁的胸腔里，都不是原来那个人了，不存在什么共生关系。更何况，心脏移植手术也不是这么简单一回事，没这么轻描淡写。

陆城淡淡笑了一声："我从来不介意和你公平竞争，但是输了就是输了，也不用耍这种小手段。"

倏地，薛景眼睛里泄出浓重戾气，像一股浓烟，几乎要将他整个人淹没。

薛景一贯家教良好，这回，终于忍无可忍，爆了句脏话："你懂个屁！"

陆城什么都不懂。

他错失了八年，又没有经历过当中点滴，怎么会理解自己对林岁岁的感情呢？

薛景牢牢捏住了拳头。

扪心自问，原本，他对林岁岁并没有什么其他想法，只是单纯觉得她挺好玩，特别和薄倩对峙时，她的表情和声音都有点可爱，像他家那只小奶猫，这才故意逗她玩玩罢了。她明明一脸憋憋屈屈，想拒绝又没法开口的模样，实在是太乖、太有意思了，比竞赛题还有意思。

再到后来，看到小姑娘可怜巴巴地看着陆城，眼睛像湖水一样，乖乖软软，又忍不住心尖一动，想去将她从困境中捞出来。

如果这一切终止在少年时期，想必两人真能成为普通好朋友。平日点赞之交，逢年过节轻松问候，偶尔还能约着聊个天、吃个饭、打几把游戏。

薛景也没有想到，去到普林斯顿之后，还会那么巧合地遇见林岁岁。

她是来新泽西治病的，已经来了好几年了。

同在异乡，两人关系自然迅速拉近。

与林岁岁这样乖巧软绵的女生相处起来，对于薛景这种性格的男生来说，有无可驳辩的吸引力，但这还不至于让他沦陷。

转折发生在后一年的圣诞节。

圣诞节对美国人来说，无疑是全年最重要的一个节日。学校放了年假，薛景懒得奔波回国，留在了新州。

晚上，他将林岁岁带到了班上同学办的 Party，免得她小可怜一样一个人过节。

那一天，对林岁岁来说，也是非常重要的一天。她摘了助听器，发现对外界声音产生了轻微感知度，长久治疗初现成效。

林岁岁难免兴奋激动。

Party 上，她躲在角落，庆贺般喝了几杯酒。可惜她酒量不佳，薛景发现时，她已经有些迷迷糊糊了。

"林岁岁？大艺术家？还好吗？"

听到声音，林岁岁勉力睁开眼，看到了一张熟悉的脸，扯出一个笑容来，喃喃道："薛景……"

她笑得有些憨有点笨，酒窝里好似盛满了酒，饮一口就叫人上头沉醉。

薛景愣了一下。

下一秒，林岁岁就转开视线，目光被其他东西牵引住。

老外家中放了圣诞树，圣诞树上头有颗五角星装饰。

林岁岁撑着手臂，站到沙发上，踮起脚尖，想去够那颗星星。

和醉酒之人是没什么道理可讲的。

薛景看着她用力将那个五角星从树上扯下来，抱进怀里。

林岁岁轻柔地抚摸了一下那个星星，又笑起来，眼神虚无、不见焦点，也不知在看哪里，只轻声喊他："薛景。"

"嗯，在呢。"

"薛景。"

"怎么？"

"我能听见你的声音了。"

说完，她心满意足地抱着星星昏睡过去。

薛景一步跨上前，牢牢将她接住，搂进怀里。

这一抱，便是彻底沦陷。

他的星星亮了。

陆城什么都不知道。

薛景倏地站起身，环佩叮当，恍然未觉。他怒视着陆城，冷冷道："陆城，你真是个自私鬼。"

陆城接受这个评价："对。"

"明明都已经知道自己快要不行了，你还想把岁岁拖下水，让她为你痛苦、为你难受。你以为这是爱情吗？不是的，陆大少，这只是你高高在上的占有欲作祟罢了。"

因为曾经求而不得，这会儿才想占为己有。

陆城完全没有被激怒，依然好整以暇地望向他，回道："我对耳朵是什么感情作祟，用不着你来评判。当然，你说我自私，我承认。人活在这个世上，无论是一天也好、一年也好、十年也好，想要把喜欢的东西握在手心，这是本能。

"我错过的八年，都是你的机会，但是你也错过了。"

薛景嗤笑一声："这是陆大少高高在上、悲天悯人的说教之心吗？还是作为胜利者的嘲讽？"

陆城摇头："都不是。"

薛景握着拳，转身欲走。

下一瞬，陆城开了口："我今天找你，是想拜托你一件事。"

薛景一愣。

"如果，老天注定要我先走一步，麻烦你好好照顾耳朵。一定要治好她的耳朵，她喜欢拉琴，想当提琴手。请你爱她的时候，也别忘了鼓励她、支持她，不要将她困在一方天地里。她胆子小，耳根子也软，不好意思拒绝你的。钱和老师，还有未来，我都已经为她准备好了。当然，如果你可以做得更好，也可以不用我的准备。"

薛景浑身一僵。

陆城声音低低沉沉，像是破空而来："这是我这个自私的男人，能为她做的最无私的一件事了。"

林岁岁去搜索了一下满天星的价格，小小一个镯子，竟然都快赶上一辆代步车了。

她咂舌不已，只觉得手腕突然变得有千斤重，几乎抬不起来，恨不得当即就还给陆城，叫他赶紧去退掉。

这种礼物普通人真心有些难以承受，连回礼都觉得困难。但如果这样退回去，想必陆城肯定会觉得难过吧。

林岁岁踟蹰许久，始终无法下定决心。

后面几天，为了防止各类眼光，包括机构那些学生家长，她都没有戴着那个镯子上班。

04

转眼到了 12 月 31 日，马上又是新的一年了。

作为工作党，林岁岁要上班，加上也没了年轻人那些浪漫感，她只打算浑浑噩噩混过去。

只可惜一大早，陆城就打乱了计划。

他发了条微信过来。

Lc.：【耳朵，今天几点下班？我来接你。】

林岁岁愣了愣，手指在屏幕上停顿半秒。

接着，电话已经打过来，陆城声音里含着笑意："嗯？"

林岁岁想了想，轻声报了最后一节课的结束时间，又犹犹豫豫问道："为什么要来接我呀？"

虽然两人已经互表心意一周时间了，但对于这个多出来的男朋友，她还是有一点羞怯尴尬。好像打破拼盘，将两人关系重新定义，连相处模式也要重新琢磨才行，一时半会儿，总归有些束手束脚。

陆城说："秘密。"

夜幕降临，秘密也被悄然揭开。

陆城带林岁岁去了郊外。

早几年前，江城市内就开始全面禁烟禁燃，逢年过节，都改用灯光秀代替烟花。市郊庄园地界还没有被划进这个范畴，加上江城是临海城市，没有高山，唯一地势高点的位置就在这一块儿，算得上是几座小山。这里可以山路飙车，干脆建了盘山公路，又挖了人造温泉，打造出一些噱头，专供有钱人消遣。

夜色中，出城道路通畅，凯迪拉克稳稳停在庄园停车场。

陆城拉着林岁岁下了车，熟门熟路，一路上到顶楼露天餐厅。露天餐厅角度极佳，设计感很足，装潢也精致。站在栏杆边眺望出去，可以看到后面的山丘，空气十分清冽。

只是大晚上，山上又没灯，也不存在什么景致可看。

这会儿，餐厅已被清了场，除却几个西装侍者外，没有其他人。

林岁岁拧了拧眉，有些不明所以，小声问道："这是？"

陆城瞄了眼手表："时间还没到，咱们先吃饭吧。"

他拍了拍手。

侍者端着餐盘，悄无声息地依次鱼贯而入。

陆城说："这里的大厨是陆总喜欢的，特地从南城挖来供着，平日里都吃不到他亲自动手做的菜，只有一些特殊客人才能尝到。"

林岁岁轻声笑起来："这样子感觉很霸道总裁。"

陆城扬了扬眉："那可不是。总不能老让你记着我躺病床上的模样吧？得赶紧洗去你的记忆才行。"

林岁岁哑然半晌，才缓缓问道："陆城，你……"

"我没事，别打断我的气氛嘛。乖耳朵，听话。"陆城轻声打断，没让她追问。

两人慢条斯理地吃了一顿，随心所欲、漫无目的地品评了一番陆总的口味。

不知不觉，子夜已至。

陆城让人送来了毛毯，披到林岁岁身上，长臂一勾，把人揽进怀中。顿时，亲密无间。

林岁岁脸颊"噌"一下烧得通红，浑身也有些僵硬，结结巴巴地说道："陆、陆城，你、你……"

陆城轻笑一声，尚未来得及说什么调侃之词。

"砰——"

远方，第一朵烟花在天际炸开。

紧接着，又是接连好几声，五彩烟火此起彼伏、争先而至，美不胜收。绚丽美景，难得一见。

林岁岁瞪大了眼睛，失语片刻，已经忘了刚刚要说什么。

而陆城却不可抑制地收紧了手臂，从身后将人紧紧禁锢在怀中。

背景音吵闹，他的声音近在咫尺，清晰可闻。

"耳朵，新年快乐。"

希望你未来每一年都能想起这场烟花秀、想起我，别忘了我。

陆城这般想着。

下一秒，他盖住了林岁岁星子一样明亮的眼睛，吻上了她的唇。

呼吸缠绵又无端缱绻，与夜色里的烟花一同组成了新年交响曲，堪比贝多芬的命运交响曲。每一道音符，都要将生命一同燃烧。

两人紧紧相拥。

这不是两人第一次接吻，但必然是最合适、最你情我愿的一次。

林岁岁的嘴唇温温软软的，寒风凛冽，竟然也没吹出半丝寒意。小姑娘懵懵生涩，迟迟不懂张嘴。

陆城耐心极佳，收敛起自己试图攻城略地的刻骨霸道，只轻轻柔柔、辗转反侧地细细研磨着。

林岁岁眼睫轻轻颤动起来。

陆城像是在剖白心迹，逼着她将他刻入骨髓之中。

她败下阵来，手臂搭在他肩膀，浑身软软糯糯，虎狼可欺。

陆城感觉时机已至，唇齿轻轻一顶，将她唇瓣撬开，勾出小姑娘的舌尖，用力吸吮了一下。

"唔！"林岁岁低吟一声，声音奶猫一般。

霎时，陆城红了眼，呼吸越发粗重起来，手臂再次收紧，用力压着她的脖子，将人按在栏杆上。

烟花在山尖一朵一朵炸开。

他心心念念的女孩在他掌中绽放。

霜寒露重，林岁岁本穿着毛衣外套，外面还披了毛毯，这会儿，都已经七零八落地散在陆城手中。

蒸腾体温透过指尖传递过去，在寒夜中，犹如一把烈火。

两人黏在一处，浴火共生。

陆城埋首在林岁岁胸口，重重喘息着。

好半天，仿佛是用尽了一生所有的自控力。

他将手掌从她身上拿下来，红着眼替她拉好了衣服，还将毛毯也扯了上来，将她整个人都盖得严严实实。

林岁岁仰起头看他，眼里含着雾波，怯怯如丝。

陆城清了清嗓子，声音依旧还是沙哑："耳朵……对不起。"

林岁岁轻轻"啊"了一声，不知道该如何作答。

陆城注意到她绯红的脸颊，轻轻叹了口气，再次啄了啄她的脸，这才扭过头，用力做了几个深呼吸。

不可以。

他不能这样对耳朵。

如果……最终，他无法对抗命运，就不能全方位拉她下水，让她走不出自己的阴影之中。

两人各自沉默下来。

最后一朵烟花在夜空中炸开，将小山全貌照出。而后，整个世界重新归于寂静。

林岁岁缩了缩脖子，捂着脸，强行抑制着尴尬和羞怯，开口："这个烟花秀，是特地为我放的吗？"

陆城调整了一下呼吸，低笑了声："不喜欢吗？"

她摇头："喜欢，很喜欢的，但就是回礼回不起。"

陆城顿了半秒。

蓦地，一个冰凉物什贴到陆城手心，冻得他不自觉打了个激灵儿。

"嗯？"他诧异挑眉，抬起手。

掌心中，躺了枚银色戒指，戒圈很粗，上头缀了一颗绿色宝石。很明显，这既不是婚戒，也不是情侣戒制式，更像是装饰用，不会引人深思。

陆城细细端详片刻，眼神转到林岁岁身上。

林岁岁声音细细软软的，似乎十分不好意思："提前的生日礼物……这是白金和普通翡翠，不是什么名贵品种或者牌子，也没有你送的礼物贵，就……一点点心意而已，没有什么含义的……"

话音未落，陆城已经将戒指套到了食指上。

灯光下，翡翠色泽翠绿，几乎说得上流光溢彩。他手指细长白皙，根根分明，一双手从上到下都漂亮得不行，完全符合手控幻想。这戒指把他的手衬得更为精致。

陆城调整了一下翡翠的位置，轻笑着问道："是不是把回国教课存的钱都花完了？"

林岁岁没答话。

"耳朵，谢谢，我很喜欢。今天没有准备，下次弹钢琴给你看。"

林岁岁愣怔一瞬，诧异万分："你知道？"

他点点头，胸有成竹地"哼"了一声："当然。你是不是觉得弹钢琴的时候戴戒指很好看呀？"

这么浮夸的颜色和设计，明显不符合林岁岁平日审美。但她见过别的钢琴家弹琴时戴一枚戒指，镜头聚焦在手上时，显得无比矜贵漂亮，叫观众心折。

林岁岁在柜台里挑选时，一眼就相中了这枚戒指。

想象着陆城戴着它，手指落在黑白琴键上，那种巨大的冲击力，让她毫不犹豫地刷爆了卡，买下了这枚戒指。

陆城说道："耳朵，你送我的第一份礼物，当时我没能解读出深意，所以后悔了很久，但以后再也不会了。"

那本《舒婷诗精编》，是他一生最难忘，也是最后悔的东西。

他不会允许这种后悔再次发生。

森林和他的鹿，注定同生共死。

要频调一致，也要呼吸相融。

走出庄园时，夜已经很深。

凯迪拉克悄无声息地停在刚刚的那个地方，司机也一直在等待着两人。

林岁岁见状，脚步微微一顿，想到了什么般，低声问道："陆城，过年我去考驾照怎么样？"

陆城自然能猜到她的想法，替她拉开车门后，才慢条斯理地答道："我舍得让你给我做司机吗？"

林岁岁不以为意："那有什么关系？"

陆城有心脏病不能开车，又是少爷脾气，出入都是私家车。以后两人见面，她要是会开车，也能方便点。

作为男女朋友，互相照顾，本就理所应当。

"我觉得不行。"陆城十分干脆利落地霸道拒绝。

林岁岁扁扁嘴，不说话了。

陆城坐到她旁边，抬起手臂，将人圈入怀中。他像是得了肌肤饥渴症一样，恨不得缠缠绵绵，直到地老天荒。

关上车门，汽车飞驰而去。

将所有春意掩藏其中。

公历进入新年。

陆城回了学校继续给教授打工。

姜婷和余星多也各自有工作，开始忙起年终总结。

林岁岁在家里移移整整，重新摆了家具，又去满满那里买了几把鲜花，将房间装饰得一派生机盎然。

许梓诺来时"哇"了一声："林老师，你家的感觉好好哦！"

林岁岁心情十分不错，听了小朋友的夸奖，眯着眼笑起来，问道："梓诺，元旦和爸爸妈妈出去玩得怎么样？"

许梓诺用力点头："很开心！"

"那行，我考考梓诺，看看你基本功有没有落下。"

两人凑到一块儿。

突然，许梓诺发现新大陆般，又喊了一声："呀！"

"怎么了？"

"林老师，你今天没有戴那个耳机呀！"

林岁岁重重一颤，手指颤颤巍巍地摸到了耳朵上。

没有。

真的没戴。

她蹙眉，开始细细回忆到底是什么时候把助听器拿下来，然后就忘了戴回去了。

应该是昨天还是前天洗头那会儿，陆城打了电话过来，她用肩膀和耳朵夹着手机，嫌助听器碍事，随手就摘了放到旁边去。她除了当时觉得声音有点不清楚之外，后面这两天似乎是习惯了，竟然一直都无知无觉。

耳朵好了？

林岁岁有些难以置信。

自打十五岁摔下楼梯那一天起，失聪这件事已经陪伴了她整整十年，几乎是人生的一小半了。

她恨过、怨过、痛苦过，也绝望过，最终还是不得不打起精神来面对它，无止境地求医问药，背井离乡，期待奇迹发生。

但当奇迹真发生时，却叫人有些手足无措起来。

许梓诺看林岁岁神色有异，问道："林老师？你没事吧？"

林岁岁再仔细感觉，其实也不是完全复原。许梓诺的声音比平日里要轻一些，气音偏重，小姑娘一贯的尾音也不是十分明晰，有颗粒般的杂音。

可是，这样已经很好了。

真的很好很好了。

十年枷锁终于松动。烟消云散时刻，也只在眼前了。

"嗯。"林岁岁挤出一个笑意，摸了摸她的头顶，"老师没事，谢谢梓诺。"

这件事，林岁岁没有立刻告诉别人，包括陆城和张美慧。她想自己再观察几天，确定听力恢复不是突发事件。

转眼就到了1月11日。

林岁岁早就和同事调了班，昨夜早早入睡，养精蓄锐，郑重得堪比结婚仪式。

日头渐高，吃过午饭，她拉开衣柜，皱着眉头，开始精挑细选。

最终选了一身烟灰色毛衣裙，一字肩设计，收腰，将身材衬得纤细无比，底下配绒面过膝靴，外面再搭一款长款外套，保暖又精致。

她将衣服放到一边，再去化妆。

这么捣鼓折腾下来，回过神时，已至暮色四合时分。

陆城电话打进来："准备好了吗？"

林岁岁套上长大衣，拎起包，回道："好了。"

"那下来吧。"

"嗯。"

两人在林岁岁家小区门口会合。

赶在演唱会入场前，他们先去吃饭。

走进餐厅，俊男美女组合成功吸引了不少人的视线。

陆城点过菜，合上菜单，目光落到她脸上，露出一个不羁的笑意："耳朵，你今天很漂亮。是为了见我准备的，还是为了周杰伦？"

"当然是周杰伦。"

对于林岁岁来说，周杰伦的意义与普通歌手和偶像明星完全不同。他是她走近陆城所迈出的第一步，是他们俩一切的开端。

在九年前，周杰伦江城演唱会上，林岁岁用高价买了张黄牛票，湮没在人群里，妄图与场内不知道何处的陆城感同身受。最后，她一个人在歌声里泪流满面，生生尝足了暗恋的苦。

到今日，世事变幻莫测，像是某种命中注定的奇妙预兆，可不得悉心打扮一下？

夜幕降临，江城体育场灯火通明，早在两条街之外，交通就开始堵塞。

林岁岁和陆城一同下了车，十指相扣，依偎在一起，跟着黑压压的人流慢吞吞往体育场方向步行而去。

周围都是兴高采烈的年轻人，或者说是因为共同的爱好与信仰，将所有脸庞都映得年轻起来。

气氛热烈。

老远，已经能听到体育场里传来音乐声，是周杰伦的新歌。

沧海桑田，那个留着蓝色刘海、桀骜不驯的少年也已经结了婚、有了孩子。

很多事都变了，但其实也没有变。

比如，"歌迷朋友们，欢迎你们来到地表最强演唱会！"

比如，全场高亢的欢呼声。

又比如，陆城掌心的温度、眼中的温度，还有他牢牢牵着她的力量。

这种环境下，林岁岁再次红了眼圈。

她吸了吸鼻子，鼓起勇气凑到陆城耳边，将心里话悉数道出。

"高二那年，其实我也去了演唱会，是我自己偷偷买票去看的。我觉得你会在会场的某个角落和我一起唱歌。陆城，你说你喜欢周杰伦，所以我也去喜欢周杰伦。我会唱他的每首歌，记得他的每一句歌词。因为那个时候，我真的太喜欢你了。

"我为你写了厚厚一本日记，每一页都与你有关，我从来没有告诉过任何人。

"连姜婷都没有告诉。

"那个十六岁的林岁岁，因为不勇敢，受了好多好多委屈，流了好多好多眼泪。我把她小心翼翼地藏起来，试图变得强大，能够保护她。但是遇到你，那个小耳朵又偷偷跑出来了。

"我现在把她交给你。

"陆城，你能细心妥帖地保存她吗？"

人潮涌动中，陆城紧紧抓着林岁岁的手。他扭过头，看向她，眼神如韧般坚定。

"当然可以。我向你发誓，倾我一生的努力，不再让小耳朵流眼泪。"

林岁岁咬着唇，然后笑起来，她眼里泪花闪动，像是皎洁的珍珠从天穿落下，跌入她的眼中。

台上，周杰伦握着话筒，笑着开口："接下来这首歌，想必大家都很熟悉了，会唱的朋友跟我一起唱好吗？"

"好！"

"一首《七里香》，送给大家！"

全场欢呼。

下一秒，伴奏声缓缓响起，大屏幕上跳出了歌词。

【窗外的麻雀在电线杆上多嘴，你说这一句很有夏天的感觉，手中的铅笔在纸上来回回，我用几行字形容你是我的谁……】

陆城声音低沉，像是大提琴的琴音，质感极强。这不是林岁岁第一次听他唱歌，多年前，在 KTV 里，早就已经听过。

但此刻心境不同，只会觉得更加喜欢。

林岁岁说："终于能和你一起看周杰伦演唱会……陆城，我的愿望实现了。"

陆城扭过头，吻了吻她的唇，又继续跟着全场大合唱。

"我接着写，把永远爱你写进诗的结尾，你是我唯一想要的了解。"

"耳朵，我想永远和你在一起。"

生生世世，永生永世。

"我也是。"

如果时间能重来，她想把日记写成情书，全部送给他。

林岁岁将助听器摘了下来，用力靠进他怀中。

"陆城，我能听到你的声音了，我能听到你的心跳声了。"

05

演唱会过后，陆城的身体肉眼可见地一天比一天衰败下去。他整个人的精气神仿佛都被抽走，时不时出现心跳过快、呼吸困难等症状，脸色也白得像纸一样。

几天之后，陆城又一次住进了医院。

林岁岁接到消息，顿时神魂俱裂，慌不择路地跟机构请了假，打车赶往医院。

这一次，陆文远和白若琪都守在了观察室外，两人面对面站在走廊里，脸色慌乱。

距离隔老远，就能听到两人说话。

"老陆，你听到医生刚刚说的话了吗？必须要马上进行移植手术，不然不知道什么时候……阿城的心脏就再也跳不起来了，你说该怎么办啊？"

闻言，林岁岁浑身一僵，再迈不动脚步。

两人都没有注意到她。

陆文远点点头，语气低沉地答道："那位捐赠者因为那个毛病确实已经时日无多，但是人家吊着一口气在，谁也说不准啊……"

白若琪声音带了哭腔："难道就没有别的心脏了吗？"

"你说得倒是容易！本来就是可遇不可求的事儿，你都不知道多少心脏病人等着呢！"

"老陆！阿城也是你儿子啊！你怎么能说得这么轻松……咱们家这么多钱，难道还搞不定那些人吗？给他们钱，买一条命要多少钱，让他们开价啊！肯定会有人需要钱的不是吗？"

"若琪！"

白若琪早就无法维持素日温婉的模样，她捂着脸，低声哽咽起来："要是不行，我现在就去吞安眠药，把我的心脏给儿子……我怎么能看着他去死啊……"

人到中年，心也软了，更加无法承受白发人送黑发人的痛。

陆文远长长叹了口气，揽住了白若琪的肩膀，安抚着她。

整条走廊，似乎处处都弥漫着悲伤，如影随形地淹没了每个角落。

另一头，林岁岁再也站不住，瘫软在地上。

直到这时，她倏地意识到，自己完全没有做好陆城会离开这个世界的准备。

哪怕是还在扭扭捏捏、犹犹豫豫时，哪怕是决定要将"陆城"这个名词列为过去式时，哪怕是还没有正式和他在一起时……

从来没有想过会有这样一天。

无人角落里，林岁岁死死咬着唇瓣，把眼泪憋在眼眶里，浑身不受控地颤抖。

如果这世上真的有神明存在，拜托了，请保佑阿城，让我与他共享我的生命。

她这般想着。

当夜凌晨时分，陆城从昏迷中苏醒。他睁开眼睛，一眼就看到趴在病床边的林岁岁。

刚刚醒来，他整个人都虚弱得不行，心脏位置像是被绳子扯着一般，揪得死紧，叫人呼吸困难，似乎下一秒就要透不过气来。

他死死拧着眉，勉力缓了缓，好半天终于勉强舒服一些，这才轻手轻脚动了动身体，调整好视线，悄悄打量起林岁岁来。

病房里一片安静，只有门边开了盏应急灯，昏暗、迷离、悄无声息，仿佛处在另一个世界一般。

光线斜斜扫来，在林岁岁眼睛下投射出一片睫毛阴影，她皮肤上依稀可见透明绒毛，显得她整个人极为脆弱柔软。

陆城低笑了一声。

没想到，就这点细微动静，都让林岁岁瞬间惊醒过来。

她猝然睁眼，一抬头，同陆城对上目光。

两人各自停顿一瞬。

林岁岁有些慌乱，摸了摸眼睛，确定没留下什么泪痕之后才开口："你醒了，我叫医生来。"

她的声音沙哑得如同被砂砾磨过，说着，便要伸手按铃。

"等等！"陆城喊住她。

林岁岁不解地看过去。

陆城笑了笑："先说几句话。

"来。"

林岁岁轻轻"嗯"了一声，依言坐下去，咬了咬唇，双手握住了他的指尖。

他指尖凉得要命，但声音却满含暖意："我爸妈呢？你怎么会守在这里？"

陆城清楚，小姑娘素来胆小害羞，陆文远和白若琪在场，她哪好意思明目张胆说出自己的身份呢？

林岁岁说："他们都去休息了。"

"偷偷溜进来的？"

"不是。"她垂下眼，摇摇头，小声答道，"和你小学妹一块儿进来的。"

陆城一愣。

小学妹就是周佳蜜，也不知道她是从哪儿得来的消息，哭哭啼啼就跑来了医院。

恰好林岁岁一直在病房外踟蹰不前，耽搁许久。看到这个漂亮学妹走进去，她顿时也涌起了万丈勇气。她敲了门，跟着周佳蜜一块儿进来。

陆城打趣道："所以，你现在也变成我的小学妹了？"

林岁岁脸颊泛红，摇头，回道："没有，我和阿姨叔叔说，我是你女朋友。"

陆城十分惊讶地看向她。良久，他长长舒了口气，感叹道："耳朵，谢谢你。"

"谢什么？"

"谢谢你为了我付出了这么多。压力很大吧？抱歉，理应是我来守护你的，不该让你面对这种尴尬场景。"

白若琪和陆文远气场强大，那时候，林岁岁肯定紧张得要命。想到那画面，陆城就替小姑娘操心起来，怕她没法面对。

林岁岁手掌紧了紧，用力握着他的指尖，拼命摇头，说："不尴尬啊，我愿意的。"

因为满身满心注意力都放在了陆城身上，她担心又害怕，这样反倒对其他事少了点紧张感，也不会觉得难以面对了。

更何况，陆城躺在床上昏迷不醒，陆文远和白若琪一颗心都扑在儿子的病情上，对她这个女朋友也没有心思过多询问。

陆城反握住她的手掌。

一片寂静中，两人轻声细语、絮絮叨叨说了很多，刻意避开了病情，只说点闲话。

不知不觉，窗外，天际透出一丝亮光来。

陆城有些累了，嘴唇动了动，低声道："耳朵，你会怪我吗？"

"为什么怪你？"

"明明我的心脏病已经这么严重了，还千方百计逼你接受我，让你跟着一起操心痛苦，一起不开心。"

林岁岁眼眶慢慢红起来，用力摇头，斩钉截铁地答道："我不怪你。

"陆城，我特别喜欢你，而且我也很高兴，因为现在的你又好又喜欢我。比起高中的时候，可真的太好太好了。

"我想陪着你。"

转眼，农历新年将至，天气一天一天越发寒冷，却没有再降雪，每天都很晴朗。

林岁岁每天下班准时去医院陪陆城说话，或是单纯看着他昏迷不醒的样子。她已经什么都顾不上了，只想将这每一刻都当作最后一刻来珍惜，恨不能将时间拉长到每分每秒。然而，哪怕是这样渴望、期盼，依旧挡不住陆城的心脏急剧加快衰败的速度。

短短一周里，医院下了两次病危通知书。

白若琪差点哭晕过去。

无人处，林岁岁也流干了眼泪。

所有人仿佛约定俗成般，不将情绪带进病房，只将笑容留给陆城。

小年夜那天，机构排课最后一日。

中午，出乎意料的，余星多的电话打到林岁岁手机上。

摸出手机，看清号码后，她脑袋"嗡"一声，耳鸣一点点开始加重，眼前也是眼花缭乱。

手机振动了一下又一下，坚持不懈。

林岁岁扶着办公桌，死死咬着唇，颤抖着将备用助听器摸出来，乱七八糟地戴好，接通电话。

"喂。"

那端，余星多声音很慌张："耳朵，快来医院，那个心脏捐赠者刚刚已经病危了，现在在做最后抢救，估计马上就能手术了！"

林岁岁愕然："我马上来！"

这时候，她已经顾不上对另一条将逝生命的怜悯之心，只觉得欣喜若狂。

人生来便带着自私因子，如果陆城能好起来……所有的报应，就报应给她吧。

出租车停在正大广场门口。

林岁岁冲上车，报了医院地址，死死捏着拳，眼睛通红，又补充了一句："师傅，麻烦快一点，我赶时间！"

司机师傅见惯了这场面，只当是生死别离，同情地叹了口气，将出租车开出了法拉利的气势。

终于赶上了，陆城在做术前准备。

所有人都堵在病房里。

陆文远、白若琪、姜婷、余星多、赵介聪，还有陆城从小到大的小弟们和同学们，将偌大VIP病房撑得满满当当。

众目睽睽之下，林岁岁顾不得旁人的眼神，冲到病床边，用力握住了陆城的手。

倏忽间，全场沉默。

她想要说什么，但是又忍不住情绪，还未出声，先哭得浑身发抖，抽抽噎噎起来。

陆城笑了笑，气若游丝："哭什么？"

"我、我有个礼物、物，要送给你……是比戒指更、更有意义的东西……"

"是什么呢？"

"是、是我的日记……陆城，你要好好地出来……出来就能看到了……"

我的一整颗心和我的完整青春，全数送给你。

陆城眼睛灿然，如同日月星辰般熠熠生辉。

他牢牢握住了她的手，说道："等我。"

"一言为定。"

远方，音乐声传过来，男声在低吟浅唱："谁娶了多愁善感的你，谁安慰爱哭的你……"

谁把你的长发盘起，谁给你做的嫁衣。

【完】

上上签
Extra 01

遇见你是上上签。
——林岁岁日记

01

冬去春来，每年这个时候，江城大街小巷都会有林业部门派人来给树木去死枝，以保证来年的春天树木能茁壮成长。

从清早起，医院外的马路上就有锯子声和枝干落地声传来，此起彼伏，间歇不断。

草木气息将病房染上春意。

周佳蜜说话声像是裹了满嘴糖霜："就是这样，教授上课都问起你好几次了，私下也念叨呢。陆学长，你可得快点好起来呀。"

陆城半靠在病床上，手上放了本厚厚的日记，仔细翻阅着，眼神压根儿没给周佳蜜一下。

他只沉沉"嗯"了声，漫不经心地随口问道："你都不和我一届，怎么知道老板上课问我什么了？"

周佳蜜讪讪一笑："我听别人说的。"

陆城点头，也没有再说什么话让她难堪，垂着眼，动作轻柔地翻一页。

不知过了多久，他淡淡地说："我知道了，你回学校去吧。"

他这般态度让周佳蜜极为不甘心。

她咬了咬唇，不屈不挠，假意无视了陆城送客之词，继续柔声道："学长，最近我实验室那边的数据都做完了，正好有空，我常常来陪你好不好？住院也挺无聊的。"

陆城还没来得及说话，倏地，门边传来一个凌厉的女声："他有什么可无聊的，爹妈的漂亮助手、家里的管家，还有勤勤恳恳不离不弃的漂亮女朋友，一天 24 小时有人陪着说话呢。"

闻言，两人齐齐抬头。

姜婷迈着大长腿从病房外大步走进来，语气不善就罢了，整个人完全是一派肆无忌惮模样，仿佛回自己家一样熟稔随意。

周佳蜜不认识她，立刻收了笑意："学长有女朋友？"

姜婷挑了挑眉，从鼻子里发出个"哼"的声音，表示承认。

周佳蜜眼圈一红，柔柔弱弱地望向陆城，嘴唇抖了抖，像是受了极大委屈般，轻声细语道："陆学长，我不知道……你……交女朋友怎么也不告诉我们这些老朋友呢……大家都很担心你。"

姜婷差点被她逗乐了，没忍住，"啪啪啪"鼓了鼓掌，当即又笑起来："小妹妹，您这发言可真是茶香泗溢，好一手离间计呀。"

周佳蜜可怜巴巴地说："你怎么能这么说话……"

姜婷翻了个白眼，说道："很可惜，你陆学长的女朋友不在这儿，你这个挑拨失败了。还有，要走柔弱路线，比起真软妹，你这个段位还有点不太够看。小学妹，劝你一句，还是早点回家吃午饭吧。"

周佳蜜成功被姜婷气到了，留下一句"陆学长，我改天再来探望你"之后，匆匆离去。

外人离开后，姜婷收了调侃笑意，拉把椅子坐下，又重重"哼"了一声。

"城哥，别是老毛病又犯了吧？您老这新器官还没适应好吧？又开始沾花惹草了？一会儿被耳朵看见了，您再等个八十年，人说不定都不会回头了。您可别再折磨自己、折磨咱们这些朋友了啊！"

陆城长指轻轻一按，合上日记本。

他眼神平静地看向姜婷，微微翘了翘嘴角："耳朵人呢？"

姜婷有些恼怒："我怎么知道？城哥，你可别转移话题哈！"

陆城"哦"了一声，慢条斯理问道："你来得这么巧，都没听到我让她赶紧走吗？同个导师的学妹而已。"

曾经，他确实有不少前任，不过那都是老皇历了。

对于周佳蜜，陆城自觉问心无愧，他从来没给过人家靠近的机会。

只是进入大学后的女孩都会更加主动，且百折不挠，哪怕他不假辞色，好像也没法叫周佳蜜彻底死心。

看来，只管自己守身如玉还是不够，必须给他的小姑娘百分百的安全感。

陆城沉吟半响，又向姜婷认真地补了一句："我之后会注意。"

姜婷轻哼一声，算作旁观者的应答。

这件事就此揭过。

两人又说了几句闲话。

再消片刻，林岁岁也发消息给陆城，说已经到住院楼楼下了。

手术结束后的这些日子，她基本每天都会到医院报到。

陆城正处于排异反应观察期，前后必然有反复，情况严重时，甚至还进行了一次抢救。

他自己的心脏早已经停止跳动，此刻，在胸腔里的是一颗陌生的心。

哪怕是上下牙齿都得打架，更别说另一颗心脏了，总归免不了磕磕碰碰、摩摩擦擦。

为着陪伴陆城，在他不舒服时第一时间可以赶到，林岁岁连连请假，已经引起了机构校长不满。

不过，关于工作，她自有其他计划，算了算存款，也还能坚持，便干脆交了离职申请，再趁着一个月离职交接期，慢慢把手上的课转出去。

然而，今天林岁岁不是一个人过来的，张美慧竟然也来探视了。

陆城"唰"一下坐直了身体，还未来得及做什么准备，敲门声已经响起。

林岁岁先一步推开门走进来。

似乎是因为事发太过突然，她脸色有些尴尬，咬了咬唇，压低声音给陆城解释道："我妈……非要来。"

陆城挑了挑眉，说道："没事，又不是不认识阿姨。"

话音才落，张美慧已经带着助理大步跨进来。

她还是同往常一样，穿了灰色修身套装，妆容精致，艳光四射，仿佛随时都能出席股东大会，或是参加名流酒会。

陆城率先开口打招呼："张阿姨，好久不见。"

张美慧潇洒地摆了摆手，调侃道："别啊，今天我是代表公司来探望投资人的。小陆总，别把我当女朋友的家长呀。别这么客气，咱们正常讲话就好。"

说着，张美慧又用眼神示意了一下小助理，让她把两手拎着的礼物都摆到旁边的茶几上。

林岁岁脸颊泛起一点点红晕，慢慢垂下头。

见状，姜婷赶紧站起来，拉过林岁岁的手臂，先喊了一声"阿姨"，才接着说："那我们先不打扰你们的商业见面，我和耳朵去买点东西，你们先聊。"

见张美慧点点头，两人便快步离去。

病房安静下来。

张美慧让小助理拿了一沓文件夹，一同放在旁边，说："这是新季度的生产计划，还有一些订单和排单，另外有个产业推广需求。电子版已经发到小陆总的邮箱了，不过，我不太清楚您能不能用电子设备，所以做了纸质文件，给您放这里了，有问题咱们及时沟通。"

陆城点点头："辛苦您了。"

张美慧笑起来，眼睛里敛着光，似乎想说什么。

顿了顿，她先扭过头，嘱咐小助理道："你先打车回工厂吧，车留给我，晚些我自己回去。"

"好的。"

待人走后，病房只剩下了张美慧和陆城两人。

虽然两人脸上都带着些许笑意，但不知为何，房间里的气氛霎时变得有些凝重起来。

张美慧轻轻咳了一声，说道："陆城，之前就听岁岁说你的病情很严重，但因为有反复，怕耽误你治疗，阿姨一直也没有合适机会来探望你。"

这是彻底改变说话角度，顷刻将人设回到了长辈身份。

陆城微微直起身体，说："不用客气的，阿姨，您有话直说。"

张美慧点头，目光锐利："那我也不客套了。陆城，你和岁岁现在算是在正经谈恋爱吗？"

"是。"

"你喜欢她？"

"对，我喜欢她很多年了。"

张美慧沉吟，眼神微微一闪，想了想，才接着说道："其实我不是个很古板的家长，甚至给林岁岁做了不少坏榜样。对于她个人的选择，我很少干涉。但是我的女儿我知道，她性子软，脸皮又薄，心思想法还特别多。如果你们俩只是正常的恋爱发展，我绝对不会找你说这番话。不过现在情况特殊，她天天来看你，应该已经和你爸妈碰过头了吧？"

"是见过面，我也已经和我爸妈公开了我们的关系。"

"陆总和白总怎么说？"

陆城微微一顿。

事实上，因为病情牵绊，陆文远和白若琪没有过多心思放在其他人和事上，自然也没有对林岁岁的存在发表什么看法，将她和姜婷、余星多一样客气对待。

两人刚刚确定关系，陆城也不想趁着自己躺在病床上虚弱时给林岁岁什么压力，就没有制造什么严肃对话场面，免得她尴尬。他想等待合适时机再坐下来认真介绍。

见他愣怔，张美慧了然于心："我明白你的想法，陆城，虽然我们之前只在工作上有简单交集，但阿姨也能看得出来，你是个聪明体贴又心思缜密的男生，不会让林岁岁受到什么压迫感。如果你们只是小年轻之间谈谈恋爱玩玩，没有想过什么后续发展，那倒也无所谓，如果有更进一步的想法，还是要多斟酌行事。"

"阿姨，我……"

"但阿姨作为母亲，还是要替我女儿多嘴几句。她腼腆又胆小，如果你很喜欢她的话，很多事麻烦你多替她考虑。"

陆城严肃答道："我一定会的。"

像他这身体，张美慧竟然也放心让林岁岁跟他，没说什么阻止之词。

陆城已经对她感激不尽了。

张美慧行事一贯洒脱，要说的话已经传达到位，自然不再多做停留。

她站起身，笑了笑，说道："那我就先回公司去了，陆城，你好好养身体。"

"稍等！"陆城连忙出声打断了她转身的动作。

张美慧讶异地挑了挑眉，表情似是在问"还有什么事"。

"这一阵，岁岁的听力已经恢复到近乎普通人的水准，不过我还是不太放心，帮她预约了我导师的门诊，但她在我这儿耽搁太久，一直没有空去看。阿姨，麻烦您一会儿代替我带她去一趟，谢谢您。"

春日载阳，林岁岁和姜婷一直在外面逛到正午时分。

张美慧总算发来消息：【我先回公司去，明天早上你在家里等我，到时候过来接你，有事。】

林岁岁看完，手指飞快在屏幕上按了几下，回了句"知道了"，这才收起手机，看向姜婷。

她小声说道："我妈已经走了，我们回去吧。"

姜婷看了眼时间，笑着摇头："人也看过了，我就不过去了，下午还要回公司打工呢。"

"姜饼……"

"嗯？"

林岁岁咬了咬唇，眼睛眨了又眨，欲言又止的样子，好像又不知道该说什么。

自打重逢之后，两人相处起来到底是带着一丝生疏。

哪怕是陆城手术前后，四人小团体又交集多了起来，也只是说话多了些，但感觉还是隔了一层。

毕竟这么多年，自然谁也不能强求关系能飞快地修复好，再回到严丝合缝状态。

于林岁岁和姜婷两人来说，都只能先顺其自然。

思及此，林岁岁将小心思妥帖收进心底，露出一个温柔的笑意，轻声开口："可是你午饭都没吃呢。"

姜婷说："我哥叫我中午陪他吃饭去，我还得先赶到他公司那边，到时候司机送我去公司。"

"好，那你路上小心，回头见。"

想到上次姜婷含混不清之词，林岁岁怕触及什么伤心秘密，并没有多问，只轻轻点头："嗯，那再见啦。"

次日一早，林岁岁被张美慧押上车，去五官科医院做了复诊。

这次，依旧是陆城的导师给她做面诊。

老爷子见着林岁岁，当即便收了严肃的表情，乐呵呵地笑起来："来了啊，陆城那小子这几天好点了没有？"

林岁岁略有些尴尬，瞄了张美慧一眼才小声回道："暂时还没有发现什么严重的后遗症。"

"行，来，小姑娘过来，我给你看看耳朵。"

林岁岁坐过去，动作十分熟门熟路。看医生这件事，她已经持续不断地做了十年，这次大抵总算是要到头了。

果真，简单的听力检查过后，老教授回到电脑屏幕前看了下片子，又仔细询问了林岁岁几句，终于下了结论："听力基本已经恢复到正常水平了。"

林岁岁蓦地心头一松。

顷刻间，她竟差点落下泪来。

张美慧也是难得面露喜色："那就是以后都不用来了是吗？"

"没有什么反复的话就不用了，但是毕竟戴了太久助听器，怕大脑形成了依赖性，平时还是要多做些听力练习。"

张美慧当即连连道谢："终于……谢谢医生，谢谢医生！林岁岁，还不快点谢谢医生！"

林岁岁嘴唇动了动，抬起头，认真郑重地开了口："谢谢医生。"

老教授摆了摆手："不必客气，我还得谢谢你，给我找来了个好学生做帮手呢。

"回去记得跟陆城说，虽然女朋友已经病好了，但是学业不能半途而废啊。正好，也让他别担心了，这小子，都跟我叨叨好久了，问来问去的，一天没停过。"

被善意调侃了几句，林岁岁脸颊泛起微红色泽。

良久，她喃喃自语："我也想马上告诉他。"

他们都要好了。

过去是相依相偎、抱团取暖的感情，现在却想要抛去外在原因，更单纯而纯粹地相爱。

这样想来，好像未来的每一天都值得期待。

林岁岁独自一人回到医院。

陆城刚好结束每日检查，和白若琪一前一后走进病房内。

林岁岁和两人打上了照面，小声打招呼："阿姨、陆城。"

陆城露出了一丝笑意，率先开口："检查好了？老板怎么说？"

当着白若琪的面，林岁岁有点不好意思，她咬了咬唇，小声说："完全好了。"

闻言，陆城朝她跨了一大步，用力捏住她的指尖，欣喜若狂："耳朵，乖乖。"他的语调柔软亲昵得好似撒娇一般，叫旁人都不好意思继续听下去。

白若琪当即看了两人一眼，目光如炬。

林岁岁可没他这脸皮，不好意思在长辈面前秀恩爱，连耳垂都泛出粉色。

她清了清嗓子，赶紧把陆城的桎梏甩开，手忙脚乱地说："阿姨，我先……"。

　　陆城轻描淡写地用余光扫了白若琪一眼。倒非不敬，他只是悄悄提示她母子两人之前立下的约定。

　　白若琪低声叹了口气，慢条斯理又有些刻意温柔地轻声道："小林，恭喜你。"

　　林岁岁愣了愣，脸上露出疑惑的神色，似是没反应过来。

　　白若琪又说："改天等阿城出院之后，约上你妈妈，咱们两家人一起吃个饭，你看可以吗？算是庆祝你们各自恢复。"

　　这下，林岁岁是彻底呆住了。

　　陆城弯了弯眉："耳朵？"说着又轻轻捏了下她耳垂，将人从愣怔中唤醒。

　　林岁岁如梦初醒，磕磕绊绊出声道："阿姨，这……我……"

　　白若琪叹了口气，摇了摇手："算了，还是我亲自去说吧。"话毕，她又顿了几秒，看向陆城，"满意了？你这孩子。"

　　白若琪没有在病房里待很久，一是约了陆城的主治医师沟通，二是家大业大，她和陆文远本就工作繁忙，前一阵一直在医院陪伴儿子，总不好样样事情假手于人，合同文书还是得亲自过手才能放心。

　　等她离开之后，偌大病房套间里又只剩下了陆城和林岁岁。

　　陆城很不把自己当外人，将林岁岁的包拿过来，长指一挑，顺手翻出她的病历。

　　近两年，为了就医效率和省事，江城医疗系统规模化和规范化之后，已经很少有医生手写病历，大多使用电子版。所以，那些龙凤凤舞的"医生字体"好像也成了网络段子，供人一笑。

　　只不过，老教授依然是老做派，还是会仔仔细细给每个面诊的病人手写一份病历，电子版就交给学生去打。

　　陆城帮忙做过这件事，自然对自家老板习惯十分了解。

　　男人眼神专注地将教授的诊断从头至尾看了一遍，这才彻底放下心来。

　　然而，林岁岁还沉浸在刚刚白若琪的那句话中，不可自拔。

　　她从来敏感谨慎，这些日子以来，陆城爸妈是什么态度，就算被陆城病情牵挂心神，也照样能品出些许端倪来。

　　白若琪和陆文远虽然工作繁忙，但到底是关心儿子。他们知道林岁岁便是那个陆城苦求数年的人，甚至又因为她犯了病，对她不可能有什么好脸色。

　　虽然时间久了，他们似乎少了些不满，但要欣喜接受，自是不能。

　　林岁岁只能逼着自己当作无知无觉。

　　只要陆城好，便好。

她再也不想因着自己的怯懦多虑而和陆城错过了。

一直做着这种心理建设，所以白若琪这突然一下的提议，实在叫人惊讶万分。

思虑良久，林岁岁开口问道："陆城，你和你妈妈说过什么了？"

陆城浑不在意地"嗯"了一声，似乎对这个提问不以为意。

林岁岁拧起眉，抬高声音："陆城！"

陆城仔细收好她的病历，将包放到一边，抬起头，笑吟吟地看向她。

林岁岁被他盯得脸红，不自觉垂下眸子。

陆城慢条斯理地说道："本来早就想介绍给你，但还是有点不放心，现在总算可以放心了。耳朵，我给你找了个老师，是柯蒂斯毕业的，才刚回国没有多久。你不是很想去柯蒂斯吗？我请她来教你继续拉琴，你说好不好？"

02

春末夏初。

陆城结束了漫长的观察期，顺利出院。

心脏移植手术，无论在何种意义上都算得上是目前绝对高危手术之一。哪怕是成功了，对于患者来说，也不得不一直小心翼翼地呵护着胸腔里那颗珍贵的心脏。

生活有各种麻烦不便，但好歹人还活着呢。

活着就有希望，不是吗？

陆城出院没几天，见家长这件事就提上了日程。

撇去闹别扭、生病、住院之类等等，再刨开那懵懵懂懂、莫名其妙的八年。两人正儿八经搞对象的时间，掰着手指头细细算来，确实也没有多久。

林岁岁工作都还没有稳定下来，陆城也还没有毕业，更没有求婚。

所以这次见家长，还算不上谈婚论嫁，只是两家人见个面，美其名曰"交流老友感情"。

有陆城在从中斡旋，一切都进行得十分顺利。

许是生怕唯一的宝贝儿子不满意，再次气急攻心，亦或是谈妥了什么条件，这次见面，白若琪和陆文远表现得虽不算太过热络，到底是没有失了礼数，平心静气且亲切，没摆什么江城豪门新贵的架子。

张美慧是个洒脱人，早先就说过，既然是林岁岁的选择，她就绝对不会干涉。受冷眼也好，受喜欢也好，只要下定决心，遵从本心去活，欢与苦都得自己面对。

两边家长都是这种态度，见面之后，自然毫无曲折，算得上皆大欢喜。

一行人走出酒店，各自客套道别。

陆城和林岁岁手牵手，落在最后。

待两边家长都上车离开后，林岁岁整个人才彻底垮下来，长长松了口气。

陆城看着她，戏谑地勾了勾唇，问道："耳朵，刚刚紧张吗？"

林岁岁轻轻点头："嗯。"

陆城说："我也很紧张。"

林岁岁仰起头，诧异地抬了抬眉，一切尽在不言之中。

"是真的。"

陆城当然紧张。

怕白若琪和陆文远不配合，给林岁岁脸色看，叫她受了委屈；也怕张美慧看清他们家的真面目，又改变主意，不让林岁岁来蹚这浑水了。

毕竟除了有些钱，连陆城自己都不喜欢自己的家，冰冷、薄凉、没有人气，将人养成了这叛逆性子后，到现在都没能乖顺起来。

无论从何种角度来看，陆城都觉得自己算不上良配。

但是，他是真的真的很想和他的小耳朵一起走完这一生。

须臾之后，林岁岁轻轻捏了捏他的指尖，如同安抚一般，说道："知道啦。"

陆城默默勾了勾唇，眼神里带着一丝痞气，一如从前。

接着，他又开口道："耳朵，我带你去个地方，一会儿有空吗？"

林岁岁思索几秒之后才点点头。

早先，林岁岁辞了机构工作之后，算得上入不敷出，全靠存款在撑着。但寒假结束，许梓诺又回来跟着她继续学琴，一周两次课，算得上一大笔收入，刚好填了房租的缺口，加上平时一直在医院陪床，没怎么花钱，压力就没有那么大了。

这几天，林岁岁联系了陆城推荐的那个老师，简单商量了一下授课的事。

她不想让陆城来承担这笔费用，想靠自己解决。所以这些天，她一直在找一些乐器家教的兼职工作。

江城是大城市，家庭收入水平高，家长们对于子女教育也舍得花钱，学乐器的比比皆是。钢琴、小提琴、古筝、吉他都算是入门级，特立独行一点的就会选其他乐器。自然，低音提琴这种冷门乐器爱好者也是有的，只是行情早已经不似林岁岁启蒙那个年头那样了。

她之前有去面试几家，大多学生是为了艺考在提前准备学第二乐器。

林岁岁没有参加过国内艺考，缺少经验，怕误人子弟，一直有些踟蹰犹豫，便迟迟没做决定。

但今日，要见陆城爸妈，她自然是没有安排什么面试和工作，将一整天时间全空出来，下午当然也有空。

想了想，她问了一句："要去哪里呀？"

陆城抿唇一笑，说："一会儿你就知道了。"看着是神神秘秘模样。

林岁岁"哦"了一声，满足他的卖关子，没再多问。

司机都给爹妈带走了，两人没有开车，只得手牵手走到马路边，抬手拦了辆出租车。

上车后，陆城干脆利落开口："师傅，麻烦去八中。"

闻言，林岁岁笑了起来。

时逢学期中段，八中还是一如既往，考试气氛浓厚。为了那几个珍贵的保送名额，所有人都在拼命。

尚未走进校园，便能从铁栏围墙外看到里面的学生行色匆匆，手上大多拿了错题集、单词本之类的，念念叨叨着。

两人手牵手，慢吞吞晃到大门口，倏地，被保安犀利眼神直勾勾盯住。

平日里，八中为了学生安全不会让陌生人进校园。但这青天白日，难道陆城又要提议翻墙？

林岁岁觑了觑他。

陆城笑起来，坦坦荡荡走上前，同保安大叔说道："我们是来看老师的，李俊才李老师的学生。麻烦大叔打个电话上去，让老李给咱们开个门。"

一通电话，轻松解决。

时隔多年之后，两人再次一同走在八中校园，心境早已大不相同。

这些年，江城八中的名气越来越响，虽然是私立学校，但有学生家长前赴后继，还有优秀毕业学生回校赞助之类，学校早赚得盆满钵满。校舍也多次装修翻新，教学设施每年跟进，样样都是顶尖。

操场的塑胶跑道也重新铺设了好几次，看起来崭新。

此刻，正有学生在跑道上散步。

陆城牵着林岁岁的手，不紧不慢地带她穿过偌大校园，绕到了另一边的小树林里。

上课时间，这里很少有人过来，叫人觉得静悄悄的。

还是那个小亭子，还是那个木质座椅。

两人并肩坐下。

陆城说："校庆那天，你不是问我曾经做过什么梦吗？"

林岁岁疑惑地看向他。

"我梦到过我和你在这树林里……"他轻轻咳了一声，揶揄挑眉。

很快，林岁岁的脸火辣辣地烧了起来，眼神里冒着凶意："陆城！你、你不要脸……"

陆城也很无辜，捏了捏她的耳垂，辩解道："那不是年纪小嘛。

再说了，耳朵你这人……还没嫁给我呢，就连我做梦都要管啦？"

林岁岁说不过他，只能狠狠地瞪着他，可一双眼睛湿漉漉的，像是泛起了羞怯水光，毫不留情地出卖了她。

陆城抿着唇笑了好久，终于不再逗她。

他站起身，变魔术一般摸了个丝绒盒子出来，单膝跪到林岁岁面前，长指轻轻一压，将盒子打开。

丝绒盒子里头正静悄悄地躺着一枚钻戒。

阳光从树叶间隙洒下来，细细密密地落在钻石上，显得这钻石更为闪耀。

陆城轻笑着，慢条斯理地说："耳朵，你在日记里写过，说我是你的太阳，对吧？那是你把我看得太好了，其实我根本没有那么好，因为我这辈子最好的一面全都展现给你了，才叫你生了这种误会。"

林岁岁已经捂住了嘴，一句话都说不出来。

陆城还在继续："也只有你这种傻瓜才会笨得要命，真心实意地觉得我好了。如果我真的这么好，又怎么会把你弄丢……但是，就是这样的我，也妄想要和你长相厮守。"

"……"

"耳朵，你愿意嫁给城哥吗？"

"……"

"这辈子，你做我的心脏，我做你的耳朵。"

将全世界的温柔都说给你。

叫你永远欢喜，再不落泪。

不再见

Extra 02

我们终会再次相连。
——陆城

C E _ E R

01

陆城和林岁岁恋爱两年，终于结束了漫长术后观察期，宣告彻底摆脱了心脏枯竭的梦魇，宛如重生。

过后第一件事，自然是要向林岁岁求婚。

学医之路漫长，纵使发生了那么多事，好像已经过去很久，但其实严格来说，陆城依旧还只是学生。而林岁岁因为重拾低音提琴梦想，也还在学院里继续深造。

仿佛时光没有给两人留下丝毫痕迹。

但两人从年纪上来说，若是现在开始安排、求婚、下聘、拍婚纱照、策划婚宴等等，一连串流程走下来，至少得安排到次年年中。

前两年，陆城就开始有这计划，却一直生生拖到现在。

事实上，他并不是一个犹犹豫豫、踟蹰不定的人。只是这件事太过重要，还是得细细考虑才拖了这么久，一直没有付诸行动。

旁人都觉得，换心手术之后，患者就几乎能跟正常人一样。

但陆城心里十分清楚情况。

不一样的。

怎么会一样呢？

别人的心脏，说到底终究是别人的，它跳动在一个陌生人的胸腔里，永远只是个过客。按照目前的医学水平，还有换心手术成功的案例来看，最好情况是存活四十年。

四十年，听起来漫长，对于平均寿命八十多岁的现代人来说，只是人生的一半时间而已。

他的林岁岁，他的小鹿，现在才二十几岁，若是嫁给他之后，两人究竟能厮守多久？

会不会某一天，他不得不离去，留她在这世上孤单一人呢？

好像谁也不得而知。

陆城承认，他就是个自私的男人。从林岁岁回到国内找到她的那日起，他就不得不直面自己卑劣的内心。

没有人比他更清楚心脏病代表了什么。

但哪怕是短短一瞬，他也想与心爱的小鹿在一起。

既然手术前已经明确这件事，那手术成功后，更加没有道理因为未来的未知而犹豫不决，平白伤了小姑娘的心。

终于，陆城默默下定决心，开始悄无声息地策划起来。

周末，江城天空碧蓝如洗，是个叫人觉得惬意的好天气。

九点多，林岁岁起床，拉开窗帘，开窗给房间透了会儿气，自己先去洗漱、泡麦片。

全数收拾好之后，她又回到卧室，将琴包打开，开始给琴弦上松香。

这两年，她仍旧住在原先那套出租房里，因为小区还算新，隔音不赖。林岁岁和房东商量后，在卧室墙面、天花板、地板上都贴了隔音棉，尽可能在练琴时不影响邻居。

每天起床后，她习惯要先拉几首练习曲保持手感，周末也不例外。

不久过后，林岁岁结束每日练习，捏了捏脖子，仔仔细细将琴放好，顺手从旁捞过手机，解锁屏幕。

十分钟之前，陆城发来消息，问她练完了没有。

林岁岁没忍住，轻轻笑了一声，飞快地切出键盘打字，回复他：【嗯。】

陆城秒回：【耳朵，下楼来。】

林岁岁微微一顿，立马站起身，走到窗边往下看了一眼，却没有看到熟悉的车。

两人恋爱两年多，陆城也不是第一次来她家，钥匙和密码都有。平常他要是正好不忙，没打招呼就过来找她，也会自己悄悄上楼来。

或带一束花，或拎几盒巧克力甜点之类，给她来个惊喜。

之前没有说要去哪里，但又发消息让她下楼去……

陆城多半又有了什么新想法。

林岁岁抿起唇，不自觉笑了一声，眼神里似是有微光漾开。

哪怕是过去这么久，面对陆城，她依旧时时刻刻怀抱最初时的心动，从不曾消散。

所以，他这样将自己放在心上，才会叫人觉得满心喜悦。

林岁岁没有问什么事，很快回了个"好"，换了一身衣服，再将头发梳好，拿起手机拉开房门，乘电梯下了楼。

正值周末时间，小区里人进人出，比往常热闹许多。

林岁岁走出楼道，站到阳光下，眼神四下转了一圈，却没能找到那个引人注目的存在。

她咬了咬唇，给陆城发消息：【你在哪里？】

陆城：【右转。】

陆城：【再右转。】

陆城：【看到前面那个街心花园了吗？】

林岁岁眯起眼，目光在街心花园里仔细扫过，依旧没看到他，打字回复道：【看到了，但是没看到你。】

陆城：【回头。】

看到这两个字，林岁岁蓦地回过头去，接着，心便当即安定了下来。

陆城就在不远处，人斜斜靠在一辆机车上。

这一刻，阳光温柔，微风轻拂。

陆城的笑容比这世间一切美好的事物都要来得耀眼，再加上莹白肤色、俊朗五官、桀骜不驯的少年气质组合在一起，闪耀无边，仿佛任凭谁都无法找到最完美的形容词来描述他。

倏忽间，林岁岁无比悸动。

她脸上洋溢出一丝笑意，三两步走近，在他面前站定。

"怎么突然过来了？医院那边没事吗？"

陆城握住她的指尖，拢进自己掌中，轻笑一声："今天没什么事，就来找你去玩。"

林岁岁顿了顿，目光在他身后那辆机车上游移几秒，迟疑道："骑车？陆城，你……"

"没事的，我心里有数。"陆城扔了个头盔给她，先一步跨上车，拍了拍身后的位置，"耳朵，要不要跟城哥走？"

"好。"

见陆城开得很慢，林岁岁渐渐放下心来。

川崎 H2 像一只张牙舞爪的怪兽，咆哮在江城的柏油马路上，叫人忍不住注目。

一切都好像回到了多年前，也是这样一个轻风拂面的好天气，陆城出现在她家楼下，好似捧着满世界的光。

风声萧萧，从脸颊边奔跑而过。

林岁岁咬了咬唇，低低轻笑，手臂用力，紧紧揽住了身前男人的腰肢，将脸依恋地贴上去。

她不想问陆城去哪里。

只要他带着她，上天入地、天涯海角，她都心甘情愿。

二十分钟后，机车在一栋老洋房前停下。

陆城摘下头盔，伸手扶林岁岁下车。

林岁岁也跟着将头盔拿下来，递给他，继而看向那宅子，目光变得略有些诧异。

她低声问道："这是哪儿？"

江城市中心有不少这种老洋房，大多分布在这条路的周边，组成一道独特的城市风景线。

陆城带她来这里做什么？

难道，陆老板一时兴起，又开始投资老洋房了吗？

陆城没有答话，只竖起手指，"嘘"了一声，表情看起来神神秘秘的。

他先推开洋房外面那扇黑色雕花铁门，再朝林岁岁招招手，带她慢条斯理地往院子里头走去。

院子很大，进门处有几棵大树，看不出品种，叶子翠绿翠绿的。

更远些，能望见洋房外墙上爬满了翠绿的爬山虎，分外清新。

再往里走几步，林岁岁陡然一惊。

入目处，面前一大块空地上几乎被放满了红色玫瑰，密密麻麻，看起来至少有几万朵，挤在一起，红得艳丽刺目。

陆城站在那满院红玫瑰中，静静地望向她。

这难道是……求婚吗？

林岁岁难以置信地同陆城对上视线，如有所感，用力捂住了嘴，不想让自己表情太失控。

只一瞬，陆城便懒洋洋地勾起嘴角，朝她扬了扬眉，笑道："耳朵，没什么想问我的吗？"

林岁岁捂着唇，声音有点抖："哪儿来的这么多玫瑰？"

"今天整个江城所有的花店应该都买不到红玫瑰了。"

陆城假意叹了口气，试图让这气氛变得更加轻松一些。仿佛只有这样，他才好让自己接下来那些话说得更顺利些。

气氛凝固几秒。

陆城终于做好准备，从口袋里摸出戒指盒，托在掌心，疮疮地笑了一下，朝林岁岁单膝跪地，沉沉开口："耳朵。"

语调不紧不慢，有种丝绒般柔和质地，像是羽毛轻轻扫过心脏，勾得人心痒。

林岁岁低低"嗯"了一声。

陆城这才继续说："这件事，我考虑了很久。

"不骗你，虽然手术成功了，但是一想到在医院的时候，你那样为我担心的表情，我就忍不住动摇。"

他自嘲地笑了笑，问道："是不是觉得很不符合城哥的形象？没办法，耳朵，因为我爱你，没办法看到你那样。甚至我偶尔也会想，如果手术没有成功，是不是你伤心一阵就从此解脱了呢？"

因为爱她超过爱自己，才会纠结、才会犹豫、才会自责，恨不得自已换个身体，有一颗完好无损的心脏、有健全的身体，才能用尽全力给她带来幸福。

话音刚落，林岁岁的眼圈渐渐泛红，哽咽着拼命摇头："陆城，不要这样说……拜托你……"

"宝贝，别哭。只是一瞬间的想法，我也害怕你祈求神明和我共享生命啊，这样对你不公平。所以，我肯定要好好活着。

"这样想来，我好像也是个胆小鬼，前思后想、踟蹰不定。害怕将来离开你，也害怕你离开我。"

眼泪砸到手背上，烫得人心颤。

林岁岁再也抑制不住，三两步走到陆城面前，捂住他的嘴："陆城，不许你再说这种不吉利的话。"

陆城闷笑了一声，自下而上地注视着林岁岁，顺势拉过她的手指。

下一秒，冰冰凉凉的物什贴着无名指尖缓缓向上。

他轻声说："耳朵，你还记得吗？前几年过年的时候，你送了我一枚戒指，其实那时候我就在想象这一刻了。

"嫁给我，好不好？

"有一年，我就守护你一年。有一百年，我就守护你一百年。我的心脏，这辈子，永远只为你跳动。"

这漫长而又短暂的一生，他想守候着他的小鹿。

林岁岁泣不成声，好半天才冷静下来，郑重地点点头："好，我答应。"

玫瑰装饰了这座院子。

但终归不及心上人来得叫人欢喜。

这跨越十数年的漫长爱意，到底是得偿所愿，成就了两个人一生的美好愿景。

陆城站起身，将小姑娘密不透风地拢进怀中。渐渐地，他手臂的力气越来越大，像是要将人折断一样，不愿松手。

02

婚礼定在春日。

江城是沿海城市，四季分明，春天刚刚好，不冷也不热，也很有"一年之计在于春"的新兆头。

陆、林两家没有人有宗教信仰，但陆城和林岁岁都喜欢周杰伦，两家朋友多，自己事也忙，远赴英国来个周杰伦同款婚礼太波折，就想着在国内找个教堂，中午几个亲朋好友一起在教堂办个小规模的宣誓仪式，晚点再拉去里兹卡尔顿，走传统婚宴流程。

这些事自然由陆城亲自来悉心安排，林岁岁只消安安心心做个美丽新娘就可以了。

转眼，至婚礼前夜，林岁岁一夜辗转、难以入眠，到天光乍破时，她还有点恍若梦中的不真实感。

居然真的要嫁给陆城了？

这场景，若是说给十六岁的小岁岁听，估计只会被当成一场玩笑，作为做梦素材写进日记本里过个瘾。

谁能想到成了真呢？

暗恋成真这回事，说着容易，落到现实里，真就好像童话故事的剧情一样。

因而，当天一早，林岁岁精神不是很好，眼神看起来有些呆滞。

但很快，化妆、换衣服、拍照、接亲、再上车出发去教堂，拉拉杂杂一堆事，流程连轴转，忙得头晕目眩，她那点困顿之意很快消散一空。

教堂在江城边郊，尖顶、穹顶、砖白色外墙，里头是巴洛克式装潢风格，虽说是现代建筑，但明显是费心建设，走近看，确实很有点中世纪欧洲的画风。

厚重木门"吱呀——"一声被人从里拉开，光线一点一点斜斜洒进来，精准到秒，将整个教堂衬得像是一张老旧默片。

光影之中，林岁岁挽着张美慧的手，缓缓走上地毯。

她的婚纱后摆很长，通身亮闪闪的，头纱缀在脑后，上半身则是 V 领一字肩设计，露出消瘦单薄的肩颈，看起来羸弱又精致。

目光尽头，陆城一身西装，他难得收起了懒懒散散的气质，整个人站得笔挺。

此刻，他正毫不错眼地望着她，一眼万年。

林岁岁控制不住，眼里浮起泪光。

随着林岁岁和张美慧的步伐，两人之间的距离一点点拉进，就像两颗孤寂的灵魂在缓缓靠近。

无论是钢琴和低音提琴也好，还是陆城和林岁岁也罢，都终将相偎相依。

掌声中，张美慧将林岁岁的手交到陆城手上。

两人在神父的引导下，开始念结婚誓词。

"我，陆城，请林岁岁女士成为我的妻子，我生命中的伴侣和我唯一的爱人。

"我将珍惜我们的情谊，爱你，不论是现在、将来，还是永远。我会信任你、尊敬你，我将和你一起欢笑、一起哭泣。我会忠诚地爱着你，无论未来是好的还是坏的，是艰难的还是安乐的，我都会陪你一起度过。

无论准备迎接什么样的生活，我都会一直守护在这里。

"就像我伸出手让你紧握住一样，我会将我的生命交付于你。"

明明是很常见的西式婚礼誓词，与旁人没什么两样，早在定流程前，两人也都已经看过、谙熟于心。偏偏在这种场景下听来，还是让林岁岁泪流满面。

她勉强控制着呜咽，用力攥住陆城的指尖，说道："我愿意。"

傍晚，暮色四合时分，婚礼场地再换到里兹卡尔顿酒店宴会厅里。

中午在教堂，观礼人不多，只有至亲和几个好友。

但这场算是大宴宾客，张美慧和陆家都是生意人，平时随礼赴宴不少，有来有往，需要邀请的客人众多。

还有林岁岁和陆城两人各自的同学、朋友，男方女方家各开 20 桌，将整个宴会厅坐满，才勉勉强强够塞下。

江城老一辈喜欢热闹，陆文远请了个本地电视台知名主持人给他们当司仪，在场几乎没有人不认识。自然，主持人成功将气氛炒得火热。

待到双方父母上台说完话，好友也送完祝福，那主持人表情突然变得有些神神秘秘，开口道："接下来这个环节，我们的新郎应该会觉得有点意外。因为是我们漂亮的新娘偷偷来找我安排的，全程没有告诉任何人，想给新郎一个惊喜。"

闻言，陆城一愣，扭头看向林岁岁。

林岁岁被他看得有些不好意思，红着脸侧了侧头，假意将视线锁定在大屏幕上。

下一秒，屏幕里跳出来一张照片，是一行娟秀的手写字，抄了一句王小波的话。

【我把我整个的灵魂都给你，连同它的怪癖，耍小脾气，忽明忽暗，一千八百种坏毛病。它真讨厌，只有一点好，爱你。】

陆城看过林岁岁的日记本，当然清楚这是她的字迹。

主持人握着话筒，笑吟吟地继续说："新娘跟我讲，她有很多话想对新郎说，但是因为胆子小、害羞，不敢当着大家的面说太多，就由我来帮忙说几句。当然，最重要的还是留给她自己说咯。

"她说，自从她失聪之后，整个人就变得很胆怯，但是有一个男孩，从来不会嘲笑她，永远都在鼓励她。

"她说她这个人有点矫情，还有点拧巴，但有一个男生，从来不会觉得她麻烦、古怪。

"她说她喜欢拉琴，有人就为了她重新把钢琴捡起来，仅仅为了能给她伴奏。

"她说，谢谢某个男人，等了她这么多年。"

接着，话筒被递到林岁岁手中。

林岁岁垂着眼，清了清嗓子，用力深吸一口气。

接着，她转向陆城，不在乎宾客、不在乎旁人看热闹，仿佛世界只有他一个人。

她的所有想法，只需要告诉陆城一个人听。

"陆城，你之前跟我说，你很害怕会先一步离我而去，那时候我不知道该说什么，因为其实我也很害怕。但是后来我在网上看到了一句话，又觉得这句话应该告诉你。

"'其实分别也没那么可怕，65万个小时后，当我们氧化成风，就能变成同一杯啤酒上两朵相邻的泡沫，就能变成同一盏路灯下两粒依偎的尘埃。宇宙中的原子并不会湮灭，而我们也终究会在一起。'

"所以，无论未来如何、你会如何、我会如何，都没有关系。我们先在一起，然后再依照生老病死的规律正常暂时分别，最终在浩瀚宇宙中重新回到一起。

"我此生最好的事，就是爱上一个名叫陆城的少年。恰好，他也爱我。

"陆城，从今天开始，我们永远在一起。"

（番外完）